MANESSE BIBLIOTHEK DER WELTLITERATUR

TANIA BLIXEN

AFRIKA
DUNKEL LOCKENDE WELT

Aus dem Englischen übertragen
von Rudolf von Scholtz
Nachwort von Jürg Glauser

MANESSE VERLAG
ZÜRICH

Titel der englischen Originalausgabe:
«Out of Africa»
New York 1937

CIP-Kurztitelaufnahme der Deutschen Bibliothek

Blixen, Tania:
Afrika, dunkel lockende Welt / Tania Blixen
Aus d. Engl. übertr. von Rudolf von Scholtz
Nachw. von Jürg Glauser
12. Aufl. – Zürich: Manesse Verlag, 1987
(Manesse Bibliothek der Weltliteratur)
Einheitssacht.: Out of Africa ⟨dt.⟩
ISBN 3-7175-1718-X Gewebe
ISBN 3-7175-1719-8 Ldr.

Vw: Blixen-Finecke, Karen [Wirkl. Name] → Blixen, Tania

«Reiten, Bogenschießen,
die Wahrheit sagen.»

KAMANTE UND LULU

Die Ngongfarm

Ich hatte eine Farm in Afrika am Fuße der Ngongberge. Hundert Meilen nördlicher lief der Äquator durchs Hochland, aber die Farm lag in einer Höhe von über zweitausend Metern. Da spürt man tagsüber die Höhe, die Nähe der Sonne, aber die Morgenfrühe und die Abende sind klar und friedvoll, und die Nächte sind kalt.

Die geographische Lage und die Höhe haben vereint eine Landschaft geschaffen, die in der ganzen Welt nicht ihresgleichen hat. Nirgends ist etwas Üppiges oder Überschwengliches; es ist, als wäre Afrika hier gleichsam durch zweitausend Meter emporgeläutert zu einer starken und klaren Essenz seines Wesens. Die Farben sind trocken und glasiert wie Farben irdener Geschirre. Die Bäume haben ein lichtes zartes Laubwerk, und ihre Form ist anders als die europäischer Bäume, sie bilden keine Kronen und Kuppeln, sondern waagrechte Schichten. Vereinzelte hohe Bäume bekommen dadurch eine Ähnlichkeit mit Palmen, sie haben etwas Heroisches und Romantisches wie Schiffe mit vollen Segeln, und ein Waldrand wirkt seltsam: der ganze Wald scheint leicht zu schwingen. Aus dem Gras der großen Ebenen ragen verstreut die krummen, kahlen alten Dornbäume, und das Gras riecht würzig nach Thymian und Sumpfmyrte; an manchen Stellen ist der Duft so stark, daß er die Nase beizt. Alle Blumen auf den Hochebenen oder an den Schlinggewächsen und Lianen im Urwald sind gewissermaßen Verkleinerungen wie Blumen auf den Dünen; nur zu Beginn der Regenzeit sprießen große fleischige, schwerduftende Lilien auf den Hochebenen empor. Die Ausblicke sind unendlich weit. Alles, was man sieht, atmet Größe und Freiheit und unvergleichliche Vornehmheit.

Das wesentliche Element der Landschaft und des Lebens in ihr ist die Luft. Wer auf einen Aufenthalt im afrikanischen Hochland zurückblickt, den überkommt das Gefühl, er habe eine Zeitlang hoch in der Luft gelebt. Der Himmel ist selten mehr als blaßblau oder violett, und mächtige, aller Schwere bare, immerfort sich wandelnde Wolken türmen sich allenthalben und segeln an ihm dahin; aber die Bläue hat etwas Leuchtendes und färbt die Umrisse der Berge und nahen Wälder mit frischem tiefem Blau. Um die Tagesmitte beginnt die Luft über dem Lande sich zu regen wie eine aufsteigende Flamme, sie flimmert, wogt und schimmert wie rieselndes Wasser, spiegelt und verdoppelt alle Gegenstände und schafft große Fata Morganen. Es atmet sich leicht in der hohen Luft, man saugt Lebensgewißheit und Unbeschwertheit der Seele in sich. Im Hochland erwacht man in der Frühe und weiß: hier bin ich, wo ich sein sollte.

Die Ngongberge ziehen sich als langer Kamm von Nordwesten nach Südosten und sind von vier stolzen Gipfeln gekrönt, die wie reglose dunklere blaue Wellen gegen den Himmel stehen. Sie erheben sich zweitausendsiebenhundert Meter über das Meer und im Osten siebenhundert Meter über das umliegende Land; im Westen ist der Absturz tiefer und steiler, da fallen die Berge senkrecht ab in das große Rifttal.

Der Wind weht im Hochland beständig aus Nordnordost. Es ist der gleiche Wind, den sie unten an den Küsten Afrikas und Arabiens den Monsun nennen, der Ostwind, König Salomons liebstes Roß. Hier oben spürt man ihn nur, als wär's der Widerstand der Luft, gegen den die Erde ostwärts durch den Raum rollt. Der Wind streicht gerade auf die Ngongberge zu, und an den Bergabhängen könnte man herrlich Drachen steigen lassen; der Luftstrom würde sie emporheben bis über die Berggipfel. Die Wolken, die mit dem Winde heranziehen, stoßen an die Hänge des Gebirges und umschweben es oder werden von dem Grat erfaßt und lösen sich in Regen auf. Die aber, die höher fliegen und den Kamm nicht streifen, zergehen westlich von ihm über der glühenden Wüste des Rifttales. Viele Male habe ich aus meinem Hause diese mächtigen Züge heranschweben sehen und staunend betrachtet, wie die stolzen wogenden Massen, kaum daß sie die Berge überflogen hatten, in der blauen Luft zergingen und verschwanden.

Von der Farm aus sah man die Berge mehrmals am Tage ihr Aussehen verändern, zuweilen schienen sie ganz nahe und dann wieder weit, weit entfernt. Abends, wenn es dunkelte, sah es zuerst, wenn man nach ihnen hinschaute, aus, als würde am Himmel ein silberner Strich um die ganze Silhouette des dunklen Berges gezogen; dann, wenn es finster wurde, schienen die vier Gipfel flacher und weicher zu werden, als strecke und dehne sich das Gebirge.

Von den Ngongbergen hat man einen einzigartigen Blick; südwärts sieht man die weite Ebene der großen Jagdgründe, die sich bis zum Kilimandscharo erstrecken, im Osten und Norden das parkartige Gelände der Vorberge mit dem Walde dahinter und das wellige Gebiet des Kikujureservats, das sich hundert Meilen weit zum Kenia hinzieht – ein Mosaik kleiner rechteckiger Maisfelder, Bananenhaine und Wiesen, und hier und da den blauen Rauch aus einem Eingeborenendorf, das wie ein Grüppchen spitziger Maulwurfshaufen sichtbar wird. Im Westen aber, tief unten, liegt die dürre Mondlandschaft des afrikanischen Tieflandes. Die braune Wüste ist regellos gemustert mit kleinen Flecken von Dornengebüsch, die Windungen der Flußläufe sind von zackigen dunkelgrünen Zwickeln umsäumt: das sind die Wälder der mächtigen breitästigen Mimosenbäume, mit Dornen wie Spieße; da gedeiht der Kaktus, da ist die Heimat der Giraffe und des Nashorns.

Das Bergland selbst in seinem Inneren ist unermeßlich groß, malerisch und wechselnd, voller Schlupfwinkel, langer Täler, Dickichte, grüner Hänge und felsiger Klippen. Hoch oben unter einem der Gipfel grünt sogar ein Bambushain. Quellen und Brunnen rieseln dort oben in den Bergen, ich habe an ihnen gelagert und gerastet.

Zu meiner Zeit hausten der Büffel, die Elenantilope und das Nashorn in den Ngongbergen, und mir hat es immer leid getan, daß nicht das ganze Bergland in das Jagdschutzgebiet eingeschlossen war. Nur ein kleiner Teil davon war geschützt, die Zacke am südlichen Gipfel bezeichnete die Grenze. Wenn die Kolonie sich entfaltet und die Hauptstadt Nairobi eine große Stadt wird, könnten die Ngongberge einen unvergleichlich schönen Wildpark abgeben. Aber schon in den letzten Jahren, die ich dort war, zogen die jungen Leute aus Nairobi mit ihren Motorrädern sonntags in die Berge und knallten ab, was sie zu Gesicht bekamen. Ich glaube, das Großwild wird aus dem Gebiet fort durch die Dornendickichte und Steinwüsten südwärts gewandert sein.

Oben auf den Bergen und auf den vier Gipfeln selbst war es bequem zu wandern; das Gras war kurz wie ein geschorener Rasen; hier und da sah das graue Gestein durch die Grasnarbe. Den Kamm entlang, die Gipfel auf und ab, lief, wie eine glatte Berg-und-Tal-Bahn, ein schmaler Wildwechsel. Eines Morgens, in der Zeit, als ich im Gebirge hauste, kam ich dort hinauf und ging den Wechsel entlang; da fand ich die frische Fährte und Losung eines Rudels von Antilopen. Die großen friedfertigen Tiere sind wohl gegen Sonnenaufgang in einer langen Kette den Kamm entlanggewandert, und man kann sich nicht vorstellen, daß sie zu einem anderen Zweck dort oben waren, als um tief hinab nach beiden Seiten ins weite Land zu schauen.

Auf meiner Farm wurde Kaffee angebaut. Die Gegend lag eigentlich etwas zu hoch für Kaffee, man mußte sich mühselig durchschlagen; wir sind nie reich gewesen auf der Farm. Aber eine Kaffeepflanzung ist etwas, das einen festhält und nicht losläßt, es gibt immer etwas auf ihr zu tun, und meistens hinkt man mit seiner Arbeit ein wenig hintennach. Mitten in einem wilden, ungepflegten Lande ist ein Stück Boden, das bearbeitet und regelrecht bepflanzt ist, ein schöner Anblick. Später, als ich Gelegenheit hatte zu fliegen und meine Farm aus der Vogelschau kennenlernte, war ich sehr stolz auf meine Kaffeeplantage, die hellgrün in der graugrünen Landschaft dalag, und fühlte so recht, wie der Mensch ein tief eingewurzeltes Verlangen nach geometrischen Figuren hat. Das ganze Gebiet rings um Nairobi, besonders im Norden der Stadt, ist ähnlich bebaut; der Siedler, der da lebt, denkt und spricht unausgesetzt vom Pflanzen, Beschneiden oder Ernten des Kaffees und sinnt und grübelt nachts über Verbesserungen seiner Kaffeeaufbereitung.

Kaffeeanbau ist eine langwierige Arbeit. Sie geht durchaus nicht so glatt, wie man sich's vorstellt, wenn man jung und hoffnungsvoll bei strömendem Regen die Kisten mit den zarten jungen Kaffeepflänzchen von der Baumschule holt und mit allem Gesinde aufs Feld zieht und darüber wacht, daß die Pflänzchen in die ordentlich gereihten Löcher ins nasse Erdreich gesetzt werden, in dem sie wachsen sollen, dicht beschattet gegen den Sonnenbrand durch Zweige aus dem Walde – denn Dämmerung ist die Zuflucht allen zarten Lebens. Es währt vier oder fünf Jahre, ehe die Sträucher Frucht tragen, und derweil können dürre Jahre über das Land kommen oder Krankheiten – die frechen wilden Unkräuter schießen in den Feldern dick empor, die Schwarzeiche mit ihren langen kratzigen Samenhülsen, die sich einem an die Kleider und Strümpfe heften. Einige Bäumchen sind schlecht gepflanzt, ihre Hauptwurzel ist verbogen, und sie sterben, sowie sie zu blühen beginnen. Man setzt über sechshundert Bäume auf einen Morgen, und ich hatte sechshundert Morgen Land mit Kaffee bepflanzt. Meine Ochsen zogen Pflüge und Eggen durch die Felder, auf und nieder, viele tausend Meilen zwischen den Baumreihen, geduldig in Erwartung künftigen Lohnes.

Zuzeiten ist es sehr schön auf einer Kaffeepflanzung. Zu Beginn der Regenzeit, wenn die Pflanzung in Blüte stand, bot sich ein leuchtendes Bild, eine Wolke von Kreide schien im Nebel und Geriesel sechshundert Morgen weit übers Land gebreitet. Die Kaffeeblüten haben einen zarten bitterlichen Duft, ähnlich wie Schwarzdornblüten. Wenn das Feld sich von den reifen Kirschen rötete, wurden die Weiber und die Kinder – die Watoto – mit hinausgenommen, um mit den Männern den Kaffee von den Bäumen zu pflücken. Auf Wagen und Karren wurde er dann hinuntergeschafft zur Aufbereitung am Fluß. Unsere technischen Einrichtungen waren nie so auf der Höhe, wie sich's gehört hätte, aber wir hatten unsere Anlage selbst entworfen und gebaut und waren stolz auf sie. Einmal brannte sie gänzlich ab und mußte neu aufgebaut werden. Die große Trockentrommel drehte und drehte sich ohne Unterlaß, und die Bohnen rauschten in ihrem eisernen Bauch wie Kies, der am Strande unter der Brandung knirscht. Zuweilen wurde der Kaffee mitten in der Nacht getrocknet und mußte aus der Trockentrommel herausgeholt werden. Das war ein malerisches Schauspiel, wenn die vielen Windlichter den riesigen dunklen Raum voller Spinnweben und Kaffeeschalen erleuchteten und die glänzenden schwarzen Gesichter in ihrem Schein sich um die Trokkenmaschine scharten – man hatte das Gefühl, als hinge das Anwesen in der Schwärze der afrikanischen Nacht wie ein heller Edelstein im Ohr eines Äthiopiers. Dann wurde der Kaffee geschält und gesichtet, mit der Hand sortiert und in Säcke verstaut, die mit Packnadeln vernäht wurden.

Wenn alles vorüber war, konnte ich in der Frühe, noch ehe es tagte, von meinem Bett aus hören, wie die Wagen, mit Kaffeesäcken hoch beladen – zwölf Säcke die Tonne –, von je sechzehn Ochsen gezogen, unter großem Gebrüll und Lärm der nebenherlaufenden Treiber den langen Hügel von der Aufbereitung herauf auf dem Weg nach dem Bahnhof Nairobi davonzogen. Es war angenehm, zu wissen, daß dieser Berg der einzige auf ihrem Wege war, denn die Farm lag tausend Fuß höher als die Stadt Nairobi. Abends ging ich dann dem heimkehrenden Zug entgegen; die müden Ochsen schritten vor den leeren Wagen mit hängenden Köpfen einher, von einem müden kleinen Toto gelenkt, und die Treiber ließen ihre Peitschen matt im Staub der Straße schleifen. Wir hatten alles getan, was wir konnten. Morgen oder übermorgen schwamm der Kaffee auf dem Meere, und wir durften nur hoffen, daß uns bei den großen Versteigerungen in London das Glück hold war.

Ich besaß sechstausend Morgen, also außer der Kaffeepflanzung noch genug freies Land. Einen

Teil der Farm bedeckte Urwald und etwa tausend Morgen Squatterland oder sogenannte Schambas. Die Squatter sind Eingeborene, die auf der Farm eines Weißen mit ihrer Familie einige Morgen Land bekommen und dafür eine bestimmte Zahl von Tagen im Jahr für ihn arbeiten müssen. Meine Squatter freilich faßten das Verhältnis anders auf; viele von ihnen waren auf der Farm geboren und ebenso auch ihre Väter, so daß sie wahrscheinlich mich als eine Art Obersquatter auf ihrem Grund und Boden ansahen. Auf dem Squatterland ging es sehr viel lebendiger zu als auf der ganzen übrigen Farm, und das Schauspiel wechselte ständig mit den Jahreszeiten. Der Mais schoß hoch auf und ragte einem über den Kopf, wenn man auf den schmalen festgetretenen Fußpfaden durch die hohen, grünen, raschelnden Regimenter schritt. Dann wurde er geerntet, die Kolben wurden von den Weibern abgelesen und gedroschen, die Stengel und Hülsen wurden in Haufen gesammelt und verbrannt, so daß zuzeiten überall auf der Farm die dünnen blauen Rauchsäulen aufstiegen. Die Kikuju bauen auch Bataten an, mit Blättern wie Weinlaub, die sich am Boden zu einer dichtgeflochtenen Matte verschlingen, und verschiedene Arten großer gelber und grüngesprenkelter Kürbisse. Wenn man durch die Felder der Kikuju geht, ist immer das erste, was einem in die Augen sticht, das Hinterteil irgendeines alten Weibleins, das in seinem Acker buddelt, wie das Sinnbild des Vogels Strauß, der sein Haupt in den Sand steckt. Jede Kikujufamilie besitzt eine Reihe kleiner runder, spitzer Wohnhütten mit den zugehörigen Vorratshütten und dazwischen einen freien Platz, wo der Boden festgestampft ist wie Zement, wo der Mais geputzt wird und die Ziegen gemolken werden und die Kinder und Hühner umherlaufen. Ich habe auf den Kartoffelfeldern zwischen den Squatterhäusern in der blauen Abenddämmerung Spornhühner gejagt, die Waldtauben gurrten laut ihr Lied in den hochstämmigen zerzausten Bäumen, die hie und da in den Schambas aufragten als Reste des Urwalds, der einst die ganze Farm bedeckt hatte.

Und dann gehörten zur Farm noch einige tausend Morgen Grasland. Da wogte und bog sich das lange Gras wie Wellen des Meeres unter einem steifen Winde, und die kleinen Kikujububen hüteten die Kühe ihrer Eltern. In der kalten Jahreszeit nahmen sie sich in kleinen geflochtenen Körben glühende Kohlen aus den Hütten mit und verursachten zuweilen große Grasbrände, die für die Weidewirtschaft der Farm recht verhängnisvoll waren. In dürren Jahren kamen die Zebras und Antilopen bis zu den Weidegründen der Farm herab.

Nairobi, unsere Stadt, lag, zwölf Meilen entfernt, unten in einem flachen Landstrich zwischen den Bergen. Da war das Haus des Gouverneurs, da residierten die großen Firmen, von da aus wurde das Land regiert. Es gibt kein Leben, in dem nicht eine Stadt eine Rolle spielt, und es macht wenig aus, ob man ihr wohl oder übel gesinnt ist, sie zieht die Gedanken an sich nach einem geistigen Gesetz der Schwere. Der helle Schimmer am Himmel, der nachts über der Stadt lag – ich konnte ihn an mehreren Stellen von meiner Farm aus sehen –, erregte meine Gedanken und rief Erinnerungen wach an die großen Städte Europas.

Als ich nach Afrika kam, gab es noch keine Autos im Lande, und wir ritten nach Nairobi oder fuhren in einem Wagen mit sechs Maultieren und stellten unser Gespann in den Stallungen des Hochlandtransports ein. Während meiner ganzen Zeit blieb Nairobi eine Stadt von recht gemischtem Aussehen; neben etlichen neuen Steinhäusern gab es ganze Viertel von Läden, Kanzleien und Wohnhäusern aus altem Wellblech, die sich unter langen Reihen von Eukalyptusbäumen die leeren staubigen Straßen entlangzogen. Die Kanzleien des Landgerichts, des Eingeborenenamtes, des Veterinäramtes waren erbärmlich untergebracht, und ich bewunderte die Beamten, daß sie in den niedrigen, glühendheißen Räumen überhaupt arbeiten konnten.

Aber trotz alledem war Nairobi eine Stadt, in der man Einkäufe machen, Neuigkeiten hören, in Hotels frühstücken und zu Abend essen und im Klub tanzen konnte. Und es war ein Ort voller Leben, ständig bewegt wie strömendes Wasser und wandlungsfähig wie alles Junge; es verwandelte sich von Jahr zu Jahr und zeigte jedesmal, wenn man von einem Jagdzug heimkehrte, ein neues Gesicht. Das neue Regierungsgebäude wurde errichtet, ein prächtiges kühles Haus mit schönem Ballsaal und hübschem Garten; prächtige Hotels wuchsen aus dem Boden, große eindrucksvolle Landwirtschaftsausstellungen und herrliche Blumenausstellungen wurden abgehalten, und die sogenannte elegante Welt der Kolonie bereicherte das Leben der Stadt von Zeit zu Zeit mit Hörfolgen spannender Skandale. Nairobi rief einem zu: «Genieße mich und deine Zeit. Wir kommen nie wieder so jung – will heißen: so ungebändigt und lebenshungrig – zusammen.» Zeitweilig habe ich mich mit Nairobi recht gut verstanden, und es gab eine Zeit, da fuhr ich durch die Stadt und dachte mir: Was wäre das Leben ohne die Straßen von Nairobi!

Die Viertel der Eingeborenen und der farbigen Einwanderer waren im Verhältnis zu der Europäerstadt sehr weitläufig angelegt.

Die Suahelistadt an der Straße zum Mathaigaklub genoß zwar in keinem Sinne einen guten Ruf, war aber ein lebensvoller, dreckiger und vergnüglicher Ort, in dem zu jeder Stunde des Tages alles mögliche passierte. Sie war größtenteils erbaut aus flachgehämmerten Petroleumkanistern in allen Stadien der Verrostung und bildete so wie eine steingewordene Anhäufung von Skeletten, deren Seele entwichen war, eine Art Korallenriff der vordringenden Zivilisation.

Die Somalistadt lag noch weiter entfernt von Nairobi, und zwar vermutlich weil die Sitte der Somali die strenge Abgeschiedenheit der Weiber fordert. Zu meiner Zeit kamen wohl einige schöne junge Somalifrauen, deren Namen in aller Munde waren, in die Basare, trieben da ihr Wesen und machten der Polizei von Nairobi viel zu schaffen. Es waren gescheite, verführerische Frauenzimmer. Aber die anständigen Somalifrauen ließen sich in der Stadt nicht sehen. Die Somalistadt war allen

Winden preisgegeben, schattenlos und staubig – und mag ihre Bewohner wohl an ihre heimischen Wüsten gemahnt haben. Europäer, die lange Zeit, vielleicht Generationen lang, in der gleichen Gegend leben, können nie die völlige Gleichgültigkeit der Nomaden gegen die Umwelt ihrer Wohnstätte begreifen. Die Somalihäuser waren unregelmäßig verstreut auf der kahlen Erde und sahen aus, als seien sie mit einer Handvoll vierzölliger Stifte für ein paar Wochen zusammengenagelt. Man war überrascht, wenn man eintrat, sie so sauber und wohnlich zu finden, duftend nach arabischen Wohlgerüchen, ausgestattet mit Teppichen und Vorhängen, Messing- und Silberkesseln, Schwertern mit Elfenbeingriffen und feinen Klingen. Die Somalifrauen hatten ein würdiges und höfliches Benehmen, waren gastfrei und heiter; ihr Lachen klang wie silberne Glöckchen. Ich war ein häufiger Gast in der Somalistadt – mein Diener Farah Aden, der mich während meiner ganzen Zeit in Afrika begleitete, war ein Somali –, und ich habe viele von ihren Festen mitgefeiert. Eine große Somalihochzeit ist eine prächtige Feier mit vielen alten Bräuchen. Als Ehrengast wurde ich in die Brautkammer geführt, wo die Wände und das Brautbett mit alten, edlen, farbensatten Geweben und Stickereien behangen waren und die dunkeläugige junge Braut selbst von schwerer Seide, Gold und Bernstein strotzte.

Die Somali waren allenthalben im Lande Viehhändler und Kaufleute. Für die Beförderung ihrer Waren hielten sie sich in der Stadt kleine graue Esel; auch Kamele habe ich dort gesehen: stolze wetterfeste Geschöpfe der Wüste, erhaben über alles Leid, wie Kakteen, ja, wie die Somali selbst.

Die Somali bringen sich oft selbst ins Unglück durch ihre grimmigen Sippenfeindschaften. In der Beziehung empfinden und urteilen sie anders als die übrigen Menschen. Farah gehörte zur Sippe der Habr Junis, so daß ich selbst bei einem Streit deren Partei ergriff. Einmal kam es zu einer richtigen großen Schlacht in der Somalistadt, zwischen den zwei Sippen Dulba Hantis und Habr Chaolo; es wurde geschossen. Häuser wurden in Brand gesteckt und zehn oder zwölf Leute getötet, bis die Regierung eingriff. Farah hatte damals einen jungen Freund aus seiner Sippe, Said mit Namen, der ihn auf der Farm besuchte. Er war ein anmutiger Knabe, und mir tat es leid, als ich von meinen Leuten hörte, Said sei bei einer Familie der Habr Chaolo zu Besuch gewesen, als einer von der Sippe Dulba Hantis im Vorbeigehen aus Wut aufs Geratewohl zwei Schüsse durch die Hauswand feuerte, deren einer Said das Bein zerschmetterte. Ich sagte Farah, daß mir das Unglück seines Freundes naheginge. «Was? Said?» fuhr Farah auf. «Das ist ihm ganz recht geschehen. Warum muß er bei einem Habr Chaolo Tee trinken?»

Die Inder von Nairobi beherrschten das Geschäftsviertel der Eingeborenen im Basar, und die großen indischen Kaufleute Jevanjee, Suleiman Virjee, Allidina Visram besaßen ihre Villen am Rande der Stadt. Ihre Liebhaberei waren steinerne Treppenaufgänge, Balustraden und Vasen, die sie sich recht stümperhaft aus dem weichen Gestein der Gegend aushauen ließen, wie Bauwerke von

Kindern aus roten gedrechselten Bausteinchen. Sie gaben Teegesellschaften in ihren Gärten mit indischen Kuchen im Stil der Villen; sie waren klug, weitgereist und sehr wohlerzogen. Aber die Inder in Afrika sind so eingefleischte Geschäftsleute, daß man nie weiß, ob man einem menschlichen Wesen gegenübersteht oder dem Oberhaupt einer Firma. Ich verkehrte in Suleiman Virjees Hause; als ich eines Tages auf den Gebäuden seines großen Warenhauses die Flagge halbmast wehen sah, fragte ich Farah: «Ist Suleiman Virjee tot?» – «Halb tot», sagte Farah. «Setzt man denn hier die Flagge halbmast, wenn einer halbtot ist?» fragte ich. «Suleiman ist tot», sagte Farah, «Virjee lebt.»

Bevor ich die Leitung der Farm übernahm, war ich eine eifrige Jägerin und bin manches Mal auf Safari ausgezogen. Aber als ich Farmerin wurde, hängte ich meine Gewehre in den Schrank.

Die Massai, das viehzüchtende Nomadenvolk, waren meine Nachbarn auf der Farm; sie lebten drüben auf dem anderen Flußufer. Zuweilen kam einer von ihnen zu mir und klagte über einen Löwen, der ihnen die Kühe raubte, und bat mich, auszuziehen und ihn für sie zu schießen. Das tat ich dann, wenn ich konnte. Manchmal ging ich an Samstagen hinaus auf die Orungisteppe und schoß ein oder zwei Zebras als Braten für meine Arbeiter; ein ganzer Schwanz vertrauensseliger junger Kikuju zog hinter mir her. Ich schoß Geflügel auf der Farm, Spornhühner und Perlhühner, die sehr schmackhaft waren. Aber auf Jagdzüge ging ich viele Jahre nicht mehr.

Doch erzählten wir uns auf der Farm noch oft

von den Safaris, die wir mitgemacht hatten. Lagerplätze prägen sich in das Gedächtnis ein, als hätte man ein ganzes Stück seines Lebens auf ihnen verbracht. Man erinnerte sich an die Kurve einer Radspur im Gras der Steppe, als hätte sie sich einem ins Gemüt eingedrückt.

Auf Safari habe ich einmal eine Büffelherde von einhundertundneunundzwanzig Stück unter einem kupferbraunen Himmel einzeln aus dem Morgennebel hervortauchen sehen, als ob die dunklen, schwarzen, ehernen Tiere mit ihren mächtigen, seitlich geschwungenen Hörnern nicht auf mich zukämen, sondern vor meinen Augen erschaffen und stückweis, wie sie fertig wurden, herausgeschoben würden. Ich habe eine Herde von Elefanten durch den dichten Urwald wandern sehen, da, wo die Sonnenstrahlen sich zwischen dem dichten Gerank in lauter kleine Lichter und Flecken zerteilen; sie schritten aus, als hätten sie eine Verabredung am anderen Ende der Welt. Sie wirkten wie die riesenhaft vergrößerte Kante eines sehr alten, unendlich kostbaren persischen Teppichs von grüner, gelber und schwärzlich brauner Farbe. Ich habe wiederholt die Giraffen durch die Steppe ziehen sehen mit ihrer seltsamen, unvergleichlichen pflanzlichen Anmut, als seien sie nicht eine Herde von Tieren, sondern eine Gattung langstengeliger, gesprenkelter Riesenblüten, die langsam vorwärtsschwebten. Ich bin in der Frühe zwei Nashörnern auf ihrem Spaziergang gefolgt; sie sogen schnaubend und grunzend die Morgenluft ein, die so kalt ist, daß sie die Nüstern beizt, und sahen aus wie zwei klobige Felsblöcke, die durchs

Tal kobolzten und ihren Spaß miteinander hatten. Ich habe den königlichen Löwen gesehen, wie er vor Sonnenaufgang im Schein des verblassenden Mondes über die graue Steppe heimkehrte vom nächtlichen Beutezug – dunkel zog sich seine Spur durch das silbrige Gras, sein Maul war noch rot bis an die Ohren –, oder bei seiner Mittagsrast, wenn er behaglich im Kreise der Seinen auf dem kurzen Rasen im hellen, frühlingszarten Schatten der Schirmakazien in seinem Lustgarten Afrika ausruhte.

Es war schön, all dieser Bilder zu gedenken, wenn es still und öde auf der Farm war. Und die wilden Tiere lebten noch da draußen in ihrem Revier, ich konnte hinausziehen und sie wiedersehen, wenn ich wollte. Ihre Nähe gab der Stimmung auf der Farm etwas Beschwingtes, Lockendes. Farah, der mit den Jahren einen warmen Anteil am Fortgang der Farm nahm, und meine anderen alten Jagdgenossen lebten in der Hoffnung auf neue Safaris.

Draußen in der Wildnis habe ich gelernt, hastige Bewegungen zu meiden. Die Tiere, denen man dort begegnet, sind scheu und wachsam, sie verstehen es, einem zu entwischen, wenn man es am wenigsten erwartet. Kein Haustier kann so still sein wie ein wildes Tier. Die Kulturmenschen haben die Fähigkeit des Stillseins verloren und müssen vom wilden Tier Ruhe lernen, wenn sie von ihm anerkannt werden wollen. Die Kunst der Bewegung ohne plötzlichen Ruck ist die erste, die der Jäger sich aneignen muß, zumal der Jäger mit der Kamera. Jäger dürfen nie ihrer Laune folgen, sie müssen sich anpassen an Wind und Farben und Geruch der Landschaft und müssen sich das Zeitmaß ihrer Umwelt einverleiben. Sie wiederholt zuweilen dieselbe Bewegung immer und immer wieder, und der Jäger muß das gleich tun.

Wer den Rhythmus Afrikas erfaßt hat, wird finden, daß er in all seinen Melodien wiederkehrt. Was ich beim Wild des Landes gelernt hatte, kam mir zugute beim Umgang mit den Eingeborenen.

Frauen und Weiblichkeit lieben ist eine Männereigenschaft, so wie Männer und Männlichkeit lieben eine Fraueneigenschaft ist, und so gibt es eine Leidenschaft für den Süden und seine Menschen, die nur der Nordländer empfindet. Die Normannen haben sich wohl auch in die fremden Länder verliebt, erst in Frankreich und dann in England. Die alten Mylords, die die Geschichtsschreiber und Romandichter des achtzehnten Jahrhunderts beständig auf Reisen nach Italien, Griechenland und Spanien zeigen, hatten gewißlich keinen einzigen südländischen Zug in ihrem Wesen, sondern wurden angelockt und gefesselt von Reizen, die ihnen völlig fremd waren. Die alten deutschen und skandinavischen Maler, Philosophen und Dichter, die zuerst nach Florenz und Rom kamen, sanken auf die Knie und beteten den Süden an.

Eine seltsame vernunftwidrige Milde gegenüber der fremden Welt trat in diesen sonst so unduldsamen Menschen zutage. So wie es einer Frau kaum je gelingen wird, einen echten Mann aus der Fassung zu bringen, und so wie kein Mann einer Frau ganz verachtenswert und nichtswürdig erscheint, solange er ein Mann bleibt, so haben auch die hitzigen rothaarigen Nordländer eine unendliche Langmut gegen tropische Länder und Völker bewiesen. In ihrem eigenen Land oder von ihren Verwandten ließen sie sich keine Unbill gefallen, aber die Dürre des afrikanischen Hochlands, Sonnenstich, Rinderpest und schludrige schwarze Dienstboten ertrugen sie mit Demut und Resignation. Ja, sogar ihr Anspruch auf Persönlichkeit verlor sich in dem Gefühl für die Möglichkeiten, die sich auftun, wenn sich Wesen verbinden, die eins werden können, weil sie unvereinbar sind. Südländer und Mischlinge haben diese Fähigkeit nicht, sie mißachten sie oder hassen sie. So hassen Männer, die die Männlichkeit verherrlichen, den seufzenden Liebhaber, und Frauen, die vor lauter Vernunft keine Geduld mit ihren Männern haben, sehen verächtlich auf Griseldis herab.

Ich habe schon in den ersten Wochen in Afrika eine große Liebe für die Eingeborenen gefaßt. Es war ein tiefes Gefühl, das jedem Alter und Geschlecht gleichermaßen galt. Die Entdeckung der schwarzen Rasse war für mich eine wunderbare Bereicherung der Welt. Ein Mensch, der mit einer angeborenen Liebe zu Tieren in einer Umwelt ohne Tier aufgewachsen wäre und erst spät im Leben mit Tieren in Berührung käme, oder ein Mensch, der eine instinktive Neigung für Holz und Wälder hätte und zum erstenmal als Zwanzigjähriger einen Wald beträte, oder ein Mensch mit musikalischem Gehör, der zufällig erst als Erwachsener zum erstenmal Musik zu hören bekäme, würde sich in der gleichen Lage befinden wie ich. Sowie ich mit den Eingeborenen in Fühlung gekommen war, fügte ich den Rhythmus meines täglichen Lebens dem großen Orchester ein.

Mein Vater war Offizier in der dänischen und französischen Armee; als ganz junger Leutnant bei Düppel schrieb er einmal nach Hause: «Nach Düppel zurückgekehrt, wurde ich Führer einer großen Abteilung: eine mühsame, aber herrliche Aufgabe. Die Liebe zum Krieg ist eine Leidenschaft wie jede Liebe; man liebt Soldaten, wie man Frauen liebt – bis zur Raserei; und die eine Liebe ist der anderen nicht im Wege, die Mädels wissen das. Aber die Liebe zu Frauen kann nur eine zur Zeit umfassen, die Liebe zu Soldaten umfaßt ein ganzes Regiment, und man wünscht nur immer, es möchte womöglich noch größer sein.» Geradeso ging es mir mit den Schwarzen.

Es war nicht leicht, den Schwarzen näherzukommen. Sie waren hellhörig, und wenn man sie erschreckte, flüchteten sie augenblicklich in ihre eigene Welt zurück wie die wilden Tiere, die bei einer raschen Bewegung verschwinden und einfach nicht mehr da sind. Ehe man den Schwarzen genau kennt, gelingt es einem kaum, von ihm eine gerade Antwort zu bekommen. Auf die direkte Frage, etwa wieviel Kühe er besitze, gibt er eine ausweichende Antwort: «So viele, wie ich dir gestern sagte.» Es geht einem Europäer gegen das Gefühl, solch eine Antwort hinzunehmen, aber wahrscheinlich geht es einem Schwarzen ebenso gegen das Gefühl, so geradezu gefragt zu werden. Wenn wir drängten oder versuchten, den Leuten eine Erklärung ihres Benehmens abzupressen, dann zogen sie sich zurück, solange es ging, und kehrten dann irgendeinen grotesken lustigen Spaß hervor, um uns auf eine falsche Spur zu lenken. Sogar kleine Kinder bewiesen in einer solchen Lage die Abgefeimtheit alter Pokerspieler, denen es ganz gleich ist, ob man ihre Karten unterschätzt oder überschätzt, solange man nur nicht weiß, was sie wirklich in der Hand halten. Da, wo wir an die Grundlage ihrer Existenz rührten, benahmen sich die Schwarzen wie Ameisen, in deren Haufen man mit einem Stock hineinsticht: sie besserten den Schaden mit unermüdlicher Kraft rasch und ruhig aus, als gelte es, eine Ungeschicklichkeit zu vertuschen.

Wir konnten nicht wissen und nicht ahnen, welcher Gefahren sie sich von uns versahen. Ich glaube, daß sie uns mehr fürchteten als einer, der plötzlich einen entsetzlichen Lärm hört, als einer, der Qual und Tod fürchtet. Aber es war schwer, draus klug zu werden, denn die Schwarzen sind groß in der Kunst der Verstellung. Frühmorgens in den Schambas kam es vor, daß ein Feldhuhn aufgescheucht vor meinem Pferde herlief, als sei ein Flügel gebrochen und als fürchte es, von den Hunden gepackt zu werden. Aber sein Flügel war nicht gebrochen, und es fürchtete die Hunde nicht, es konnte jederzeit vor ihnen aufflattern, es hatte nur seine Brut irgendwo in der Nähe und versuchte, unsere Aufmerksamkeit von ihr abzulenken. Geradeso wie der Vogel heuchelten die Schwarzen vielleicht Furcht vor uns aus einer anderen, tieferen Angst, deren Wesen wir nicht erraten konnten. Oder aber ihr Gehaben war nur ein wunderlicher Spaß, und in Wahrheit fürchteten uns diese scheuen Menschen überhaupt nicht. Die Schwarzen besitzen viel weniger als wir Weißen den Sinn für das Drohende im Leben. Zuweilen bin ich auf der Jagd oder auf der Farm in Augenblicken höchster Spannung den Blicken meiner schwarzen Begleiter begegnet und habe gespürt, wie wir einander fern waren und wie sie mein Vorgefühl von drohender Gefahr staunend betrachteten. Das brachte mich auf den Gedanken, daß sie vielleicht das Leben als ihr eigenstes Element empfinden, so wie wir es nie vermögen, wie Fische im tiefen Wasser, die um nichts in der Welt begreifen könnten, warum wir uns fürchten zu ertrinken. Diese Sicherheit, diese Schwimmkunst besitzen sie, dachte ich mir, weil sie sich ein Wissen erhalten haben, das uns in unseren frühesten Vorfahren verlorenging, das Afrika als einziger Kontinent uns wieder lehren kann: daß Gott und der Teufel eins sind, die ewige Macht, nicht zwei Unerschaffene, sondern ein Unerschaffener, und daß die Schwarzen weder die Personen verwechseln noch das Wesen zerteilen.

Auf unseren Jagdzügen und auf der Farm entwickelte sich meine Bekanntschaft mit den Schwarzen zu einer festen persönlichen Beziehung. Wir wurden gute Freunde. Ich fand mich damit ab, daß ich sie zwar nie ganz kennen und verstehen würde, daß sie mich aber durch und durch kannten und die Entscheidungen, die ich treffen würde, bereits wußten, ehe ich selbst entschieden hatte. Eine Zeitlang hatte ich noch eine kleine Farm oben in Gil-Gil; ich kampierte dort in einem Zelt und fuhr mit der Bahn zwischen Gil-Gil und Ngong hin und her. Manchmal, wenn es zu regnen begann, beschloß ich ganz plötzlich, in Gil-Gil aufzubrechen und in mein Haus zurückzufahren. Wenn ich dann nach Kikuju kam, unserer Eisenbahnstation, von der es noch zehn Meilen bis zur Farm waren, stand einer meiner Leute mit einem Maultier da, auf dem ich heimreiten konnte. Fragte ich ihn, woher sie gewußt hätten, daß ich herunterkäme, dann blickte er wie gelangweilt oder verlegen zur Seite, so wie wir es tun würden, wenn ein Tauber von uns verlangte, daß wir ihm ein Musikstück erklären sollten.

Wenn die Schwarzen sich bei uns sicher fühlten vor ruckhaften Bewegungen und plötzlichen Geräuschen, dann sprachen sie viel offener mit uns, als je ein Europäer mit einem anderen spricht. Man durfte sich nie auf das verlassen, was sie sagten, und doch waren sie im tieferen Sinne wahrhaftig. Ein schönes Wort, das Würde heißt, bedeutet viel in der Welt der Schwarzen. Sie vollzogen, schien es, irgendwann eine Gesamteinschätzung einer Person, von der sie später niemals wieder abwichen.

Zeitweilig war das Leben auf der Farm sehr einsam, und an den stillen Abenden, wenn die Minuten aus der Uhr sickerten, schien das Leben selbst mit ihnen davonzusickern in lauter Sehnsucht nach einem weißen Menschen, mit dem man hätte sprechen können. Und doch fühlte ich immer das stille dämmerige Dasein der Schwarzen, das parallel mit meinem auf einer anderen Ebene verlief. Echos klangen von einem zum anderen.

Für mich waren die Schwarzen Fleisch und Blut gewordenes Afrika. Der hohe erloschene Vulkan von Longonot, der sich über dem Rifttal erhebt, die breiten Mimosenbäume an den Flüssen, der Elefant und die Giraffe waren nicht wirklicher Afrika als die Schwarzen, die kleinen Spieler auf der gewaltigen Bühne. Sie alle waren verschiedene Gestaltungen der einen Idee, Variationen über dasselbe Thema. Es war nicht eine einhellige Masse mannigfacher Atome, sondern eine Mannigfaltigkeit von Gebilden aus einhelligen Atomen, so wie ein Eichblatt und ein Ahorn und ein Gegenstand aus Eichenholz. Wir mit Schuhen an unseren Füßen, mit unserer beständigen Eile sind oft im Widerspruch mit der Landschaft. Die Schwarzen leben in Eintracht mit ihr, wenn ihre hohen, geschmeidigen, dunklen und dunkeläugigen Gestalten über Land wandern – immer einzeln hintereinander, so daß auch die großen Verkehrsadern des Landes nur schmale Fußpfade sind – oder wenn sie den Boden bearbeiten oder ihr Vieh weiden, ihre großen Tänze abhalten oder eine Geschichte erzählen, dann ist es Afrika, das reist, tanzt und spricht. Im Hochland wird man an das Wort des Dichters erinnert:

«Edel fand ich
Stets den Schwarzen
Und schal den Fremden.»

Die Kolonie verändert sich und hat sich, seit ich dort lebte, schon verändert. Wenn ich so genau, wie ich vermag, niederschreibe, was ich mit der Farm, mit dem Lande und mit den Bewohnern der Steppen und Wälder erlebt habe, so mag das in mancher Hinsicht ein historisches Interesse haben.

Kamante war ein kleiner Kikujubub, der Sohn eines meiner Squatter. Ich kannte meine Squatterkinder gut, denn sie arbeiteten für mich auf der Farm und kamen auch sonst ans Haus und ließen ihre Ziegen auf dem Rasen weiden, weil sie meinten, daß sich da vielleicht irgendwas Interessantes ereignen könnte. Aber Kamante muß schon einige Jahre auf der Farm gelebt haben, bevor ich ihn zu Gesicht bekam. Wahrscheinlich hat er sich verborgen gehalten wie ein krankes Tier.

Wir trafen uns zum erstenmal, als ich eines Tages über das Grasland der Farm ritt und er die Ziegen seiner Eltern hütete. Er war das bejammernswerteste Geschöpf, das man sich vorstellen kann. Sein Kopf war groß und sein Leib erschreckend klein und dürr, die Ellbogen und Knie starrten wie Knoten an einem Stock hervor, und seine Beine waren von der Hüfte bis zu den Zehen mit tiefen eiternden Geschwüren bedeckt. Auf der weiten Steppe sah er ganz besonders klein aus, so daß es einem unfaßlich schien, wie sich so viel Elend auf einem Häuflein zusammenfinden konnte. Als ich anhielt und mit ihm sprach, antwortete er nicht; er schien mich kaum zu sehen. In seinem platten, eckigen, gequälten und unendlich geduldigen Gesicht staken blicklose Augen, stumpf wie die Augen eines Verstorbenen. Er sah aus, als hätte er kaum mehr als eine Woche zu leben, und man meinte schon die Geier, die nahen Begleiter des Todes auf der Steppe, hoch in der fahlen glühenden Luft über seinem Kopf zu sehen. Ich sagte ihm, er sollte am nächsten Morgen zu meinem Haus kommen, ich wollte versuchen, ihn zu heilen.

Morgens zwischen neun und zehn war ich gewöhnlich der Arzt meiner Leute auf der Farm; ich hatte einen großen Patientenkreis, und meistens fanden sich mehrere – zuweilen bis zu einem Dutzend – Kranke bei mir ein.

Die Kukuju sind auf alles Unvorhergesehene gefaßt. Darin unterscheiden sie sich von den Weißen, die meist das Bestreben haben, sich vor dem Unbekannten und vor bösen Zufällen zu sichern. Der Neger steht auf gutem Fuße mit dem Schicksal, in dessen Hand er sein Leben verbringt; es ist gewissermaßen seine Heimat, das vertraute Dunkel seiner Hütte, das tiefe Erdreich, in dem er wurzelt. Er begegnet jeder Veränderung in seinem Leben mit großer Ruhe. Unter den Eigenschaften, die er von einem Herrn oder von einem Arzt oder von Gott erwartet, steht, glaube ich, die Phantasie an bevorzugter Stelle. Es mag die Vorliebe für dieses Zeichen der Macht sein, was dem Kalifen Harun al Raschid im Herzen von Afrika und Arabien den Ruhm eines idealen Herrschers erhalten hat, von dem man nie wußte, wessen man sich zu versehen habe, und nie sagen konnte, wo man ihm begegnen würde. Wenn der Afrikaner vom Wesen Gottes spricht, so ist es, wie in den letzten Kapiteln des Buches Hiob, eben diese Eigenschaft, die unerschöpfliche Phantasie, die ihn am meisten überwältigt.

Dieser Anschauung meiner Leute verdankte ich meine Beliebtheit oder meinen Ruf als Arzt. Als ich hinausfuhr nach Afrika, reiste ich auf dem Schiff mit einem bedeutenden deutschen Gelehrten, der zum dreiundzwanzigstenmal auszog, um Versuche zur Heilung der Schlafkrankheit anzustellen und über hundert Ratten und Meerschweinchen auf dem Schiff mit sich führte. Er erzählte mir, die große Schwierigkeit bei der Behandlung der Eingeborenen sei nicht ihre Angst vor Schmerzen oder großen Operationen – da zeigten sie in der Regel keine Furcht –, sondern ihre Abneigung gegen jede Regel, jede wiederholte und systematische Behandlung – und diese war dem großen deutschen Arzt völlig unbegreiflich. Als ich dann selbst die Schwarzen kennenlernte, wurde mir gerade dieser Zug an ihnen einer der liebsten. Sie besaßen echten Mut, eine unverfälschte Liebe zur Gefahr, die mir die einzig richtige Antwort der Schöpfung auf die Verkündigung ihres Schicksals zu sein scheint, das Echo der Erde, wenn der Himmel gesprochen hat. Ich habe manchmal gedacht, ob nicht das, was sie im Grunde ihres Herzens an uns fürchten, die Pedanterie sei. Unter den Händen eines Pedanten würden sie vor Kummer sterben.

Meine Patienten warteten auf der gepflasterten Terrasse vor meinem Hause. Da hockten sie beisammen, alte abgezehrte Männer mit bösem Husten und Triefaugen; junge, schlanke, schwarzäugige Krieger mit zerschundenen Kinnladen und Mütter mit fiebernden Säuglingen, die ihnen wie kleine welke Blumen am Halse hingen. Oft gab es schlimme Brandwunden zu heilen, denn die Kikuju schlafen nachts in ihren Hütten beim offenen Feuer, und zuweilen stürzen die Stöße brennender Scheite oder Holzkohlen zusammen und fallen auf die Schläfer. Manches Mal, wenn meine Arzneivorräte zu Ende waren, habe ich gefunden, daß Honig eine recht gute Brandsalbe ist. Die Stimmung auf der Terrasse war erregt und voller Spannung, ähnlich der Stimmung in einem Spielklub in Europa. Der leise lebhafte Fluß der Gespräche verstummte, wenn ich heraustrat, aber diese Stille war geladen von Erwartung, denn jetzt war der Moment gekommen, wo das Unvorhergesehene geschehen konnte. Doch überließen sie es immer mir, den ersten Patienten auszuwählen, denn alles hat seine gebotenen Grenzen.

Ich verstand sehr wenig von der Heilkunst, nur eben so viel, als man in einem Lehrgang für erste Hilfeleistung lernt. Aber mein Ruf als Arzt hatte sich nach einigen zufällig geglückten Kuren festgesetzt und war von den katastrophalen Fehlern, die ich machte, nicht erschüttert worden. Wenn ich in der Lage gewesen wäre, meinen Patienten in jedem einzelnen Falle die Genesung zu garantieren – wer weiß, ob ihre Reihen sich nicht gelichtet hätten? Freilich hätte ich dann das Ansehen eines Fachmannes gewonnen – es gab noch einen außerordentlich tüchtigen Doktor in Volaia –, aber hätte man noch sicher glauben dürfen, daß der Herr mit mir war? Denn den Herrn hatten sie erkannt in den großen Jahren der Dürre, in den Löwen nachts auf den Steppen und den Leoparden, die um ihre Häuser schlichen, und in den Heuschreckenschwärmen, die über das Land kamen – niemand wußte woher – und keinen Grashalm übrigließen, wo sie gehaust hatten. Sie erkannten ihn auch in den unfaßbar glücklichen Augenblicken, wenn der Schwarm über das Maisfeld hinwegzog und sich nicht niederließ oder wenn im Frühjahr der Regen zeitig und reichlich fiel und alle Felder und Steppen blühten und reiche Ernte gaben. Vielleicht war also der tüchtige Doktor aus Volaia doch nur eine Art Außenseiter, sowie es um die wirklich großen Dinge des Lebens ging?

Kamante erschien zu meiner Überraschung am Morgen nach unserer ersten Begegnung. Etwas abseits von den drei oder vier anderen Kranken, die auf mich warteten, stand er aufrecht da mit seinem halb erstorbenen Gesicht, als hätte ihn doch noch etwas Liebe zum Leben überkommen und als wollte er nun diesen letzten Versuch machen, es zu erhalten.

Mit der Zeit erwies er sich als vortrefflicher Patient. Er kam, wann es befohlen war, ohne sich je zu irren, er verstand auch die Tage zu zählen, wenn er jeden dritten oder vierten Tag kommen sollte, was bei Schwarzen eine seltene Fähigkeit ist. Die schmerzhafte Behandlung seiner Wunden ertrug er mit einem Stoizismus, wie ich ihn sonst nie erlebt habe. In all diesen Dingen hätte ich ihn den übrigen als Muster vorhalten können und tat es doch nicht, da er mir gleichzeitig mancherlei Kummer bereitete.

Selten, ganz selten habe ich ein so wildes Geschöpf gesehen, ein menschliches Wesen, das so gänzlich von der Welt geschieden und durch eine Art starrer, toter Resignation von allem Leben ringsum vollkommen abgesperrt war. Ich konnte ihn dazu bringen zu antworten, wenn ich ihn fragte, aber niemals sagte er von sich aus ein Wort oder sah mich an. Er empfand keine Spur von Mitleid und warf den anderen kranken Kindern, wenn sie beim Waschen und Verbinden weinten, nur eine kleine spöttische Lache der Verachtung und des Besserwissens zu, ohne sie jedoch dabei anzusehen. Er verlangte nach keinerlei Berührung mit der Umwelt; die Berührungen, die er erfahren hatte, waren zu grausig gewesen. Seine Tapferkeit angesichts von Schmerzen war die Tapferkeit eines alten Kriegers. Es konnte nichts so schlimm sein, daß es ihn überrascht hätte; er war durch seine Erfahrung und seine Weltanschauung auf das Schlimmste vorbereitet.

Seine Haltung hatte etwas Großartiges und gemahnte an das Bekenntnis des Prometheus: «Qual ist mein Element, wie Haß das deine. Reiß mich in Stücke, mich kümmert's nicht», und: «Tu deine Schrecken auf, du bist allmächtig.» Aber an einem Geschöpf seiner Größe wirkte es so gequält, daß man darüber verzagen konnte. «Was mag Gott denken», fragte ich mich, «angesichts einer solchen Haltung eines so kleinen Menschenkindes?»

Ich erinnere mich gut an das erste Mal, als er mich anschaute und aus eigenem Antrieb etwas zu mir sagte. Es muß eine ganze Weile nach unserer Bekanntschaft gewesen sein, denn ich hatte meine erste Heilmethode aufgegeben und versuchte etwas Neues, einen heißen Brei, der in einem meiner Bücher empfohlen war. In meinem Eifer, alles recht gründlich zu machen, hatte ich ihn zu sehr erhitzt, und als ich ihn auf sein Bein tat und den Verband darüberlegte, da sprach Kamante.

«Msabu», sagte er und blickte mich groß an. Die Schwarzen gebrauchen das indische Wort, wenn sie eine weiße Frau anreden, aber sie sprechen es etwas anders aus und machen ein afrikanisches Wort daraus, das einen eigenen Klang hat. In Kamantes Mund wurde es zu einem Hilferuf, aber zugleich zu einer Warnung, wie wenn ein vertrauter Freund einem bedeutete innezuhalten, da man im Begriff sei, etwas Unwürdiges zu tun. Ich habe mich später voller Hoffnung daran erinnert. Ich hatte meinen Ehrgeiz als Doktor, und es tat mir leid, daß ich den Brei zu heiß aufgelegt hatte, aber ich war doch froh, denn es war der erste Schimmer von Vertrautheit zwischen dem wilden Kinde und mir. Der erprobte Dulder, der nichts erwartete als Schmerzen, erwartete sie doch nicht von mir.

Was meine Heilkunst an ihm anlangte, sah die Sache freilich nicht hoffnungsvoll aus. Lange Zeit wusch und verband ich immer wieder seine Beine, aber die Krankheit überstieg mein Können. Von Zeit zu Zeit wurde es ein wenig besser, und dann brachen die Geschwüre an anderen Stellen wieder aus. Schließlich entschloß ich mich, ihn in das Hospital der schottischen Mission zu bringen.

Diese Entscheidung war schicksalsschwer und bedeutungsvoll genug, um auf Kamante Eindruck zu machen. Aber er wollte nicht mitgehen. Seine Erfahrungen und seine Weltanschauung erlaubten ihm zwar nicht, sich geradezu zu widersetzen, aber als ich ihn zur Mission fuhr und in dem langen Gebäude des Hospitals ablieferte, in einer Umgebung, die ihm ganz fremd und rätselhaft war, da zitterte er.

Die Missionsstation der schottischen Kirche lag, mir benachbart, zwölf Meilen nach Nordwesten, fünfhundert Fuß höher als die Farm, und die französische katholische Mission lag im Osten, im Flachland, fünfhundert Fuß tiefer. Ich kannte keine Sympathien für Missionen, stand aber persönlich auf freundschaftlichem Fuß mit beiden und bedauerte, daß sie sich gegenseitig befehden mußten.

Die französischen Patres waren meine besten Freunde. Ich ritt öfter mit Farah hinüber, bei ihnen sonntags morgens die Messe zu hören, teils um wieder Französisch zu sprechen und teils weil der Ritt zur Mission so schön war. Die Straße führte eine lange Strecke durch die alte Akazienpflanzung des Forstamts, und der herbe, frische harzige Duft der Akazien hatte am Morgen etwas angenehm Belebendes. Es war eigentümlich zu sehen, wie die römische Kirche, wo sie auch hinkommt, ihre Atmosphäre mit sich bringt. Die Patres hatten ihre Kirche selbst entworfen und unter Beihilfe ihrer schwarzen Gemeinde erbaut und waren mit Recht stolz auf sie. Die schöne große graue Kirche mit ihrem Glockenturm erhob sich auf einem breiten Hofraum über Terrassen und Treppen mitten in der Kaffeeplantage, der ältesten und bestgeführten in der Kolonie. An den zwei anderen Seiten des Hofraumes standen das Refektorium mit einem Säulengang davor und die Klostergebäude mit einer Schule und einer Mühle unten am Fluß; um an die Auffahrt zur Kirche zu gelangen, mußte man über eine bogengetragene Brücke reiten. Alles war aus grauem Stein gebaut, und wenn man auf sie zuritt, paßten sich die Gebäude schön in die Landschaft ein, sie hätten in einem südlichen Kanton der Schweiz oder in Norditalien liegen können.

Die liebenswürdigen Patres paßten mich an der Kirchentüre ab, wenn die Messe zu Ende war, und geleiteten mich zu einem *petit verre de vin* über den Hof in das geräumige kühle Refektorium. Da war es denn erstaunlich zu hören, wie sie bis in den letzten Winkel genau alles wußten, was in der Kolonie vor sich ging. Sie sogen auch unter dem Vorwand einer freundlichen und teilnehmenden Konversation jede Neuigkeit aus einem heraus, die man etwa beherbergen mochte; wie eine kleine rührige Schar von braunen zottigen Bienen – sie trugen nämlich alle lange dicke Bärte – hängten sie sich an die Blüte, um ihren Honigvorrat zu gewinnen. Während sie aber am Leben der Kolonie so regen Anteil nahmen, waren sie als echte Franzosen zugleich Verbannte, geduldige, heitere Untergebene einer höheren Ordnung von geheimnisvoller Art. Wäre die unsichtbare Autorität nicht gewesen, die sie an ihren Platz wies, so wären sie, das fühlte man, nicht, wo sie waren, und ebenso die Kirche aus grauem Stein mit dem hohen Glockenturm und die Arkaden, die Schule oder irgend sonst ein Teil der Pflanzung und Station. Würde das befreiende Wort gesprochen, sie würden die Kolonie mit all ihren Begebenheiten verlassen und in pfeilgradem Bienenflug nach Paris zurückkehren.

Farah, der die zwei Pferde hielt, während ich in der Kirche und im Refektorium war, bemerkte wohl auf dem Heimweg zur Farm mein aufgeheitertes Wesen; er selbst war ein frommer Mohammedaner und rührte keinen Alkohol an, aber er hielt die Messe und den Wein für zueinandergehörige Bräuche meiner Religion.

Die französischen Patres kamen zuweilen auf ihren Motorrädern zur Farm und frühstückten bei mir, sie rezitierten mir Fabeln von La Fontaine und gaben mir gute Ratschläge für meine Kaffeepflanzung.

Die schottische Station kannte ich nicht so gut. Man hatte von oben einen herrlichen Blick über das ganze umliegende Kikujuland, aber die Station selbst machte den Eindruck, als sei sie blind, als sehe sie selbst nichts. Die schottische Kirche wandte viel Mühe darauf, die Eingeborenen in europäische Kleider zu stecken, womit sie ihnen freilich nach meiner Ansicht in keinem Sinne etwas Gutes tat. Dagegen hatte sie ein sehr gutes Hospital, das zu meiner Zeit unter der Leitung eines menschenfreundlichen, klugen Chefarztes, Doktor Arthurs, stand. Manch einem von den Leuten der Farm ist dort das Leben gerettet worden.

Kamante blieb drei Monate bei der schottischen Mission. In der Zeit sah ich ihn einmal. Ich kam auf dem Wege zum Bahnhof Kikuju an der Station vorbeigeritten, und die Straße führte eine Weile an dem Grundstück des Krankenhauses entlang. Ich sah Kamante von weitem, er stand etwas abseits von den übrigen Rekonvaleszenten. Damals ging es ihm schon so viel besser, daß er laufen konnte. Als er mich erblickte, kam er an den Zaun und rannte an ihm entlang, so weit er neben der Straße herlief. Er trabte auf seiner Seite des Zaunes wie ein Fohlen in der Koppel, wenn man zu Pferde vorüberkommt, und behielt mein Pony im Auge, sagte aber kein Wort. An der Ecke des Grundstücks mußte er haltmachen. Als ich weiterritt und zurückschaute, sah ich ihn stocksteif mit erhobenem Kopf dastehen und mir nachschauen, grad wie ein Fohlen, wenn man davonreitet. Ich winkte ihm wiederholt mit der Hand zu; zuerst erwiderte er überhaupt nicht, dann schlenkerte er plötzlich seinen Arm in die Höhe wie einen Pumpenschwengel, aber nur ein einziges Mal.

Kamante kam am Ostersonntagmorgen wieder zu mir ins Haus und brachte mir einen Brief vom Krankenhaus, in dem es hieß, es gehe ihm viel besser und man halte ihn für geheilt. Er wußte wohl etwas von dem Inhalt, denn er betrachtete aufmerksam mein Gesicht, solange ich las, wollte aber nicht davon reden, denn er hatte Größeres im Sinne. Kamante trug immer eine gemessene oder verhaltene Würde zur Schau, diesmal aber strahlte er geradezu von unterdrücktem Triumph.

Alle Schwarzen haben einen starken Sinn für dramatische Wirkung. Kamante hatte seine Beine bis zum Knie sorgsam mit alten Binden umwickelt, um mir eine Überraschung zu bereiten. Es war klar: er sah die besondere Bedeutung des Augenblicks nicht in seinem eigenen Glück, sondern dachte selbstlos an das Vergnügen, das er mir machen wollte. Er erinnerte sich wohl, wie verzweifelt ich gewesen war, wenn meine Kuren mit ihm immer wieder mißrieten, und wußte, daß der Erfolg der Behandlung im Krankenhaus etwas Wunderbares war. Langsam, ganz langsam wikkelte er die Binden vom Knie bis zur Ferse ab:

darunter kamen zwei vollkommen heile Beine zum Vorschein, nur von blassen grauen Narben gezeichnet.

Als Kamante mein Staunen und meine Freude mit seiner großartigen Ruhe ausgekostet hatte, trat er mit der zweiten Überraschung hervor: er sei jetzt ein Christ. «Ich bin wie du», sagte er. Er fügte hinzu, ich könne ihm vielleicht in Anbetracht unserer gemeinsamen Seligkeit eine Rupie schenken, da doch Christus heute auferstanden sei.

Er ging nach Hause, um die Seinen zu besuchen. Seine Mutter war eine Witwe und lebte auf einem entlegenen Teil der Farm. Nach dem, was sie mir später erzählte, scheint er an diesem Tage von seiner sonstigen Gewohnheit abgewichen zu sein und ihr über die Eindrücke bei den fremden Leuten und die Aufnahme im Hospital sein Herz ausgeschüttet zu haben. Aber nach dem Besuch bei der Mutter kam er wieder in mein Haus, als sei es selbstverständlich, daß er jetzt dahin gehöre. Er blieb von da in meinem Dienst, bis ich das Land verließ, beinahe zwölf Jahre.

Als ich ihn kennenlernte, sah Kamante aus, als wäre er sechs Jahre alt; er hatte aber einen Bruder, der etwa acht sein mochte, und beide Brüder behaupteten, Kamante sei der ältere von ihnen: ich glaube, er ist durch seine lange Krankheit im Wachstum zurückgeblieben und war also wohl neun Jahre alt. Er wuchs nun heran, wirkte aber doch immer zwergenhaft oder irgendwie mißgestalt, obgleich man nicht direkt mit dem Finger auf die Stelle deuten konnte, die diesen Eindruck erweckte. Sein eckiges Gesicht rundete sich mit der

Zeit, er ging und bewegte sich normal; ich selbst fand ihn nicht übel aussehend, aber es kann sein, daß ich ihn ein wenig mit den Augen eines Schöpfers betrachtete. Seine Beine blieben lebenslänglich dünn wie Stecken. Eine phantastische Figur war er immer, halb spaßig, halb diabolisch; er hätte ohne viel Änderungen von einer Dachrinne von Notre-Dame in Paris herabglotzen können. Er hatte etwas Grelles und Lebendiges an sich; in einem Gemälde hätte er einen ungewöhnlich farbigen Flecken abgegeben; und so verlieh er meinem Hauswesen einen malerischen Zug. Er war niemals ganz richtig im Kopfe, oder wenigstens war er das, was bei einem Weißen äußerst wunderlich genannt worden wäre.

Er war ein nachdenklicher Mensch. Vielleicht hatten die langen Leidensjahre, die er ausgestanden hatte, in ihm die Neigung entwickelt, den Dingen nachzusinnen und über alles, was er sah, seine eigene Meinung zu bilden. Er blieb sein Leben lang ein Einzelgänger. Selbst wenn er dasselbe tat wie andere, tat er es auf eine besondere Art.

Ich hatte für die Leute der Farm eine Abendschule, in der ein Eingeborener den Unterricht versah. Ich bekam die Lehrer von den Missionsstationen und habe im Laufe der Zeit katholische, anglikanische und schottische Lehrer gehabt. Die Erziehung der Eingeborenen richtet sich nämlich streng nach religiösen Grundsätzen; soviel ich weiß, ist außer der Bibel und den Gesangbüchern kein Buch in die Suahelisprache übersetzt. Ich habe immer den Plan erwogen, Äsops Fabeln für die Eingeborenen zu übersetzen, habe aber, solange ich in Afrika war, nicht die Zeit dazu gefunden. Doch war mir die Schule einer der liebsten Aufenthalte auf der Farm, ich habe viele schöne Abendstunden in dem langen alten Wellblechschuppen verbracht, in dem die Stunden abgehalten wurden.

Kamante schloß sich gern an, wollte sich aber nicht zu den anderen Kindern auf die Bank setzen, sondern blieb etwas abseits stehen, als wollte er die Ohren willentlich gegen den Unterricht verschließen und sich nur lustig machen über die Einfalt der anderen, die sich brav hinführen ließen und zuhörten. Insgeheim aber sah ich ihn in meiner Küche aus dem Gedächtnis ganz langsam und ungeschlacht die Buchstaben und Figuren nachmalen, die er an der Schultafel gesehen hatte. Ich glaube nicht, daß er mit den anderen hätte Schritt halten können, wenn er gewollt hätte; etwas in ihm war früh im Leben verknotet oder versperrt, so daß es für ihn gewissermaßen jetzt normal war, unnormal zu sein. Er war sich selbst seiner Abgesondertheit wohl bewußt, mit der anmaßenden Seelengröße des echten Zwerges, der merkt, daß er anders ist als die übrige Welt, und darum die Welt für buckelig hält.

In Geldsachen war Kamante gerissen, er gab wenig aus und schloß mit den anderen Kikuju recht schlaue Geschäfte in Ziegen ab; er heiratete sehr jung, und eine Heirat ist bei den Kikuju eine kostspielige Sache. Damals hörte ich ihn tiefsinnige und eigenartige Reden über den Unwert des Geldes führen. Er stand in einem merkwürdigen Verhältnis zum Dasein, er meisterte es, aber er hatte keine hohe Meinung von ihm.

Er besaß nicht die Gabe, jemand zu bewundern. Für die Klugheit der Tiere zeigte er Verständnis und Anerkennung, aber während der ganzen Zeit unserer Bekanntschaft habe ich ihn nur ein einziges Mal die guten Fähigkeiten eines Menschen rühmen hören, und zwar einer jungen Somalifrau, die einige Jahre später auf die Farm zog. Er hatte ein kleines höhnisches Lachen, das er bei jeder Gelegenheit vernehmen ließ, besonders wenn sich jemand selbstsicher oder großsprecherisch aufspielte. Alle Schwarzen haben einen Zug von Schadenfreude; wenn etwas schiefgeht, empfinden sie ein prickelndes Vergnügen, das für Europäer etwas Verletzendes und Empörendes hat. Kamante brachte es darin zu einer seltenen Vollkommenheit, sogar bis zu einer eigentümlichen Selbstironie, mit deren Hilfe er seine eigenen Enttäuschungen und Fehlschläge beinahe ebenso wie die anderer genießen konnte.

Ich habe die gleiche Gesinnung an den alten Negerfrauen beobachtet, die mit allen Wassern gewaschen sind, die Blutsbrüderschaft mit dem Schicksal getrunken haben und dessen Ironie, wo immer sie sie trifft, mit einer Freude genießen, als sei es ihre eigene. Ich ließ an die alten Weiber auf der Farm sonntags morgens, wenn ich noch im Bett lag, durch meine Hausboys Schnupftabak austeilen. Zu diesem Behuf versammelte sich an den Sonntagen eine wunderliche Gesellschaft wie ein Schwarm von uralten ausgemergelten, abgerupften dürren Hühnern auf meinem Hof, und ein gedämpftes Gackern – denn die Schwarzen erheben nur selten ihre Stimme zu lauter Rede –

klang durch die offenen Fenster meines Schlafzimmers herein. Eines Sonntagmorgens schoß das leise muntere Plätschern des Kikujugeschwabbels plötzlich zu schrillen Läufen und Kaskaden der Heiterkeit auf; etwas maßlos Komisches mußte da draußen passiert sein; ich rief Farah herein, um es mir erzählen zu lassen. Farah berichtete nicht eben gern. Es stellte sich nämlich heraus, daß er vergessen hatte, Schnupftabak einzukaufen, so daß die alten Weiber heute, wie sie sagten, «bure», das heißt umsonst, von weit her gekommen waren. Der Vorfall blieb noch lange Zeit ein Quell der Heiterkeit für die alten Kikujuweiber. Manches Mal, wenn ich auf einem Pfad in den Maisfeldern eine von ihnen traf, blieb sie vor mir stehen und wies mit krummen Fingern auf mich, verzerrte ihr altes dunkles Gesicht zu einem Grinsen, daß alle Runzeln und Falten sich zusammenzogen, als hätte einer an einer verborgenen Schnur gezerrt, und erinnerte mich an den Sonntag, wo sie und ihre Mitschnupferinnen hatten laufen und laufen müssen bis zu meinem Haus, um schließlich zu hören, daß ich vergessen hatte, Tabak zu kaufen, und daß kein Bröselchen da war – ha, ha, Msabu!

Die Weißen behaupten oft, die Kikuju kennten keine Dankbarkeit. Kamante war keineswegs undankbar, er gab seinem Gefühl von Verpflichtung sogar mit Worten Ausdruck. Mehrere Male, noch viele Jahre nach unserem ersten Zusammentreffen, unterbrach er sich bei seiner Beschäftigung, um mir einen Dienst zu leisten, den ich ihm nicht aufgetragen hatte, und wenn ich fragte, warum er das getan habe, dann sagte er, wenn ich nicht gewesen wäre, würde er jetzt längst tot sein. Er bezeigte seine Dankbarkeit auch noch auf andere Weise, durch eine Art wohlmeinende, hilfreiche oder vielleicht, richtiger gesagt, verzeihende Haltung gegen mich. Es kann sein, daß in ihm das Bewußtsein lebte, daß er und ich die gleiche Religion hatten. In einer Welt von Narren war ich wohl für ihn eine Art Obernarr. Seit dem Tage, an dem er in meinen Dienst trat und sein Schicksal an meines heftete, fühlte ich sein wachsames durchdringendes Auge auf mir, meine ganze Lebensführung unterlag seiner klaren unbestechlichen Kritik; ich glaube, er hat von Anfang an die Mühe, die ich mir gab, ihn zu heilen, für Anwandlungen eines Sonderlings angesehen. Doch bezeigte er immer großes Interesse und Verständnis und bemühte sich, mir in meiner großen Torheit ein Führer zu sein. Bei manchen Gelegenheiten merkte ich, daß er Zeit und Geist an das Problem wendete und seine Unterweisungen klüglich vorbereitete und anschaulich machte, damit es mir leichter fallen sollte, sie zu verstehen.

Kamante begann seine Laufbahn in meinem Hause als Hundepfleger, später wurde er mein medizinischer Assistent. Dabei merkte ich, wie geschickt er mit den Händen war, was man ihm auf den ersten Blick nie angesehen hätte. Ich versetzte ihn in die Küche als Hilfskoch oder Marmiton zu meinem alten Koch Esa, der später ermordet wurde. Nach Esas Tod wurde er sein Nachfolger und war für den Rest seiner Zeit mein Küchenchef.

Neger haben gewöhnlich sehr wenig Gefühl für Tiere, aber Kamante war darin, wie auch sonst, aus der Art geschlagen; er war der geborene Hundewärter und wußte sich so eins mit den Tieren, daß er häufig zu mir kam und mir berichtete, was sie wünschten oder vermißten oder überhaupt über dies und jenes dachten. Er muß auch in der Zeit, die er im Missionshospital verbracht hatte, die Augen offen gehabt haben, wenn auch, wie bei allem, was er tat, ohne jede Spur von Respekt oder Voreingenommenheit, denn er war ein umsichtiger, erfinderischer Assistent. Nachdem er aus dem Sprechzimmer in die Küche übergesiedelt war, kam er noch manches Mal herüber und griff bei dem oder jenem Krankheitsfall ein und gab mir sehr kluge Ratschläge.

Als Küchenchef aber war er schlechtweg einzigartig und jedem Vergleich entrückt. Da hatte die Natur einen Satz gemacht und alle Entwicklungsphasen des Geschickes und Talents übersprungen; was da geschah, war mystisch und unerklärbar wie überall, wo das Genie am Werk ist. Und Kamante besaß in der Küche, der Welt des Kulinarischen, alle Kennzeichen des Genies einschließlich des Verhängnisses der Genialität: der Machtlosigkeit der Person über ihre eigene Macht. Wäre Kamante in Europa geboren und in die Hände eines tüchtigen Lehrers geraten, er wäre berühmt geworden und hätte eine der kuriosen Gestalten der Geschichte abgegeben. Sogar hier in Afrika machte er sich einen Namen – sein Verhältnis zu seiner Kunst war das eines Meisters.

Ich hatte selbst großes Interesse am Kochen und nahm bei meinem ersten Besuch in Europa Unterricht bei dem französischen Küchenchef eines berühmten Restaurants, weil ich mir dachte, daß es sehr unterhaltend sein müßte, sich in Afrika schöne Speisen bereiten zu können. Der Chef, Monsieur Perrochet, schlug mir damals vor, in sein Geschäft einzutreten, weil ich soviel Liebe zur Kunst bewies. Als ich nun in Kamante einen geistesverwandten Zunftgenossen entdeckte, ergriff mich die alte Liebe aufs neue. Unsere Zusammenarbeit schien ungeahnte Ausblicke zu eröffnen. Es gab für mich nichts Rätselhafteres als diesen natürlichen Instinkt eines Wilden für unsere Feinschmeckerkünste. Ich gewann eine ganz neue Vorstellung von unserer Zivilisation; schließlich war sie also doch gewissermaßen göttlich und von der Vorsehung gewollt. Ich kam mir vor wie ein Mensch, der seinen Glauben an Gott wiederfindet, weil ein Phrenologe ihm in dem menschlichen Gehirn den Sitz der theologischen Beredsamkeit aufzeigt: Konnte die Existenz der theologischen Beredsamkeit bewiesen werden, so war die Existenz der Theologie selbst mit bewiesen und schließlich die Existenz Gottes.

Kamante verfügte beim Kochen über eine unglaubliche Handfertigkeit. Die großen Tricks und *tours de force* der Kochkunst waren ein Kinderspiel für seine krummen schwarzen Hände; die wußten von allein alle Griffe für Omeletten, *vol au vents,* Soßen und Mayonnaisen. Er hatte ein besonderes Talent, alles leicht zu machen, so wie in der Legende das Christkind Vögel aus Lehm knetet und ihnen befiehlt zu fliegen. Er verachtete alle maschinellen Vorkehrungen, es behelligte ihn, daß sie keine Bewegungsfreiheit ließen, und als ich eine Maschine zum Schaumschlagen kaufte, tat er sie weg und ließ sie verrosten. Er schlug das Eiweiß mit einem Messer, mit dem ich sonst Rasen jätete, und sein Eierschaum türmte sich auf wie flockige Wolken. Als Koch hatte er ein durchdringendes, hellsichtiges Auge und griff sich die fetteste Henne aus einem ganzen Hühnerhof heraus oder wog bedächtig ein Ei in der Hand und wußte, wann es gelegt war. Er machte Pläne für die Vervollkommnung des Speisezettels und verschaffte mir durch irgendwelche Beziehungen von einem Freunde, der bei einem Arzt weit weg von uns arbeitete, Samen für einen wirklich ausgezeichneten Salat, wie ich ihn schon jahrelang vergebens gesucht hatte.

Er hatte ein vortreffliches Gedächtnis für Rezepte. Er konnte nicht lesen und verstand kein Englisch; Kochbücher hatten also für ihn keinen Wert, und er mußte alles, was er lernte, in seinem Kopf aufspeichern, wobei er nach einer Ordnung verfuhr, die ich nie ergründen konnte. Er hatte die Gerichte nach irgendeiner Begebenheit benannt, die sich an dem Tage zugetragen hatte, an dem es ihm gezeigt worden war; so sprach er von der Soße des Blitzes, der den Baum traf, und von der Soße des grauen Pferdes, das starb. Er verwechselte nie zwei derartige Gerichte. Nur eines habe ich ohne jeden Erfolg ihm beizubringen versucht: das war die Reihenfolge der Gerichte innerhalb der Mahlzeit. Wenn ich Gäste zu Tisch hatte, mußte ich meinem Küchenchef ein Menü in Bildern aufzeichnen; erst einen Suppenteller, dann einen Fisch, dann ein Stück Geflügel oder eine Artischocke. Ich glaube nicht, daß dieser Mangel auf einem Versagen des Gedächtnisses beruhte, sondern er war, glaube ich, der Ansicht, daß alles seine Grenzen habe und daß er mit etwas derartig Unmateriellem seine Zeit nicht vergeuden könne.

Es ist eine aufregende Sache, mit einem Dämon zusammenzuarbeiten. Nominell gehörte die Küche mir, aber sowie unsere gemeinsame Tätigkeit begann, spürte ich, wie nicht nur die Küche, sondern die ganze Welt, in der wir uns zusammenfanden, in Kamantes Gewalt überging. Denn hier verstand er bis ins feinste, was ich von ihm wollte, und führte zuweilen meine Wünsche aus, bevor ich sie ausgesprochen hatte, während ich mir durchaus nicht erklären konnte, wie oder gar wann er dies oder das tat. Mir schien es unfaßlich, daß jemand in einer Kunst so groß sein konnte, deren eigentlichen Sinn er nicht verstand und für die er nichts empfand als Verachtung. Kamante hatte keine Ahnung, wie eine unserer Speisen schmecken mußte, und war, trotz seiner Bekehrung und seiner Beziehung zur Kultur, im Herzen ein waschechter Kikuju, der in den Traditionen seines Volkes wurzelte und in seinem Glauben an sie als die einzige menschenwürdige Art zu leben. Er kostete zuweilen die Gerichte, die er kochte, aber mit einem Gesicht voller Argwohn, wie eine Hexe, die aus ihrem Kessel nippt. Er blieb bei den Maiskolben seiner Väter. Darin verließ ihn zuweilen sogar sein Scharfsinn, wenn er kam und mir eine Kikujudelikatesse, eine geröstete Knolle oder ein Stück Hammelfett anbot, wie ein Hund, der einem seinen Knochen als Geschenk vor die Füße legt. Im Grunde seines Herzens hielt er die Mühe, die wir uns mit unserer Nahrung machten, für eine Art Wahnsinn. Ich versuchte wiederholt, seine Ansichten darüber zu erforschen, aber obgleich er über alles mögliche sehr offen sprach, blieb er hierin verschlossen; und so arbeiteten wir Seite an Seite in der Küche und fragten nicht danach, was der andere von dem Wert der Kochkunst halten mochte.

Ich schickte Kamante zum Lernen in den Mathaigaklub und zu den Köchen meiner Bekannten in Nairobi, wenn ich bei ihnen ein neues Gericht vorgesetzt bekam; so wurde mit der Zeit, als er seine Lehrjahre hinter sich hatte, mein Haus in der ganzen Kolonie berühmt für eine leckere Tafel. Das machte mir große Freude. Mich verlangte nach einem Publikum für meine Kunst, und es freute mich, wenn meine Freunde herauskamen und bei mir speisten. Kamante fragte nach keines Menschen Lob. Trotzdem erinnerte er sich an die besonderen Vorlieben der Gäste, die öfter auf die Farm kamen. «Ich werde den Fisch in weißem Wein kochen für Bwana Berkeley Cole», sagte er mit bedenklicher Miene, als spräche er von einem Geisteskranken, «er sendet Euch ja selbst weißen Wein, um Fisch darin zu kochen.» Um das Urteil eines Kenners zu hören, lud ich meinen alten Freund Charles Bulpett aus Nairobi zu Tisch. Bulpett war ein großer Reisender aus der vorigen Generation – auch er schon um ein Menschenalter jünger als Phileas Fogg –, er war in der ganzen Welt herumgekommen und hatte überall vom Besten gekostet, was sie zu bieten hatte; er hatte sich nicht darum gesorgt, seine Zukunft zu sichern, solange er die Gegenwart genießen konnte. In Sport- und

Bergsteigerbüchern der fünfziger Jahre kann man von seinen athletischen Leistungen und seinen Bergtouren in der Schweiz und in Mexiko lesen; es gibt auch ein Buch von berühmten Wetten – «Wie gewonnen, so zerronnen» heißt es –, da kann man lesen, wie er um einer Wette willen in Frack und Zylinder über die Themse geschwommen ist; später hat er unter noch romantischeren Umständen als Leander und Lord Byron den Hellespont überquert. Ich war glücklich, als er zu einem Diner zu zweit auf die Farm kam; es ist ein besonderes Glück, einem Manne, den man gern hat, gute Sachen vorzusetzen, die man selbst gekocht hat. Zum Dank gab er seine Gedanken über das Essen und viele andere Dinge in der Welt zum besten und sagte mir, er habe niemals besser gespeist.

Der Prince of Wales hat mir die Ehre erwiesen, bei mir auf der Farm zu speisen, und hat meine Cumberlandsoße gerühmt. Dieses einzige Mal hörte auch Kamante aufmerksam zu, als ich vom Lob seiner Kochkunst berichtete, denn die Schwarzen haben einen sehr hohen Begriff von Königen und lieben es, von ihnen zu sprechen. Noch viele Monate später überkam ihn das Verlangen, das Lob noch einmal zu kosten; unvermittelt fragte er mich, wie in einem französischen Schulbuch gefragt wird: «Hat dem Sohn des Sultans die Soße zum Schwein geschmeckt? Hat er sie ganz aufgegessen?»

Kamante gab mir auch außer der Küche Beweise seines guten Willens. Er war bestrebt, mir im Rahmen seiner Vorstellungen von den Gütern und Gefahren des Lebens zu helfen.

Eines Nachts, nach Mitternacht, trat er plötzlich, mit einem Windlicht in der Hand, stumm, als verrichte er eine Pflicht, in mein Schlafzimmer. Es muß kurze Zeit nach seinem Eintritt bei mir gewesen sein, denn er war noch ganz klein und stand neben meinem Bett mit seinen weitgespreizten Ohren wie eine dunkle Fledermaus, die ins Zimmer gehuscht war, oder wie ein afrikanischer Wichtelmann, mit der Laterne in der Hand. Er sprach sehr feierlich. «Msabu», sagte er, «ich glaube, du solltest aufstehen.» Ich setzte mich verdutzt im Bett auf; wenn etwas Ernstliches passiert wäre, dachte ich mir, würde doch Farah kommen, um mich zu holen; aber als ich Kamante sagte, er solle wieder gehen, regte er sich nicht von der Stelle. «Msabu», sagte er wieder, «ich glaube, du solltest aufstehen. Ich glaube, Gott kommt.» Als ich das hörte, stand ich auf und fragte ihn, warum er das glaube. Er führte mich mit gemessenem Ernst ins Eßzimmer, das nach Westen, dem Gebirge zugewandt, lag. Durch die Glastüre erblickte ich ein seltsames Schauspiel. Im Gebirge loderte ein mächtiges Steppenfeuer, das Gras brannte vom Gipfel des Berges bis zur Ebene herab und bildete, vom Hause aus gesehen, eine fast senkrechte Linie. Es sah wahrhaftig aus, als ob eine gigantische Gestalt sich bewege und auf uns zukomme. Ich blieb eine Weile stehen und schaute hinaus, Kamante stand lauschend neben mir; dann begann ich ihm den Vorgang zu erklären. Ich glaubte, ihn damit zu beschwichtigen, denn ich dachte, er sei entsetzlich erschrocken. Aber meine Erklärung machte gar keinen Eindruck auf ihn; er hielt offenbar seine Aufgabe für erfüllt, er hatte mich gerufen. «Mag sein», sagte er, «daß das so ist. Aber ich dachte, du solltest aufstehen, falls es Gott war, der kam.»

Der Wilde im Hause der Weißen

In einem Jahr blieb der große Regen aus.

Das ist ein furchtbares, gewaltiges Erlebnis, und der Farmer, der es durchgemacht hat, wird es nie vergessen. Noch Jahre später, fern von Afrika, im feuchten Klima des Nordens, wird er nachts beim Geräusch eines plötzlichen Regenschauers erwachen und aufschreien: «Endlich, endlich!»

In gewöhnlichen Jahren setzte die große Regenzeit in der letzten Woche des März ein und hielt an bis Mitte Juni.

Bis zum Beginn des Regens wurde die Welt täglich immer heißer und dürrer, sie fieberte wie in Europa vor einem schweren Gewitter, nur noch heftiger. Die Massai, meine Nachbarn auf dem anderen Flußufer, legten um diese Zeit Feuer an die strohdürre Steppe, um beim ersten Regen neues grünes Gras für ihr Vieh zu haben, und die Luft über den Steppen bebte von den mächtigen Flammen, die langen regenbogenfarbigen Rauchschwaden wälzten sich über das Gras, und die Hitze und der Brandgeruch wogten herüber auf das bebaute Land wie aus einem Hochofen. Riesenhafte Wolken ballten sich und zergingen wieder über der Landschaft, ein leichter, ferner Regenschauer malte schräge blaue Streifen überm Horizont. Alles dachte nur den einen Gedanken.

Eines Abends dann, kurz vor Sonnenuntergang, verengte sich die Umwelt rings um einen, die Berge traten näher und deutlicher hervor, verheißungsvoll tiefblau und grün gefärbt. Etliche Stunden später trat man hinaus und sah, daß die Sterne verschwunden waren, und fühlte, wie die Nachtluft weich und schwer und des Segens voll war.

Wenn dann ein rasch anschwellendes Rauschen über die Köpfe hinging, dann war es der Wind in den hohen Bäumen des Waldes, aber nicht der Regen. Wenn es am Boden hinlief, dann war es der Wind in den Büschen und im langen Gras, aber nicht der Regen. Wenn es nahe über der Erde raschelte und prasselte, dann war es der Wind in den Maisfeldern – der so ganz dem Regen ähnlich klang, daß man sich immer wieder täuschen ließ und doch schon dankbar war, das Ersehnte wenigstens in der Einbildung vorzufühlen –, aber nicht der Regen.

Aber wenn die Erde wie ein Schallbogen mit tiefem brünstigem Dröhnen antwortete und die ganze Welt ringsum in allen Richtungen des Raumes in der Höhe und der Tiefe zu singen anhub – das war der Regen. Das war wie das Heimkehren an die See, nach langem Fernsein, und wie die Umarmung des Geliebten.

Aber in einem Jahr blieb der lange Regen aus. Es war, als hätte die Allnatur sich von einem abgewandt. Es wurde kühler, an manchen Tagen war es gar kalt, aber kein Anzeichen von Feuchtigkeit war in der Luft. Alles wurde trockener, härter, und es war, als wäre alle Kraft und Anmut aus der Welt gewichen. Es war nicht schlechtes Wetter oder gutes Wetter, sondern die Verneinung jeglichen Wetters, als wäre es ins Nichtsein gebannt. Ein frostiger Wind, wie Zugluft, fuhr über die Köpfe hin, die Farben aller Dinge verblaßten, die Gerüche in den Feldern und Wäldern verwehten. Das Gefühl, bei den großen Mächten in Ungnade zu sein, war erdrückend. Im Süden dehnten sich die versengten Steppen, schwarz und wüst, von grauen und weißen Aschenstreifen durchzogen.

Mit jedem Tag, den wir nun vergebens auf den Regen warteten, wurden die Aussichten und Hoffnungen der Farm düsterer, bis sie entschwanden. Das Pflügen, Schneiden und Pflanzen der vergangenen Monate wurde zu einer Mühsal von Toren. Die Arbeit der Farm rann träge fort und stand still.

Auf den Steppen und in den Bergen trockneten die Wassertümpel aus, und viele neue Arten von Enten und Gänsen kamen zu meinem Teich. An den Weiher an der Grenze der Farm kamen die Zebras frühmorgens und bei Sonnenuntergang zum Trinken; sie kamen in langen Reihen, zwei- und dreihundert Stück, die Fohlen neben den Stuten, und fürchteten sich nicht, wenn ich mitten zwischen sie hineinritt. Wir versuchten, sie von unserem Land fernzuhalten um unserer Rinder willen, denn das Wasser in den Weihern sank. Noch war es eine Freude, da hinabzugehen, wo die Binsen, die im Schlamm wuchsen, einen grünen Flecken in die braune Landschaft malten.

Die Schwarzen verstummten in der Dürre, ich konnte kein Wort über die Aussichten aus ihnen herausbringen, obgleich man hätte meinen können, daß sie mehr von den Wetterzeichen wüßten als wir. Nicht weniger als ihre Existenz stand auf dem Spiel; es war nichts Unerhörtes für sie, wie vordem für ihre Väter, daß neun Zehntel der Herden in den großen Jahren der Dürre verlorengingen. Ihre Schambas lagen trocken da, nur ein paar matte welke Bataten und Maisstauden hielten stand.

Nach einiger Zeit machte ich mir ihre Art zu eigen und gab es auf, die harten Zeiten zu bereden und zu beklagen wie ein Geächteter. Aber ich war Europäerin und hatte nicht lange genug im Lande gelebt, um die absolute Passivität der Schwarzen mitmachen zu können, wie es manche Europäer tun, die seit vielen Jahrzehnten in Afrika leben. Ich war jung und mußte aus Selbsterhaltungstrieb meine Kräfte auf etwas konzentrieren, wenn ich von dem Staub auf den Wegen der Farm und dem Rauch in den Steppen nicht fortgeweht werden wollte. Ich begann in den Abendstunden zu schreiben, Geschichten, Märchen und Erzählungen, die meinen Geist weit fort in andere Länder und Zeiten entführten. Ich hatte einige von den Geschichten einem Freund erzählt, wenn er zu Besuch auf die Farm kam. Wenn ich mich erhob und vor die Tür trat, wehte draußen ein grausamer Wind, der Himmel war klar und mit Millionen harter Sterne besät, alles war trocken. Zuerst schrieb ich nur an den Abenden, aber später setzte ich mich auch schon morgens zum Schreiben hin, wenn ich eigentlich auf den Feldern sein mußte. Es war schwierig, da draußen zu entscheiden, ob wir das Maisfeld wieder umpflügen und neu bepflanzen sollten und ob wir die welkenden Kaffeekirschen abpflücken sollten, um die Bäume zu retten, oder nicht. Ich schob die Entscheidung von Tag zu Tag hinaus.

Ich saß schreibend im Eßzimmer, und meine Papiere lagen auf dem ganzen Tisch verstreut, denn ich mußte zwischen meinen Geschichten Rechnungen und Voranschläge für die Farm schreiben und die kurzen verzweifelten Berichte meines Verwalters beantworten. Meine Hausboys fragten mich, was ich täte; als ich ihnen erzählte, ich versuchte, ein Buch zu schreiben, da nahmen sie es für einen letzten Versuch, die Farm durch die harten Zeiten zu retten, und bekundeten ihren Anteil daran. Sie kamen herein und standen lange Zeit da und beobachteten den Fortgang; in dem getäfelten Zimmer hatten ihre Köpfe so ganz die Farbe der Täfelung, daß es abends aussah, als wären es nur weiße Gewänder, die, an die Wand gelehnt, mich umstanden.

Mein Eßzimmer sah nach Westen und hatte drei lange Fenster, die sich auf die gepflasterte Terrasse, den Rasen und den Wald öffneten. Das Land senkte sich hier zum Fluß hinab, der die Grenze zwischen mir und den Massai bildete. Der Fluß selbst war vom Hause aus nicht zu sehen, aber man konnte seinen gewundenen Lauf an dem Band der großen dunkelgrünen Akazien verfolgen, die seine Ufer begleiteten. Drüben stieg das waldige Land wieder empor, und über den Wäldern lagen die grünen Steppen, die bis zum Fuß des Ngonggebirges reichten.

«Wäre mein Glaube so stark, daß er Berge versetzen könnte – dies wäre der Berg, den ich zu mir rufen würde.»

Der Wind wehte von Osten, die Türen meines Eßzimmers lagen windab und waren immer offen. Darum stand die Westseite des Hauses bei den Schwarzen in Gunst, sie wählten ihre Wege so, daß sie hier vorüberkamen, um mit dem, was drinnen vor sich ging, in Fühlung zu bleiben. Aus dem gleichen Grunde brachten die kleinen Hirtenjungen ihre Ziegen hierher und ließen sie auf dem Rasen weiden.

Diese kleinen Buben, die mit ihren elterlichen Ziegen und Schafen die Farm durchstreiften und nach Weideplätzen suchten, waren in gewisser Weise das Bindeglied zwischen dem Leben in meinem zivilisierten Hause und dem Leben der Wildnis. Meine Hausboys mißtrauten ihnen und sahen es nicht gern, wenn sie in die Zimmer kamen, aber die Kinder hatten eine echte Liebe und Begeisterung für Kultur, und für sie barg sie keine Gefahren, denn sie konnten ihrer, wann sie Lust hatten, wieder entraten. Das tragende Symbol der Kultur war für sie eine alte deutsche Kuckucksuhr, die im Eßzimmer hing. Inmitten eines Gebüsches von roten Rosen riß zu jeder vollen Stunde ein Kuckuck sein Türchen auf und schoß daraus hervor, um mit heller frecher Stimme die Zeit zu verkünden. Sein Erscheinen war für die jugendlichen Bewohner der Farm jedesmal ein neues Vergnügen. Am Stand der Sonne schätzten sie genau ab, wann der Mittagsruf fällig war, und um Viertel vor zwölf konnte ich sie von allen Seiten auf das Haus zuströmen sehen, hinter sich einen Schwanz von Ziegen, die sie nicht allein zurückzulassen wagten. Die Köpfe der Kinder und der Ziegen schwammen durch das Buschwerk und das lange Gras des Waldes wie die Köpfe von Fröschen in einem Teich. Sie ließen ihre Ziegen auf dem Rasen und kamen lautlos auf ihren nackten Füßen heran; die größeren waren zehn, die kleinsten zwei Jahre alt. Sie benahmen sich musterhaft und beachteten eine Art selbsterfundenes Besuchszeremoniell, das darin bestand, daß sie ungehindert im Hause umhergehen durften, solange sie nichts anfaßten, sich nicht setzten und nicht unangesprochen den Mund aufmachten. Wenn der Kuckuck hervorgestürzt kam, ging eine lebhafte Welle von Entzücken und verhaltenem Lachen durch die Schar. Zuweilen geschah es auch, daß einer von den kleinen Hirten, dem das Gefühl von Verantwortung für seine Ziegen abging, am frühen Morgen ganz allein hereinkam, sich lange vor die Uhr hinstellte, die stumm und verschlossen dahing, und ihr auf kikuju in langsamem Singsang eine Liebeserklärung vortrug und gemessenen Schrittes wieder davonging. Meine Hausboys lachten über die Hirtenbuben und trauten den Kindern zu, daß sie dumm genug wären, den Kuckuck für lebendig zu halten.

Doch kamen sie selber herein, um zu schauen, wie die Schreibmaschine arbeitete. Kamante stand bisweilen abends eine Stunde lang an der Wand, seine Augen, schwarze Tropfen unter den Lidern, gingen rastlos hin und her, als meinte er, auf die Art so viel von der Maschine lernen zu können, daß er sie auseinandernehmen und wieder zusammensetzen könnte.

Eines Abends blickte ich auf und begegnete

seinen tiefen aufmerksamen Blicken; nach einer Weile fing er zu reden an.

«Msabu», sagte er, «glaubst du, daß du ein Buch schreiben kannst?» Ich erwiderte, daß ich das nicht wisse. Will man sich ein Gespräch mit Kamante recht vorstellen, so muß man sich vor jedem Satz eine lange, bedeutsame, von Verantwortung erfüllte Pause denken. Alle Schwarzen sind Meister in der Kunst der Pause und geben damit einem Gespräch perspektivische Tiefe. Kamante machte nun eine solche lange Pause und sagte dann: «Ich glaube es nicht.» Ich hatte sonst niemanden, mit dem ich über mein Buch sprechen konnte; ich legte also mein Papier beiseite und fragte ihn, warum er das nicht glaube. Da merkte ich, daß er das Gespräch im voraus durchdacht und sich darauf vorbereitet hatte. Er hatte sich mit dem Rücken zur «Odyssee» hingestellt und legte nun den Band auf den Tisch. «Schau, Msabu», sagte er, «das ist ein gutes Buch. Es hängt vom einen Ende bis zum anderen fest zusammen. Auch wenn man es hochhebt und schüttelt, geht es nicht kaputt. Der Mann, der das geschrieben hat, ist sehr klug. Aber das, was du schreibst», fuhr er halb ärgerlich und halb freundschaftlich mitleidig fort, «das ist teils hier und teils da. Wenn die Leute mal vergessen, die Türe zuzumachen, dann fliegt es herum und fällt sogar auf den Boden, und du wirst böse. Das wird kein gutes Buch.» Ich erklärte ihm, daß es in Europa Leute gebe, die es richtig zusammensetzen könnten. «Wird dann dein Buch so schwer sein wie dieses?» fragte Kamante, die «Odyssee» in der Hand wiegend. «Nein», sagte ich, «so schwer nicht, aber es gibt eben auch Bücher, die leichter sind.» – «Und auch so hart?» fragte er. Ich sagte, es sei recht kostspielig, ein Buch so hart zu machen. Er stand eine Weile still da und drückte dann seine wiedererwachte Hoffnung für mein Buch und vielleicht auch die Reue über seine Zweifel aus, indem er die am Boden verstreuten Blätter aufhob und sie auf den Tisch legte. Er ging aber noch immer nicht, blieb wartend am Tisch stehen und fragte dann ernsthaft: «Msabu, was ist in Büchern drin?» Als Beispiel erzählte ich ihm aus der «Odyssee» die Geschichte von dem Helden und Polyphem und wie Odysseus sich Niemand genannt und Polyphems Auge ausgestochen habe und festgeklammert am Bauch eines Widders entwischt sei. Kamante hörte mit großem Interesse zu und meinte, der Widder müsse wohl von der gleichen Rasse gewesen sein wie die Schafe von Herrn Long in Elmentaita, die er bei einer Viehschau in Nairobi gesehen hatte. Dann kam er auf Polyphem zurück und fragte mich, ob er schwarz gewesen sei wie die Kikuju. Als ich verneinte, wollte er wissen, ob Odysseus zu meinem Stamm oder meiner Familie gehört habe. «Wie sprach er», fragte er, «das Wort Niemand in seiner Sprache aus? Sag es.» – «Er sagte Udeis», sagte ich. «Er nannte sich Udeis, das hieß in seiner Sprache Niemand.»

«Mußt du auch von derselben Sache schreiben?» fragte er mich. «Nein», sagte ich, «man kann schreiben, was man will. Ich möchte von dir schreiben.» Kamante, der im Laufe der Unterhaltung aufgeschlossen geworden war, zog sich plötzlich wieder in sich zurück; er sah an sich hinunter und fragte mich mit leiser Stimme, welchen Teil von ihm ich beschreiben wollte. «Ich möchte von der Zeit schreiben, wo du krank warst und mit den Schafen in die Steppe gingst», sagte ich. «Was hast du damals gedacht?» Seine Augen wanderten durch das Zimmer hinauf und hinab, und schließlich sagte er unsicher: «Sijui – ich weiß nicht.» – «Hattest du Angst?» fragte ich ihn. «Ja», sagte er nach einer Pause, «alle Buben in der Steppe haben manchmal Angst.» – «Wovor hattest du Angst?» fragte ich. Kamante schwieg eine Weile, dann schaute er mich an, und über sein Gesicht breitete sich das feine verschmitzte Lächeln, das ich an ihm so gut kannte. Vielleicht fand er, die Unterhaltung habe lange genug gedauert. «Vor Udeis», sagte er, «die Buben in der Steppe haben Angst vor Udeis.»

Nach einigen Tagen hörte ich, wie Kamante den anderen Hausboys auseinandersetzte, das Buch, das ich schreibe, könne in Europa zusammengefügt werden, und mit ungeheurem Kostenaufwand könne es auch so hart gemacht werden wie die «Odyssee». Allerdings glaube er nicht, daß es auch blau gemacht werden könne.

Kamante besaß eine Gabe, die ihm in meinem Hause gut zustatten kam. Er konnte, scheint mir, weinen, wann er wollte. Wenn ich ihn einmal ernstlich schalt, stellte er sich aufrecht vor mich hin und sah mir ins Gesicht mit dem Ausdruck tiefer, sorgenvoller Traurigkeit, den die Mienen der Schwarzen unversehens annehmen können; dann schwollen seine Augen an und füllten sich mit schweren Tränen, die langsam einzeln herauskollerten und die Backen hinunterliefen. Ich wußte, es waren reine Krokodilstränen, und bei einem anderen hätten sie mich gerührt. Aber bei Kamante war es etwas anderes. Sein plattes hölzernes Gesicht sank in solchen Augenblicken zurück in die Welt der Finsternis und abgründigen Verlassenheit, in der er, jung wie er war, viele Jahre gelebt hatte. Solch dumpfe schwere Tränen mag er als kleiner Bub in der Steppe bei seinen Schafen geweint haben. Sie verwirrten mich, und die Fehler, die ich ihm verwies, gewannen ein anderes Gesicht, so daß ich nicht weiter über sie reden mochte. Das hatte freilich etwas Demoralisierendes. Aber ich glaube, kraft der echten menschlichen Vertrautheit, die zwischen uns bestand, wußte Kamante in seinem Herzen, daß ich seine Tränen der Zerknirschung durchschaute und nicht für mehr hielt, als sie waren – ja, er selbst hielt sie wohl mehr für eine Zeremonie, die man den höheren Mächten schuldete, als für einen Versuch zu betrügen.

Er betonte häufig, daß er ein Christ sei. Ich wußte nicht, was er sich bei dem Namen dachte, und versuchte ein oder das andere Mal, ihn zu examinieren. Aber er erklärte, er glaube das, was ich glaube, und da ich ja wissen müsse, was ich glaubte, hätte es keinen Sinn, ihn auszufragen. Ich merkte, daß das mehr war als eine Ausrede; es war gewissermaßen ein positives Programm und Glaubensbekenntnis. Er hatte sich dem Gott der Weißen unterstellt. In seinem Dienst war er bereit, jeden Befehl zu befolgen, aber er hielt es nicht für seine Pflicht, einen Lebensplan zu ergründen, der am Ende ebenso unvernünftig sein konnte wie die Lebenspläne der Weißen selber. Zuweilen kam es vor, daß mein Verhalten den Lehren der schottischen Missionare, die ihn bekehrt hatten, widersprach; dann fragte er mich, wer recht habe.

Die Vorurteilslosigkeit der Schwarzen ist zutiefst befremdend, denn man erwartet eigentlich bei einem primitiven Volk, auf starre Tabubegriffe zu stoßen. Sie rührt, glaube ich, von der Bekanntschaft mit den verschiedenen Rassen und Völkern her und von den regen menschlichen Beziehungen, die Ostafrika erst durch die Elfenbein- und Sklavenhändler und in unserer Zeit durch die Siedler und Großwildjäger aufgenötigt worden sind. Beinahe jeder Schwarze, bis hinunter zu den Hirtenbuben der Steppe, hat im Laufe der Zeit schon mit einer ganzen Reihe von Nationalitäten Umgang gehabt, die für ihn so verschiedenartig sind wie für uns Sizilianer und ein Eskimo: mit Engländern, Juden, Buren, Arabern, Somali und Indern, Suaheli, Massai und Kavirondo. Hinsichtlich seiner Aufnahmefähigkeit für Ideen ist ein Schwarzer viel mehr Weltmann als ein Siedler aus der Vorstadt oder Provinz, der in einer gleichförmigen Umwelt mit einer Handvoll starrer Meinungen aufgewachsen ist – manches Mißverstehen zwischen Weißen und Schwarzen ist daraus zu erklären.

Es ist erschütternd, an sich selbst zu erleben, daß man den Schwarzen gegenüber als Person das Christentum vertritt.

Einmal kam ein junger Kikuju namens Kitau aus dem Kikujureservat und trat in meinen Dienst. Er war ein nachdenklicher Junge, ein umsichtiger, aufmerksamer Diener, und ich hatte ihn gern. Nach drei Monaten bat er mich eines Tages, ihm einen Empfehlungsbrief an meinen alten Freund, den Scheich Ali bin Salim, den Lewali des Küstengebietes in Mombasa, zu geben; er habe ihn in meinem Hause gesehen, sagte er, und wolle jetzt zu ihm gehen und für ihn arbeiten. Ich hatte keine Lust, Kitau gehen zu lassen, nachdem er sich gut eingearbeitet hatte, und sagte, ich wolle lieber seinen Lohn aufbessern. Nein, sagte er, er gehe nicht fort, um mehr Lohn zu bekommen, aber er könne nicht länger bleiben. Er erzählte, er sei daheim im Reservat zu dem Entschluß gekommen, entweder Christ oder Mohammedaner zu werden, habe aber nicht gewußt, was er wählen sollte. Darum sei er zu mir gekommen und habe bei mir gearbeitet, weil ich eine Christin sei, und sei drei Monate bei mir geblieben, um die «desturi» – die Art und Sitte – der Christen kennenzulernen. Von mir wolle er auf drei Monate zum Scheich Ali nach Mombasa gehen, um die «desturi» der Mohammedaner kennenzulernen, und danach wolle er entscheiden. Ich glaube, sogar ein Erzbischof, dem dieser Sachverhalt offenbart worden wäre, hätte gesprochen oder mindestens gedacht wie ich: Mein Gott, Kitau, das hättest du mir doch sagen können, als du eintratst.

Mohammedaner essen kein Fleisch von einem Tier, dessen Kehle nicht nach orthodoxem Ritus von einem Mohammedaner durchschnitten ist. Diese Regel war auf Jagdzügen häufig recht hinderlich, wenn man wenig Proviant mitführte und die Ernährung der Leute mit erlegtem Wild bestreiten mußte. Wenn man ein Kongoni schoß und es fiel, stürzten die Mohammedaner wie Wölfe auf es zu, um ihm noch rechtzeitig, bevor es verendete, die Kehle zu durchschneiden; erwartungsvoll und mit fiebernden Augen sah man ihnen nach, denn wenn sie sich mit hängenden Armen und Köpfen herunterbeugten, dann hieß es, daß das Kongoni verendet war, bevor sie es erreicht hatten, und daß man noch ein Kongoni anpirschen mußte, wenn die Mannschaft nicht verhungern sollte. Als ich zu Beginn des Krieges mit meinem Ochsenkarren auszog, traf ich am Abend vor der Abfahrt zufällig oben in Kijabe den mohammedanischen Scherif und fragte ihn, ob er meine Leute nicht für die Dauer des Jagdzuges von dem Gesetz befreien könne. Der Scherif war ein junger, aber weiser Mann; er sprach mit Farah und Ismael und erklärte sodann: «Diese Dame ist eine Jüngerin von Jesus Christus. Wenn sie ihr Gewehr abdrückt, wird sie sprechen oder zumindest in ihrem Herzen sagen: ‹Im Namen Gottes.› Dies wird ihre Kugel ebenbürtig machen dem Messer eines rechtgläubigen Mohammedaners – so lang, als diese Reise währt. Ihr könnt das Fleisch der Tiere essen, die sie schießt.»

Das Ansehen der christlichen Religion hat in Afrika durch die gegenseitige Unduldsamkeit der christlichen Konfessionen viel gelitten.

Zu Weihnachten hatte ich, solange ich in Afrika lebte, die Gewohnheit, zur französischen Mission hinüberzureiten und die Mitternachtsmesse zu hören. Es war um diese Jahreszeit meist heiß – wenn man durch die Akazienpflanzungen ritt, hörte man das Läuten der Missionsglocken weithin durch die klare warme Luft. Eine Menge froher, bewegter Menschen war, wenn man ankam, auf dem Platz bei der Kirche versammelt; die französischen und italienischen Kaufleute aus Nairobi waren hinausgekommen, die Nonnen von der Klosterschule waren zugegen, und die Eingeborenengemeinde erschien in fröhlichen Festgewändern. Die schöne große Kirche strahlte von Hunderten von Kerzen und von großen Transparenten, die die Patres selbst verfertigt hatten.

Als es in dem ersten Jahr, seit Kamante in meinem Hause war, Weihnachten wurde, sagte ich ihm, ich würde ihn, da er auch ein Christ sei, mit zur Mette nehmen, und erzählte ihm in der Weise der Patres von all dem Schönen, das er dort sehen würde. Kamante hörte sich alles an, bewegte es in seinem Herzen und holte seine besten Kleider hervor. Als aber der Wagen vor der Türe stand, kam er in großer seelischer Erregung wieder und sagte, er könne unmöglich mitfahren. Er wollte mir keinen Grund sagen und wich meinen Fragen aus; schließlich rückte er heraus. Nein, er könne nicht mitgehen, er habe jetzt erst gehört, daß es die französische Mission sei, zu der ich ihn mitnehmen wolle, und er sei vor dieser Mission so dringend gewarnt worden, als er im Krankenhaus gewesen sei. Ich setzte ihm auseinander, das sei doch ein Mißverständnis, er müsse gleich mitkommen. Aber bei diesen Worten fing er vor meinen Augen an zu erstarren; wie bei einem Sterbenden verdrehten sich seine Augen, daß nur das Weiße hervorsah, auf dem Gesicht trat der Schweiß heraus. «Ich komme nicht mit. In der großen Kirche, das weiß ich, ist eine Msabu, die ist ‹mbaia sana› – furchtbar böse.» Als ich das hörte, wurde ich sehr betrübt, aber ich sagte mir, daß ich ihn nun bestimmt mitnehmen mußte, damit ihn die Jungfrau selbst erleuchten möchte. Die Patres hatten in ihrer Kirche eine lebensgroße Figur der Heiligen Jungfrau aus Pappmasse, ganz in Weiß und Blau, und auf die Schwarzen machten Statuen in der Regel einen tiefen Eindruck, während es ihnen schwerfällt, die Darstellung eines Gemäldes zu verstehen. Ich versprach also Kamante, ihn zu schützen, und nahm ihn mit, und als er in die Kirche eintrat, immer dicht an meinen Fersen, vergaß er alle seine Bedenken. Es war die schönste Christmette, die ich je in der Mission miterlebt habe. In der Kirche stand eine große Krippe, eine Grotte mit der Heiligen Familie, frisch aus Paris importiert, von leuchtenden Sternen aus einem blauen Himmel erhellt, mit hundert Spielzeugtieren, hölzernen Kühen und schneeweißen baumwollenen Lämmern in etwas merkwürdigen Größenverhältnissen, die sicherlich in den Herzen der Kikuju helle Begeisterung erweckten.

Nachdem nun Kamante Christ geworden war, fürchtete er sich nicht mehr, eine Leiche zu berühren. Früher hatte er sich gefürchtet, und als ein Mann, der auf einer Bahre auf meine Terrasse gebracht worden war, dort starb, war er ebensowenig wie die anderen zu bewegen, mitanzufassen und ihn heimzutragen; er floh nicht wie die anderen, blieb aber regungslos wie eine kleine schwarze Statue auf dem Pflaster stehen. Warum die Kikuju, die persönlich so wenig Angst vor dem Tode haben, sich scheuen, eine Leiche anzufassen, während die Weißen, die den Tod fürchten, Tote unbedenklich berühren, das weiß ich nicht. Man spürt hier nur wieder, daß ihre Wirklichkeit von anderer Art ist als unsere Wirklichkeiten. Alle Farmer wissen, daß sie auf diesem einen Gebiet gegen den Schwarzen machtlos sind und daß man sich unnütze Mühe spart, wenn man ihn nicht erst zu zwingen versucht, denn er wird tatsächlich eher sterben als nachgeben.

Nun, da der Schrecken aus Kamantes Herz gewichen war, verachtete er die Regung seiner Stammesgenossen. Er spielte sich sogar ein wenig auf, um mit der Macht seines Gottes zu prahlen. Es fügte sich, daß ich Gelegenheit hatte, seinen Glauben zu erproben, und daß Kamante und ich im Laufe unseres Lebens auf der Farm zweimal miteinander einen Toten fortgetragen haben. Der eine war ein junges Kikujumädchen, das in der Nähe meines Hauses von einem Ochsenkarren überfahren wurde, und der andere war ein alter weißer Mann, der sich auf der Farm niederließ, eine Weile an ihrem Leben teilnahm und bei uns starb.

Er war ein Landsmann von mir, ein alter, fast blinder Däne, Knudsen mit Namen, der sich eines Tages, als ich in Nairobi war, zu meinem Wagen durchtastete, sich vorstellte und mich bat, ihm auf meinem Gelände ein Haus zu geben, da er keinen Ort in der Welt habe, wo er bleiben könne. Ich war damals genötigt, die Zahl der weißen Angestellten auf der Plantage einzuschränken, und hatte einen leeren Bungalow, den ich ihm überlassen konnte.

So kam er heraus und lebte sechs Monate auf der Farm.

Es war eine seltsame Sache, einen Mann wie ihn auf einer Hochlandfarm zu haben; er war so ganz ein Kind des Meeres, daß es war, als beherberge man einen alten Albatros mit gestutzten Schwingen. Er war gebrochen von den Mühsalen des Lebens, von Krankheit und Trunk, gebeugt und krumm, mit der sonderbaren Färbung, wie sie Rothaarige annehmen, wenn sie weiß werden; als hätte er wirklich Asche auf sein Haupt gestreut oder als wäre er von seinem Element gezeichnet und eingesalzen. Dabei glühte ein unaustilgbares Feuer in ihm, das keine Asche verschütten konnte. Er stammte aus einem dänischen Fischergeschlecht und war Matrose gewesen; später war er einer der allerersten Pioniere in Afrika; weiß Gott, welcher Wind ihn dahin verschlagen hatte.

Der alte Knudsen hatte sehr viele Berufe in seinem Leben versucht, vorzugsweise solche, die mit Wasser, Fischen oder Vögeln zusammenhingen, und hatte es in keinem zu etwas gebracht. Eine Zeitlang hatte er, wie er mir erzählte, ein prachtvolles Fischereigeschäft auf dem Viktoriasee besessen, mit vielen Meilen der besten Fischernetze der Welt und einem Motorboot. Aber während des Krieges hatte er alles verloren. In seinem Bericht von dieser Tragödie gab es einen dunklen Punkt, ein schicksalsschweres Mißverständnis oder den Verrat eines Freundes. Ich weiß nicht genau, was es war, denn die Geschichte blieb sich die verschiedenen Male, wenn er sie erzählte, nicht ganz gleich, und der alte Knudsen wurde entsetzlich aufgeregt, wenn er an diese Stelle des Berichtes gelangte. Doch muß er wohl auch wahre Tatsachen enthalten haben, denn als Ersatz für seine Verluste zahlte ihm die Regierung, solange er bei mir wohnte, eine Art Pension von einem Schilling pro Tag.

Er erzählte mir von alledem, wenn er gelegentlich zu mir ins Haus zu Besuch kam. Er suchte öfters Zuflucht bei mir, denn in seinem Bungalow fühlte er sich nicht recht wohl. Die kleinen Eingeborenenbuben, die ich ihm zur Bedienung gab, liefen ihm wieder davon, weil er sie erschreckte, wenn er wütend wurde: er stürzte dann plötzlich blindlings auf sie los und fuchtelte mit seinem Stock. Wenn er gut aufgelegt war, saß er bei mir auf der Veranda bei einer Tasse Kaffee und sang patriotische dänische Lieder, ungebeten und mit großem Kraftaufwand. Es machte uns beiden Vergnügen, miteinander dänisch zu sprechen, und wir tauschten oft Bemerkungen über die geringfügigsten Vorkommnisse auf der Farm aus, nur um der Sprache willen. Aber nicht immer hatte ich Geduld mit ihm, denn wenn er einmal dasaß, war es nicht leicht, ihn zum Schweigen und zum Gehen zu bewegen; er hatte, wie man sich denken kann, im täglichen Umgang viel vom «Ancient Mariner» oder «Old Man of the Sea».

Er war ein großer Künstler im Knüpfen von Fischnetzen gewesen, den besten Netzen auf der ganzen Welt, wie er mir versicherte, und beschäftigte sich jetzt in seinem Bungalow auf der Farm damit, «Kibokos» zu machen, Peitschen aus Nilpferdleder, wie sie die Schwarzen gebrauchen. Er kaufte sich eine Nilpferdhaut bei den Eingeborenen oder bei den Farmern vom Naivaschasee, und wenn er Glück hatte, konnte er aus einer Haut fünfzig Kibokos machen. Ich besitze noch eine Reitpeitsche, die er mir geschenkt hat, eine sehr schöne Peitsche. Diese Tätigkeit verbreitete einen entsetzlichen Gestank rings um sein Haus, ähnlich dem Gestank beim Horst eines alten Aasgeiers. Später, als ich auf der Farm einen Teich anlegte, war er fast immer bei dem Teich zu finden, tief versonnen, wie ein Seevogel im Zoo.

Der alte Knudsen barg in seiner schwachen, eingesunkenen Brust das schlichte, stolze, zornmütige, wilde Herz eines Buben, der vor ungebrochener Kampfeslust glüht; er war ein großer romantischer Prahler und Kämpe. Er war ein starker Hasser wie selten einer, immer zorn- und wutentbrannt gegen beinahe alle Menschen und Einrichtungen, mit denen er in Berührung kam; er rief zum Himmel, er möchte Feuer und Schwefel auf sie herabregnen, und malte den Teufel mit der Plastik eines Michelangelo an die Wand. Er war begeistert, wenn er Leute hintereinanderbringen konnte, wie ein kleiner Junge, der zwei Hunde aufhetzt oder einen Hund auf eine Katze losläßt. Es war sehenswert und staunenswert, wie das Herz des alten Knudsen, der doch am Ende seines langen, harten Lebens schließlich sozusagen in einer stillen Bucht gestrandet war, wo er die Segel hätte streichen können, immer noch nach Auflehnung und Feindschaft schrie wie das Herz eines Jungen. Ich habe dieses Herz eines Berserkers bewundert.

Er sprach von sich nie anders als in der dritten Person, vom «alten Knudsen», und nie, ohne in den höchsten Tönen sich zu brüsten und zu rühmen. Es gab auf der Welt nichts, was der alte Knudsen nicht unternehmen und leisten konnte, und keinen Meisterboxer, den der alte Knudsen nicht niederschlagen konnte. Sobald es um andere Leute ging, war er ein düsterer Pessimist und sah schon die wohlverdiente Katastrophe nahen, die all ihren Bemühungen ein Ende setzen würde. Aber in bezug auf sich war er ein leidenschaftlicher Optimist. Kurze Zeit bevor er starb, vertraute er mir unter dem Siegel der Verschwiegenheit einen gewaltigen Plan an. Der werde den alten Knudsen endlich zum Millionär machen und alle seine Feinde beschämen. Er werde, so kündigte er an, vom Boden des Naivaschasees die Hunderttausende von Zentnern Guano zutage fördern, die dort seit der Erschaffung der Welt von den Wasservögeln versenkt worden seien. Mit letztem ungeheurem Kraftaufwand machte er eine Reise von der Farm zum Naivaschasee, um die Einzelheiten seines Planes zu studieren und auszuarbeiten. Erfüllt von diesem Ruhmesglanz ist er gestorben. Das Projekt barg alle Elemente, die seinem Herzen teuer waren: tiefes Wasser, Vögel, verborgene Schätze, und war zudem behaftet mit dem Geruch von Dingen, über die man nicht mit Damen sprechen sollte. Über alledem sah er mit den Augen seines Geistes den triumphierenden alten Knudsen thronen, den Dreizack in der Hand, den Meeren gebietend. Ich erinnere mich nicht, ob er mir je erklärt hat, wie der Guano vom Boden des Sees heraufgeholt werden sollte.

Die großen Taten und Erfolge des alten Knudsen und seine Unüberwindlichkeit auf allen Gebieten, die ich immer wieder zu hören bekam, standen offenbar im Widerspruch mit der Gebrechlichkeit und Schwäche des alten Mannes, der sie mir berichtete; man konnte merken, daß man es mit zwei getrennten und wesensverschiedenen Personen zu tun hatte. Die gewaltige Gestalt des alten Knudsen ragte im Hintergrunde auf als unbesiegbarer und triumphierender Held all der Abenteuer, und der, den ich kannte und der nie müde wurde, mir von ihm zu erzählen, war sein alter, gebeugter, entkräfteter Diener. Dieser demütige Mann hatte sich's zur Aufgabe seines Lebens gemacht, den Namen des alten Knudsen zu verkünden und zu preisen bis zum Tode. Denn er hatte ihn gesehen, den sonst niemand gesehen hatte, und darum konnte er keinen Unglauben anderer dulden.

Ein einziges Mal habe ich ihn die erste Person gebrauchen hören; das war einige Monate vor seinem Tode. Er hatte eine schwere Herzattacke gehabt, ähnlich der, die sein Leben beendete; da ich ihn eine Woche lang nicht auf der Farm gesehen hatte, ging ich zu seinem Bungalow hinunter, um mich nach ihm zu erkundigen. Ich fand ihn, vom Gestank der Nilpferdhaut umwittert, in einem sehr ärmlichen und unordentlichen Zimmer im Bett. Er war aschfahl im Gesicht, seine umflorten Augen lagen tief in den Höhlen. Er antwortete mir nicht und sagte kein Wort, als ich ihn anredete. Erst nach langer Zeit, als ich schon aufgestanden war, um zu gehen, sagte er plötzlich mit einer dünnen heiseren Stimme: «Ich bin sehr krank.» Diesmal war keine Rede vom alten Knudsen, der sicher niemals krank oder niedergeschlagen war; es war sein Diener, der sich dies eine Mal erlaubte, von seiner privaten Not und Angst zu sprechen.

Der alte Knudsen langweilte sich auf der Farm; darum sperrte er von Zeit zu Zeit die Türe seines Hauses zu, ging auf und davon und verschwand aus unserem Gesichtskreis. Das geschah wohl zumeist, wenn er von einem alten Freunde, irgendeinen Mitpionier aus der glorreichen Vergangenheit, hörte, der in Nairobi eingetroffen war. Er blieb dann eine Woche oder zwei aus, bis wir ihn schon ganz vergessen hatten, und kam dann gewöhnlich so zerrüttet und krank zurück, daß er sich kaum allein von der Stelle schleppen und seine Tür aufschließen konnte. Dann hielt er sich etliche Tage verborgen. Ich glaube, daß er sich in solchen Zeiten vor mir fürchtete, weil er meinte, ich würde seine Eskapaden sicher mißbilligen und seine Schwachheit ausnutzen, um über ihn zu triumphieren. Der alte Knudsen hegte, so gern er zuweilen von der Seemannsbraut sang, die die Wogen liebt, im Herzen einen tiefen Argwohn gegen die Frau und sah in ihr einen Feind des Mannes, der instinktiv und grundsätzlich drauf aus sei, ihm jeden Spaß zu verderben.

Vor dem Tage, an dem er starb, war er zwei Wochen lang auf diese Art fortgewesen, und kein Mensch auf der Farm wußte, daß er zurückgekehrt war. Aber er selbst schien diesmal eine Ausnahme von der Regel gemacht zu haben, denn er war auf dem Wege von seinem Hause zu mir, einem Fußpfad, der durch die Plantage lief, als er hinfiel und starb. Kamante und ich fanden ihn auf dem Wege, als wir nachmittags auszogen, um auf der Steppe im kurzen jungen Gras Pilze zu suchen; denn es war April, und die Regenzeit hatte begonnen.

Es fügte sich eigentümlich, daß ihn gerade Kamante fand, denn von allen Eingeborenen auf der Farm war er allein dem alten Knudsen freundlich gesinnt gewesen. Er hatte sich sogar zu ihm hingezogen gefühlt, als zu einem Auch-Abwegigen, und hatte ihm von Zeit zu Zeit aus freien Stücken Eier gebracht und auf seine Totos aufgepaßt, damit sie wenigstens nicht alle auf einmal davonliefen.

Der alte Mann lag auf dem Rücken, sein Hut war beim Fallen ein Stück weit fortgerollt, die Augen waren halb geschlossen. Er sah im Tode vollkommen gesammelt aus. – Nun bist du's, alter Knudsen, war mein Gedanke.

Ich wollte ihn gern in sein Haus tragen, aber ich wußte, daß es zwecklos sein würde, einen Kikuju, der etwa des Wegs kam oder in den nahe liegenden Schambas arbeitete, zu Hilfe zu rufen; sie wären nur spornstreichs davongelaufen, wenn sie gesehen hätten, wozu ich sie rief. Ich befahl Kamante, nach Hause zu laufen und Farah zu Hilfe zu holen. Aber Kamante rührte sich nicht. «Warum willst du, daß ich laufe?» fragte er. «Du siehst doch», sagte ich, «daß ich den alten Bwana nicht allein heben kann, und ihr Kikuju seid ja Narren, ihr habt Angst, einen Toten zu tragen.» Kamante verzog das Gesicht zu einem kleinen spöttischen Grinsen. «Du vergißt wieder, Msabu, daß ich ein Christ bin.» Er faßte den alten Mann bei den Füßen, ich hob ihn am Kopfende, und so trugen wir ihn miteinander zu seinem Bungalow. Von Zeit zu Zeit mußten wir innehalten, ihn niederlegen und rasten; dann stand Kamante aufrecht da und schaute gerade vor sich auf die Füße des alten Knudsen; so mochte es auf der schottischen Mission angesichts des Todes Sitte gewesen sein. Als wir ihn auf ein Bett gelegt hatten, suchte Kamante im Zimmer und in der Küche nach einem Tuch, um das Gesicht zu verdecken; er fand aber nur einen alten Sack. «Die Christen taten das im Hospital», erklärte er mir.

Lange Zeit später erinnerte sich Kamante mit inniger Befriedigung an meine damalige Dummheit. Er arbeitete mit mir in der Küche, sichtlich insgeheim sich über etwas freuend, und brach plötzlich in Gelächter aus. «Weißt du noch, Msabu», sagte er, «wie du damals vergessen hattest, daß ich ein Christ bin, und dachtest, ich würde Angst haben, dir zu helfen mit dem Mzungu Mzee – dem alten weißen Manne?»

Als Christ fürchtete sich Kamante auch nicht mehr vor Schlangen. Ich hörte ihn einmal den anderen Buben auseinandersetzen, daß ein Christ jederzeit seine Ferse der größten Schlange auf den Kopf setzen und sie zertreten könnte. Ich habe nicht gesehen, daß er das getan hätte, aber ich habe gesehen, wie er ganz still, mit ruhiger Miene, die Hände auf dem Rücken, dicht vor der Hütte des Kochs stehenblieb, als sich eine Puffotter auf dem Dache zeigte. Die anderen Kinder waren nach allen Seiten auseinandergeflogen, wie Spreu vorm Winde, und kreischten unmenschlich, indes Farah aus dem Hause mein Gewehr holte und die Puffotter abschoß. Als alles vorüber war und sich die Wogen wieder geglättet hatten, sagte Nyore, der Sohn des Sais, zu Kamante: «Kamante, warum hast du denn nicht deine Ferse auf den Kopf der bösen Schlange gesetzt und sie zertreten?» – «Weil sie auf dem Dach war», sage Kamante.

Eine Zeitlang versuchte ich, mit Bogen und Pfeilen zu schießen. Ich war zwar kräftig, aber es fiel mir schwer, den Massaibogen, den Farah mir beschafft hatte, zu spannen; schließlich, nach langer Übung, wurde ich ein gewandter Bogenschütze. Kamante war damals ganz klein, er sah mir zu, wenn ich auf der Wiese meine Schießübungen machte, und schien seine Zweifel bei dem Unterfangen zu haben; eines Tages sagte er: «Bist du noch ein Christ, wenn du mit dem Bogen schießt? Ich dachte, ein Christ schießt mit dem Gewehr.» Ich zeigte ihm in meiner Bilderbibel die Illustration zu der Geschichte von Hagars Sohn. «Und der Herr war mit dem Knaben, und er wuchs heran und lebte in der Wildnis und wurde ein Bogenschütze.» – «Ja», sagte Kamante, «er war wie du.»

Kamante hatte ein ebensolches Geschick für kranke Tiere wie für die eingeborenen Patienten. Er zog den Hunden Dornen aus den Füßen und heilte einmal einen von ihnen, als er von einer Schlange gebissen worden war.

Eine Weile lebte in meinem Hause ein Storch mit einem gebrochenen Flügel. Er hatte einen entschieden würdevollen Charakter; er wanderte durch die Räume, und wenn er in mein Schlafzimmer kam, hatte er erbitterte Zweikämpfe, richtige

Degenmensuren mit stolzgesträubten Flügeln gegen sein Ebenbild in meinem Spiegel zu bestehen. Er folgte Kamante durchs ganze Haus, und man mußte unwillkürlich meinen, daß er dessen steifen, gemessenen Gang absichtlich nachäffte. Ihre Beine waren gleich dick. Die kleinen schwarzen Buben hatten ein Auge für die Karikatur und schrien vor Vergnügen, wenn das Paar vorüberkam. Kamante verstand wohl den Witz, aber er achtete niemals darauf, was andere Leute von ihm dachten. Er schickte die kleinen Buben fort, um in den Morästen Frösche für den Storch zu fangen.

So fiel Kamante auch die Sorge für Lulu zu.

Eine Gazelle

Lulu kam aus den Wäldern zu mir, so wie Kamante aus den Steppen gekommen war.

Im Osten von meiner Farm lag das Ngongwaldreservat, das zu der Zeit noch nahezu ganz aus Urwald bestand. Ein afrikanischer Urwald ist ein geheimnisvoller Aufenthalt. Man reitet in die Tiefe eines alten Gobelins, der an manchen Stellen verblaßt, an anderen vom Alter gedunkelt, aber wunderbar reich an grünen Farbtönen ist. Den Himmel sieht man da drinnen nicht, wohl aber spielt das Sonnenlicht, das durch das Laub einfällt, auf mannigfache, seltsame Art im Gezweig. Die grauen Flechten, die wie lange Bärte an den Bäumen niederwallen, und die Schlingpflanzen, die allenthalben herabhängen, schaffen eine lauschige, verwunschene Stimmung im Urwald. Ich ritt dort öfters mit Farah an Sonntagen, wenn es auf der Farm nichts zu tun gab, hügelauf und -ab und quer über die kleinen gewundenen Waldbäche. Die Luft im Wald war kühl wie rieselndes Wasser und voll vom Duft der Pflanzen; in der beginnenden Regenzeit, wenn die Schlingpflanzen blühten, ritt man durch Wolken und aber Wolken von Wohlgerüchen. Eine afrikanische Gattung des wilden Seidelbastes, mit kleinen kremfarbigen klebrigen Blüten, strömte einen berauschenden Duft aus wie Flieder oder wilde Maiglöckchen. Hie und da sah man ausgehöhlte Knubben an ledernen Riemen im Geäst schweben; die Kikuju hängten sie auf, damit die wilden Bienen darin nisten und Honig sammeln sollten. Einmal, als wir um ein Waldstück bogen, sahen wir einen Leoparden auf dem Wege sitzen, wie eingewoben in einen Teppich.

Hier lebte, hoch überm Boden, das ruhelose, geschwätzige Volk der kleinen grauen Affen. Wo ein Affenrudel den Weg gekreuzt hatte, blieb der Geruch noch lange Zeit in der Luft haften, ein trockener, schaler Geruch nach Maus. Ritt man weiter, so hörte man plötzlich ein Rascheln und Schwirren über seinem Kopf, wo das Völkchen seines Weges vorüberzog. Hielt man sich still am gleichen Platz, so sah man nach einer Weile einen der Affen regungslos auf einem Baum hocken und entdeckte nicht lange danach, daß der ganze Wald ringsum von seiner Familie bevölkert war; wie Früchte saßen sie auf den Ästen, graue oder dunkle Gestalten, je nachdem wie die Sonne sie beschien, und ließen ihre langen Schwänze herabhängen. Sie stießen einen merkwürdigen Ton aus, einen schmatzenden Kuß mit nachfolgendem Hüsteln; wenn man ihn vom Boden her nachahmte, konnte man sehen, wie die Affen ihre Köpfe affektiert von einer Seite zur anderen wandten; sowie man jedoch eine hastige Bewegung machte, waren augenblicks alle weg, und man hörte nur noch das leiser werdende Klatschen der zurückschnellenden Baumwipfel, in denen sie verschwanden wie ein Schwarm von Fischen in den Wellen.

Im Ngongwalde habe ich auf einem schmalen Pfad, der sich durch dichtes Gesträuch wand, mitten an einem sehr heißen Tag den Riesenwaldeber gesehen, einen selten anzutreffenden Gesellen. Er kam plötzlich mit seinem Weib und drei Ferkeln in großer Hast an mir vorbei; die ganze Familie sah aus wie nach einem Muster, größer und kleiner, aus dunklem Papier ausgeschnittene Figuren, die sich vom sonnenbeschienenen grünen Hintergrund abhoben. Es war ein prachtvoller Anblick, wie eine Spiegelung in einem Waldsee, wie etwas, was vor tausend Jahren geschehen war.

Lulu war eine junge Antilope vom Stamme der Buschböcke, die wohl die hübschesten aller afrikanischen Antilopen sind. Sie sind ein wenig größer als Damhirsche, leben in den Wäldern oder im Busch und sind scheu und ängstlich, so daß man sie nicht so häufig sieht wie die Antilopen der Steppe. Aber die Ngongberge und das umliegende Land waren ein schönes Revier für Buschböcke, und wenn man sein Lager im Gebirge aufschlug und frühmorgens oder bei Sonnenuntergang jagen ging, sah man sie aus dem Gehölz auf die Lichtungen hinaustreten, und wenn die Sonne sie beschien, leuchtete ihre Decke rot wie Kupfer. Die Männchen tragen ein fein geringeltes Gehörn.

Daß Lulu mein Hausgenosse wurde, geschah folgendermaßen:

Ich fuhr eines Morgens von der Farm nach Nairobi. Meine Aufbereitung auf der Farm war kurze Zeit vorher abgebrannt, und ich mußte viele Male in die Stadt fahren, um die Versicherungssumme festsetzen und mir auszahlen zu lassen; so hatte ich an dem frühen Morgen nichts als Zahlen und Voranschläge im Kopf. Als ich die Ngongstraße entlangfuhr, rief mich eine kleine Schar von Kikujukindern vom Wegrande her an und hielt mir einen ganz kleinen Buschbock hin. Ich wußte, daß sie das Kitzlein vermutlich im Busch gefunden hatten und es mir nun zu verkaufen gedachten, aber ich mußte mich beeilen, eine Verabredung in Nairobi einzuhalten, und hatte keine Gedanken für derlei frei; so fuhr ich also weiter.

Als ich abends zurückkehrte und wieder an der gleichen Stelle vorbeikam, gab es erneut ein großes Geschrei vom Straßenrand; die kleine Bande war immer noch da, recht müde und verdrossen, denn sie hatten den ganzen Tag versucht, das Kitzlein an andere Passanten zu verkaufen; um so mehr waren sie nun drauf aus, vor Sonnenuntergang das Geschäft noch zu machen, und hielten das Tierchen hoch in die Luft, um mich zu verlocken. Aber ich hatte einen langen Tag in der Stadt hinter mir und hatte mit der Versicherung Verdruß gehabt, so daß ich keine Lust verspürte, zu halten und zu schwatzen; ich fuhr an ihnen vorüber. Ich dachte auch nicht mehr an sie, als ich wieder zu Hause war, aß zu Abend und ging zu Bett.

In dem Augenblick, als ich eingeschlafen war, erwachte ich wieder von einem heftigen Gefühl des Grauens. Das Bild der Buben mit dem Kitzlein, das sich inzwischen verdichtet und Gestalt gewonnen hatte, trat mir deutlich, als wäre es gemalt, vor Augen, und ich setzte mich im Bett auf, schaudernd, als hätte jemand versucht, mich zu erwürgen. Was würde wohl, dachte ich, aus dem Kitzlein werden in den Händen seiner Häscher, die einen ganzen heißen Tag lang mit ihm am Weg gestanden und es an seinen gefesselten Läufen hochgehoben hatten? Es war sicher zu jung, um selbst zu äsen. Ich war zweimal am selben Tag an ihm vorbeigefahren, wie der Priester und der Levit in einer Person, und hatte ihm keinen Gedanken zugewendet, und nun, in diesem Augenblick, wo war es nun? Ich stand in einer wahren Panik auf und weckte alle meine Hausboys. Ich sagte ihnen, das Kitzlein müsse gefunden und mir bis zum Morgen gebracht werden, sonst würden sie alle aus meinem Dienst entlassen. Sie waren sofort bei der Sache. Zwei von den Burschen waren am Tage mit mir im Wagen gefahren und hatten sich für die Kinder und das Kitzlein nicht im mindesten interessiert, jetzt drängten sie vor und erzählten den anderen eine lange Liste von Einzelheiten über die Örtlichkeit und die Zeit und die Familien der Buben. Es war eine mondhelle Nacht, meine Leute stoben alle davon und verteilten sich, lebhaft die Sachlage beratend, in der Landschaft; ich hörte, wie sie sich immer wieder darüber verbreiteten, daß sie alle entlassen würden, wenn der Buschbock nicht gefunden würde.

In der Frühe des nächsten Morgens, als Farah mir meinen Tee hereinbrachte, kam Juma mit ihm herein und trug das Kitzlein auf seinem Arm. Es war ein Weibchen, und wir nannten es Lulu, was auf kisuaheli, wie sie mir sagten, Perle heißt.

Lulu war damals noch nicht größer als eine Katze und hatte große, stille violettblaue Augen. Sie hatte so zarte Läufe, daß man fürchtete, sie würden es nicht überstehen, zusammen- und auseinandergefaltet zu werden, wenn sie sich hinlegte oder erhob. Ihre Ohren waren weich wie Seide und unsagbar ausdrucksvoll. Ihre kühle Nase war schwarz wie ein Trüffel. Ihre winzigen Hufe gaben ihr das Aussehen einer jungen chinesischen Dame alten Stils mit bandagierten Füßen. Es war ein seltsames Erlebnis, ein so vollkommenes Geschöpf in Händen zu haben.

Lulu gewöhnte sich bald an das Haus und seine Bewohner und benahm sich, als sei sie daheim. In den ersten Wochen waren die polierten Fußböden in den Zimmern ein Problem in ihrem Leben, und sowie sie übern Rand der Teppiche geriet, rutschten ihre Beine nach allen vier Richtungen davon; es sah beängstigend aus, aber sie machte sich nicht allzuviel draus, und schließlich lernte sie, auf den Fußböden zu laufen; es klang, als ob jemand immerfort ärgerlich mit den Fingern trommelte. Sie war äußerst sauber in all ihren Gewohnheiten. Schon als Kind war sie eigensinnig, aber wenn ich ihr etwas verwies, was sie gern getan hätte, war es, als wollte sie sagen: «Nur ja keine Szene, bitte.»

Kamante zog sie mit der Milchflasche auf und sperrte sie abends ein, denn wir mußten uns in acht nehmen mit ihr, nach Einbruch der Dunkelheit strichen die Leoparden ums Haus. So hielt sie sich an ihn und folgte ihm überallhin. Von Zeit zu Zeit, wenn er nicht tat, was sie wollte, versetzte sie seinen hageren Beinen einen harten Puff mit ihrem jungen Kopf; sie war so anmutig, daß man unwillkürlich, wenn man die beiden zusammensah, an eine neue paradoxe Illustration zu der Sage von der schönen Jungfrau und dem häßlichen Untier denken mußte. Kraft dieser großen Schönheit und Lieblichkeit eroberte sich Lulu eine überragende Stellung im Hause und wurde von jedermann mit Respekt behandelt.

In Afrika habe ich nie eine andere Rasse Hunde gezüchtet als schottische Windhunde. Es gibt keinen Hund, der edler und anmutiger wäre. Sie müssen wohl viele Jahrhunderte mit Menschen gelebt haben, um sie so zu verstehen und sich ihnen so anzupassen. Man sieht sie auch auf alten Gemälden und Geweben, und sie haben selbst etwas in ihrem Aussehen und ihrem Gehaben, was ihrer Umgebung das Gepräge eines Gobelins gibt; sie erzeugen eine aristokratische Atmosphäre. Der erste des Geschlechts meiner Windhunde, namens Dusk, war mir zur Hochzeit geschenkt worden und hatte mich begleitet, als ich mein Leben in Afrika begann, auf meiner «Mayflower»-Fahrt sozusagen. Er hatte einen ritterlichen, vornehmen Charakter. Er war bei mir in den ersten Monaten des Krieges, als ich mit meinen Ochsenwagen für die Regierung die Transporte im Massaireservat besorgte. Aber einige Jahre später wurde er von einem Zebra getötet. Zu der Zeit, als Lulu zu uns ins Haus kam, hatte ich zwei seiner Söhne bei mir.

Die schottischen Windhunde, die afrikanische Landschaft und die afrikanischen Menschen paßten gut zueinander. Vielleicht hing es mit der Lage zusammen, dem Hochlandrhythmus, der alle drei durchpulste, denn an der Küste in Mombasa wirkten sie nicht so organisch. Es war, als hätten der großen, weiten Landschaft mit ihren Steppen, Bergen und Flüssen die Windhunde gefehlt, um sie vollkommen zu machen. Alle schottischen Windhunde waren große Jäger und hatten bessere Nasen als die kurzhaarigen, aber sie gebrauchten bei der Jagd die Augen, und es war ein staunenswertes Schauspiel, zwei von ihnen zusammenarbeiten zu sehen. Ich nahm sie mit, wenn ich in das Wildschutzgebiet ritt – was ich eigentlich nicht durfte –, da hetzten sie die Herden der Zebras und Wildbeestantilopen über die Steppe, als stürmten alle Sterne entfesselt übers Firmament. Jagte ich im Massaireservat, so verlor ich kein waidwundes Stück, wenn ich die Windhunde bei mir hatte.

Schön waren sie auch im Urwald anzusehen, dunkelgrau gegen die satten grünen Tönungen. Einer von ihnen tötete, aus freien Stücken, einen großen alten Pavian; im Kampf wurde ihm durch einen Biß die Nase mittendurch gespalten; die Narbe verdarb zwar sein edles Profil, wurde aber von jedermann auf der Farm als Ehrenmal betrachtet, denn der Pavian ist ein übler Schädling und bei den Schwarzen verhaßt.

Die Windhunde waren kluge Tiere und wußten, wer in meinem Hause Mohammedaner war und keinen Hund berühren durfte. In den ersten Jahren in Afrika hatte ich einen Somalijäger namens Ismail; er starb, solange ich noch draußen war. Er war noch einer der Jäger aus der alten Schule, wie es sie heute nicht mehr gibt. Er war unter den echten alten Großwildjägern aus dem Anfang des Jahrhunderts aufgewachsen, als noch ganz Afrika ein einziger Wildpark war. Seine Berührung mit der Kultur beschränkte sich ausschließlich auf das Gebiet der Jagd, und sein Englisch war nichts als ein Jägerjargon. Als Ismail nach Somaliland zurückgekehrt war, bekam ich einen Brief von ihm, der war adressiert an die «Löwin Blixen» und fing an: «Verehrte Löwin.» Ismail war ein strenger Mohammedaner und wäre nicht um sein Leben einem Hund nahe gekommen; das hat ihm in seinem Beruf manches Mal zu schaffen gegeben. Aber mit Dusk machte er eine Ausnahme und hatte nichts dagegen einzuwenden, wenn er im kleinen Jagdwagen mit uns fuhr, ja, er ließ Dusk sogar in seinem Zelt schlafen. Denn Dusk, sagte er, kenne einen Mohammedaner vom Ansehen, er würde ihn nie berühren. «Wahrhaftig», beteuerte mir Ismail, «Dusk kann unterscheiden, ob einer im Herzen ein echter Mohammedaner ist.» Einmal sagte er zu mir: «Jetzt weiß ich, daß Dusk vom gleichen Stamme ist wie du selbst. Er lacht über die Menschen.»

So verstanden die Hunde auch Lulus Macht. Die Anmaßung der großen Jäger schmolz vor ihr dahin. Sie schubste sie von der Milchschüssel und von ihren Lieblingsplätzen vor dem Feuer fort. Ich hatte Lulu an einem Halsband ein Glöckchen angehängt, und es kam so weit, daß die Hunde, wenn sie das Klingeln des Glöckchens von weitem herannahen hörten, von ihren warmen Lagerplätzen am Feuer aufstanden und sich anderswo im Zimmer niederließen. Und doch konnte niemand sich feiner benehmen als Lulu, wenn sie eintrat und sich hinlegte, wie eine vollendete Dame, die zimperlich ihre Röcke an sich zieht und niemandem im Wege sein möchte. Sie trank ihre Milch mit höflich gezierter Schnauze, als hätte eine übereifrige Gastgeberin sie ihr aufgedrängt. Sie verlangte, hinter den Ohren gekrault zu werden, und machte eine niedliche Duldermiene dazu, wie eine junge Frau, die schnippisch ihrem Gatten eine Liebkosung gestattet.

Als Lulu heranwuchs und in ihrer jungen Anmut erblühte, war sie eine schlanke, zartgerundete Hindin, von der Nase bis zu den Zehen von unfaßlicher Schönheit. Sie sah aus wie eine genau gemalte Abbildung zu dem Heinelied von den weisen und edlen Gazellen am Ufer des Ganges.

Aber Lulu war im Grunde nicht edel, sie war, wie man sagt, vom Teufel geritten. Sie zeigte im höchsten Grade die weibliche Eigenart, scheinbar völlig in der Abwehr zu sein, ganz nur darauf bedacht, die Heilheit ihres Wesens zu wahren, indes sie in Wahrheit mit all ihren Kräften im Angriff stand. Gegen wen? Gegen die ganze Welt. Ihr Mutwille setzte sich über alle Grenzen und Maße hinweg, sie ging auf meinen Gaul los, wenn er ihr nicht gefiel. Ich mußte an den alten Hagenbeck in Hamburg denken, der gesagt hat, von allen Tiergattungen, einschließlich der Raubtiere, seien die Hirscharten die unberechenbarsten; man könne wohl einem Leoparden trauen, wer aber einem Bock traue, dem würde er früher oder später in den Rücken fallen.

Lulu blieb der Stolz des Hauses, auch als sie sich wie eine richtige schamlose Kokotte benahm, aber ihr Glück fand sie bei uns nicht. Zuweilen wanderte sie stundenlang, ganze Nachmittage lang, vom Hause fort. Zuweilen, wenn der Geist sie überkam und ihr Mißvergnügen an der Umwelt ihren Höhepunkt erreichte, vollführte sie, um ihrem Herzen Luft zu machen, auf der Wiese vor dem Hause einen Kriegstanz, der aussah wie ein Zickzack-Stoßgebet an Satan.

Oh, Lulu, dachte ich, ich weiß, daß du wunderbar stark bist und daß du höher springen kannst, als du hoch bist. Du zürnst uns jetzt, du wünschst, wir wären alle tot, und das wären wir auch, wenn wir dich reizen wollten, dein Mütchen an uns zu kühlen. Aber das Schlimme ist ja nicht, wie du jetzt meinst, daß wir dir Hindernisse in den Weg stellen, die du nicht überspringen kannst – und wie sollten wir das auch vermögen, du große Springerin? Das Schlimme ist, daß wir dir gar keine Hindernisse aufrichten. Die große Kraft ist in dir, Lulu, und die Hindernisse sind auch in dir – nur ist die Zeit noch nicht erfüllt, das ist das Ganze.

Eines Abends kam Lulu nicht heim, und wir sahen vergebens nach ihr aus, eine Woche lang. Das war ein harter Schlag für uns alle. Ein heller Klang hatte das Haus verlassen, und es war nur noch ein Haus wie andere Häuser. Ich mußte an die Leoparden am Fluß denken und sprach eines Abends über sie mit Kamante.

Wie gewöhnlich ließ er einige Zeit verstreichen, ehe er antwortete, um meine mangelnde Einsicht auszukosten. Erst nach einigen Tagen brachte er das Gespräch wieder darauf: «Du glaubst, daß Lulu tot ist, Msabu», sagte er.

Ich wollte das nicht so geradezu aussprechen, aber ich sagte ihm, ich machte mir Gedanken darüber, daß sie nicht heimkomme.

«Lulu ist nicht tot», sagte Kamante. «Sie ist verheiratet.»

Das war eine freudige Überraschung, und ich fragte ihn, woher er das wisse.

«O ja», sagte er, «sie ist verheiratet. Sie lebt im Walde mit ihrem Bwana – ihrem Gatten oder Herrn. Aber sie hat die Menschen nicht vergessen, morgens kommt sie meistens ans Haus. Ich streue hinter der Küche Mais für sie aus, und da kommt sie, grad bevor die Sonne aufgeht, vom Walde herüber und ißt davon. Ihr Bwana kommt mit, aber er hat Angst vor den Menschen, weil er sie nie kennengelernt hat. Er steht unter dem großen weißen Baum am anderen Ende der Wiese. Aber bis zum Hause wagt er nicht zu kommen.»

Ich sagte Kamante, er solle mich das nächste Mal holen, wenn er Lulu sähe. Ein paar Tage später kam er vor Sonnenaufgang herein und rief mich.

Es war ein schöner Morgen. Die letzten Sterne verblaßten, während wir warteten, der Himmel war klar und heiter, aber die Welt, in die wir hinaustraten, lag in düsterer Stille und tief im Schweigen. Das Gras war feucht, unten bei den Bäumen, wo der Boden sich senkte, glitzerte es im Tau wie mattes Silber. Die Morgenluft war kalt, von jener zwickenden Kälte, die einem in nördlichen Ländern sagt, daß der Frost nicht fern ist. Sooft man es auch erlebt, dachte ich, immer wieder ist es in dieser schattigen Kühle unvorstellbar, daß die Glut der Sonne und der Glanz des Himmels nach wenigen Stunden kaum zu ertragen sein werden. Der graue Nebel lag auf den Bergen, ihre Gestalt auf seltsame Art verwischend; es mußte für die Büffel, die jetzt vielleicht dort waren, bitter kalt sein, an den Berghängen zu grasen wie in einer Wolke.

Die große Kuppel über unseren Köpfen füllte sich allmählich mit Helle, wie ein Glas sich mit Wein füllt. Plötzlich, unmerklich, fingen die Gipfel der Berge den ersten Sonnenstrahl auf und erglühten. Und langsam, wie die Erde sich der Sonne zuneigte, überzogen sich die Grasmatten am Fuß der Osthänge und die Wälder der Massai unter ihnen mit zartem Gold. Und jetzt leuchteten die hohen Baumwipfel in dem Walde auf unserer Seite des Flusses kupferrot auf. Das war die Stunde für den Flug der großen violettblauen Wildtauben, die jenseits des Flusses nisteten und zur Atzung in die Kapkastanien meines Waldes herüberkamen. Sie lebten hier nur eine kurze Zeit im Jahre. Die Vögel kamen überraschend schnell, wie eine leichte Kavallerieattacke in der Luft. Darum war die morgendliche Taubenjagd auf der Farm bei meinen Freunden in Nairobi so beliebt; um rechtzeitig, grad wenn die Sonne aufging, bei uns zu sein, fuhren sie so früh morgens aus, daß die Scheinwerfer ihrer Wagen noch leuchteten, wenn sie in meinen Auffahrtsweg einbogen.

Wenn man so in der feuchten Dämmerung stand und zu den vergoldeten Höhen und in den klaren Himmel schaute, bekam man ein Gefühl, als ginge man in Wirklichkeit auf dem Grunde des Meeres, mitten in der Strömung, und schaue zum Spiegel des Ozeans empor.

Ein Vogel fing zu singen an, und dann hörte ich, ein Stück weit entfernt im Walde, das Klingen eines Glöckchens. Ja, es war wahr, Lulu war wieder da und ihrer alten Heimat nahe. Der Ton näherte sich, ich konnte ihre Bewegungen am Rhythmus verfolgen, jetzt ging sie, blieb stehen, ging wieder weiter. Bei der Biegung um eine der Gesindehütten kam sie uns in Sicht. Plötzlich war es sonderbar und reizvoll, einen Buschbock so nahe am Hause zu sehen. Sie blieb reglos stehen, sie hatte wohl erwartet, Kamante zu treffen, aber nicht mich. Doch lief sie nicht davon, sie sah mir unerschrokken ins Auge, nicht eingedenk unserer vergangenen Scharmützel und ihrer undankbaren wortlosen Flucht.

Die Lulu des Waldes war ein höheres, freieres Wesen; ihr Herz hatte eine Wandlung erfahren, sie war geweiht. Hätte ich einmal eine junge Prinzessin in der Verbannung gekannt, zu einer Zeit, da sie erst Anwärterin auf ihren Thron war, und sie dann in ihrem vollen königlichen Schmuck, eingesetzt in alle ihre Rechte, wiedergesehen, so würde die Begegnung den gleichen Charakter gehabt haben wie diese. Lulu bewies nicht mehr Gesinnungslosigkeit als König Louis-Philippe, als er erklärte, der König von Frankreich erinnere sich nicht an die Tücken des Herzogs von Orléans. Sie war nun die vollendete Lulu. Der Geist des Angriffs war von ihr gewichen, denn wen oder warum sollte sie angreifen? Sie stand geruhsam da in ihrem göttlichen Recht. Sie kannte mich hinlänglich, um zu wissen, daß ich nicht zum Fürchten sei. Sie schaute mich eine Weile an, ihre tiefblauen opalisierenden Augen waren bar jeden Ausdrucks und zwinkerten nicht; mir fiel ein, daß die Götter und Göttinnen niemals zwinkern, und ich meinte, der kuhäugigen Hera von Angesicht zu Angesicht gegenüberzustehen. Sie knabberte sorglos an einem Grashalm, als sie an mir vorüberging, machte einen anmutigen kleinen Satz und schritt weiter zur Küche, wo Kamante ihr den Mais auf den Boden gestreut hatte.

Kamante berührte mit einem Finger meinen Arm und wies gegen den Wald. Als ich der Richtung folgte, sah ich unter dem hohen Kapkastanienbaum einen männlichen Buschbock, eine kleine lohbraune Silhouette gegen den Rand des Waldes, mit einem schönen Gehörn, reglos wie ein Baumstamm. Kamante beobachtete ihn eine Zeitlang und lachte dann. «Schau nur», sagte er, «Lulu hat ihrem Mann erklärt, daß hier beim Hause nichts zu fürchten ist, aber er wagt es doch nicht, herzukommen. Jeden Morgen denkt er sich, heut werd ich den ganzen Weg mitgehen, aber wenn er das Haus sieht und die Menschen, dann kriegt er einen kalten Stein im Magen» – das ist ein häufiger

Zustand bei den Schwarzen, der die Arbeit auf der Farm oft genug behindert –, «und dann bleibt er bei dem Baume stehen.»

Lange Zeit kam Lulu frühmorgens ans Haus. Ihr helles Glöckchen verkündete die Sonne auf den Bergen, ich lag im Bett und wartete darauf. Manchmal blieb sie ein oder zwei Wochen aus, und wir vermißten sie und fingen an, von den Leuten zu sprechen, die ins Gebirge jagen gingen. Aber dann meldeten die Hausboys wieder: «Lulu ist da», als wäre eine verheiratete Tochter des Hauses auf Besuch gekommen. Einige Male habe ich auch die Silhouette des Buschbocks zwischen den Bäumen gesehen, aber Kamante hatte recht: er brachte nie den Mut auf, den ganzen Weg bis zum Hause mitzugehen.

Eines Tages, als ich von Nairobi heimkam, lief mir Kamante, der vor der Küchentür auf mich gelauert hatte, sehr aufgeregt entgegen und erzählte, Lulu sei heute bei der Farm gewesen und habe ihr M'toto – ihr Kleines – bei sich gehabt. Nach einigen Tagen hatte auch ich die Ehre, ihr zwischen den Gesindehütten zu begegnen; sie war auf der Hut und hatte es wichtig; ein winziges Kitzlein, das ihr nicht von den Fersen wich, war grad so ungelenk in seinen Bewegungen, wie Lulu gewesen war, als wir sie kennenlernten. Es war kurz nach der Regenzeit, und während der Sommermonate war Lulu nachmittags und bei Tagesanbruch beim Hause zu finden. Sogar über Mittag blieb sie manchmal in der Nähe und hielt sich im Schatten der Hütten.

Lulus Kitzlein hatte keine Angst vor den Hunden und ließ sich rundum von ihnen beschnuppern, aber an die Schwarzen oder an mich konnte es sich nicht gewöhnen, und sowie wir versuchten, seiner habhaft zu werden, stoben Mutter und Kind davon.

Lulu selbst kam nach ihrer ersten langen Trennung vom Hause niemals mehr so nahe heran, daß einer von uns sie hätte berühren können. Im übrigen war sie zutraulich, sie hatte Verständnis dafür, daß wir ihr Kitzlein gern anschauen wollten, und nahm auch ein Stückchen Zucker von der ausgestreckten Hand. Sie trat an die offene Tür des Eßzimmers und schaute nachdenklich in das Dämmerlicht der Zimmer hinein, aber die Schwelle überschritt sie nicht wieder. Sie hatte inzwischen ihr Glöckchen verloren und kam und ging lautlos.

Meine Hausboys baten, ich sollte sie Lulus Kitzlein fangen und behalten lassen wie einst Lulu. Aber ich fand, das wäre eine rüde Erwiderung auf das noble Zutrauen Lulus gewesen.

Mir schien auch die freie Bindung zwischen meinem Hause und der Antilope als etwas Kostbares, Ehrwürdiges. Lulu kam herein aus der Wildnis, uns zu zeigen, daß wir mit ihrer Welt in Frieden lebten; mein Haus wurde durch sie so eins mit der afrikanischen Landschaft, daß niemand hätte sagen können, wo das eine zu Ende ging und das andere begann. Lulu wußte, an welchem Ort der Riesenwaldeber sein Lager hatte, sie hatte die Nashörner sich paaren sehen. Es gibt einen Kuckuck in Afrika, der an den heißen Tagen mittags in der Tiefe des Waldes ruft, wie der dröhnende Herzschlag der Welt; ich habe nie das Glück gehabt, ihn zu sehen;

aber Lulu war vielleicht auf einem schmalen grünen Wildwechsel grad unter dem Ast vorübergestreift, auf dem der Kuckuck saß. Ich las damals in einem Buch über die alte große Kaiserin von China, wie die junge Yahanola nach der Geburt ihres Sohnes zu einem Besuch in ihr Elternhaus fuhr und in ihrer goldenen, grünverhangenen Sänfte die Verbotene Stadt verließ. Mein Haus, dachte ich mir, war nun wie das Haus des Vaters und der Mutter der jungen Kaiserin.

Die zwei Antilopen, die große und die kleine, waren den ganzen Sommer über in meiner Nähe, zuweilen war eine Pause von vierzehn Tagen oder drei Wochen zwischen ihren Besuchen, dann wieder sahen wir sie täglich. Zu Beginn der nächsten Regenzeit erzählten mir die Hausboys, Lulu sei wieder mit einem jungen Kitzlein da. Ich habe es selbst nicht gesehen, denn zu der Zeit kamen sie nicht in die unmittelbare Nähe des Hauses, aber späterhin habe ich im Walde drei Buschböcke beieinander entdeckt.

Das Band zwischen Lulu und ihrer Familie und meinem Hause blieb viele Jahre bestehen. Die Buschböcke waren häufig in der Umgebung des Hauses, sie kamen aus den Wäldern und kehrten in sie zurück, als wäre mein Land eine Provinz ihres wilden Reiches. Sie kamen meist kurz vor Sonnenuntergang und wandelten erst unter den Bäumen wie zarte dunkle Silhouetten auf dunklem Grün, aber wenn sie hervortraten, um in der Abendsonne auf der Wiese zu äsen, leuchteten ihre Decken wie Kupfer. Einer von ihnen war Lulu, denn sie kam bis ans Haus und strich gemächlich herum. Sie spitzte die Ohren, wenn ein Auto vorfuhr oder wir ein Fenster öffneten, und die Hunde kannten sie. Sie kriegte mit den Jahren eine dunklere Färbung. Einmal kam ich vors Haus gefahren und traf auf der Terrasse drei Buschböcke an dem Salz, das für meine Kühe ausgelegt war.

Es war merkwürdig, daß außer dem ersten großen Buschbock, Lulus Bwana, der mit erhobenem Gehörn unter der Kapkastanie gestanden hatte, sich nie ein männliches Tier unter den Antilopen zeigte, die zum Hause kamen. Anscheinend hatten wir es mit einem Waldmatriarchat zu tun.

Die Jäger und Naturfreunde der Kolonie interessierten sich für meine Buschböcke, und der Jägermeister kam auf die Farm heraus, um sie zu sehen, und traf sie auch an. Ein Korrespondent hat im «East African Standard» über sie geschrieben.

Die Jahre, in denen Lulu und die Ihren an mein Haus kamen, waren die glücklichsten meines Lebens in Afrika. Darum betrachtete ich hernach meine Bekanntschaft mit den Waldantilopen als eine besondere Gnade und ein Zeichen, daß Afrika mir wohlgesinnt war. Das ganze Land war darin beschlossen, gute Vorzeichen, uralte Bindungen und Lieder:

«Eile, mein Geliebter, und sei wie eine Hindin und wie ein junger Hirsch auf dem Berge der Wohlgerüche.»

In den letzten Jahren in Afrika habe ich immer weniger und weniger von Lulu und den Ihren gesehen. In dem Jahre, bevor ich fortging, sind sie, glaube ich, nicht mehr gekommen. Es hatte sich alles verändert, im Süden der Farm war das Land an Siedler vergeben worden, der Wald war hier abgeholzt, und Häuser waren gebaut worden. Traktoren keuchten auf und nieder, wo vordem die Lichtungen gewesen waren. Viele von den neuen Siedlern waren eifrige Jäger, und die Schüsse hallten durch die Landschaft. Ich glaube, das Wild verzog sich nach Westen und wechselte hinüber in die Wälder des Massaireservats.

Ich weiß nicht, wie lange eine Antilope lebt, vielleicht ist Lulu schon lange tot.

Oft, sehr oft, habe ich in den stillen Stunden des Morgengrauens geträumt, ich hörte Lulus helles Glöckchen, und mein Herz hat sich im Traum mit Freude erfüllt, ich bin erwacht und habe gemeint, irgend etwas Seltsames und Köstliches müsse gleich im nächsten Augenblick geschehen.

Wenn ich dann lag und an Lulu dachte, habe ich mich gefragt, ob sie in ihrem Leben im Walde wohl je von dem Glöckchen geträumt hat? Ob wohl durch ihren Geist, wie Schatten übers Wasser, Bilder von Menschen oder Hunden gezogen sind?

Wenn ich ein Lied weiß von Afrika, dachte ich, von der Giraffe und dem afrikanischen Neumond, der auf dem Rücken schwebt, von dem Pflug in den Feldern und den schwitzenden Gesichtern der Kaffeepflücker – weiß wohl Afrika ein Lied von mir? Zittert wohl die Luft über der Steppe in einer Farbe, die ich getragen habe, denken die Kinder ein Spiel aus, in dem mein Name vorkommt, oder wirft der volle Mond einen Schatten über den Weg, der so ist wie meiner, oder schauen die Ngongadler nach mir aus?

Von Lulu habe ich nichts wieder gehört, aber von Kamante und meinen anderen Hausboys habe ich wieder gehört. Erst vor einem Monat hatte ich den letzten Brief von ihm. Aber diese Botschaften aus Afrika kommen in einer seltsam unwirklichen Gestalt zu mir, sind mehr wie Schatten oder Trugbilder der Wirklichkeit als wie ihre Boten.

Denn Kamante kann nicht schreiben und versteht kein Englisch. Wenn er oder einer meiner Leute den Gedanken faßt, mir Nachricht von sich zu geben, dann gehen sie zu einem der beruflichen indischen oder schwarzen Briefschreiber, die mit ihrem Schreibpult, Papier, Feder und Tinte vor dem Postamt sitzen, und setzen ihm auseinander, was in dem Brief stehen soll. Die beruflichen Schreiber können auch nicht allzuviel Englisch und verstehen eigentlich kaum zu schreiben, aber sie glauben, es zu verstehen. Um ihre Kunst zu zeigen, bereichern sie den Brief mit allerlei Zieraten, die es schwer machen, ihn zu entziffern. Sie haben auch die Gepflogenheit, die Briefe mit drei oder vier verschiedenen Arten Tinte zu schreiben; das mag irgendeinen Sinn haben, es wirkt aber so, als wäre ihnen die Tinte ausgegangen und als quetschten sie aus den verschiedenen Flaschen noch den letzten Tropfen aus. Das Ergebnis all dieser Bemühungen ist eine Botschaft von der Art, wie man sie vom Orakel von Delphi erhielt. Es steckt etwas in den Briefen, die ich bekomme, man fühlt, daß sie etwas Lebendiges enthalten, was dem Absender schwer auf dem Herzen gelegen hat, was ihn dazu gebracht hat, den langen Weg vom Kikujureservat bis zum Postamt zu gehen. Aber es ist mit Finsternis umkleidet. Das billige, schmierige kleine Stück Papier hat bis zu mir viele tausend Meilen wandern müssen, nun spricht und spricht, ja, schreit es mich an und sagt doch nichts.

Kamante geht auch als Briefschreiber eigene Wege. Er steckt drei oder vier Briefe in den gleichen Umschlag und bezeichnet sie als «erster Brief», «zweiter Brief» und so fort. In allen steht dasselbe, immer und immer noch mal wiederholt. Vielleicht meint er durch die Wiederholung einen tieferen Eindruck zu machen – er hatte auch beim Sprechen diese Art, wenn er wollte, daß ich etwas besonders auffassen oder mir merken sollte –, vielleicht fällt es ihm schwer, aufzuhören, wenn er fühlt, daß er mit einem Freunde, der so sehr weit weg ist, Verbindung bekommen hat.

Kamante schreibt, daß er lange Zeit arbeitslos gewesen ist. Ich wundere mich nicht, das zu hören, denn er war wirklich Kaviar fürs Volk. Und dann bedurfte es ihm gegenüber eines «Sesam, öffne dich». Das Zauberwort ist nun verloren, und der Stein hat sich für ewig über den mystischen Schätzen geschlossen, die er barg. Wo einst der große Küchenchef tief versonnen voller Weisheit wandelte, sieht heute niemand mehr etwas anderes als einen kleinen säbelbeinigen Kikuju, einen Zwerg mit stummem flachem Gesicht.

Was hat Kamante zu sagen, wenn er nach Nairobi geht und sich vor dem geldgierigen, hochnäsigen Briefschreiber aufstellt und ihm die Botschaft anvertraut, die um die halbe Erdkugel gehen soll? Die Zeilen sind so krumm wie Kamantes Finger, und die Sätze des Briefes besagen nicht viel. Aber

Kamante besitzt eine große Macht der Seele; wer ihn gekannt hat, wird sie auch aus dem krächzenden wirren Getön klingen hören, wie ein Echo der Harfe des Hirtenknaben David.

Ich setze das Bruchstück eines «zweiten Briefes» her:

«Ich bin nicht vergessen dich Memsahib. Ehrwürdige Memsahib. Nun alle deine Diener sie sind nicht glücklich, weil du sein außer dem Lande. Wenn wir sein Vogel, wir fliegen und sehen dich. Dann wir heimkehren. Dann deine alte Farm sein guter Ort für Küche, kleine Kälber, schwarze Menschen. Nun sie haben keine Kühe, Ziegen, Schafe, sie haben nichts. Nun alle bösen Menschen freuen sich im Herzen weil deine alten Diener, sie sein nun arme Leute. Nun Gott weiß in seinem Herzen das alles, zu helfen deinen Dienern.»

Und in einem «dritten Brief» zeigt Kamante an einem Beispiel, wie ein Schwarzer einem etwas Liebes sagen kann; er schreibt:

«Schreibe und sage uns, ob du kommst, wir glauben, du kommst. Weil wir denken, daß du noch immer erinnerst alle unsere Gesichter und unserer Mutter Namen.»

Ein Weißer, der einem etwas Freundliches sagen wollte, würde schreiben: «Ich kann Dich nie vergessen.» Der Afrikaner sagt: «Wir trauen dir nicht zu, daß du uns je vergessen wirst.»

EIN UNFALL AUF DER FARM

Der verhängnisvolle Schuß

Am Abend des 19. Dezember trat ich vor dem Schlafengehen aus dem Hause, um zu schauen, ob es wohl regnen wollte. Viele Farmer im Hochland mögen um die gleiche Stunde das gleiche getan haben. Zuweilen, je nach der Gunst der Jahre, wurden uns um die Weihnachtszeit einige starke Güsse geschenkt, eine segensreiche Gabe für den jungen Kaffee nach der Blüte in der kurzen Regenzeit des Oktober. In dieser Nacht war kein Regen in Aussicht. Der Himmel war klar und von majestätischer Ruhe, voll flimmernder Sterne.

Am Äquator ist der Sternenhimmel reicher als im Norden, und man sieht ihn dort mehr, da man häufiger nachts im Freien ist. In Nordeuropa sind die Winternächte zu kalt, als daß man mit Behagen die Sterne betrachten könnte, und im Sommer sieht man sie kaum in dem hellen Nachthimmel, der blaß ist wie ein Hundsveilchen.

Der tropische Nachthimmel hat etwas von der Freizügigkeit der katholischen Dome im Vergleich zu den protestantischen Kirchen, die nur zu Gottesdiensten Zutritt gestatten. Hier in dem mächtigen Raume kommt und geht ein jeder, hier ist der Ort, an dem sich etwas ereignet. In Arabien und Afrika, wo die Mittagssonne lebensgefährlich ist, ist die Nacht die Zeit für Reisen und Geschäfte. Hier sind die Sterne benannt worden, hier sind sie seit Jahrhunderten die Führer der Menschen und zeichnen ihnen die unendlichen Linien vor, quer über den Wüstensand und das Meer, nach Osten eine und nach Westen oder nach Norden und Süden. Autos ziehen gut bei Nacht, und es ist schön, unterm gestirnten Himmel einen Wagen zu lenken, es verleitet dazu, Ausflüge zu Freunden über Land auf den nächsten Vollmond zu verabreden. Auf Safari geht man bei Neumond, um eine ununterbrochene Kette mondheller Nächte vor sich zu haben. Es ist so seltsam, wenn man besuchsweise nach Europa kommt, zu sehen, wie die Bekannten in der Stadt ohne jede Beziehung, ja, fast ohne Kenntnis der Bewegungen des Mondes leben. Die junge Mondsichel war das Signal für die Kameltreiber Chadidschas, dessen Karawane aufbrach, sowie sie am Himmel sichtbar wurde. Von ihrem Anblick gebannt, wurde er einer der «Philosophen, die aus dem Mondschein das Gewebe des Weltalls spinnen». Er hat sie viel betrachtet, sie wurde ihm zum Zeichen, in dem er siegte.

Ich galt etwas bei den Eingeborenen, weil ich mehrere Male als erste auf der Farm den neuen Mond wie einen silbernen Bogen im Abendrot sah; besonders weil ich drei Jahre hintereinander als erste im Monat Ramadan, dem heiligen Monat der Mohammedaner, den Neumond erspähte.

Der Farmer läßt seine Augen langsam rings um den Horizont wandern. Erst gegen Osten, denn von Osten kommt, wenn er kommt, der Regen, und dort steht leuchtend die Ähre im Sternbild der Jungfrau; dann gegen Süden, das Kreuz des Südens zu begrüßen, den Türhüter der großen Welt, den Schützer und Liebling der Wanderer, und höher hinauf, unter dem Lichtstrom der Milchstraße, Alpha und Beta im Kentauren. Im Südwesten blinkt Sirius, einer der Großen des Himmels, und der weise Kanopus, und im Westen über den zarten, kaum geschweiften Umrissen der Ngongberge das strahlende Dreigestirn der Edelsteine: Rigel, Beteigeuze und Bellatrix. Zuletzt wendet er sich nach Norden, denn nach Norden kehren wir am Ende wieder zurück, und stößt da auf den Großen Bären selbst, der jetzt freilich dank der himmlischen Perspektive friedlich auf dem Kopfe steht; das ist so ein echter Bärenspaß, der freut den nordischen Auswanderer.

Menschen, die nachts im Schlafe träumen, kennen ein Glück, das die Tageswelt nicht gewährt, eine stille Verzückung, ein Schweben der Seele, das wie Honig auf der Zunge ist. Und sie wissen auch, daß die Wonne der Träume das Gefühl der grenzenlosen Freiheit ist. Es ist nicht die Freiheit des Tyrannen, der der Welt seinen Willen aufdrängt, sondern die Freiheit des Künstlers, der keinen Willen hat, der frei von Willen ist. Die Freude des wahren Träumers besteht nicht im Inhalt des Traumes, sondern in etwas anderem: darin, daß sich alles ohne sein Zutun ereignet und seiner Einwirkung völlig entzogen ist. Große Landschaften erschaffen sich selbst, weite herrliche Ausblicke, schwellende und zarte Farben, Straßen, Häuser, die er nie gesehen, von denen er nie gehört hat. Fremde Menschen treten auf und sind Freunde oder Feinde, obgleich der Träumende nie etwas mit ihnen zu schaffen gehabt hat. Die Vorstellungen des Fliegens und Dahinjagens kehren in Träumen immer wieder, sie sind nicht minder berauschend. Erinnert man sich ihrer bei Tage, dann sind sie freilich matt und sinnlos, weil sie zu einem anderen Dasein gehören: kaum aber legt man sich nieder, so wird der Strom wieder eingeschaltet, und das Wunderbare kehrt ins Gedächtnis zurück. Und immer umfängt den Träumer das Gefühl der unermeßlichen Freiheit und durchströmt ihn wie Luft und Licht als überirdische Seligkeit. Er ist ein Auserwählter, er ist der eine, der nichts tun muß, zu dessen Reichtum und Glück alle Dinge sich zusammenfinden: die Könige zu Tharsis werden Gaben bringen. Er nimmt teil an einer großen Schlacht oder einem Fest und staunt, daß er mitten darinnen ist, indes er den Vorzug genießt, still dazuliegen. Erst wenn sich das Bewußtsein der Freiheit zu verlieren beginnt, wenn die Vorstellung des Müssens sich der Welt bemächtigt, wenn Eile oder Anstrengung sich einstellen, ein Brief zu schreiben, ein Zug zu erreichen ist, wenn man sich mühen muß, die Pferde im Traum in Galopp zu bringen, die Gewehre abzufeuern, dann sinkt der Traum von seiner Höhe herab und wird zum Alpdruck, dem ärmlichsten und gemeinsten unter den Träumen.

Wenn etwas in der wachen Welt dem Traumzustand nahekommt, so ist es eine große Stadt, in der man niemanden kennt, oder die afrikanische Nacht. Auch da ist unermeßliche Freiheit, auch da geschehen ringsum Dinge, bilden sich Schicksale; überall wird etwas getan, und doch geht es einen nichts an.

Kaum war die Sonne untergegangen, so füllte

sich die Luft mit Fledermäusen, die lautlos umherflitzten wie Autos auf Asphalt; auch eine Nachtschwalbe schoß vorüber. Sie ist es, die sich zuweilen auf der Straße niedersetzt, daß ihre Augen vor den Scheinwerfern des Autos rot aufglühen, bevor sie im letzten Augenblick, dicht vor den Rädern, senkrecht emporschnellt. Die kleinen Sprunghasen sind unterwegs und regen sich auf ihre Art, plötzlich sich hinhockend und aufspringend im rhythmischen Wechsel wie winzige Känguruhs. Die Zikade singt ihren endlosen Sang im langen Gras, Gerüche rieseln über die Erde, und Sternschnuppen rieseln über den Himmel wie Tränen über eine Wange. Wir sind der Auserwählte, für den alles geschieht. Die Könige zu Tharsis werden Gaben bringen.

Ein paar Meilen tiefer im Massaireservat wechseln jetzt die Zebras ihre Weide; sie wandern wie helle Flecken über die graue Steppe; die Büffel grasen an den langen Hängen der Berge. Junge Leute von meiner Farm kamen vorüber; zu zweien oder dreien schritten sie wie schmale schwarze Schatten hintereinander über die Wiese. Sie waren frei und zogen auf eigene Faust los, sie waren nicht für mich unterwegs, es ging mich nichts an. Sie betonten das noch eigens; ihr Schritt wurde lässiger, als sie meine brennende Zigarette vor dem Hause bemerkten, sie grüßten, ohne stehenzubleiben.

«Jambo Msabu.»

«Jambo Morani» – junge Krieger –, «wo geht ihr hin?»

«Wir gehen zu Kathegus Manyatta. Bei Kathegu

gibt's heute abend eine große Ngoma. Gute Nacht, Msabu.» Wenn sie in größeren Gruppen zusammen zum Tanz gehen, haben sie ihre eigene Trommel bei sich; man hört sie weithin wie das Pochen eines leisen Pulsschlags im Geäder der Nacht. Und plötzlich rührt an das Ohr, das nicht gelauscht hat, ein Etwas, das nicht eigentlich ein Ton, sondern ein tiefes Zittern der Luft ist, das ferne kurze Brüllen des Löwen. Er ist unterwegs, er jagt, es geschieht etwas da draußen, wo er ist. Der Ton kommt nicht noch einmal, aber er hat den Horizont geweitet; die weiten Dungas und die Wassertümpel sind einem nah.

Als ich so vor meinem Hause stand, fiel nicht weit entfernt ein Schuß. Nur ein Schuß. Dann schloß sich ringsum wieder die Stille der Nacht. Nach einer Weile, als hätten sie innegehalten, um zu lauschen, und setzten nun aufs neue ein, hörte ich die Zikaden ihr eintöniges kleines Lied im Gras zirpen.

Ein vereinzelter Schuß in der Nacht hat etwas seltsam Bestimmtes und Schicksalhaftes. Es ist, als schreie einem jemand mit einem Wort etwas zu und sage es nicht noch mal. Ich stand eine Zeitlang und sann, was das wohl zu bedeuten habe. Niemand konnte um diese Stunde auf etwas zielen, und wer etwa ein Tier hätte verscheuchen wollen, der hätte zwei oder mehr Schüsse abgefeuert. Vielleicht schoß Pooran Singh, mein alter indischer Zimmermann, unten in der Aufbereitung auf ein paar Hyänen, die sich in den Hof geschlichen hatten und die Streifen Ochsenhaut fraßen, die da, mit Steinen beschwert, aufgehängt waren, um zu Riemen für unsere Wagen verarbeitet zu werden. Pooran Singh war kein Held, aber vielleicht hatte er doch um seiner Riemen willen die Tür seiner Hütte einen Spalt weit aufgemacht und seine alte Schrotflinte abgedrückt. Er hätte aber sicher beide Läufe abgefeuert und vermutlich geladen und noch mal geschossen, um die Wollust des Heldentums auszukosten. Aber ein Schuß und dann Stille?

Ich wartete noch eine Weile auf einen zweiten Schuß, aber es kam keiner, und als ich noch einmal zum Himmel aufschaute, sah ich, daß auch kein Regen kommen würde. Ich ging also zu Bett, nahm mir ein Buch vor und ließ die Lampe brennen. Wenn man in Afrika eines der Bücher aus der kostbaren Ladung vornimmt, die ein stolzes Schiff den weiten Weg von Europa hergetragen hat, dann liest man es so, wie ein Autor sein Buch gelesen wissen möchte, Gott bittend, er möge ihm die Kraft verliehen haben, es so schön zu Ende zu führen, wie er es begonnen hat. Der Geist wandert entrückt wie auf frischer tiefer grüner Fährte.

Zwei Minuten später sauste ein Motorrad in rasender Eile um die Kurve am Hause und hielt davor; jemand klopfte heftig an die Glastür meines Wohnzimmers. Ich warf ein Hemd und einen Mantel über, schlüpfte in die Schuhe, nahm die Lampe und trat hinaus. Draußen stand mein Verwalter mit wilden Augen, schweißtriefend im Schein der Lampe. Sein Name war Belknap; er war Amerikaner und ein besonders tüchtiger erfindungsreicher Mechaniker, aber von sprunghaftem Gemüte. Für ihn war alles immer entweder licht wie im Gottesreich oder ohne jeden Hoffnungsschimmer finster. Als er in meinen Dienst trat, verwirrte mich der Wechsel seiner Ansichten vom Leben und von der Zukunft und dem Zustand der Farm; ich kam mir vor wie auf einer Riesenschaukel, aber später gewöhnte ich mich an ihn. Das Auf und Ab war nichts anderes als eine Art Morgengymnastik der Seele, die ein lebhaftes Temperament nötig hat, wenn es sich nicht austoben kann und zu wenig erlebt; man trifft den Fall nicht selten in Afrika bei energischen jungen Leuten, besonders solchen, die früher jahrelang in der Stadt gelebt haben. Nun aber hatte ihn das Tragische selbst gepackt, und noch war er unentschieden, ob er sein hungerndes Gemüt sättigen und das Geschehene ausbeuten oder seinem grimmen Ernst entfliehen und es verkleinern sollte, und in diesem Zwiespalt sah er aus wie ein Junge, der aus allen Leibeskräften gerannt kommt, um ein Unheil zu berichten, und fing zu stottern an. Schließlich brachte er es doch als etwas Geringfügiges vor, denn er selbst spielte keine Rolle dabei, das Schicksal hatte ihn wieder einmal übergangen.

Inzwischen war Farah von seinem Haus herübergekommen und hörte seinen Bericht mit an.

Belknap erzählte, wie friedlich und lustig die Tragödie begonnen hatte. Sein Koch hatte Ausgang gehabt, und in seiner Abwesenheit hatte der siebenjährige Küchenjunge Kabero, ein Sohn meines alten Squatters und nächsten Nachbarn auf der Farm, des alten Fuchses Kaninu, in der Küche eine Gasterei veranstaltet. Als spätabends die Gesellschaft ausgelassen wurde, hatte Kabero sich das Gewehr seines Herrn geholt und den wilden Buben der Steppe und der Schambas den weißen Mann vorgemimt. Belknap war ein eifriger Geflügelzüchter, er mästete Kapaune und Poularden und kaufte auf dem Markt in Nairobi rassereine Küken auf. Um Habichte und Marder zu verscheuchen, hielt er auf seiner Veranda eine Schrotflinte bereit. Als wir später den Fall durchsprachen, behauptete Belknap, das Gewehr sei nicht geladen gewesen, die Kinder hätten die Patronen gefunden und es selbst geladen; ich glaube aber, daß ihn da sein Gedächtnis täuscht, denn sie hätten das kaum zustande gebracht, selbst wenn sie gewollt hätten, und es ist viel wahrscheinlicher, daß die Flinte diesmal geladen auf der Veranda stand. Jedenfalls war die Schrotladung im Lauf, als Kabero in kindlichem Überschwang und Taumel der Begeisterung mitten in die Schar seiner Gäste zielte und den Drücker abzog. Der Schuß dröhnte durchs Haus. Drei von den Kindern waren leicht verletzt und flohen entsetzt aus der Küche. Zwei waren noch drinnen, schwer verwundet oder tot. Belknap beschloß seinen Bericht mit einem langen Fluch auf den afrikanischen Kontinent und alles, was darin geschah.

Während er erzählte, waren meine Hausboys herausgetreten, dann waren sie ganz leise wieder hineingegangen und hatten ein Windlicht gebracht. Wir holten Verbandszeug und Desinfektionsmittel. Es wäre Zeitvergeudung gewesen, den Wagen in Gang zu bringen; wir rannten, so schnell wir konnten, durch den Wald zu Belknaps Haus. Das schwankende Windlicht warf unsere Schatten bald auf diese, bald auf jene Seite des engen Weges.

Als wir weiterliefen, hörten wir mehrere Male kurze, rauhe, gepreßte Schreie eines Kindes in Todesangst.

Die Küchentüre flog auf, als ob der Tod, der eingebrochen war, wieder davoneilte und den Raum verwüstet hinter sich ließe wie einen Hühnerstall, in dem der Marder gehaust hat. Auf dem Tisch brannte eine Lampe und qualmte zur Decke empor; in dem engen Raum hing noch der Geruch von Pulverdampf. Die ganze Küche war mit Blut bespritzt, meine Füße glitten darin aus. Windlichter lassen sich schlecht an eine bestimmte Stelle hinhalten, aber sie erhellen ganz grell ein ganzes Zimmer oder eine Situation: ich erinnere mich an Dinge, die ich beim Schein eines Windlichtes gesehen habe, besser als an andere.

Ich kannte die Kinder, die der Schuß getroffen hatte, von der Steppe der Farm, auf der sie die elterlichen Schafe weideten. Wamai, Jogonas Sohn, ein lebensvoller kleiner Bub, der eine Zeitlang meine Schule besucht hatte, lag am Boden zwischen der Tür und dem Tisch. Er war nicht tot, aber nicht weit davon, und bewußtlos, obwohl er noch leise stöhnte. Wir hoben ihn zur Seite, um uns rühren zu können. Das Kind, das geschrien hatte, war Wanyangerri, der Jüngste von der Festgesellschaft. Er saß vornübergeneigt vor der Lampe, das Blut rann wie Wasser aus einer Röhre von seinem Gesicht, wenn man es noch so nennen konnte, denn er hatte anscheinend direkt vor dem Gewehr gestanden, als es losging, und der ganze Unterkiefer war ihm abgeschossen. Er hatte seine Arme seitlich von sich gestreckt und bewegte sie auf und nieder wie Pumpenschwengel, so wie Hühner flattern, nachdem ihnen der Kopf abgeschlagen ist.

Wenn einem plötzlich ein derartiges Unglück vor Augen gestellt wird, denkt man nur an eine Rettung, das Heilmittel der Jäger und Tierhalter: sofort, so rasch wie möglich, koste es, was es wolle, zu töten. Und doch weiß man sofort, daß man nicht töten darf, und der Kopf schwindelt einem vor Grauen. Ich faßte mit den Händen den Kopf des Kindes und drückte ihn in meiner Verzweiflung, und als hätte ich es wirklich getötet, hörte es im selben Augenblick auf zu schreien; die Arme sanken schlaff herab, es saß still da, wie hypnotisiert. Ich weiß nun, wie einem zumut ist, wenn man durch Handauflegen heilt.

Es ist eine schwierige Sache, einen Patienten zu verbinden, dem das halbe Gesicht abgeschossen ist; bei dem Versuch, das Blut zu stillen, läuft man Gefahr, ihn zu ersticken. Ich mußte den kleinen Buben Farah auf den Schoß setzen, damit Farah das Köpfchen in der rechten Stellung halten konnte, denn wenn es vornüberfiel, konnte ich den Verband nicht anlegen, und wenn es zurücksank, strömte das Blut hervor und lief ihm in die Gurgel. Schließlich, als er still saß, gelang es mir, ihn zu verbinden. Wir trugen Wamai auf den Tisch und hoben das Licht in die Höhe, um ihn zu betrachten. Er hatte die volle Schrotladung in den Hals und die Brust bekommen; er blutete nicht stark, nur ein dünnes Rinnsal lief aus einem Mundwinkel herunter. Es war seltsam, dies Negerkind, das voller Leben gewesen war wie ein junges Böcklein, nun so still zu sehen. Während wir es anschauten, verwandelte sich sein Gesicht und nahm den Ausdruck des Staunens an. Ich schickte Farah nach Hause, den Wagen zu holen; es war keine Zeit zu verlieren, wir mußten die Kinder ins Krankenhaus bringen.

Während ich wartete, erkundigte ich mich nach Kabero, dem Buben, der das Gewehr abgefeuert und all dies Blut vergossen hatte. Belknap erzählte mir eine seltsame Geschichte von ihm. Wenige Tage vorher hatte Kabero seinem Herrn ein Paar alte Shorts abgekauft und sollte ihm von seinem Lohn eine Rupie dafür bezahlen. Als der Schuß fiel und Belknap in die Küche gelaufen kam, stand Kabero mitten im Zimmer, das rauchende Gewehr in der Hand. Er starrte Belknap einen Augenblick lang an, dann langte er tief in die Tasche der Shorts, die er grad erst gekauft und für die Abendgesellschaft angezogen hatte, holte eine Rupie heraus und legte sie mit der linken Hand auf den Tisch, während er mit der rechten das Gewehr draufschmiß. Nach dieser Schlußabrechnung mit der Welt verschwand er, und zwar – was wir in dem Augenblick nicht wußten – tilgte er sich mit dieser großen Geste gleichsam vom Antlitz der Erde. Das Benehmen war für einen Schwarzen ungewöhnlich; denn in der Regel verstehen sie es, Schulden, besonders Schulden an Weiße, ihrem Gedächtnis fernzuhalten. Vielleicht war der Augenblick Kabero so sehr wie der Tag des Gerichts erschienen, daß es ihn drängte, sich ihm gewachsen zu zeigen, vielleicht hoffte er, sich für die Stunde der Not einen Freund zu sichern. Oder aber: der Schreck, der Knall und der Tod der Freunde ringsum hatte die enge Kruste seiner Vorstellungen so zertrümmert, daß Splitter aus der Peripherie bis in den innersten Kern seines Bewußtseins gedrungen waren.

Ich besaß damals einen Overlandwagen. Ich mag nichts gegen ihn sagen, denn er hat mir viele Jahre treu gedient. Aber er ließ sich nur selten bewegen, auf mehr als zwei Zylindern zu laufen. Seine Lichtanlage war nicht in Ordnung, so daß ich gewöhnlich bei der Fahrt zu den Tanzereien im Mathaigaklub ein Windlicht in einem rotseidenen Taschentuch als Rücklicht führte. Den Motor mußte man mit der Kurbel anwerfen, und an diesem Abend dauerte es lange, bis er parierte.

Freunde, die mich besuchten, hatten oft über den Zustand meiner Straßen geklagt. Bei der Todesfahrt dieser Nacht sah ich ein, daß sie recht hatten. Ich ließ erst Farah steuern, aber dann kam es mir vor, als lenke er mit Fleiß in die tiefsten Löcher und Radfurchen, und ich setzte mich selbst ans Steuer. Dazu mußte ich am Teich halten und mir die Hände im dunklen Wasser säubern. Die Strecke bis Nairobi schien mir endlos, ich meinte, ich müßte in der Zeit bis heim nach Dänemark kommen können, so lange dauerte es.

Das Eingeborenenhospital in Nairobi liegt auf dem Berge, kurz bevor man in die Mulde der Stadt hinabfährt. Es war finster und schien ausgestorben zu sein. Es kostete uns Mühe, das Haus wach zu kriegen, aber schließlich erwischten wir einen alten goanesischen Arzt oder Assistenten, der in einem wunderlichen Negligé erschien. Er war ein großer feister Mann von geruhsamem Wesen, der die sonderbare Gewohnheit hatte, erst mit der einen und dann mit der anderen Hand die gleiche Bewegung zu machen. Als ich Wamai aus dem Wagen heben half, meinte ich zu fühlen, daß er sich bewegte und ein wenig streckte, aber als wir ihn in das hell erleuchtete Zimmer des Krankenhauses brachten, war er tot. Der alte Goamann winkte mit der Hand nach ihm und sagte: «Der ist tot.» Und dann nach dem anderen: «Der lebt.» Ich habe den alten Mann nie wieder gesehen, denn ich bin nie wieder nachts in das Krankenhaus gekommen, und das war wohl seine gewöhnliche Dienstzeit. Damals schien mir sein Gehaben recht abgeschmackt, aber hinterher war es mir so, als wäre uns das Schicksal selbst, mit etlichen übereinandergezogenen weißen Mänteln angetan, auf der Schwelle des Hauses erschienen und hätte Leben und Tod richterlich zugeteilt.

Wanyangerri erwachte aus seiner Trance, als wir ihn hineintrugen, eine entsetzliche Angst erfaßte ihn, er wollte nicht dableiben, klammerte sich an mich und an jeden, der in seine Nähe kam, schrie und weinte ganz verzweifelt. Der alte Goamann beschwichtigte ihn schließlich mit einer Einspritzung, sah mich über seine Brille an und sagte: «Der lebt.» Ich überließ die beiden aufgebahrten Kinder, das tote und das lebendige, ihrem verschiedenartigen Schicksal.

Belknap, der uns auf seinem Motorrad gefolgt war – hauptsächlich um uns beim Ankurbeln des Motors zu helfen, falls er unterwegs versagte –, war der Ansicht, daß wir den Unfall der Polizei melden müßten. Wir fuhren also in die Stadt zur Polizeiwache in der River Road und gerieten dabei mitten in das Nachtleben von Nairobi. Als wir kamen, war kein weißer Polizeioffizier da, und wir warteten draußen im Wagen, solange man ihn holte. Die Straße hatte eine Allee von hohen Eukalyptusbäumen, dem Baum aller Pionierstädte des Hochlandes; nachts verbreiten sie mit ihren langen schmalen Blättern einen seltsamen, angenehmen Duft und haben im Licht der Straßenlaternen ein merkwürdiges Aussehen. Eine große, dralle junge Suahelifrau wurde von mehreren schwarzen Schutzleuten zur Polizeiwache gebracht, sie wehrte sich nach Kräften, zerkratzte ihnen die Gesichter und kreischte wie eine Sau. Etliche Raufbolde, die noch auf den Stufen der Wache sich aufs neue in die Haare zu geraten drohten, wurden eingeliefert, und ein anscheinend frisch ertappter Dieb kam die Straße herunter mit einem ganzen Gefolge von Nachtschwärmern, die seine Partei oder die Partei der Polizisten ergriffen und den Fall lärmend beredeten. Schließlich erschien ein junger Polizeioffizier, vermutlich geradewegs von einer Lustbarkeit. Belknap kam bei ihm nicht auf seine Kosten, denn er nahm seinen Bericht mit sachlichem Interesse und staunenswerter Geschwindigkeit auf, verfiel dann in tiefes Sinnen, ließ den Bleistift langsam über die Seite gleiten und steckte ihn schließlich, anscheinend befriedigt, wieder in die Tasche. Die Nachtluft ging kalt. Endlich konnten wir wieder heimfahren.

Am nächsten Morgen, als ich noch im Bett lag, spürte ich an der konzentrierten Stille vor dem

Hause, daß da viele Menschen versammelt waren. Ich wußte, wer es war: die alten Männer der Farm hockten da auf den Fliesen, schmatzend, schnupfend, spuckend und wispernd. Ich wußte auch, was sie wollten: sie waren gekommen, mir zu sagen, daß sie ein Kyama zu halten wünschten über den Fall des nächtlichen Schusses und des Todes der Kinder.

Ein Kyama ist eine Versammlung der Ältesten einer Farm, die von der Regierung Befugnis hat, örtliche Zwistigkeiten zwischen den Squattern zu schlichten. Die Mitglieder eines Kyama treten im Falle eines Verbrechens oder Unfalls zusammen und bebrüten das Geschehene wochenlang bei Hammelfleisch, Reden und Klagen. Ich wußte, daß die Alten nun die ganze Sache mit mir durchsprechen wollten und daß sie möglichst versuchen würden, mich in ihren Gerichtshof zu berufen, damit ich das letzte Urteil fällen sollte. Mir war in diesem Augenblick nicht danach zumute, in eine endlose Diskussion der nächtlichen Tragödie gezogen zu werden: ich ließ mein Pony holen, um auszureiten.

Als ich aus dem Hause trat, fand ich, wie erwartet, den ganzen Kreis der Ältesten zur Linken bei den Gesindehütten vereint. Mit Rücksicht auf ihre Würde als Gerichtshof taten sie, als sähen sie mich nicht, bis ihnen klar wurde, daß ich fort wollte. Nun humpelten sie auf ihren alten Beinen in größter Hast herbei und fuchtelten mit den Armen nach mir. Ich winkte ihnen einen Gruß zu und ritt davon.

Ich ritt ins Massaireservat. Um dahin zu kommen, mußte ich über den Fluß, dann war ich nach einer Viertelstunde im Wildschutzgebiet. Ich hatte lange Zeit gebraucht, bis ich von der Farm aus eine Stelle fand, wo ich den Fluß zu Pferde überqueren konnte: der Abstieg war felsig und die Böschung am anderen Ufer sehr steil, aber war man einmal drüben – dann jauchzte das beglückte Herz.

Hundert Meilen weit konnte man frei über die Steppe und offene wellige Ebenen reiten, da gab's keine Zäune, keine Gräben, keine Straßen, keine menschliche Siedlung außer den Massaidörfern – und auch die waren das halbe Jahr verlassen, wenn die großen Wanderer mit Volk und Vieh auf andere Weiden zogen. Niederes Dorngestrüpp war gleichmäßig über die Ebene verstreut, und lange tiefe Täler durchzogen sie mit trockenen Flußbetten aus großen flachen Steinen, zwischen denen man nach Wildfährten suchen mußte, um hinüberzukommen.

Kurz vor der Regenzeit brennen die Massai das dürre Gras nieder; wenn dann die Steppe schwarz und öde daliegt, ist es keine Freude, auf ihn zu reiten: der schwarze rußige Staub, den die Hufe des Pferdes aufwirbeln, legt sich über einen und dringt in die Augen, und die verkohlten Grasstoppeln sind scharf wie Glassplitter, die Hunde reißen sich an ihnen die Pfoten wund. Aber wenn der Regen kommt und das junge grüne Gras die Steppe mit frischer Decke überzieht, dann meint man, auf Sprungfedern zu reiten; das Pferd wird vor Freude wie berauscht. Die verschiedenen Arten von Gazellen grasen auf den grünen Flächen und sehen von weitem aus wie Spielsachen auf einem Billardtisch. Man kann in eine Herde von Antilopen hineinreiten, die mächtigen zutraulichen Tiere lassen einen dicht heran, ehe sie sich aufmachen und gemächlich davontrotten, ihr langes Gehörn weit zurückgelegt über den gebogenen Hals, die große lose Wamme der Brust, die ihrem Umriß das Eckige gibt, pendelnd im schunkelnden Trab. Sie sehen aus, als kämen sie aus einem alten ägyptischen Grabrelief, nur daß sie dort Felder pflügen und ein sanfteres, häusliches Gepräge haben. Die Giraffe bleibt tiefer im Inneren des Schutzgebietes.

Zu gewissen Zeiten, im ersten Monat der Regenzeit, blüht hier eine wilde weiße duftende Nelke in solchen Massen, daß es von weitem scheint, als lägen ringsum Flecken von Schnee auf der Steppe.

Ich suchte in der Welt der Tiere Zuflucht vor der Welt der Menschen. Mein Herz war schwer von der Tragödie der Nacht. Die alten Männer, die vor meinem Hause hockten, waren mir unheimlich: so muß in früheren Zeiten einem Menschen zumute gewesen sein, der argwöhnte, eine Hexe aus seiner Nachbarschaft habe ihr Augenmerk auf ihn gerichtet oder trage unter ihren Kleidern verborgen ein wächsernes Kind, um es auf seinen Namen zu taufen.

Mein Verhältnis zu den Eingeborenen in bezug auf Rechtssachen war überhaupt von seltsamer Art. Da ich vor allen Dingen Frieden auf der Farm brauchte, konnte ich nicht gut abseits bleiben, denn ein Zwist zwischen den Squattern, der nicht förmlich beigelegt wurde, war wie eine gewisse Art Geschwüre, die es in Afrika gibt und die man Veltgeschwüre nennt: sie heilen, wenn man es nicht hindert, an der Oberfläche, eitern aber im Innern weiter, bis man sie auf den Grund ausschneidet und ganz ausreinigt. Die Schwarzen selbst wußten das und verlangten, wenn sie einen Streit aus der Welt schaffen wollten, von mir das Urteil.

Da ich ihre Satzungen nicht kannte, hatte die Rolle, die ich bei diesen großen Gerichtstagungen spielte, oft Ähnlichkeit mit der einer Primadonna, die keine Ahnung von ihrem Text hat und vom übrigen Ensemble mit durchbugsiert wird. Meine Alten ertrugen diesen Mangel taktvoll und geduldig. Zuweilen ergab sich aber auch die Rolle einer beleidigten Primadonna, die über ihren Part entrüstet ist, sich weigert, weiterzusingen, und von der Bühne abtritt. Wenn das geschah, nahm es mein Publikum als harten Schicksalsschlag hin, als einen Eingriff Gottes, der über ihren Verstand ging, und schaute schweigend zu.

Die Vorstellungen von Gerechtigkeit sind in Europa und Afrika nicht die gleichen, und die der einen Welt sind unerträglich in der anderen. Für den Afrikaner gibt es nur ein Mittel, Unheil zu heilen: der Schaden muß ersetzt werden. Nach Beweggründen einer Handlung fragt er nicht. Ob man einem Feinde auflauert und ihm im Dunkeln die Gurgel durchschneidet oder ob man einen Baum fällt und ein unachtsamer Fremder im Vorbeigehen getötet wird, das gilt bei der Bemessung der Strafe nach Auffassung der Eingeborenen gleich viel. Der Gemeinde ist Schaden zugefügt worden, und der muß aufgewogen werden, irgendwie und von irgend jemandem. Der Schwarze verschwendet keine Zeit und keinen Gedanken daran, die Schuld oder Absicht abzuwägen, sei es, daß er fürchtet, ins Unabsehbare zu geraten, sei es, daß er sich nicht zuständig fühlt. Aber wenn es gilt, mit endlosen Spitzfindigkeiten zu ergründen, wie ein Verbrechen oder ein Unfall in Schafe und Ziegen umgerechnet werden kann, dann kargt er nicht mit der Zeit und führt einen mit feierlicher Gebärde in das heilige Labyrinth der Sophisterei. All das ging damals gegen meinen Begriff von Gerechtigkeit.

In diesem Sittenkodex sind sich alle Afrikaner gleich. Die Somali sind in ihrem Charakter von den Kikuju völlig verschieden, sie verachten sie von ganzem Herzen, aber sie setzen sich daheim in Somaliland genauso zusammen, um einen Mord, Raub oder Betrug in Stücke Vieh umzurechnen, in ihre innig geliebten Kamele und Pferde, deren Namen und Stammbaum sie in ihren Herzen tragen.

Einmal kam Nachricht aus Nairobi, daß Farahs kleiner Bruder, ein zehnjähriger Bub, in einem Ort namens Buramur einen Stein aufgegriffen und einem Buben aus einer anderen Sippe an den Kopf geschmissen und ihm zwei Zähne ausgeschlagen hatte. Den Fall zu schlichten, trafen sich die Vertreter beider Sippen auf der Farm, hockten sich in Farahs Haus auf den Boden und verhandelten

Nacht für Nacht. Es waren gebeugte Greise dabei, die in Mekka gewesen waren und den grünen Turban trugen, und freche junge Somali, die, wenn sie sonst nichts zu tun hatten, Jagdhelfer bei den großen europäischen Reisenden und Jägern waren, und dunkeläugige Jünglinge, die zaghaft ihre Familien vertraten, kein Wort sprachen, aber ehrfürchtig lauschten und lernten. Farah erzählte mir, die Sache würde darum so ernst genommen, weil das Gesicht des Buben verunstaltet sei und er es seinerzeit schwer haben werde, eine Frau zu finden, und seine Ansprüche hinsichtlich der Geburt und Schönheit seiner Braut werde herabsetzen müssen. Zuletzt wurde die Strafe auf fünfzig Kamele festgesetzt, also ein halbes «Wehrgeld». Die fünfzig Kamele wurden im fernen Somaliland gekauft, um nach zehn Jahren dem Preis für ein Somalimädchen zugelegt zu werden und ihre Augen abzuwenden von den zwei Zahnlücken ihres Bräutigams. Vielleicht wurde damit der Grundstock für eine Tragödie gelegt. Farah meinte, er sei noch gut davongekommen.

Die Schwarzen auf der Farm fragten nicht danach, was ich über ihre Rechtsnormen dachte, sie kamen zu mir hauptsächlich, um sich Schadenersatz zu verschaffen für ein Mißgeschick, das sie befallen hatte.

Einmal, in der Kaffee-Erntezeit, wurde ein junges Kikujumädchen namens Wamboi nicht weit von meinem Hause von einem Ochsenwagen überfahren und getötet. Die Wagen brachten den Kaffee vom Felde zur Aufbereitung, und ich hatte verboten, daß jemand mitfuhr, sonst hätte ich auf jeder Fuhre eine Schar von lustigen Pflückerinnen und Kindern erlebt, die sich eine herrliche lange Reise durch die ganze Farm gegönnt hätten – denn kein Tier geht so langsam wie ein Ochse –, und das wäre den Tieren zuviel geworden. Die jungen Fuhrknechte brachten es aber nicht fertig, die traumäugigen Mädchen abzuweisen, die neben dem Wagen herliefen und um ihr Vergnügen bettelten; sie konnten sie nur dazu bringen, da, wo die Straße in Sicht des Hauses kam, wieder abzuspringen. Wamboi fiel dabei hin, und das Rad des Wagens ging über ihren kleinen schwarzen Kopf und brach ihr den Schädel, ein kleines Blutrinnsal sickerte in die Radfurche.

Ich schickte nach ihren alten Eltern, die vom Felde hereinkamen und über ihr zu klagen anhuben. Ich wußte, daß ihr Tod auch eine schwere Einbuße für sie bedeutete, denn das Mädchen war im heiratsfähigen Alter und hätte ihnen eine erkleckliche Summe in Schafen und Ziegen und ein oder zwei Kühe eingebracht. Damit hatten sie seit seiner Geburt gerechnet. Ich überlegte noch, wie weit ich ihnen helfen konnte, als sie mir zuvorkamen und mit großem Nachdruck vollen Schadenersatz von mir forderten.

Ich weigerte mich zu bezahlen. Ich hatte den Mädchen verboten, auf den Wagen mitzufahren, das wußte jedermann auf der Farm. Die Alten nickten, sie dachten nicht daran, das zu bestreiten, aber sie blieben unverrückbar bei ihrer Forderung. Zahlen mußte irgend jemand. Ein Widerspruch gegen diese Idee ging ebensowenig in ihren Kopf wie die Relativitätstheorie. Und es war nicht Habgier oder Trotz, was sie veranlaßte, mir auf den Fersen zu folgen, als ich den Streit abbrach und davonging, sondern eine Art Magnetismus, der sie an mich band, ein Naturgesetz.

Sie kauerten sich hin und warteten vor meinem Hause. Es waren arme Leute, klein und schmächtig; sie sahen aus wie ein Paar alte Dachse, die auf der Wiese kauerten. Sie hockten da, bis die Sonne unterging und ich ihre Gestalten kaum noch vom Gras unterscheiden konnte. Sie waren in tiefe Trauer versunken, ihre Verwaistheit und ihr Vermögensverlust verschmolzen zu einem einzigen übermächtigen Kummer. Farah war an dem Tage fort; als im Hause die Lampen angezündet wurden, schickte ich ihnen Geld hinaus, damit sie sich ein Schaf zum Nachtmahl kaufen konnten. Das war ungeschickt von mir; sie nahmen es fürs erste Zeichen der Erschöpfung einer belagerten Stadt und richteten sich für die Nacht ein. Ich weiß nicht, ob sie es je über sich gebracht hätten, fortzugehen, wenn ihnen nicht spätabends der Gedanke gekommen wäre, den jungen Ochsentreiber für ihren Schaden haftbar zu machen. Dieser Einfall bewog sie, plötzlich wortlos zu verschwinden und am nächsten Morgen früh nach Dagoretti zu wandern, wo unser Bezirkspolizeikommissar seinen Sitz hatte.

Damit brachten sie uns eine Kriminaluntersuchung und zahlreiche großmäulige schwarze Polizisten auf den Hals. Aber der Polizeikommissar wußte ihnen nichts anderes zu bieten, als daß der Ochsentreiber wegen Totschlags gehängt werden würde, und auch diese Aussicht schwand, als er den Fall geprüft hatte und die Ältesten sich weigerten, ein Kyama zu halten, nachdem er und ich von der Sache nichts mehr wissen wollten. So mußten sich denn die beiden Alten unter ein Gesetz der Relativität beugen, von dem sie nichts begriffen, wie andere Menschen auch.

Zuweilen wurden mir meine Ältesten mit ihrem Kyama recht lästig, und ich sagte ihnen, was ich von ihnen hielt. «Ihr alten Männer», sagte ich, «schröpft die Jungen so, daß sie für sich selber kein Geld sparen können. Die Jungen können sich euretwegen überhaupt nicht rühren, und ihr kauft euch alle Mädchen selber.» Die Alten hörten aufmerksam zu, die kleinen schwarzen Augen in den dürren runzligen Gesichtern zwinkerten, die dünnen Lippen regten sich, als wiederholten sie meine Worte: es machte ihnen Freude, einen so vortrefflichen Grundsatz einmal klar ausgesprochen zu hören.

Bei aller Verschiedenheit unserer Anschauungen bot mir doch meine richterliche Stellung bei den Kikuju mancherlei Handhaben und war mir viel wert. Ich war damals jung und hatte wohl über die Begriffe Recht und Unrecht nachgedacht, aber doch meist vom Standpunkt des Menschen, dem Urteil gesprochen wird: auf dem Richterstuhl hatte ich noch nicht gesessen. Ich gab mir große Mühe, gerecht zu urteilen und auf der Farm Frieden zu halten. Manchmal, wenn die Probleme schwierig wurden, mußte ich mich zurückziehen und mir Bedenkzeit nehmen, gleichsam im Geiste mein Haupt verhüllend, damit niemand mir nahe kam und mich durch Reden störte. Das war für die

Farmbewohner immer eine wirksame Geste, und ich hörte sie noch lange Zeit nachher mit Ehrfurcht von dem Fall reden, der so tief gewesen war, daß kein Mensch ihn in weniger als einer Woche ergründen konnte. Man kann auf Schwarze immer Eindruck machen, wenn man mehr Zeit an eine Sache verschwendet als sie selbst – aber leicht ist das nicht.

Daß die Schwarzen mich überhaupt als Richter haben wollten und mein Urteil gelten ließen, findet seine Erklärung in ihrer mythologischen oder theologischen Denkweise. Die Europäer haben die Fähigkeit, Mythen oder Dogmen zu bilden, verloren, und soweit wir solcher bedürfen, sind wir auf unseren ererbten Vorrat angewiesen. Der Geist der Afrikaner hingegen bewegt sich frei und ungehindert auf diesen dämmerigen und verborgenen Pfaden. Dieses Talent tritt in ihrem Verkehr mit den Weißen ganz stark hervor.

Etwas davon findet man in den Namen, die sie den Europäern schon nach kurzer Bekanntschaft zuweisen. Diese Namen muß man kennen, wenn man einen Läufer mit einem Brief zu einem Freunde schicken oder selbst den Weg zu seinem Hause erfragen will, denn die Schwarzen kennen ihn bei keinem anderen Namen. Ich hatte einen ungeselligen Nachbarn, der nie Gäste in sein Haus einlud, der hieß Sahani Moja, «ein Gedeck»; mein schwedischer Freund Erik Otter hieß Risassi Moja, «eine Patrone» – womit gesagt sein sollte, daß er nicht mehr als eine Patrone brauchte, um zu töten –, ein Name, bei dem man sich gerne nennen hört. Ein leidenschaftlicher Autofahrer meiner Bekanntschaft wurde «halb Mann – halb Wagen» genannt. Wenn die Schwarzen den Europäern Tiernamen geben – der Fisch, die Giraffe, der Mastochse –, dann bewegt sich ihr Geist in den Gefilden der alten Sagen, und diese Weißen figurieren, glaube ich, in ihrem dunklen Bewußtsein zugleich als Mensch und Tier.

In solchen Worten steckt Magie: ein Mensch, der viele Jahre in seinem ganzen Kreise unter dem Namen eines Tieres bekannt ist, der fühlt sich schließlich mit dem Tier verwandt, er erkennt sich selbst in ihm wieder. Wenn er nach Europa zurückkommt, dann befremdet es ihn, daß niemand ihn mehr mit dem Tier in Beziehung bringt.

Ich habe einmal im Londoner Zoo einen alten pensionierten Beamten getroffen, den ich in Afrika unter dem Namen Bwana Tembo, Herr Elefant, gekannt hatte. Er stand ganz allein vor dem Dickhäuterkäfig und war in die Betrachtung des Elefanten versunken. Vielleicht ging er da öfter hin. Seine schwarzen Dienstboten hätten das jedenfalls in der Ordnung gefunden, während wahrscheinlich in ganz London kein Mensch ihn verstand.

Der Geist der Schwarzen geht seltsame Wege und ähnelt dem Geist der Menschen von einst, die es ganz natürlich fanden, daß Odin, um die Welt zu durchschauen, sein eines Auge hergab, und die den Gott der Liebe in der Gestalt eines Kindes begriffen, das nichts von Liebe weiß. Wahrscheinlich sahen die Kikuju meine Größe als Richter gerade darin, daß ich von dem Gesetz, nach dem ich Recht sprach, keine Ahnung hatte.

Kraft ihrer mythischen Begabung können die

Schwarzen einem auch etwas antun, wogegen man sich nicht wehren und wovor man nicht entfliehen kann. Sie können einen zum Symbol erheben. Ich merkte den Vorgang sehr wohl und hatte mir zum eigenen Gebrauch ein Wort dafür ausgedacht, ich nannte es im stillen die Aufrichtung der ehernen Schlange. Europäer, die lange Zeit unter Schwarzen gelebt haben, werden verstehen, was ich meine, wenn auch das Wort nicht ganz bibelgerecht angewandt ist. Ich glaube – trotz allem, was wir im Lande geleistet haben, allem wissenschaftlichen und technischen Fortschritt und der Pax Britannica selbst –, daß dieses Aufrichten der ehernen Schlange der einzige wirkliche Gewinn ist, den die Schwarzen aus uns gezogen haben.

Sie konnten nicht alle Weißen zu diesem Behufe brauchen und nicht jeden in gleicher Weise. Sie verliehen uns in ihrer Weltordnung Rangstufen, je nach unserer Brauchbarkeit als eherne Schlangen. Viele meiner Freunde – Denys Finch-Hatton, Galbraith und Berkeley Cole, Sir Northrup MacMillan – genossen in dieser Eigenschaft bei Schwarzen hohe Ehre.

Lord Delamere war eine eherne Schlange ersten Ranges. Ich erinnere mich, wie ich einmal im Hochland eine Reise machte, zu der Zeit, als die Heuschreckenplage über das Land ging. Die Heuschrecken waren im Vorjahr dagewesen, nun kroch ihre kleine schwarze Brut aus und fraß, was sie übriggelassen hatten, und ließ keinen Halm hinter sich zurück. Für die Schwarzen war das ein furchtbarer Schlag; nach allem, was sie überstanden hatten, war das mehr, als sie ertragen konnten.

Es brach ihnen das Herz, sie röchelten und jaulten wie sterbende Hunde, sie rannten mit den Köpfen gegen die Mauer, die sich vor ihnen erhob. Da erzählte ich ihnen zufällig, ich sei durch Delameres Farm gefahren und hätte auf ihr Heuschrecken gesehen, ringsum auf allen Pflanzungen und Weiden, und fügte noch hinzu, Delamere sei in großer Wut und Verzweiflung gewesen. In diesem Augenblick wurden die Hörer ganz still und beinahe heiter. Sie fragten mich, was Delamere von dem Unglück gesagt hätte, und baten mich, es zu wiederholen, und sprachen dann nichts mehr.

Ich besaß als eherne Schlange nicht das Gewicht eines Lord Delamere, aber bei manchen Gelegenheiten erwies ich mich doch für die Schwarzen als brauchbar.

Während des Krieges, als das Schicksal der schwarzen Hilfstruppen auf dem ganzen Volk lastete, kamen die Squatter der Farm zu mir und hockten sich rings ums Haus. Sie sprachen nicht, nicht einmal miteinander, sie richteten ihre Augen auf mich und machten mich zu ihrer ehernen Schlange. Ich konnte sie nicht gut fortjagen, denn sie taten keinen Schaden, und außerdem, wenn ich sie vertrieben hätte, hätten sie sich anderswo wieder hingesetzt. Es war schwer, ihren Anblick zu ertragen. Was mir half, war der Gedanke, daß das Regiment meines Bruders damals in vorderster Linie bei Vinney Ridge lag: ich richtete meine Augen auf ihn und machte ihn zu meiner ehernen Schlange.

Für die Kikuju wurde ich zum Hauptleidtragenden oder Klageweib, sowie uns auf der Farm ein großes Unglück befiel. Das würde auch jetzt nach dem Unfall mit dem Jagdgewehr so werden. Da ich um die Kinder trauerte, kamen die Leute auf der Farm überein, die Sache auf die Seite zu schieben und sie vorläufig ruhen zu lassen. Hinsichtlich unserer Mißgeschicke schauten sie auf mich, wie die Gemeinde auf den Priester schaut, der den Kelch allein leert, aber in aller Namen.

Es ist etwas Eigenes um die Verzauberung: wird sie einem einmal zuteil, so kann man sie nie wieder ganz loswerden. Für mich war es peinlich, sehr peinlich, so am Pranger erhöht zu werden. Ich wäre dem Geschick gern entronnen. Und doch kommen noch Jahre später Ereignisse im Leben, bei denen man sich auf dem Gedanken ertappt: Muß ich mir das gefallen lassen? Ich, die ich eine eherne Schlange war?

Als ich zur Farm zurückritt, traf ich beim Überqueren des Flusses in der Furt mit einigen von Kaninus Söhnen zusammen, drei jungen Männern und einem Buben. Sie trugen Speere und kamen eilig herüber. Als ich sie ansprach und nach ihrem Bruder Kabero fragte, hielten sie mit trauriger Miene und gesenkten Blickes im Waten inne und antworteten leise. Kabero, sagten sie, sei nicht heimgekehrt, und seit er gestern abend davongelaufen sei, habe man nichts mehr von ihm gehört. Sie glaubten, daß er tot sei. Entweder habe er sich selbst in der Verzweiflung umgebracht – der Gedanke an Selbstmord ist allen Schwarzen, auch Kindern, ganz geläufig –, oder er habe sich im Busch verlaufen und sei von wilden Tieren gefressen worden. Seine Brüder hätten in allen Richtungen nach ihm gesucht, jetzt seien sie unterwegs ins Reservat, um ihn dort vielleicht zu finden.

Als ich auf meiner Seite die Uferböschung erstiegen hatte, wandte ich mich um und blickte über die Steppe; mein Gebiet lag höher als das Reservat drüben. Nirgends auf der Steppe war ein Lebenszeichen zu erblicken; nur in weiter Ferne sah man Zebras weiden und umhergaloppieren. Die Gruppe der Suchenden tauchte am anderen Ufer aus dem Gebüsch hervor und machte sich mit raschem Schritt im Gänsemarsch auf ihren Weg; die kleine Patrouille sah aus wie eine kurze Raupe, die sich durchs Gras schlängelte. Zuweilen blinkte die Sonne auf ihren Waffen. Sie schienen sich über ihre Richtung ziemlich im klaren zu sein. Wo war ihr Ziel? Die einzigen Wegweiser, die ihnen auf der Suche nach dem verlorenen Kinde helfen konnten, waren die Geier, die stets im Himmel schweben, wo ein toter Körper auf der Steppe liegt, und einem sicher anzeigen, wo der Löwe seine Beute geschlagen hat.

Aber diesmal würde es nur ein kleiner Körper sein, kein Festessen für die Vielfraße der Luft, nicht viele von ihnen würden über ihm lauern, und nicht lange würden sie bei ihm verweilen.

Es war traurig, daran zu denken. Ich ritt heim.

Wamai

Ich ging zum Kyama in Begleitung von Farah. Ich nahm Farah bei allen Verhandlungen mit den Kikuju mit, denn er benahm sich zwar bei seinen eigenen Zwistigkeiten recht töricht und konnte wie alle Somali, wo seine Stammes- und Sippengefühle berührt wurden, völlig den Kopf verlieren, aber wenn andere Leute in Streit gerieten, bewies er Weisheit und Takt. Er war zudem mein Dolmetscher, denn er sprach vorzüglich Kisuaheli.

Ich wußte schon im voraus: der Hauptzweck des Prozesses war, aus Kaninu herauszuquetschen, was nur zu holen war. Seine Schafe würden nach allen Seiten davongetrieben werden, teils um die Eltern der toten und verwundeten Kinder zu entschädigen, teils um die Kosten des Kyama zu decken. Mir ging das von Grund aus gegen den Strich. Kaninu, sagte ich mir, hat seinen Sohn geradeso verloren wie die anderen Väter, und das Schicksal seines Kindes schien mir das tragischste von allen. Wamai war tot und aller Not ledig, und Wanyangerri war im Krankenhaus und wurde versorgt, aber Kabero war von allen verlassen, und niemand wußte, wo seine Gebeine lagen. Nun eignete sich Kaninu freilich ungewöhnlich gut für die Rolle des Ochsen, der zum Festschmaus gemästet ist. Er war einer meiner größten Squatter und stand auf meiner Pachtliste mit fünfunddreißig Stück Vieh, fünf Frauen und sechzig Ziegen. Sein Dorf lag dicht bei meinem Walde, ich sah seine Kinder und seine Ziegen oft genug und mußte immerfort seinen Weibern auf die Finger passen, weil sie mir die dicksten Bäume im Walde fällten. Ein Kikuju versteht nichts von Luxus, der Reichste lebt wie der Ärmste, und wenn ich in Kaninus Hütte trat, fand sich darin kein Möbelstück, außer vielleicht einem kleinen Holzschemel zum Sitzen. Aber Kaninus

Dorf bestand aus vielen Hütten, und es wimmelte darin von alten Weibern, jungem Volk und Kindern, und der lange Zug von Rindern, die um die Melkzeit bei Sonnenuntergang über die Steppe auf das Dorf zuschritten, neben sich auf dem Grase ihre blauen Schatten mit sich ziehend – all das verlieh dem alten gebückten Manne im Fellmantel mit den tausend kleinen schmutzigen Furchen im dunklen häßlichen Gesicht unleugbar das Gepräge eines Nabobs der Farm.

Ich hatte mit Kaninu manchen hitzigen Streit ausgefochten, ich hatte ihm sogar gedroht, ihn von der Farm zu verjagen, und zwar wegen eines Gewerbes, das er betrieb. Kaninu stand mit dem benachbarten Massaistamm auf gutem Fuß und hatte vier oder fünf von seinen Töchtern hinüber verheiratet. Die Kikuju selbst erzählten mir, daß die Massai es in alten Zeiten unter ihrer Würde fanden, sich mit den Kikuju zu vermischen. Aber zu unserer Zeit hatte dies seltsame aussterbende Volk seinen Stolz zügeln müssen, um sein völliges Versiegen hinauszuzögern; die Massaifrauen hatten keine Kinder, und die jungen, fruchtbaren Kikujumädchen waren darum sehr gefragt. Kaninus Nachkommen waren durchwegs wohlgebaute Geschöpfe, und er hatte eine erkleckliche Zahl stattlicher munterer junger Rinder im Austausch gegen seine Töchter über die Grenze des Reservats herübergebracht. Mancher alte Kikujuhausvater ist damals auf die gleiche Art reich geworden. Der große Häuptling der Kikuju, Kinanjui, hat, wie man mir erzählt, mehr als zwanzig Töchter an die Massai vergeben und über hundert Stück Vieh dagegen erhalten. Aber seit einem Jahr war das Kikujureservat wegen Maul- und Klauenseuche mit Quarantäne belegt, und kein Vieh durfte mehr herübergeholt werden. Das war ein schwerer Schlag für Kaninus Geschäft. Denn die Massai sind Nomaden und wechseln ihren Wohnsitz je nach Jahreszeit, Regen und Weidegrund, und die Kühe in ihrer Herde, die von Rechts wegen Kaninu gehörten, waren weit verstreut und grasten zeitweilig vielleicht hundert Meilen weit weg, und niemand wußte, was dort mit ihnen geschah. Die Massai sind als Viehhändler skrupellos gegen jedermann, erst recht also gegen die Kikuju, die sie verachten; sie sind auch schöne Krieger und stark in der Liebe. In ihren Händen wandelten sich die Herzen von Kaninus Töchtern wie einst die Herzen der Sabinerinnen, und er konnte nicht mehr auf sie rechnen. Der alte gerissene Kaninu beschloß darum, sein Vieh in der Nacht, wenn der Bezirkskommissar und das Veterinäramt schliefen, übers Wasser schmuggeln zu lassen. Das war ein arglistiger Plan, denn die Quarantänebestimmungen gehören zu denen, die die Schwarzen gut begreifen und hochhalten. Wären die Kühe auf meinem Grund und Boden betroffen worden, so würde die Farm ebenfalls mit Quarantäne belegt worden sein. Ich schickte deshalb Wächter an den Fluß, um Kaninus Helfer abzufangen, und es gab in mondhellen Nächten aufregende Überfälle aus dem Hinterhalt und Hetzjagden den silbernen Flußlauf entlang; die Rinder, auf die es hauptsächlich ankam, wurden scheu und rannten nach allen Richtungen davon.

Jogona, der Vater des getöteten Kindes Wamai, war ein armer Mann. Er hatte nur ein altes Weib, und sein ganzer irdischer Besitz waren drei Ziegen. Es sah auch nicht aus, als würde er es je weiterbringen, denn er war ein sehr schlichter Mann. Ich kannte Jogona gut. Ein Jahr vor dem Unfall und der Einsetzung des Kyama war auf der Farm ein entsetzlicher Mord vorgefallen. Zwei Inder, die ein Stück weiter flußauf eine Mühle von mir gepachtet hatten und für die Kikuju Mais mahlten, waren nachts erschlagen worden, ihr Eigentum war geraubt, die Täter fand man nie. Der Mord scheuchte alle indischen Händler und Ladenbesitzer der Gegend auf; sie verschwanden, wie vom Sturm verweht; ich mußte Pooran Singh unten in meiner Fabrik mit einer alten Schrotflinte bewaffnen, und auch dann kostete es noch viel Überredung, ihn zum Bleiben zu bewegen. Auch ich glaubte, in den ersten Nächten nach dem Mord bei meinem Hause Fußtritte zu hören, und stellte darum eine Woche lang einen Nachtwächter auf, und dieser Mann war Jogona. Er war sehr sanftmütig und hätte gegen Mörder nichts ausgerichtet, aber er war ein freundlicher alter Mann, und es war nett, mit ihm zu plaudern. Er hatte das Benehmen eines fröhlichen Kindes, sein breites Gesicht hatte etwas Leuchtendes und Eindringliches, und sooft er mich sah, lachte er. Er schien sich auch jetzt sehr zu freuen, als er mich beim Kyama erblickte.

Aber der Koran, den ich damals studierte, sagt: «Du sollst das Recht nicht beugen zugunsten der Armen.»

Außer mir war noch ein Mitglied der Versammlung sich darüber im klaren, daß sie zusammengetreten war, um Kaninu zu schröpfen. Das war Kaninu selbst. Die anderen Alten saßen im Kreise herum, in gespannter Aufmerksamkeit alle Gedanken auf den bevorstehenden Prozeß richtend. Kaninu hockte am Boden und hatte seinen großen Ziegenfellmantel über den Kopf gezogen. Von Zeit zu Zeit kamen winselnde und wimmernde Töne darunter hervor wie von einem Hunde, den, des Jaulens müde, nur eben noch sein Elend am Leben erhält.

Die Alten wollten die Beratung mit dem Fall des verwundeten Kindes Wanyangerri beginnen, weil er ihnen Gelegenheit zu endlosem Gerede gegeben hätte. Wie hoch würde der Schadenersatz sein, wenn Wanyangerri tot wäre? Oder wenn er verstümmelt wäre? Wenn er die Sprache verloren hätte? Farah erklärte in meinem Namen, daß ich darüber nicht verhandeln würde, bevor ich in Nairobi gewesen wäre und den Arzt des Krankenhauses gesprochen hätte. Sie schluckten den bitteren Bissen und legten sich ihre Argumente für den nächsten Fall zurecht.

Es sei Aufgabe des Kyama, tat ich ihnen durch Farah kund, den Fall rasch abzutun und nicht den Rest ihres Lebens darüber zu brüten. Denn es sei klar, daß hier kein Mord, sondern ein Unfall geschehen sei.

Das Kyama ehrte meine Rede durch aufmerksames Gehör, aber kaum war sie beendet, wurde der Widerspruch laut.

«Msabu, wir wissen nichts», sagten sie. «Aber wir sehen, daß du auch nicht genug weißt, und wir verstehen nur wenig von dem, was du uns sagst. Kaninus Sohn hat den Schuß abgefeuert. Wie wäre er sonst der einzige, der nicht getroffen wurde? Willst du mehr davon wissen, so wird Mauge es dir sagen. Sein Sohn war dabei, ihm ist ein Ohr abgeschossen worden.»

Mauge war einer der reichsten Squatter, gewissermaßen Kaninus Rivale auf der Farm. Er war stattlich anzuschauen, und seine Worte hatten Gewicht, obwohl er leise sprach und von Zeit zu Zeit innehalten mußte, um zu denken. «Msabu», sagte er, «mein Sohn hat mir berichtet: Alle Buben hielten einer nach dem anderen das Gewehr in der Hand und richteten es auf Kabero. Aber er wollte ihnen nicht erklären, wie man damit schießt, er wollte es ihnen durchaus nicht erklären. Schließlich nahm er das Gewehr zurück, und im selben Augenblick schoß es, es verwundete alle Kinder und tötete Wamai, Jogonas Sohn. So und nicht anders hat es sich zugetragen.»

«Das habe ich schon gewußt», sagte ich, «und das nennt man einen bösen Zufall oder ein Unglück. Geradeso hätte ich den Schuß aus meinem Hause abfeuern können – oder du, Mauge, aus deinem.»

Diese Worte erregten die Versammlung mächtig. Alles blickte auf Mauge, der sehr betreten dreinschaute. Dann sprachen sie eine Weile untereinander, ganz leise im Flüsterton. Schließlich griffen sie die Beratung wieder auf. «Msabu», sagten sie, «dieses Mal verstehen wir nicht ein Wort von dem, was du sagst. Wir können nur vermuten, daß du eine Kugelbüchse im Sinn hast, da du selbst so gut mit der Büchse schießt, aber nicht so gut mit der Schrotflinte. Wäre es eine Kugelbüchse gewesen, dann hättest du ganz recht. Aber mit einer Schrotflinte kann kein Mensch von deinem Haus oder von Mauges Haus bis hinunter zum Hause von Bwana Menanya schießen und Leute töten, die in dem Hause sind.»

Nach einer kurzen Pause sagte ich: «Jedermann weiß jetzt, daß Kaninus Sohn den Schuß abgegeben hat. Kaninu wird Jogona eine Anzahl Schafe geben, um den Schaden auszugleichen. Aber jedermann weiß auch, daß Kaninus Sohn kein böses Kind war und Wamai nicht töten wollte, und darum wird Kaninu nicht so viele Schafe hergeben, als wenn es der Fall gewesen wäre.»

Darauf erwiderte ein Mann namens Ereri. Er war mit der Zivilisation in engere Berührung gekommen als die anderen, denn er hatte sieben Jahre im Gefängnis gesessen.

«Msabu», sagte er, «du meinst, Kaninus Sohn sei nicht böse, und darum werde Kaninu nicht sehr viele Schafe bezahlen. Aber wenn sein Sohn Wamai hätte töten wollen und also ein böses Kind gewesen wäre, würde das für Kaninu gut sein? Würde er sich so darüber freuen, daß er gern viel mehr Schafe hergeben würde?»

«Ereri», sagte ich, «du weißt, daß Kaninu seinen Sohn verloren hat. Du gehst selbst zur Schule und weißt, daß der Junge in der Schule klug war. Wenn er auch in allem übrigen so gut war, dann ist es schlimm für Kaninu, daß er ihn verloren hat.»

Nun trat eine lange Pause ein; kein Laut kam aus dem Kreise. Schließlich stieß Kaninu, als hätte er sich plötzlich auf ein vergessenes Leid oder eine versäumte Pflicht besonnen, einen langen Jammerton aus.

«Memsahib», sagte Farah, «laß jetzt diese Kikuju die Zahl nennen, die sie im Sinne haben.» Er sprach auf kisuaheli zu mir, damit die Versammlung ihn verstehen sollte, und versetzte sie damit in große Bestürzung, denn eine Zahl ist etwas ganz Bestimmtes, und das gibt kein Schwarzer gern von sich. Farah ließ seine Augen ringsum kreisen und schlug mit höhnischer Miene vor: «Hundert.» Hundert Schafe waren eine phantastische Zahl, an die niemand im Ernst gedacht hatte. Die Alten fühlten sich dem Spott des Somali preisgegeben und sahen sich genötigt stillezuhalten. Ein ganz alter Mann wisperte: «Fünfzig.» Aber die Zahl schien nichts zu wiegen und verwehte im Luftzug von Farahs Witz. Nach einer Weile sagte Farah selbst in barschem Ton: «Vierzig», wie ein alterfahrener Händler, der mit Ware und Geld Bescheid weiß. Das Wort entfesselte die verborgenen Gedanken der Versammelten; sie fingen an, lebhaft miteinander zu reden. Jetzt mußte man ihnen viel Zeit lassen, zu grübeln und zu gackern; aber immerhin: der Grund für die Verhandlungen war gelegt. Als wir wieder zu Hause waren, sagte Farah zuversichtlich: «Ich glaube, die Alten werden vierzig Schafe von Kaninu nehmen.»

Kaninu hatte bei dem Kyama noch eine schwere Prüfung zu bestehen. Der alte dickbäuchige Kathego, auch einer von den großen Squattern der Farm, erhob sich und schlug vor, die Schafe und Ziegen Kaninus durchzugehen und einzeln zu bestimmen, welche er abgeben sollte. Das war ganz gegen die Gepflogenheit eines Kyama. Jogona wäre nie auf diesen Gedanken verfallen, und ich konnte mir nur vorstellen, daß er auf einem Abkommen beruhte, das Kathego mit Jogona getroffen hatte, um sich einen Vorteil zu sichern. Ich wartete eine Zeitlang, um zu sehen, was dabei herauskommen würde. Kaninu schien sich anfangs in sein Martyrium zu ergeben, er barg sein Haupt und winselte beim Namen jedes Tieres, als würde ihm für jedes ein Zahn gezogen. Aber als Kathego schließlich, wenn auch zögernd, eine große gelbe, hornlose Ziege bezeichnete, da brach Kaninu das Herz, und mit seiner Kraft war es aus. Er tauchte mit großer Gebärde unter seinem Mantel hervor, brüllte auf mich ein wie ein Stier, hilfeheischend, wahrlich «aus tiefster Not», bis er mit einem raschen Blick gewahr wurde, daß ich auf seiner Seite war und daß er seine gelbe Ziege nicht verlieren würde. Da setzte er sich ohne einen weiteren Laut hin und warf erst nach einer Weile Kathego einen ganz tiefen, höhnischen Blick zu.

Eine Woche verging mit Sitzungen und außerordentlichen Sitzungen des Kyama. Dann wurde der Schadenersatz endgültig auf vierzig Schafe festgesetzt, die Kaninu an Jogona zu zahlen hatte, ohne daß die Schafe, die abzuliefern waren, einzeln bezeichnet wurden.

Eine Woche später brachte Farah abends, als ich bei Tisch saß, die neuesten Nachrichten über den Fall.

Drei alte Kikuju aus Nyeri, erzählte er, seien tags zuvor auf der Farm eingetroffen. Sie hätten zu

Hause in Nyeri von dem Vorfall gehört und sich auf den Weg gemacht, um vor die Schranken zu treten und zu erklären, Wamai sei nicht der Sohn von Jogona, sondern ein Sohn seines verstorbenen Bruders, und somit gebühre der Schadenersatz für seinen Tod von Rechts wegen ihnen.

Ich lächelte über diese Frechheit und meinte, das sähe den Kikuju von Nyeri ähnlich. Nein, sagte Farah nachdenklich, er glaube, sie seien im Recht. Jogona sei tatsächlich vor sechs Jahren aus Nyeri auf die Farm gekommen, und soviel er habe erkunden können, sei Wamai nicht Jogonas Sohn und «sei es nie gewesen», wie Farah sich ausdrückte. Jogona, fuhr er fort, könne von Glück sagen, daß ihm vor zwei Tagen fünfundzwanzig von den vierzig Schafen übergeben worden seien. Sonst würde Kaninu sie nach Nyeri abtreiben lassen, um sich den Kummer zu ersparen, meinte Farah, sie noch auf der Farm sehen zu müssen, nachdem sie ihm nicht mehr gehörten. Aber Jogona könnte sich noch auf etwas gefaßt machen, denn die Kikuju von Nyeri seien nicht leicht abzuschütteln. Sie hätten sich auf der Farm eingenistet und drohten, den Fall vor den Bezirkskommissar zu bringen.

Ich war also schon vorbereitet, als einige Tage später vor meinem Hause die Leute aus Nyeri erschienen; es waren Kikuju von der niedersten Sorte, und sie sahen ganz aus wie drei zottige schäbige Hyänen, die hundertundfünfzig Meilen weit Wamais Blutspur nachgeschlichen waren. Mit ihnen erschien, in der größten Erregung und Bestürzung, Jogona. Der Unterschied in der Haltung der beiden Parteien rührte wohl daher, daß die Kikuju von Nyeri nichts zu verlieren hatten, während Jogona fünfundzwanzig Schafe besaß. Die drei Fremden hockten sich auf die Steine, ohne mehr Lebenszeichen von sich zu geben als drei Zecken auf einem Schaf. Ich hatte kein Verständnis für ihre Klage, denn wie die Dinge auch liegen mochten: sie hatten sich um das tote Kind bei Lebzeiten nicht gekümmert, und mir tat Jogona leid, denn er hatte sich bei dem Kyama gut benommen und trauerte, wie mir schien, um Wamai. Als ich Jogona vernehmen wollte, zitterte und stöhnte er nur, so daß es unmöglich war, etwas aus ihm herauszubringen, und wir vorderhand nicht weiterkamen.

Nach zwei Tagen aber erschien Jogona wieder, frühmorgens, als ich an meiner Maschine saß, und bat mich, seine Aussagen über seine Beziehungen zu dem toten Kinde und dessen Familie aufzuschreiben. Er wollte den Bericht vor den Bezirkskommissar in Dagoretti bringen. Jogonas schlichte Art hatte etwas Eindrucksvolles, weil er alles so stark erlebte und ganz frei von Eitelkeit war. Offenbar bedeutete ihm sein Entschluß etwas ganz Großes, keineswegs Ungefährliches, an das er mit Scheu heranging.

Ich schrieb seine Aussagen für ihn nieder. Es dauerte lange Zeit, denn der Bericht umfaßte Ereignisse, die mehr als sechs Jahre zurücklagen und außerdem recht verwickelt waren. Jogona mußte sich beim Erzählen oft unterbrechen und alles wieder genau durchdenken oder zurückgreifen und sich verbessern. Währenddessen hielt er meist seinen Kopf mit beiden Händen und versetzte ihm zuweilen einen heftigen Klaps, gleichsam um die Begebenheiten aus ihm hervorzuschütteln. Einmal lehnte er sein Gesicht gegen die Wand, wie es die Kikujuweiber tun, wenn sie ihre Kinder zur Welt bringen.

Ich machte einen Durchschlag seines Berichtes, den ich heute noch besitze.

Es war außerordentlich schwer, den Zusammenhang zu verfolgen, er enthielt eine Menge verwickelter Verhältnisse und nebensächliche Einzelheiten. Ich fand es nicht verwunderlich, daß Jogona Mühe hatte, sich auf alles zu besinnen, ich staunte eher, daß er sich überhaupt noch an die Tatsachen erinnerte. Der Anfang lautete:

«Zu der Zeit, als Waweru Wamai von Nyeri im Sterben lag – ‹nataka kufa›, zu sterben wünschte, sagt man auf kisuaheli –, hatte er zwei Frauen. Die eine Frau hatte drei Töchter, nach Wawerus Tod heiratete sie einen anderen Mann. Die andere Frau hatte Waweru noch nicht ganz bezahlt, er schuldete ihrem Vater für sie zwei Ziegen. Diese Frau verhob sich an einer Ladung Brennholz und hatte eine Fehlgeburt, niemand wußte, ob sie noch mal Kinder bekommen würde ...»

In dieser Weise ging die Geschichte fort und führte den Leser durch das dichte Gestrüpp der Lebenszustände und -beziehungen der Kikuju:

«Dieses Weib hatte ein kleines Kind namens Wamai. Das war zu derselben Zeit krank, und die Leute meinten, es habe Fleckfieber. Waweru hatte seine Frau und ihr Kind sehr gern, und als er im Sterben lag, war er sehr bekümmert, weil er nicht wußte, was aus ihr werden würde, wenn er selbst tot wäre. Darum schickte er nach seinem Freunde Jogona Kanyagga, der nicht weit entfernt lebte. Jogona Kanyagga schuldete Waweru damals drei Schillinge für ein Paar Schuhe. Waweru schlug nun vor, sie sollten einen Vertrag machen ...»

Der Vertrag lief darauf hinaus, daß Jogona seines sterbenden Freundes Weib und Kind zu sich nehmen und dafür dem Vater der Frau die zwei Ziegen geben sollte, die er ihm von der Kaufsumme noch schuldig war. Von da an wurde der Bericht zu einem Verzeichnis der Ausgaben, die Jogona infolge der Adoption des Kindes Wamai auf sich genommen hatte. Er hatte eine «ungeheuer gute Medizin» für Wamai gekauft, als er krank war, kurz nachdem er ihn zu sich genommen hatte. Ein andermal hatte er ihm beim indischen Händler Reis gekauft, weil er bei Mais nicht gut gedieh. Einmal hatte er fünf Rupien an einen benachbarten weißen Farmer zahlen müssen, weil der behauptete, Wamai habe einen seiner Truthähne in den Teich gejagt. Diese Summe baren Geldes, die er wohl unter großen Schwierigkeiten aufgebracht hatte, muß auf Jogona einen tiefen Eindruck gemacht haben, denn er kam wiederholt auf sie zurück. Aus Jogonas Verhalten ging hervor, daß er inzwischen ganz vergessen hatte, daß das Kind, das er jetzt verloren hatte, nicht sein Kind war. Die Ankunft und der Anspruch der Leute aus Nyeri hatten ihn in mehr als einer Hinsicht erschüttert. Ganz schlichten Menschen liegt es anscheinend nahe, Kinder anzunehmen und für sie wie für eigene zu empfinden; auch die weichherzigen europäischen Proletarier denken nicht anders.

Als Jogona endlich mit seiner Geschichte fertig war und ich alles niedergeschrieben hatte, sagte ich, ich wollte sie ihm nun vorlesen. Er wandte sich von mir ab, während ich las, wie um jede Ablenkung zu vermeiden.

Als ich aber seinen Namen vorlas: «... Darum schickte er nach seinem Freunde Jogona Kanyagga, der nicht weit entfernt lebte...», da drehte er sein Gesicht schnell zu mir herüber und warf mir einen stolzen leuchtenden Blick zu, so überquellend von lachender Freude, daß der alte Mann zum Buben, zum wahren Sinnbild der Jugend wurde. Und ganz zuletzt, als das Schriftstück zu Ende war und ich seinen Namen las, der zur Bekräftigung unter seinem Daumenabdruck stand, wiederholte sich noch einmal dieser lebensfrohe offene Blick, diesmal inniger und sanfter, voll der neuen Würde.

Solch einen Blick warf Adam dem Herrn zu, als er ihn geformt hatte und ihm den Atem des Lebens in die Nüstern blies und der Mensch eine lebendige Seele wurde. Ich hatte ihn erschaffen und ihm sein Wesen gezeigt. Jogona Kanyagga, der ewig Lebende. Als ich ihm das Papier reichte, ergriff er es ehrfürchtig und begierig, steckte es gefaltet in einen Zipfel seines Mantels und hielt es mit der Hand fest. Er durfte es um nichts in der Welt verlieren, denn seine Seele war darin, und es war der Beweis seiner Existenz. Hier war etwas, was Jogona Kanyagga vollbracht hatte und was seinen Namen für alle Zeit erhalten würde: das Fleisch war Wort geworden und lebte unter uns voll Gnade und Wahrheit.

Die Welt des geschriebenen Wortes ist den Eingeborenen Afrikas in der Zeit, in der ich unter ihnen lebte, erschlossen worden. Ich konnte, wenn ich wollte, noch die Vergangenheit beim Schwanz erwischen und ein Stück auch unserer Geschichte nacherleben: die Zeit, in der den Massen des Volkes in Europa in gleicher Weise die Welt der Schrift offenbart wurde. In Dänemark geschah das vor hundert Jahren, und nach dem, was ich von Leuten erfahren habe, die zu meiner Kindheit schon sehr alt waren, muß ich glauben, daß die Wirkung ganz die gleiche war. Kaum je hat wohl der Mensch eine so demütige und begeisterte Anerkennung des *l'art pour l'art* an den Tag gelegt.

Anfangs wurden die Botschaften von einem jungen Eingeborenen an den anderen – denn obwohl einige von den Alten vom Zeitgeist ergriffen wurden und auch in meiner Schule ein paar ganz alte Leute saßen und geduldig das Abc durchackerten, hielt sich doch im ganzen die ältere Generation der Neuerung argwöhnisch fern –, anfangs wurden die Briefe von berufsmäßigen Schreibern abgefaßt. Nur wenige von den Schwarzen konnten lesen, und meine Hausboys und die Squatter und Arbeiter auf der Farm brachten darum ihre Briefe zu mir, um sie sich vorlesen zu lassen.

Als ich diese Briefe nacheinander öffnete und las, staunte ich über die Bedeutungslosigkeit des Inhalts. Ich machte den gewöhnlichen Fehler eines mit Vorurteilen behafteten Kulturmenschen. Man hätte ebensogut den Olivenzweig, den Noahs Taube heimbrachte, mit den Augen des Botanikers klassifizieren dürfen. Mochte er aussehen, wie er wollte, er wog mehr als die ganze Arche mit den Tieren darin: er war eine neue grüne Welt.

Die Briefe der Eingeborenen waren alle ziemlich gleich, sie hielten sich an ein erprobtes und ehrfürchtig bewahrtes Muster und lauteten ungefähr folgendermaßen: «Mein lieber Freund Kaman Morefu. Ich will nun die Feder in meine Hand nehmen» – im übertragenen Sinne, denn es war der Schreiber, der die Feder führte – «und Dir einen Brief schreiben, denn ich habe schon lange gewünscht, Dir einen Brief zu schreiben. Mir geht es gut, und meine Hoffnung ist, daß es Dir, mit Gottes Hilfe, sehr gut geht. Meiner Mutter geht es gut. Meiner Frau geht es nicht sehr gut, aber doch habe ich die Hoffnung, daß es Deiner Frau, mit Gottes Hilfe, gutgeht» – so folgte eine lange Liste von Namen mit einer kurzen, meist recht nichtssagenden, zuweilen aber auch ganz phantastischen Bemerkung über jeden. Dann schloß der Brief mit der Wendung: «Nun, mein Freund, will ich diesen Brief beenden, denn ich habe zu wenig Zeit, um Dir zu schreiben. Dein Freund Ndwetti Lori.»

Um ähnliche Botschaften junger strebsamer Europäer zu überbringen, haben sich vor hundert Jahren Postillione in den Sattel geschwungen, sind Pferde galoppiert, haben Posthörner geschmettert und ist Briefpapier mit geschweiften, goldenen Ecken fabriziert worden. Die Briefe sind ersehnt, geliebt und aufgehoben worden; ich habe selbst einige davon gesehen.

Bevor ich Kisuaheli sprechen lernte, hatte meine Mitwirkung bei diesem Schriftverkehr etwas sehr Eigenartiges; ich konnte etwas vorlesen, ohne ein Wort davon zu verstehen. Das Kisuaheli besitzt keine eigene Schrift, erst die Weißen haben die Sprache aufgezeichnet; die Worte werden genau nach der Aussprache geschrieben, so daß keine altertümliche Orthographie dem Leser Fallen stellt. So saß ich denn da und las die Schriftstücke buchstabengetreu, Wort für Wort, die Empfänger der Briefe umringten mich in atemloser Spannung und verfolgten den Text, den ich vortrug, ohne im mindesten zu wissen, um was es ging. Manchmal brachen sie bei meinen Worten in Tränen aus oder rangen die Hände, ein anderes Mal jauchzten sie vor Freude auf, aber meistens lachten sie, schüttelten sich ununterbrochen vor Lachen, während ich las.

Als ich allmählich anfing zu verstehen, was ich las, merkte ich, daß eine Nachricht an Wichtigkeit um ein Vielfaches gewinnt, wenn sie niedergeschrieben ist. Mitteilungen, die mit Zweifel oder Geringschätzung aufgenommen worden wären, wenn man sie mündlich weitergegeben hätte – denn alle Schwarzen sind große Skeptiker –, galten nunmehr als unverbrüchliche Wahrheit. Die Schwarzen sind außerordentlich hellhörig, wenn beim Sprechen Worte verwechselt werden; derlei Fehler machen ihnen einen diebischen Spaß, und sie vergessen sie nie; man kann sich durch eine einzige Entgleisung der Zunge lebenslänglich einen Spitznamen zuziehen. Aber wenn im Geschriebenen sich ein Fehler fand, was oft vorkam, da die Schreiber recht ungebildete Leute waren, dann bestanden sie darauf, irgendeinen Sinn hineinzudeuten; sie grübelten und debattierten darüber, aber sie glaubten lieber das sinnwidrigste Zeug, als daß sie angenommen hätten, etwas Geschriebenes könne falsch sein. In einem der Briefe, den ich einem jungen Burschen der Farm vorlas, teilte der Schreiber unter anderem ganz lakonisch mit: «Ich habe einen Pavian gekocht.» Ich erklärte ihm, er wollte wohl sagen, er habe einen Pavian gefangen, weil im Kisuaheli die beiden Wörter eine gewisse Ähnlichkeit haben. Aber der Empfänger war damit gar nicht einverstanden. «Nein, Msabu, nein», sagte er, «was hat er in meinem Brief geschrieben? Was steht da geschrieben?» – «Er hat geschrieben», sagte ich, «daß er einen Pavian gekocht hat; aber wie käme er dazu, einen Pavian zu kochen? Und wenn er es wirklich getan hätte, dann würde er doch mehr davon schreiben, damit du wüßtest, warum und wie er es getan hat.» Der junge Kikuju war sehr niedergeschlagen über eine so kritische Einstellung zum geschriebenen Wort; er ließ sich seinen Brief geben, faltete ihn sorgfältig zusammen und zog mit ihm ab.

Der Bericht Jogonas, den ich aufgenommen hatte, erwies sich als höchst nützlich, denn nachdem der Bezirkskommissar ihn gelesen hatte, wies er die Berufung der Leute von Nyeri ab, und sie zogen maulend wieder heim in ihr Dorf, ohne von der Farm etwas profitiert zu haben.

Das Schriftstück wurde nun Jogonas großer Schatz. Ich habe es noch mehr als einmal wieder zu sehen bekommen, denn Jogona machte sich ein perlenbesticktes Ledersäckchen dafür und hängte es sich um den Hals. Von Zeit zu Zeit, meist sonntags morgens, erschien er unversehens vor meiner Tür, nahm sein Säckchen herunter, holte das Papier hervor und ließ es sich vorlesen. Einmal, als ich krank gewesen war und zum erstenmal wieder ausritt, erblickte er mich von ferne, rannte mir ein weites Stück nach und blieb atemlos neben meinem Pferde stehen, um mir sein Dokument zu überreichen. Bei jeder Lesung nahm sein Gesicht denselben Ausdruck tiefer frommer Siegesfreude an; hinterher glättete er das Papier sorgsam und tat es in das Säckchen zurück. Die Bedeutung des Dokumentes wurde durch die Zeit nicht verringert, sondern gesteigert, als wäre für Jogona das größte Wunder daran, daß es unverändert blieb. Die Vergangenheit, die festzulegen so schwer gewesen war, die sich wohl jedesmal, wenn er an sie dachte, zu verändern drohte, war hier eingefangen, besiegt und festgebannt vor seinen Augen. Sie war Geschichte geworden, an ihr war nun nichts Wandelbares mehr und kein Schatten einer Veränderung.

Wanyangerri

Als ich das nächste Mal nach Nairobi kam, besuchte ich Wanyangerri im Krankenhaus

Ich hatte so viele Squatterfamilien auf meiner Farm, daß ich fast immer einen Patienten dort liegen hatte; ich war ständiger Gast des Hauses und stand mit der Oberin und den Wärtern auf gutem Fuß. Ich habe nie einen Menschen gesehen, der Schminke und Puder so dick auftrug wie die Oberin; mit ihrer weißen Haube und ihrem breiten Gesicht sah sie aus wie die russischen Holzpuppen, die sich öffnen lassen und innen wieder eine Puppe haben und in der wieder eine und die man unter dem Namen Katinka verkauft. Sie war eine liebe und tüchtige Oberin, wie man es von einer Katinka erwarten durfte. Donnerstags wurden alle Betten auf einen offenen Platz in der Mitte gebracht und die Gebäude geputzt und gelüftet; das war der netteste Tag im Krankenhaus. Vom Hof aus hatte man einen schönen freien Blick über die dürre Athisteppe im Vordergrund und weit hinaus auf den blauen Gipfel des Donyo Sabonk und die Kette der Muyberge. Es war recht wunderlich, die alten Kikujuweiber in Betten mit weißem Leinenzeug zu sehen, als lägen da alte abgezehrte Maulesel oder andere kranke Lasttiere; sie mußten selbst darüber lachen, taten es aber mit etwas säuerlicher Miene, wie Maulesel es auch tun würden, denn Eingeborene haben Angst vor Krankenhäusern.

Als ich Wanyangerri zum erstenmal im Krankenhaus sah, fand ich ihn so erschüttert und fassungslos, daß ich dachte, es wäre das beste für ihn, wenn er stürbe. Er hatte Angst vor allem, weinte die ganze Zeit, die ich bei ihm war, und flehte, ich sollte ihn zur Farm zurückbringen; er schüttelte sich und zitterte in seinem Verbande.

Es verging eine Woche, ehe ich wieder hinkam. Diesmal war er ruhig und gesammelt und empfing mich mit Würde. Er war aber sehr froh, mich zu sehen, und der Wärter sagte mir, er habe mit Ungeduld meine Ankunft erwartet. Er konnte mir heute mit großer Bestimmtheit berichten – er stieß die Worte durch eine Röhre aus, die ihm im Munde steckte –, er sei tags zuvor getötet worden und würde nach einigen Tagen wieder getötet werden.

Der Arzt, der Wanyangerri behandelte, war während des Krieges in Frankreich gewesen und hatte vielen Verwundeten die Gesichter geflickt; er gab sich große Mühe mit ihm, und der Erfolg war erstaunlich. Er setzte ihm ein Metallband als Unterkiefer ein, befestigte es mit einem Scharnier an den erhaltenen Knochen des Gesichts und nähte die zerrissenen Fleischfetzen so zusammen, daß sich eine Art Kinn bildete. Er nahm, wie Wanyangerri mir erzählte, sogar ein Stück Haut von der Schulter, um das Flickwerk zusammenzuhalten. Als am Schluß der Behandlung der Verband abgenommen wurde, war das Gesicht des Kindes sehr verändert und sah sonderbar aus, wie der kinnlose Kopf einer Eidechse. Aber er war imstande, normal zu essen und zu sprechen, wenn er auch seit dem Unfall immer etwas lispelte. Das Ganze dauerte viele Monate. Als ich Wanyangerri besuchte, bat er mich um Zucker; ich brachte ihm dann immer ein paar Löffel voll in einem Stückchen Papier.

Soweit sie nicht vom Grauen vor dem Unbekannten einfach benommen und gelähmt sind, schimpfen und murren die Schwarzen im Krankenhaus dauernd und sinnen auf Mittel zu entkommen. Eines von diesen ist der Tod, den sie gar nicht fürchten. Die Europäer, die die Krankenhäuser gebaut und ausgestattet haben und darin arbeiten und mit großer Mühe die Kranken hinschaffen, beklagen sich bitter, daß die Schwarzen keine Dankbarkeit kennen und daß es ihnen gleichgültig ist, was man für sie tut.

Für Weiße liegt etwas Rätselhaftes und Lebenswidriges in dieser Einstellung der Eingeborenen. Es ist ihnen gleichgültig, was man für sie tut, ja, man kann nur wenig für sie tun, und was man tut, das vergeht, und man spricht nie mehr davon: sie danken einem nichts und tragen einem nichts nach, und selbst wenn man wollte, könnte man sich's nicht anrechnen. Diese Einstellung hat etwas Erschreckendes, sie vernichtet einen als persönliches Wesen und überträgt einem eine Rolle, die man nicht frei wählt, als wäre man ein Naturereignis, als wäre man das Wetter.

Die zugewanderten Somali unterscheiden sich in dieser Hinsicht von den Eingeborenen des Landes. Sie haben ein lebhaftes Gefühl dafür, wie man sich zu ihnen verhält, ja, man kann sich kaum rühren, ohne sie in irgendeinem Sinn zu treffen, und zwar meist nicht, ohne sie tief zu verletzen. Sie haben einen feinen Sinn für Dankbarkeit und behalten eine Kränkung ihr Leben lang. Eine Wohltat bleibt, ebenso wie eine Beleidigung oder eine Nichtachtung, in ihrem Herzen wie in Stein gemeißelt. Sie sind strenge Mohammedaner und besitzen, wie alle Mohammedaner, ein Sittengesetz, nach dem sie einen beurteilen. Bei einem Somali kann man sein Ansehen in einer Stunde schaffen oder vernichten.

Unter den Eingeborenenstämmen nehmen die Massai eine besondere Stellung ein. Sie vergessen nichts, sie können dankbar sein, und sie bewahren ihren Groll. Sie bewahren alle ihren Groll gegen uns alle, und er wird nicht getilgt, ehe nicht der Stamm selbst getilgt ist.

Aber die vorurteilslosen Kikuju, Wakamba oder Kavirondo kennen kein Moralgesetz. Für sie ist jeder Mensch jeder Handlung fähig, und man kann sie nicht verletzen, selbst wenn man will. Ein Kikuju ist arm oder verdorben zu nennen, wenn es ihm etwas ausmacht, was man ihm antut. Aus ihrer Natur und der Tradition ihres Volkes heraus betrachten sie unsere Handlungen wie Ereignisse der Natur. Sie bewerten einen nicht, aber sie sind scharfe Beobachter. Die Summe ihrer Beobachtungen ergibt das, wofür sie einen halten, den guten oder bösen Namen.

Die ganz armen Menschen in Europa sind in der Beziehung ähnlich wie die Kikuju. Sie bewerten einen nicht, sie konstatieren einen. Wenn sie einen gern haben oder achten, dann tun sie es so, wie die Menschen Gott lieben: nicht für das, was man ihnen tut, ganz gewiß nicht für das Gute, das man ihnen tut, sondern für das, was man ist.

Eines Tages sah ich bei meinen Wanderungen durch das Krankenhaus drei neue Patienten, einen ganz schwarzen Mann mit einem dicken schweren Kopf und zwei Buben; alle drei hatten Verbände am Halse. Einer der Wärter auf der Station war ein rechter Kriecher und Schwätzer und berichtete mir mit Vorliebe von den Fällen, bei denen es etwas zu klatschen gab. Als er mich vor den Betten der Neuankömmlinge stehenbleiben sah, kam er heran und erzählte mir ihre Geschichte.

Es waren Nubier aus der Kapelle der afrikanischen Schützen, der schwarzen Truppe der Keniakolonie. Die Buben waren Trommler und der Mann Hornist. Der Hornist hatte viele Mißhelligkeiten in seinem Leben durchgemacht und darüber den Verstand verloren, was bei Schwarzen leicht vorkommt. Er hatte erst sein Gewehr nach rechts und links über die Baracken abgefeuert und, als die Patronen zu Ende waren, sich und die zwei Buben in seine Wellblechhütte eingesperrt und versucht, ihnen und sich die Kehle durchzuschneiden. Der Wärter bedauerte sehr, daß ich sie nicht gesehen hätte, wie sie eingeliefert wurden; sie seien vollkommen blutüberströmt gewesen, so daß man gedacht hätte, sie seien tot. Jetzt seien sie außer Gefahr, und der Mörder sei wieder ganz bei Sinnen.

Während der Erzähler seine Geschichte zum besten gab, folgten die drei, von denen sie handelte, in ihren Betten mit gespannter Aufmerksamkeit seinen Worten. Sie unterbrachen ihn, um Einzelheiten zu berichten; die Buben, die nur mühsam reden konnten, wandten sich an den Mann im Mittelbett und ließen sich von ihm ihre Aussagen bestätigen, überzeugt, daß er sein Bestes tun würde, damit ich die Geschichte so wirkungsvoll wie möglich vorgesetzt bekäme. «Hast du nicht Schaum vorm Mund gehabt? Hast du nicht gekreischt?» fragten sie ihn. «Hast du nicht gesagt, du würdest mich in so kleine Stücke schneiden wie Heuschrecken?» Der Mörder sagte nur mit trüber Miene: «Ja, ja.»

Manchmal hatte ich in Nairobi einen halben Tag lang nichts zu tun, als auf eine geschäftliche Besprechung zu warten oder auf die Post aus Europa, wenn sich der Zug von der Küste verspätete. In solchen Fällen fuhr ich, wenn ich nichts Besseres wußte, zum Krankenhaus und holte mir ein paar von den Genesenden zu einer Vergnügungsfahrt. Zu der Zeit, als Wanyangerri behandelt wurde, hielt der Gouverneur Sir Edward Northey ein paar junge Löwen, die er dem Londoner Zoo schicken wollte, in einem Käfig beim Gouvernementsgebäude. Das war eine große Attraktion für die Insassen des Krankenhauses; alle baten, sie sehen zu können. Ich hatte den drei Regimentsmusikern versprochen, sie hinzufahren, sowie sie gesund genug waren, aber keiner wollte mit, bevor sie nicht alle drei soweit wären. Beim Hornisten dauerte es am längsten; einer der Buben war schon entlassen, bevor der Mann mitfahren konnte. Der Junge kam täglich ins Krankenhaus und erkundigte sich nach ihm, um ja nicht um seine Ausfahrt zu kommen. Ich traf ihn eines Nachmittags vor der Tür; er erzählte mir, der Hornist habe immer noch entsetzliches Kopfweh; aber das sei ja nicht zu verwundern, nachdem er so viele Teufel im Kopf gehabt habe.

Schließlich waren sie alle drei soweit und standen, in tiefe Betrachtung versunken, vor dem Käfig. Der eine junge Löwe, wütend, daß man ihn so lange anstarrte, sprang plötzlich in die Höhe, reckte sich und brüllte auf, so daß die Zuschauer erschraken und der kleinere von den Buben hinter dem Hornisten Schutz suchte. Als wir zurückfuhren, sagte er zu ihm: «Der Löwe war grad so böse wie du.»

Während dieser ganzen Zeit ruhte der Fall Wanyangerri draußen auf der Farm. Seine Verwandten kamen manchmal und fragten, wie es ihm ginge; aber außer seinem kleinen Bruder fürchteten sie sich anscheinend, ihn zu besuchen. Auch Kaninu kam spätabends bei mir vorbei, um sich nach dem Kinde zu erkundigen. Farah und ich versuchten gelegentlich, seine Leiden abzuwägen und in Schafe umzurechnen.

Einige Wochen nach dem Unfall kam Farah wieder mit Neuigkeiten zu mir.

Er trat in solchen Fällen herein, wenn ich bei Tisch saß, stellte sich am Ende der Tafel aufrecht hin und ging daran, meine Unwissenheit zu erleuchten. Farah sprach gut Englisch und Französisch, nur einige Fehler behielt er hartnäckig bei. So sagte er «außerdem» statt «außer» – «alle Kühe sind heimgekommen, außerdem die graue Kuh» –, und statt ihn zu verbessern, gebrauchte ich dieselben Wendungen, wenn ich mit ihm sprach. Sein Gesicht und seine Haltung waren sicher und würdevoll, aber der Anfang seiner Rede war oft dunkel. «Memsahib», sagte er, «der Kabero.» Das war die Überschrift, ich wartete, was nun kommen würde.

Nach einer Pause nahm Farah das Thema auf. «Du glaubst, Memsahib», sagte er, «Kabero sei tot und von Hyänen aufgefressen. Er ist nicht tot. Er ist bei den Massai.»

Zweifelnd fragte ich ihn, woher er das wisse. «Oh, ich weiß es», sagte er. «Kaninu hat viele Töchter an die Massai verheiratet. Als Kabero keinen Menschen wußte, der ihm helfen würde, außerdem die Massai, lief er davon zu dem Mann seiner Schwester. Er hat freilich Schlimmes durchgemacht. Er hat eine ganze Nacht oben auf einem

Baume gesessen, und die Hyänen haben unten gelauert. Jetzt lebt er bei den Massai. Da ist ein reicher alter Massai mit vielen hundert Kühen, der hat keine Kinder und möchte Kabero haben. Kaninu weiß das sehr gut und ist oft bei den Massai gewesen, um alles zu bereden. Aber er hat Angst, es dir zu sagen; er meint, wenn die Weißen es erfahren, dann wird Kabero in Nairobi gehängt werden.»

Farah sprach von den Kikuju immer in herablassendem Ton. «Die Massaiweiber», sagte er, «bekommen keine Kinder. Sie möchten nur zu gern Kikujukinder haben. Sie stehlen sie sich oft. Aber dieser Kabero», fuhr er fort, «wird zur Farm zurückkehren, wenn er groß ist; er wird nicht leben wollen wie die Massai, die immer von einem Ort zum anderen wandern. Die Kikuju sind zu faul dazu.»

Von der Farm aus konnten wir das tragische Schicksal des aussterbenden Massaistammes am anderen Ufer des Flusses Jahr um Jahr verfolgen. Sie waren Krieger, die nicht mehr kämpften, ein sterbender Löwe mit gekappten Klauen, ein entmanntes Volk. Man hatte ihnen ihre Speere, ja sogar ihre prächtigen Schilde genommen, und im Jagdschutzgebiet verfolgten die Löwen ihre Rinderherden. Ich hatte auf der Farm einmal drei junge Bullen, die verschnitten wurden, um als zahme Ochsen meine Pflüge und Wagen zu ziehen. Man sperrte sie im Hof der Aufbereitung ein. Nachts witterten die Hyänen das Blut, brachen ein und töteten sie. So, schien mir, war das Schicksal der Massai.

«Kaninus Frau», sagte Farah, «ist traurig, daß sie ihren Sohn so viele Jahre entbehren soll.»

Ich ließ Kaninu nicht kommen, denn ich wußte nicht, ob ich Farahs Bericht trauen sollte oder nicht, aber als er das nächste Mal an mein Haus kam, trat ich heraus und sprach mit ihm. «Kaninu», fragte ich, «lebt Kabero? Ist er bei den Massai?» Ein Schwarzer ist nie unvorbereitet auf etwas, was man tut, und Kaninu brach in Schluchzen über sein verlorenes Kind aus. Ich hörte und sah ihm eine Weile zu. «Kaninu», sagte ich dann, «bring Kabero hierher. Er wird nicht gehängt werden. Seine Mutter soll ihn bei sich auf der Farm haben.» Kaninu hatte sich in seinem Wehklagen nicht unterbrechen lassen, aber sein Ohr mochte das unselige Wort Hängen erhascht haben; sein Jammer wechselte in eine tiefere Tonart; er erging sich in Schilderungen des hoffnungsvollen Knaben und Beteuerungen seiner innigen Vorliebe für ihn.

Kaninu besaß eine Menge Kinder und Enkelkinder. Da sein Gehöft nicht weit von meinem Hause war, trieben sie sich immer in der Nähe herum. Unter ihnen war ein ganz kleines Enkelkind, der Sohn einer der Töchter, die Kaninu ins Massaireservat vergeben hatte, die aber zurückgekehrt war und ihr Kind mitgenommen hatte. Der Junge hieß Sirunga. Die Blutmischung trat in ihm in einer übersprudelnden Lebendigkeit hervor, einer solchen Fülle von Einfällen und Späßen, daß er kaum noch ein Mensch zu sein schien: ein flackerndes Flämmchen eher, ein Nachtvogel, ein kleiner Kobold der Farm. Aber er war epileptisch, und darum fürchteten sich die anderen Kinder vor ihm und jagten ihn weg, wenn sie spielten, und nannten ihn Scheitani – der Teufel –, so daß ich ihn zu mir ins Haus nahm. Da er krank war, konnte er nichts arbeiten, aber er versah um so vortrefflicher den Dienst eines Narren oder Witzboldes und folgte mir überallhin wie ein kleiner zappelnder schwarzer Schatten. Kaninu kannte meine Liebe zu dem Kinde und hatte sie bisher mit einem großväterlichen Lächeln abgetan; jetzt aber griff er sie auf, spielte sie gegen mich aus und entnahm ihr alle Gefühlswerte, die sie hergab. Er verkündete in großem Ernst, lieber möchte er Sirunga zehnmal von Leoparden zerrissen sehen als Kabero verlieren; ja, mehr noch, da Kabero verloren sei, möge auch Sirunga dahinfahren, ihm sei alles gleich um Kaberos willen. Kabero sei der Apfel seines Auges und das Blut seines Herzens gewesen.

War Kabero wirklich tot, so war dies Davids Klage über seinen Sohn Absalom, eine Tragödie, an die nicht zu rühren war, ein fruchtloser Redestrom. War er aber am Leben und verbarg sich bei den Massai, dann war das mehr als tragisch, dann war es Kampf oder Flucht, ein Ringen um das Leben eines Kindes.

Ich habe die Gazellen in der Steppe dieses Spiel treiben sehen, wenn ich versehentlich an die Stelle kam, wo sie ihr Neugeborenes verborgen hielten. Dann tanzten sie und blieben vor einem stehen, hüpften, kapriolten oder stellten sich lahm, als könnten sie nicht von der Stelle – alles nur, um die Aufmerksamkeit von ihrem Jungen abzulenken. Und plötzlich, buchstäblich unter den Hufen des

Pferdes, sah man das Kitzlein, den winzigen Kopf flach aufs Gras gestreckt, mäuschenstill kauern, indes die Mutter um sein Leben tanzte. Ein Vogel kann das gleiche Theater aufführen, um seine Brut zu schützen, er schwirrt und flattert und spielt sogar höchst geschickt den Verwundeten, der seine gebrochene Schwinge am Boden schleift.

So spielte Kaninu sein Spiel vor mir. Stand wirklich dem Alten noch so viel Wärme und so viel Sprungkraft zu Gebote, wenn es um das Leben seines Kindes ging? Seine Knochen knackten beim Tanze; er vertauschte sogar sein Geschlecht, er nahm die Gestalt eines alten Weibes an, einer Henne, einer Löwin – das Spiel war so offenbar eine weibliche Erfindung. Es war ein groteskes Schaustück und hatte doch zugleich etwas Ehrwürdiges wie ein Strauß, der sein Weibchen beim Brüten der Eier ablöst. Keines Weibes Herz hätte der Vorführung ungerührt widerstanden.

«Kaninu», sagte ich, «wenn Kabero zur Farm zurückkehren will, so kann er das tun, und es soll ihm kein Leid geschehen. Aber du selbst mußt ihn dann hierher zu mir bringen.» Kaninu wurde totenstill; er neigte sein Haupt und schritt bekümmert davon, als hätte er seinen letzten Freund auf dieser Welt verloren.

Ich möchte hier gleich erzählen, wie Kaninu dies Wort in seinem Herzen bewahrte und tat, wie ihm geheißen war. Sechs Jahre später, als ich den ganzen Vorfall schon fast vergessen hatte, ließ er mich eines Tages durch Farah um eine Unterredung bitten. Er stand vor dem Hause voller Würde, einen Fuß lässig von sich gestreckt, aber im innersten Herzen merklich unsicher. Er redete mich in verbindlichem Ton an. «Kabero ist wieder da», sagte er. Ich beherrschte damals schon die Kunst der Pause und sagte kein Wort. Der alte Kikuju fühlte die Schwere meines Schweigens, er wechselte den Fuß, und seine Augenlider bebten. «Mein Sohn Kabero ist auf die Farm zurückgekehrt», wiederholte er. Ich fragte: «Ist er von den Massai zurückgekehrt?» Augenblicklich, durch die Tatsache allein, daß er mich zum Reden gebracht hatte, nahm Kaninu unsere Versöhnung für vollzogen; er lächelte zwar noch nicht, aber alle die schlauen Fältchen seines Gesichtes richteten sich, als wären sie an einen Faden geknüpft und angezupft, auf ein Lächeln aus. «Ja, Msabu, ja, er ist von den Massai zurück», sagte er, «er ist zurückgekehrt, um für dich zu arbeiten.» Die Regierung hatte in der Zwischenzeit das Kopanda eingeführt, die Registrierung aller Eingeborenen; wir mußten also einen Polizeibeamten von Nairobi kommen lassen, um aus Kabero einen rechtmäßigen Bewohner der Farm zu machen. Kaninu und ich verabredeten einen Tag.

Am bestimmten Tage erschienen Kaninu und sein Sohn lange vor dem Polizeibeamten. Kaninu stellte mir Kabero mit der harmlosesten Miene vor, aber im Grunde hatte er etwas Angst vor seinem heimgekehrten Sohne. Er hatte Grund dazu, denn das Massaireservat hatte ein Lämmlein von der Farm erhalten und gab uns einen jungen Leoparden zurück. Kabero muß wohl Massaiblut in den Adern gehabt haben; die Sitten und die Zucht der Massai allein hätten nie eine solche

Verwandlung an ihm verrichten können. Da stand er nun, ein Massai von Kopf bis zum Fuß.

Ein Massaikrieger ist ein schönes Bild. Diese jungen Leute haben im höchsten Maße die seelische Haltung, die wir schneidig nennen; so verstiegen und wild phantastisch, wie sie scheinen, sind sie doch ihrer eigensten Natur und ihrem eingeborenen Ideal unbeirrbar treu geblieben. Ihr Stil ist kein angelerntes Betragen, keine Nachäffung fremden Vorbilds, er ist von innen heraus gewachsen und ein Ausdruck des Volkes und seiner Geschichte, und ihre Waffen und Zierat sind so gut ein Teil ihres Wesens wie das Geweih des Hirsches.

Kabero hatte sich die Frisur der Massai zugelegt; er trug das Haar lang und zu einem dicken Zopf zusammengeschnürt mit einem Lederriemen um die Stirn. Er hatte sich die Kopfhaltung der Massai angewöhnt, das Kinn vorgestreckt, als präsentiere er sein mürrisches, freches Gesicht auf einem Tablett. Auch sonst hatte er das starre, passive, anmaßende Gehaben eines Kriegers, der sich als Gegenstand der Betrachtung hinstellt wie eine Statue, eine Gestalt, die sichtbar ist, aber selbst nicht sieht.

Die jungen Massaikrieger leben von Milch und Blut; mag sein, daß sie dieser Kost ihre wundervoll zarte und seidige Haut verdanken. Ihre Gesichter mit den hohen Backenknochen und der kühn geschwungenen Kinnlade sind glatt und prall ohne Furche oder Falte; die düsteren blicklosen Augen sind eingebettet wie zwei dunkle Steine in ein Mosaik; überhaupt haben die jungen Morani etwas von den Gestalten in Mosaiken. Ihre Halsmuskeln schwellen in einer auffallend drohenden Weise wie der Nacken einer wütenden Kobra, eines Leoparden oder eines kämpfenden Stieres; diese Gedrungenheit ist so sehr ein Kennzeichen des Männlichen, daß sie wirkt wie eine Kriegserklärung an die ganze Welt, außer an das Weib. Der große Gegensatz oder die Übereinstimmung der glatten prallen Gesichter, der mächtigen Hälse und breiten gedrungenen Schultern, mit den erstaunlich schmalen Taillen und Hüften, die schlanken mageren Schenkel und Knie und die langen geraden sehnigen Beine geben ihnen das Aussehen von Geschöpfen, die durch harte Zucht ein Höchstmaß von Raublust, Gewaltsamkeit und Habgier erlangt haben.

Die Massai haben einen besonderen hohen Gang, sie setzen einen schmalen Fuß genau vor den anderen, die Bewegungen der Arme und Hände sind sehr elastisch. Wenn ein junger Massai mit Bogen und Pfeil schießt und die Sehne des Bogens schnellen läßt, hört man die Sehnen seiner langen Unterarme dem Pfeil in der Luft förmlich nachschwirren.

Der Polizeibeamte aus Nairobi war ein junger Mann, frisch von England eingetroffen und voller Eifer. Er sprach perfekt Kisuaheli, so daß ich und Kaninu nicht verstanden, was er sagte. Er vertiefte sich mit großem Ernst in den einstigen Unglücksfall mit der Schrotflinte und unterwarf Kaninu einem Kreuzverhör, unter dem der Kikuju zu Holz erstarrte. Als er fertig war, erklärte er mir, seiner Ansicht nach sei Kaninu erbärmlich behandelt worden, der ganze Fall müsse in Nairobi noch einmal aufgerollt werden. «Das wird Sie und mich

Jahre unseres Lebens kosten», sagte ich. Er bat, bemerken zu dürfen, daß das kein Gesichtspunkt sei, der bei Ausübung der Gerechtigkeit maßgebend sein dürfe. Kaninu sah mich an; einen Augenblick glaubte er, in eine Falle geraten zu sein. Schließlich stellte sich heraus, daß der Fall zu alt war, um nochmals aufgegriffen zu werden. Es geschah also nichts, außer daß Kabero ordnungsgemäß auf der Farm eingetragen wurde.

Aber alles dies ereignete sich erst Jahre später. Sieben Jahre lang blieb Kabero für die Farm tot und wanderte mit den Massai, und Kaninu hatte derweil manches Schwere zu überstehen. Bevor der Fall für ihn erledigt war, traten noch Mächte ins Spiel, die ihn packten und zermalmten.

Viel kann ich nicht davon erzählen. Einmal, weil es verborgene Mächte seines Inneren waren, und dann, weil inzwischen für mich selbst Ereignisse eintraten, die meine Gedanken von Kaninu und seinem Schicksal abwandten und alles, was die Farm betraf, für mich in Dunst hüllten wie den fernen Gipfel des Kilimandscharo, den ich zuweilen von der Farm aus sehen konnte und zuweilen nicht. Die Schwarzen nahmen solche Zeiten der Geistesabwesenheit geduldig hin, als wäre ich wirklich aus ihrem Dasein in eine andere Sphäre entrückt, und sprachen hinterher so, als wäre ich inzwischen fort gewesen. «Der große Baum fiel um», sagten sie, «mein Kind starb, während du bei den Weißen warst.»

Als Wanyangerri so weit genesen war, daß er das Hospital verlassen konnte, holte ich ihn auf die

Farm zurück und sah ihn dann nur noch gelegentlich bei einer Ngoma oder auf der Weide.

Einige Tage nach seiner Rückkehr stellten sich sein Vater Wainaina und seine Großmutter vor meinem Hause ein. Wainaina war ein kleiner rundlicher Mann, eine Seltenheit unter den Kikuju, die fast durchwegs schlanke Leute sind. Er trug ein schütteres Bärtchen und hatte zudem noch die Eigenheit, daß er einem nicht gerade ins Gesicht sehen konnte. Er machte den Eindruck eines geistigen Troglodyten, der in Frieden gelassen sein will. Mit ihm kam seine Mutter, ein uraltes Kikujuweib.

Die schwarzen Frauen scheren sich den Kopf, und es ist merkwürdig, wie bald man selbst findet, daß diese kleinen runden, sauberen Schädel, die wie eine Art dunkler Nüsse aussehen, der einzig richtige Ausdruck des Fraulichen sind und daß ein Haarschopf auf dem Kopf einer Frau ebenso unweiblich ist wie ein Bart. Wainainas alte Mutter hatte die kleinen Büschel weißer Haare auf ihrem runzeligen Skalp wachsen lassen und erweckte dadurch, wie ein unrasierter Mann, den Eindruck der Verwahrlosung oder Schamlosigkeit. Sie lehnte sich auf ihren Stock und ließ Wainaina das Wort führen, aber ihr Schweigen hatte etwas Funkensprühendes, als wäre sie geladen mit einem zehrenden Lebensfeuer, von dem sie ihrem Sohn nichts abgegeben hatte.

Das Geschäft, um dessentwillen sie zu meinem Hause geschlurft kamen, war friedfertiger Natur. Wanyangerri, so erzählte der Vater, könne keinen Mais essen und sie seien arme Leute und hätten wenig Mehl und keine Milchkuh. Ich möchte ihnen doch, bis der Fall Wanyangerri geklärt sei, von meinen Kühen etwas Milch geben. Sonst wüßten sie nicht, wie sie das Kind am Leben erhalten sollten, bis der Schadenersatz geleistet sei.

Farah war an dem Tage wegen einer seiner Familienzwistigkeiten in Nairobi. In seiner Abwesenheit stimmte ich zu, daß Wanyangerri täglich etwas Milch von meiner Kuhherde erhalten sollte, und gab meinen Hausboys – die sich merkwürdig störrisch oder verlegen zeigten – Anweisung, sie jeden Morgen abholen zu lassen.

Darüber vergingen zwei oder drei Wochen, da erschien eines Abends Kaninu bei mir. Er stand unversehens im Zimmer, wo ich nach Tisch lesend am Feuer saß. Da die Schwarzen gemeinhin eine Aussprache im Freien vorziehen, war ich nach der Art, wie die Tür hinter meinem Rücken geschlossen wurde, auf eine überraschende Mitteilung gefaßt. Aber die erste Überraschung war die, daß Kaninu stumm blieb. Der große alte Kikuju sah sehr krank aus, er hing auf seinem Stock, sein Mantel schien keinen Leib zu bergen, seine Augen waren matt wie die Augen eines Toten, und er feuchtete unablässig die Lippen mit der Zunge an.

Als er schließlich zu sprechen begann, verkündete er nur langsam und verdrossen, er glaube, es stehe sehr schlimm. Nach einer Weile ließ er, als wäre es nicht der Rede wert, die Bemerkung fallen, er habe jetzt Wainaina zehn Schafe bezahlt. Und nun, fuhr er fort, verlange Wainaina von ihm auch noch eine Kuh und ein Kalb, und er werde sie ihm geben. Warum er das denn getan habe, fragte ich, da doch noch kein Urteil ergangen sei. Kaninu antwortete nicht, er sah mich nicht einmal an. Er war an diesem Abend der Wanderer oder Pilger, der keine bleibende Statt hat. Er war nur im Vorbeigehen hereingetreten, um mir zu berichten, und hatte es eilig, wieder fortzukommen. Ich konnte mir nur denken, daß er krank war, und sagte nach einer Pause, ich wollte ihn anderntags ins Hospital fahren. Da warf er mir einen kurzen, gequälten Blick zu: der alte Spötter mußte sich bitter verspotten lassen. Aber ehe er ging, tat er noch etwas Sonderbares: er hob die Hand zum Gesicht, als wische er sich Tränen ab. Es wäre ein Wunder gewesen, ein Ergrünen des Pilgerstabes, wenn Kaninu über Tränen verfügt hätte, und noch wunderbarer, wenn er keinen Nutzen daraus gezogen hätte. Ich überlegte, was wohl auf der Farm geschehen sein mochte, während ich mit meinen Gedanken anderswo gewesen war. Als Kaninu fort war, rief ich nach Farah und fragte ihn.

Farah war zuweilen für Angelegenheiten der Eingeborenen nicht zu haben, als seien sie zu geringfügig, als daß er sich bei ihnen aufhalten und ich sie anhören müßte. Schließlich ließ er sich herbei, mir zu erzählen, und sah dabei an mir vorüber zum Fenster hinaus auf die Sterne. Der tiefere Grund von Kaninus Zusammenbruch war Wainainas Mutter, die eine Hexe war und ihn verzaubert hatte.

«Aber Farah», sagte ich, «Kaninu ist sicher viel zu alt und klug, um an Zauberei zu glauben.» – «Nein», sagte Farah bedächtig, «nein, Memsahib. Denn dies alte Kikujuweib kann, glaube ich, wirklich so etwas tun.»

Die Alte hatte Kaninu gesagt, seine Kühe würden noch einsehen, daß es besser für sie gewesen wäre, wenn Kaninu sie sofort Wainaina gegeben hätte. Nun wurden Kaninus Kühe blind, eine nach der anderen. Unter dieser Prüfung brach Kaninu langsam das Herz, so wie die Knochen und Gelenke der Menschen, denen man einst zur Folter immer schwerere und schwerere Gewichte auflud.

Farah sprach von der Zauberkunst der Kikuju trocken und sachlich wie von einer Maul- und Klauenseuche auf der Farm, die zwar uns selbst nicht befiel, durch die wir aber unser Vieh verlieren konnten.

Spätabends saß ich noch und sann über das Zauberwesen auf der Farm. Zuerst sah alles so häßlich aus wie etwas, was sich aus einem alten Grabe gestohlen hatte und mit plattgedrückter Nase an meinen Fensterscheiben lauerte. Ich hörte die Hyänen unten vom Fluß her heulen, und mir fiel ein, daß die Kikuju von Werwölfen erzählten, alten Weibern, die nachts die Gestalt von Hyänen annahmen. Vielleicht trottete Wainainas Mutter jetzt den Fluß entlang und fletschte ihre Zähne in die Nacht hinaus. Ich hatte mich mit der Zeit an den Gedanken der Zauberei gewöhnt, sie erschien durchaus glaubhaft; in Afrika geht bei Nacht mancherlei um.

«Dies alte Weib ist gemein», sagte ich zu mir auf kisuaheli, «sie gebraucht ihre Künste, um Kaninus Kühe blind zu machen. Und mir überläßt sie es, mit einer Flasche Milch von meinen Kühen ihr Enkelkind am Leben zu erhalten.»

Dieser Unfall, dachte ich, und was sich aus ihm

gebiert, dringt ins Blut der Farm, und ich bin schuld daran. Ich muß frische Kräfte herbeiholen, oder die Farm wird zu einem bösen Traum, einem Nachtmahr. Ich weiß, was ich tue; ich werde Kinanjui rufen lassen.

Ein Häuptling der Kikuju

Der große Häuptling Kinanjui lebte etwa neun Meilen nordöstlich von der Farm im Kikujureservat, unweit der französischen Mission, und herrschte über mehr als hunderttausend Kikuju. Er war ein kundiger alter Mann von feinem Betragen und besaß echte Größe, obwohl er nicht Häuptling von Geburt war, sondern vor Jahren von den Engländern eingesetzt worden war, als sie mit dem rechtmäßigen Herrscher der Kikuju des Gebietes nicht mehr auskamen.

Kinanjui war mein Freund und hatte sich mir bei manchen Gelegenheiten hilfreich gezeigt. Sein Manyatta, zu dem ich einige Male hinüberritt, war ebenso dreckig und voller Fliegen wie die der übrigen Kikuju. Aber es war viel größer als alle, die ich kannte, denn kraft seiner Stellung als Häuptling hatte Kinanjui sich hemmungslos den Freuden des Ehelebens hingegeben. Das Dorf war voll von seinen Frauen jeden Alters, von schlabberhäutigen, zahnlosen, alten lahmen Hexen bis zu den zartesten, mondgesichtigen, gazellenäugigen Nymphen mit schimmernden Kupfergewinden um die Arme und schlanken Beine. Ringsum wimmelten seine Kinder, schwarmweise, wie die Fliegen. Die jungen Männer, seine Söhne, aufrechte Burschen im kriegerischen Kopfschmuck, trieben sich in der Umgegend herum und stifteten manchen Unfug. Kinanjui erzählte mir einmal, er habe derzeit fünfundfünfzig Söhne, die alle Krieger, Morani, seien.

Zuweilen kam der alte Häuptling zu meiner Farm herüber, in einem prunkvollen Fellmantel, begleitet von zwei oder drei weißhaarigen Senatoren und etlichen seiner bewaffneten Söhne, um mir einen Freundschaftsbesuch zu machen oder sich von den Regierungsgeschäften zu erholen. Dann verbrachte er den Nachmittag in einem Liegestuhl, der für ihn auf den Rasen getragen wurde, und rauchte die Zigarren, die ich ihm hinausschickte, während seine Berater und seine Garde ringsum auf dem Rasen hockten. Meine Hausboys und Squatter kamen, sowie sie von seiner Ankunft hörten, herbei und umringten ihn und erzählten ihm von den Begebenheiten auf der Farm; der ganze Kreis bildete sozusagen eine Art politischen Klub im Schatten der hohen Bäume. Kinanjui wandte bei diesen Versammlungen einen eigenen Trick an: wenn er fand, daß die Gespräche sich zu sehr in die Länge zogen, dann legte er sich in seinen Stuhl zurück und schloß – ohne jedoch seine Zigarre ausgehen zu lassen – die Augen und atmete tief und langsam mit einem leisen gleichförmigen Schnarchton. Es war eine Art amtlicher Proforma-Schlaf, den er sich für die Sitzungen seines Staatsrats zugelegt haben mochte. Manchmal ließ ich einen Stuhl für mich hinaustragen, um mit ihm zu plaudern. Wenn das geschah, dann schickte er alles fort, um anzuzeigen, daß nunmehr die Welt allen Ernstes regiert werde. Als ich ihn kennenlernte, war Kinanjui nicht mehr, was er gewesen war; das Leben hatte ihm arg zugesetzt. Aber wenn er freimütig und offen mit mir allein sprach, bewies er eine große Originalität und einen reichen, kühnen, erfinderischen Geist; er hatte über das Leben nachgedacht und hielt an seinen entschiedenen Ansichten darüber fest.

Einige Jahre früher hatte sich ein Vorfall ereignet, der die Freundschaft zwischen mir und Kinanjui befestigt hatte.

Er war eines Tages zu mir gekommen, als ich mit einem durchreisenden Bekannten beim Frühstück saß, vor dessen Abreise ich mich dem Kikujuhäuptling nicht widmen konnte. Kinanjui rechnete wohl damit, daß ihm nach seinem langen Marsch in der Sonne für die Wartezeit etwas zu trinken angeboten würde, aber ich hatte gerade nichts, was ein Glas voll gemacht hätte. So füllten mein Freund und ich einen Tumbler mit den verschiedensten Sorten starker Schnäpse, die ich im Hause hatte. Je kräftiger die Mischung geriet, dachte ich mir, desto länger würde sie den Häuptling beschäftigen, und brachte sie ihm selbst hinaus. Kinanjui aber hatte kaum mit höflichem Lächeln seine Lippen genetzt, als er mir den innigsten Blick zuwarf, den ich je von einem Manne erhalten habe, sein Haupt zurücklegte und das Glas bis auf den letzten Tropfen leerte. Eine halbe Stunde später, als mein Freund eben fortgefahren war, kamen meine Hausboys herein und sagten: «Kinanjui ist tot.» Mir ging es durch und durch, und die Reue stand vor mir auf wie ein großes drohendes Gespenst. Ich ging hinaus, um ihn zu sehen.

Er lag im Schatten der Küche am Boden, das Gesicht ausdruckslos, die Lippen und Finger blau und totenkalt. Mir war wie einem, der einen Elefanten zur Strecke gebracht hat: durch eine Bewegung seiner Hand hat er verschuldet, daß ein mächtiges und königliches Geschöpf, das über die Erde gegangen ist und eine eigene Meinung von den Dingen der Welt gehabt hat, nicht mehr über sie geht. Entwürdigt sah er aus, denn die Kikuju hatten ihn mit Wasser begossen und ihm seinen großen Mantel aus Affenfell abgenommen. In seiner Nacktheit war er wie ein Tier, dem man die Trophäe geraubt, um derentwillen man es getötet hat.

Ich wollte Farah nach einem Arzt schicken, aber wir brachten den Wagen nicht in Gang, und Kinanjuis Begleiter baten uns dringend, noch etwas zu warten, ehe wir irgend etwas unternahmen.

Nach einer Stunde, als ich eben wieder hinausgehen wollte, um ihnen zuzureden, kamen meine Hausboys wieder herein und sagten: «Kinanjui ist nach Hause gegangen.» Er war plötzlich aufgestanden, hatte seinen Mantel umgeworfen, sein Gefolge um sich versammelt und war, ohne ein Wort zu sagen, die neun Meilen bis zu seinem Dorf zurückmarschiert.

Das konnte mir, glaube ich, Kinanjui nie vergessen, daß ich ein Risiko, ja, eine ernstliche Gefahr auf mich genommen hatte – denn es war streng verboten, Eingeborenen Alkohol zu geben –, um ihn glücklich zu machen.

Er kam später noch wiederholt zur Farm und rauchte eine Zigarre bei uns, aber von einem Schnaps war nie mehr die Rede. Ich hätte ihn ihm gegeben, wenn er den Wunsch geäußert hätte, aber ich wußte, daß er nicht wieder darum bitten würde.

Ich schickte nun einen Läufer zu Kinanjuis Dorf und berichtete ihm den ganzen Unfall. Ich bat ihn, auf die Farm zu kommen und den Fall endgültig zu schlichten. Ich schlug vor, Wainaina die Kuh mit dem Kalb, von der Kaninu gesprochen hatte, zu geben und damit die ganze Sache zum Abschluß zu bringen. Ich konnte damit rechnen, daß Kinanjui kommen würde, denn er besaß eine Eigenschaft, die bei einem guten Freunde unschätzbar ist: er war zuverlässig.

Durch diesen Brief kam die ganze Geschichte, die eine Weile geruht hatte, aufs neue in Gang und fand einen dramatischen Abschluß.

Eines Nachmittags, als ich auf mein Haus zuritt, sah ich, wie ein Auto die Straße entlangraste und auf zwei Rädern in die Kurve bog. Es war ein scharlachroter Wagen mit viel glitzerndem Nickel; ich kannte ihn, er gehörte dem amerikanischen Konsul in Nairobi, und ich überlegte, was für ein dringendes Anliegen den amerikanischen Konsul wohl vermochte, in solchem Tempo bei mir vorzufahren. Als ich aber an der Rückseite des Hauses vom Pferde stieg, kam Farah mir entgegen und sagte, der Häuptling Kinanjui sei eingetroffen. Er war in seinem eigenen Auto gekommen, das er tags zuvor dem amerikanischen Konsul abgekauft hatte, und wollte nicht aussteigen, ehe ich ihn nicht darin gesehen hatte.

Ich fand Kinanjui in seinem Wagen, aufrecht sitzend, regungslos, wie ein Götterbild. Er trug seinen weiten Mantel von blauem Affenfell und auf dem Kopf eine Art Helm, wie ihn die Kikuju aus Schafsmägen machen. Er war schon von Natur eine imposante Gestalt, groß und breit, ohne eine Spur von Fett, er hatte ein stolzes, langes, knochiges Gesicht mit einer fliehenden Stirn wie die Indianer. Seine Nase war breit und so ausdrucksvoll, daß sie gleichsam den Mittelpunkt des Mannes bildete, so, als wäre der ganze stattliche Leib nur dazu da, die breite Nase zu tragen. Wie der Rüssel eines Elefanten, hatte sie etwas Kühnes, Forschendes und dabei Empfindsames und Kluges, herausfordernd und wachsam zugleich. Ohne sie hätte Kinanjui, wie der Elefant, das edelstgeformte Gesicht haben können, aber er hätte nicht so weise ausgesehen.

Kinanjui öffnete nicht den Mund und gab keinen Ton von sich, als ich ihn am Wagen begrüßte, er starrte gerade vor sich hin, so daß ich sein Gesicht im Profil zu sehen bekam wie den Kopf einer Medaille. Als ich herumging und vor den Wagen trat, drehte er seinen Kopf zur Seite, das königliche Profil mir zugewandt; vielleicht dachte er dabei wirklich an den Kopf des Königs auf einer Rupie. Einer seiner jüngeren Söhne machte den Chauffeur; der Motor kochte. Als die Zeremonie vorüber war, forderte ich Kinanjui auf auszusteigen. Er raffte seinen großen Mantel mit majestätischer Gebärde zusammen und stieg herab – und trat mit dieser einen Bewegung um zweitausend Jahre zurück auf eine Gerichtsstätte der Kikuju.

An der westlichen Wand meines Hauses stand eine steinerne Bank und vor ihr ein Tisch, dessen Platte ein Mühlstein war. Der Stein hatte eine tragische Geschichte: es war der obere Mühlstein aus der Mühle der zwei Inder, die ermordet worden waren. Nach dem Mord hatte niemand wieder gewagt, die Mühle zu übernehmen; sie stand lange Zeit leer und verlassen, und ich ließ den Stein an mein Haus bringen und als Tischplatte aufstellen; das erinnerte mich an Dänemark. Die indischen Müller hatten mir erzählt, ihr Mühlstein sei über die See aus Bombay gekommen, da die Steine in Afrika nicht hart genug seien. Auf der Oberseite war ein Muster eingraviert, in dem einige große braune Flecken zu sehen waren; meine Hausboys behaupteten, es sei das Blut der Inder, das nie wieder verschwinden würde. Der Mühlsteintisch war in gewissem Sinne der Mittelpunkt der Farm, denn ich pflegte an ihm zu sitzen, sooft ich mit den Schwarzen etwas zu verhandeln hatte. Von der steinernen Bank am Mühlstein aus haben Denys Finch-Hatton und ich einmal zu Neujahr die junge Mondsichel, Venus und Jupiter dicht beisammen in einer Gruppe am Himmel stehen sehen; es war ein so strahlendes Bild, daß man kaum glauben konnte, daß es wirklich sei; ich habe es nie wieder gesehen.

Ich nahm nun meinen Platz ein, Kinanjui zur Linken. Farah stellte sich rechts von mir auf und ließ sein wachsames Auge über die Kikuju schweifen, die sich vor dem Hause versammelten und von allen Seiten herbeiströmten, als sich die Nachricht von Kinanjuis Ankunft auf der Farm verbreitete.

Farahs Haltung gegenüber den Eingeborenen des Landes war ein sehenswerter Anblick. Sowenig wie der Ausdruck und die Mienen der Massaikrieger war sie von gestern oder vorgestern, sondern das Produkt von Jahrhunderten. Dieselben Kräfte, die sie gebildet hatten, hatten auch mächtige Bauwerke aus Stein errichtet; doch die waren längst zu Staub zerbröckelt.

Da, wo man das Land betritt, wenn man in Mombasa das Schiff verläßt, sieht man zwischen den alten hellgrauen Baobabbäumen – die nicht wie ein irdisches Gewächs, eher wie poröse Versteinerungen, wie gigantische Belemniten aufragen – graue Steintrümmer von Gebäuden, Minaretts und Brunnen. Ruinen der gleichen Art findet man die ganze Küste entlang, in Takaunga, Kalifi und Lamu. Es sind die Überreste von Städten der alten arabischen Elfenbein- und Sklavenhändler.

Die arabischen Kauffahrer kannten alle Fahrwasser der afrikanischen Küste und die blauen Pfade, die zum großen wohlvertrauten Handelsplatz Sansibar führten, einst, als Aladin dem Sultan vierhundert juwelenbeladene Sklaven schickte und die Sultanin, indes ihr Gatte auf der Jagd war, mit ihrem Negerliebsten schmauste und dafür mit dem Tode büßen mußte.

Wahrscheinlich brachten diese Händler, als sie reich wurden, ihre Harems mit nach Mombasa und Kalifi und blieben in ihren Landhäusern an der langhin schäumenden Brandung des Ozeans, während ihre Expeditionen ins Hochland drangen.

Denn aus dem wilden, herben Inland, von den brandgedörrten Steppen und den unerforschten wasserlosen Hochflächen, aus dem Lande mit den breitästigen Dornbäumen an den Flußufern und den winzigen, scharf duftenden wilden Blüten auf der schwarzen Erde quoll ihr Reichtum. Denn dort, auf dem Dache Afrikas, lebte der gewichtige, weise, majestätische Träger des Elfenbeins. Er wanderte, tief in Gedanken, und hatte keinen Wunsch, als allein gelassen zu werden. Aber er wurde verfolgt und von den vergifteten Pfeilen der kleinen schwarzen Wandorobo und den langen silberinkrustierten Vorderladern der Araber getötet; er wurde in Fallen gelockt und in Gruben gejagt, um seiner langen, glatten, hellbraunen Stoßzähne willen, auf die die Herren in Sansibar warteten.

Hier oben wurde auch Waldboden in kleinen Parzellen gerodet, ausgebrannt und mit Bataten und Mais bepflanzt von einem scheuen, friedliebenden Volk, das nicht recht zu kämpfen, nichts Rechtes zu erfinden wußte, aber seine Ruhe haben wollte und das ebenso wie das Elfenbein auf dem Markt gefragt war.

Die großen und kleinen Raubvögel kamen in Scharen heraufgezogen.

«Tous les tristes oiseaux mangeurs de chair humaine
S'assemblent. Et les uns laissant un crâne chauve,
Les autres aux gibets essuyant leur bec fauve
D'autres d'un mat rompu quittant les noirs agrès ...»

Die kalten, sinnlichen Araber kamen, Todesverachtung im Herzen, den alten Rechnergeist voll Astronomie, Algebra und schöner Haremsfrauen. Und mit ihnen kamen ihre jüngeren illegitimen Halbbrüder, die Somali – draufgängerisch, zanksüchtig, nüchtern und habgierig –, und machten den Mangel der Geburt wett, indem sie eifrige Mohammedaner und treuere Erfüller der Gebote des Propheten wurden als die rechtmäßigen Erben. Die Suaheli schlossen sich an, selbst Sklaven und von sklavischem Sinn, grausam, unzüchtig, diebisch, voller List und Späße, im Alter zur Fettleibigkeit neigend.

Im Innern des Landes stießen sie mit den einheimischen Raubvögeln des Hochlandes zusammen. Die Massai drangen ein, schweigend, wie hohe, schmale schwarze Schatten, mit Speeren und schweren Schildern, argwöhnisch gegen Fremde, mit leichter Hand bereit, ihre Brüder zu verkaufen.

Die verschiedenartigen Vögel mögen hier oben zusammengehockt und beraten haben. Farah erzählte mir, daß in alten Zeiten, ehe die Somali ihre eigenen Weiber aus Somaliland herüberbrachten, ihre jungen Männer von allen Volksstämmen des Landes nur die Massaimädchen heiraten durften. Das mögen in manchem Sinne merkwürdige Ehen gewesen sein. Denn die Somali sind ein frommes Volk, und die Massai kennen keine Religion und haben keinen auch nur ahnenden Sinn für etwas Überirdisches. Die Somali sind sauber und geben wohl acht auf ihre Waschungen und Reinigungen, während die Massai ein schmutziges Volk sind. Die

Somali legen auch großen Wert auf die Jungfräulichkeit ihrer Bräute; die jungen Massaimädchen aber nehmen es mit ihrer Moral recht leicht. Farah erklärte mir die Sache mit einem Wort. Die Massai, sagte er, sind nie Sklaven gewesen. Man kann sie nicht in der Sklaverei halten, man kann sie nicht einmal ins Gefängnis stecken. Sie sterben in der Haft innerhalb von drei Monaten; das englische Gesetz verurteilt deshalb keinen Massai zu Gefängnis, sie werden mit Geldbuße bestraft. Diese Unfähigkeit, unterm Joch am Leben zu bleiben, hat den Massai von allen Eingeborenenstämmen allein den gleichen Rang mit den eingewanderten Aristokraten verliehen.

Alle diese Raubvögel lugten mit funkelnden Blicken nach den zahmen Negern des Landes aus. Die Somali nahmen dabei eine eigene Stellung ein. Somali taugen nicht viel, wenn man sie ohne Aufsicht läßt; sie sind sehr reizbar und vergeuden, sich selbst überlassen, viel Zeit und Blut an ihre Sippenzänkereien. Aber sie sind prächtige Helfer für jemanden, der befehlen kann, und die Araber mögen ihnen häufig die gefährlichen Unternehmungen und schwierigen Transporte anvertraut haben und selbst in Mombasa geblieben sein. Darum war ihr Verhältnis zu den Eingeborenen am ähnlichsten dem der Schäferhunde zu den Schafen. Unermüdlich, mit gefletschten scharfen Zähnen, hielten sie Wache über ihre Schützlinge. Drohten sie zu sterben, ehe die Küste erreicht war? Machten sie Miene auszubrechen? Die Somali haben einen geschärften Sinn für Geld und Geldeswert, sie mögen oft Nahrung und Schlaf für ihre Anbefohlenen geopfert haben und abgezehrt bis auf die Knochen von den Expeditionen heimgekehrt sein.

Noch heute steckt dieser Instinkt in ihnen. Als die spanische Grippe auf der Farm umging, wurde auch Farah von ihr befallen; aber er folgte mir, vom Fieber geschüttelt, ständig und brachte Arzneien für die Squatter und bewog sie, sie zu schlucken. Er hatte gehört, daß Paraffin gut gegen die Krankheit sei, und kaufte darum Paraffin für die Farm. Sein kleiner Bruder Abdullai, der damals bei uns war, litt schwer an der Grippe, und Farah machte sich große Sorgen um ihn. Aber das war nur eine Gefühlssache, eine geringfügige Privatangelegenheit. Seine Pflicht, sein Rasseinstinkt, seine Ehre riefen ihn zu den Arbeiten, der Farm, und der sterbende Schäferhund blieb bei der Herde. Farah hatte auch immer genaue Kunde von allem, was in den Kreisen der Eingeborenen vorging; woher er sie hatte, weiß ich freilich nicht, denn außer mit den Vornehmsten verkehrte er mit keinem Kikuju.

Die Schafe selbst, die geduldigen Massen, ohne Zähne oder Klauen, ohne Macht und irdische Beschützer, ertrugen ihr Geschick, wie sie es noch ertragen, kraft ihrer unerschöpflichen Gabe der Resignation. Sie starben nicht unter dem Joch, wie die Massai, oder bäumten sich gegen das Schicksal, wie die Somali, wenn sie sich gekränkt oder betrogen glaubten. Sie blieben Gott verbunden in der Fremde und in Ketten. Sie behielten sogar ein gewisses Selbstgefühl gegenüber denen, die sie verfolgten. Sie merkten sehr wohl, daß der Vorteil und die Ehre ihrer Peiniger auf ihnen selbst beruhte: sie waren die Hauptperson der Jagd und des

Handels, sie waren die Ware. Auf ihrem langen Weg durch Blut und Tränen hatten sich die Schafe in der Tiefe ihrer dumpfen, dunklen Herzen eine eigene stummelschwänzige Philosophie zurechtgemacht und hegten keine hohe Meinung von Schäfern und Hunden. «Ihr habt keine Ruhe bei Tag und Nacht», sagten sie, «ihr rennt keuchend herum mit hängender Zunge, euch fehlt der Schlaf bei Nacht, daß eure trockenen Augen tagsüber blinzeln – alles um unsretwillen. Ihr seid hier nur um unsretwillen. Ihr seid für uns da, nicht wir für euch.» Die Kikuju auf der Farm nahmen zuweilen einen frechen Ton gegen Farah an, wie wohl auch ein Lamm dem Schäferhund vor der Nase einen Satz macht, nur damit er aufstehen und rennen muß.

Hier trafen sich nun die beiden, Farah und Kinanjui, der Schäferhund und der alte Leithammel. Farah stand aufrecht da in seinem rot und blauen Turban, seiner schwarzen, gestickten arabischen Weste und seinem seidenen arabischen Gewand, scharf beobachtend, eine Gestalt, wie sie malerischer auf der ganzen Welt nicht zu finden wäre. Kinanjui saß breit auf der Steinbank, nackt, bis auf den Affenfellmantel über den Schultern, ein alter Eingeborener, ein Stück Scholle des afrikanischen Hochlands. Sie behandelten sich gegenseitig mit Achtung; sobald sie jedoch nichts direkt miteinander zu tun hatten, gaben sie, einem unausgesprochenen Zeremoniell folgend, vor, einander nicht zu sehen.

Es war ein leichtes, sich die beiden vor hundert oder mehr Jahren vorzustellen, wie sie über eine

Lieferung Sklaven verhandelten – unerwünschte Stammesgenossen, deren sich Kinanjui entledigen wollte; Farah, unablässig im Grunde seines Herzens den Gedanken wälzend, wie er wohl dem alten Häuptling selbst die Schlinge übern Kopf werfen und ihn als fetten Bissen seiner Sendung einverleiben konnte – Kinanjui, mit unfehlbarer Wendigkeit jedem Gedanken Farahs folgend und doch während der ganzen Sitzung unter dem Druck der Lage seufzend, unter dem Druck auch seines eigenen verschreckten Herzens: denn er war die Hauptperson, er war die Ware.

Die große Versammlung, mit der der Unfall auf der Farm endgültig abgetan werden sollte, begann in friedlichem Geiste. Die Bewohner der Farm freuten sich alle, Kinanjui zu sehen. Die ältesten Squatter erhoben sich und traten herzu, um ein paar Worte mit ihm zu wechseln, und zogen sich wieder zurück, ihre Sitzplätze auf dem Rasen einzunehmen. Einige alte Weiber an der Peripherie des Kreises kreischten mir zum Gruß ihr «Jambo Jerrie!». Jerrie ist ein Kikujuname, mit dem mich die alten Frauen auf der Farm nannten. Auch die ganz kleinen Kinder benutzten ihn. Die Jugend und die alten Männer nannten mich niemals Jerrie. Kaninu war inmitten seiner großen Familie zur Versammlung erschienen; wie eine alte Vogelscheuche, die durch ein Wunder zum Leben erwacht war, stand er da mit glühenden gespannten Augen. Wainaina und seine Mutter kamen heran und setzten sich ein Stück abseits von den anderen.

Ich teilte den Leuten langsam und in eindrucksvollem Tone mit, die Sache zwischen Kaninu und Wainaina sei nun entschieden, die Entscheidung sei zu Papier gebracht worden, und Kinanjui sei erschienen, um sie zu bekräftigen. Kaninu solle Wainaina eine Kuh mit einem Milchkalb übergeben, und damit solle der ganze Vorfall begraben sein, da niemand mehr von ihm etwas hören wolle.

Kaninu und Wainaina war das Urteil vorher mitgeteilt und Kaninu angewiesen worden, die Kuh mit dem Kalbe mitzubringen. Wainainas Wühlarbeit war nächtlicher Art, bei Licht war er wie ein Maulwurf über Tage und sah so sanft aus, wie eben ein Maulwurf dann aussieht.

Als ich den Vertrag vorgelesen hatte, forderte ich Kaninu auf, die Kuh herbeizuholen. Kaninu erhob sich und winkte mit beiden Armen, viele Male auf und nieder, zweien seiner Söhne zu, die die Kuh hinter den Gesindehütten bereithielten. Der Kreis öffnete sich, und die Kuh mit dem Kalbe wurde langsam in die Mitte geführt.

In diesem Augenblick schlug die Stimmung der Versammlung um, als zöge ein Ungewitter am Horizont herauf und stiege rasch zum Zenit empor.

Es gibt nichts in der Welt, was ein Kikuju so fesselnd und wichtig findet wie eine Kuh mit einem Milchkalb. Mord, Hexerei, Geschlechtstrieb, ja, die Wunderwelt der Weißen – alles verdunstet und schmilzt dahin neben dem glühenden Brand der Leidenschaft für das Vieh, der noch den Geruch der Steinzeit mit sich führt, wie eine Glut, die man mit dem Feuerstein entfacht.

Wainainas Mutter stieß ein langes Klagegeheul

aus und schüttelte ihren dürren Arm und Finger in der Richtung auf die Kuh. Wainaina stimmte mit ein; stotternd, in gebrochener Rede, als spräche ein anderes Wesen durch seinen Mund, erhob er seine Stimme zum Himmel. Die Kuh wollte er nicht annehmen, das war die älteste Kuh aus Kaninus Herde, und das Kalb, das sie bei sich hatte, war das letzte, das sie je tragen würde.

Kaninus Sippe brüllte auf und knatterte ihn nieder mit einem wilden Schnellfeuer von Lobpreisungen der Kuh, aus dem tiefste Bitterkeit und Todesverachtung herauszuhören waren.

Das Gesinde der Farm brachte es nicht über sich, still zu bleiben, wo es um Wert und Unwert einer Kuh und eines Kalbes ging. Jeder von den Anwesenden gab seine Meinung zum besten. Die alten Männer packten sich an den Armen und preßten den letzten Rest von Luft aus ihren asthmatischen Kehlen, die Kuh zu preisen oder zu schmähen. Die schrillen Soprane ihrer alten Weiber gesellten sich dazu und kreischten im Kanon hinterdrein. Die jungen Männer schleuderten sich in tiefem Brustton kurze tödliche Schlagworte ins Gesicht. In wenigen Minuten siedete es auf dem Platz vor meinem Hause wie in dem Kessel einer Hexe.

Ich blickte auf Farah, und er blickte auf mich, aber wie ein Träumender. Ich sah es ihm an; er war wie ein halb aus der Scheide gezogenes Schwert, das jeden Augenblick blitzend nach rechts und links in den kämpfenden Schwarm fahren wollte, denn die Somali sind auch Viehzüchter und Viehhändler. Kaninu warf mir einen Blick zu wie ein Ertrinkender, der endgültig von der Strömung fortgerissen wird. Ich schaute mir die Kuh an. Es war eine graue Kuh mit tief geschwungenen Hörnern; sie stand geruhsam mitten im Wirbelsturm, den sie erregt hatte. Als alle Finger sich nach ihr reckten, fing sie an, ihr Kalb abzuschlecken. Mir schien, daß sie allerdings ein bißchen alt aussah.

Schließlich wandte ich meine Augen zurück zu Kinanjui. Ich weiß nicht, ob er die Kuh überhaupt angesehen hat. Während ich ihn betrachtete, zuckte er nicht einmal mit der Wimper. Er saß reglos da, als wäre er ein Klotz ohne Seele und Gefühl, den jemand vor dem Hause abgesetzt hatte. Er wandte der brüllenden Menge die Seite zu, und mir wurde klar, wie sehr doch das Profil das wahre Gesicht eines Königs ist. Es ist eine besondere Gabe der Schwarzen, sich derart durch eine einzige Bewegung in ein lebloses Ding zu verwandeln. Ich glaube nicht, daß Kinanjui hätte etwas sagen oder eine Bewegung machen können, ohne die Flammen der Leidenschaft anzufachen, so aber erdrückte er sie, indem er auf ihnen sitzen blieb.

Nach und nach ließ die Wut nach, die Leute hörten auf zu kreischen und fingen an, normal miteinander zu reden. Schließlich wurden sie einer nach dem anderen still. Wainainas Mutter humpelte, als sie sich unbeobachtet glaubte, an ihrem Stock ein paar Schritte näher, um die Kuh genauer zu betrachten. Farah wandte den Kopf und kehrte mit einem sauren Lächeln in die Kultur zurück.

Als alles still war, ließen wir die prozessierenden Parteien an den Mühlstein treten, die Daumen mit Wagenschmiere befeuchten und ihren Fingerabdruck unter die Vertragsurkunde setzen. Wainaina tat es sehr widerstrebend und winselte vor sich hin, als er den Daumen aufs Papier drückte, als ob es ihn versengte.

Das Schriftstück lautete:

Der nachfolgende Vertrag ist heute, den 26. September, in Ngong zwischen Wainaina wa Bemu und Kaninu wa Nyagga geschlossen worden. Der Häuptling Kinanjui ist zugegen und sieht alles.

Der Vertrag besagt, daß Kaninu an Wainaina eine Kuh mit einem Milchkalb zu liefern hat. Diese Kuh und das Milchkalb sollen Wainainas Sohn Wanyangerri gegeben werden, der am 19. November vorigen Jahres mit einer Schrotflinte angeschossen wurde, die Kaninus Sohn Kabero aus Versehen abdrückte. Die Kuh und das Kalb sollen das Eigentum Wanyangerris sein.

Mit der Zahlung dieser Kuh und des Milchkalbes soll die Shauri endgültig geschlichtet sein. Niemand darf hiernach mehr über sie sprechen oder sie auch nur erwähnen.

Ngong, den 26. September

Kaninus Zeichen Wainainas Zeichen

Ich war zugegen und hörte die Verlesung des Schriftstückes.

Zeichen des Häuptlings Kinanjui

Die Kuh und das Milchkalb sind Wainaina in meiner Gegenwart übergeben worden.

Baronin Blixen

GÄSTE AUF DER FARM

Große Tänze

Viele Gäste haben die Farm besucht. In Pionierländern ist Gastlichkeit eine Lebensnotwendigkeit nicht nur für die Fremden, sondern für den Siedler selbst. Ein Gast ist ein Freund, er bringt Neuigkeiten, gute oder schlimme, und sie sind Brot für das darbende Gemüt des Einsamen. Kommt ein echter Freund ins Haus, so ist er ein Himmelsbote, der einem das Engelsbrot reicht. Wenn Denys Finch-Hatton nach einer langen Expedition zurückkehrte, hungerte er nach einem Gespräch und fand mich auf der Farm nach Gesprächen hungernd; wir saßen am Abendbrottisch bis in die ersten Morgenstunden und redeten von allen Dingen, die uns in den Sinn kamen, und lachten vor Freude, daß wir ihrer noch Herr waren. Weiße, die lange Zeit allein unter Eingeborenen leben, gewöhnen es sich an, zu sagen, was sie meinen; sie haben ja keinen Grund oder Anlaß, sich zu verstellen, und wenn sie einander wieder begegnen, sprechen sie miteinander wie mit den Schwarzen. Wir dachten uns damals aus, daß die wilden Massai in ihren Manyattas am Fuß der Berge unser Haus leuchten sähen wie einen Stern in der Nacht, so wie die Bauern von Umbrien einst das Haus sahen, in dem der heilige Franz und die heilige Klara sich über göttliche Dinge besprachen.

Die größten geselligen Ereignisse auf der Farm waren die Ngomas, die großen Tänze der Eingeborenen. Wir bewirteten dabei fünfzehnhundert oder gar zweitausend Gäste. Freilich war das, was das Haus zum Feste beitrug, recht bescheiden. Wir gaben den alten glatzköpfigen Müttern der tanzenden Nditos – der Jungfrauen – Schnupftabak und den Kindern – wenn sie zu den Tanzereien mitgenommen wurden – etwas Zucker zum Lutschen; Kamante verteilte ihn mit einem hölzernen Löffel. Und manchmal erbat ich beim Bezirkskommissar für meine Squatter die Erlaubnis, Tembo Pombe zu brauen, ein mörderisches Getränk aus Zuckerrohr. Aber die eigentlichen Festveranstalter, die unermüdlichen jungen Tänzer, brachten den Glanz und Prunk der Feier selber mit; sie waren immun gegen alles, was von außen herankam, und hielten sich an die Süßigkeit und Glut in ihrem Inneren. Nur eines forderten sie von der Außenwelt: einen ebenen Platz zum Tanzen. Den gab es bei meinem Hause; die große Wiese unter den Bäumen war eben, und der freie Platz im Walde zwischen den Hütten der Boys war auch eingeebnet worden. Darum stand die Farm bei der Jugend des Landes hoch in Ehren, und Einladungen zu meinen Tanzfesten waren sehr geschätzt.

Die Ngomas wurden zuweilen bei Tage abgehalten und zuweilen bei Nacht. Am Tage brauchte ein Ngoma mehr Platz, da lockte es viele Zuschauer an und mußte darum auf der Wiese stattfinden. Bei den meisten Ngomas stellten sich die Tänzer in einem großen Kreis oder mehreren kleinen Kreisen auf und hüpften mit zurückgeworfenem Kopf auf und nieder oder stampften im Rhythmus den Boden und ließen sich vorwärts auf einen Fuß fallen und rückwärts auf den anderen, oder sie schritten langsam und feierlich seitlich im Kreise herum, das Gesicht der Mitte zugewandt, in der die Vortänzer, aus dem Ring sich lösend, mimten, sprangen und liefen. Eine Tagesngoma hinterließ als Spur auf dem Rasen große und kleinere trockene braune Ringe, als wäre das Gras vom Feuer versengt, und nur langsam verschwanden diese Zauberkreise wieder.

Die großen Tagesngomas hatten mehr den Charakter eines Jahrmarkts als eines Balles. Massen von Zuschauern gesellten sich zu den Tänzern und scharten sich unter den Bäumen. Wenn das Gerücht von einer Ngoma sich weit genug verbreitete, konnten wir sogar die Lebedamen von Nairobi – Malaya ist ihr netter Name auf Suaheli – in großem Staat in Ali Khans Maultierwägelchen herbeikutschieren sehen, eingehüllt in Meter und Meter von lustigem großgemustertem Kattun – wenn sie sich niederließen, sahen sie wie Riesenblumen auf dem Grase aus. Die anständigen Mädchen der Farm in ihren traditionellen geölten und gefetteten ledernen Röcken und Mänteln rückten dicht an sie heran und beredeten unbekümmert ihre Kleider und ihr Gehaben, aber die Stadtschönen schlugen die Beine übereinander, blieben ungerührt wie glasäugige Puppen aus schwarzem Holz und pafften ihre kleinen Zigärrchen. Scharen von Kindern rannten, begeistert von der Tanzerei und begierig, alles zu lernen und nachzumachen, von einem Kreise zum anderen oder sammelten sich am Rand der Wiese, bildeten ihre eigenen Tanzkreise und hüpften auf und nieder.

Wenn die Kikuju zu einer Ngoma gehen, reiben sie sich mit einer Art hellem Rötel ein, der sehr begehrt ist und viel gekauft und verkauft wird; das gibt ihnen ein seltsam «blondes» Aussehen. Die Farbe existiert sonst nicht in der Tier- oder Pflanzenwelt. Die jungen Leute bekommen etwas Versteinertes, wie in Feld gehauene Statuen. Die Mädchen mit ihren sittsamen, perlengestickten, gelbledernen Gewandungen färben sich und die Kleider mit der Erde und sehen aus, als seien sie eins mit ihnen, bekleidete Statuetten, an denen Bausch und Faltenwurf von kundigen Künstlern zierlich gebildet sind. Die jungen Männer sind bei der Ngoma nackt, legen aber um so größeren Wert auf ihre Frisuren; sie streichen den Rötel auf die Mähnen und Zöpfe und tragen stolz ihre steingemeißelten Köpfe. Während meines letzten Jahres in Afrika hat die Regierung verboten, den Kopf mit Rötel zu bestreichen. Bei beiden Geschlechtern ist die Aufmachung höchst wirkungsvoll: Diamanten und hohe Orden können den Trägern nicht eindeutiger das Gepräge von Gala verleihen. Sieht man von ferne in der Landschaft eine Gruppe rötelbemalter Kikuju auf dem Marsch, so schwingt die Luft von Festlichkeit.

Ein Freilufttanz leidet unter der Unbegrenztheit des Raumes, die Bühne ist viel zu weit für ihn – wo beginnt sie, wo ist sie zu Ende? Die kleinen Gestalten der vielen Tänzer mögen noch so leuchtend gefärbt, mit wallendem Gewoge ganzer Straußenschwänze am Kopf und mit kühnen ritterlichen Hahnenspornen aus Colobusaffenfell an den Knöcheln verziert sein – sie verschwinden doch, verstreut und versprengt unter den gewaltigen Bäumen. Auf dem weiten Schauplatz mit seinen großen und kleinen Ringen von Tänzern, verstreuten Zuschauergruppen und hin und her rennenden Kindern wird das Auge des Beschauers bald hier-, bald dorthin gehetzt. Die ganze Szene hat einige Ähnlichkeit mit alten Bildern, die eine Schlacht von weitem zeigen, wo man auf einer Seite die Kavallerie zur Attacke vorgehen, auf der anderen die Geschütze in Stellung gehen und einzelne Figürchen von Ordonnanzoffizieren kreuz und quer übers Feld galoppieren sieht.

Eine Tagesngoma war auch eine höchst geräuschvolle Angelegenheit. Die Tanzmusik der Flöten und Trommeln ertrank zuweilen im Gebrüll der Zuschauer, und die Tanzmädchen selber stießen seltsame, langgedehnte, schrille Schreie aus, wenn bei einer bestimmten Tanztour der Männer ein Moran einen Sprung oder einen Sperrschwung überm Kopf besonders prächtig vollführte. Ein unablässig plätschernder Strom von Geplauder entquoll den Scharen der Alten auf dem Rasen. Es war lustig, die alten zechenden Kikujuweiber zu beobachten, die, mit einer Kalebasse zwischen sich, in munteren Reden sich ergießend, die alten Tage wieder aufleben ließen, da sie noch selber im Ring der Tänzer mitgehüpft waren; die alten Gesichter wurden im Laufe des Nachmittags immer leuchtender vor Glück, je tiefer die Sonne sank und mit ihr auch die Tembo Pombe in der Kalebasse. Manches Mal, wenn sich zu einer der Gruppen ein alter Ehemann gesellte, wurde eines der Weiber so hingerissen von den Erinnerungen an die Tage der Jugend, daß sie torkelnd sich erhob und händeklatschend ein paar Laufschritte nach alter Ndito-Art vollführte. Die Masse achtete ihrer nicht, nur der kleine Kreis ihrer Zeitgenossen spendete begeistert Beifall.

Die nächtlichen Ngomas dagegen waren auf einen ernsten Ton gestellt. Sie wurden nur im Herbst abgehalten, wenn der Mais geerntet war, und nur bei Vollmond. Ich glaube nicht, daß sie für die Leute eine religiöse Bedeutung hatten; doch mögen sie früher eine solche gehabt haben: das Gehaben der Tänzer und der Zuschauer hatte etwas Geheimnisvolles und Weihevolles. Diese Tänze mögen tausend Jahr alt sein. Einige davon, auf die die Mütter und Großmütter der Tänzer besonderen Wert legten, wurden von den Siedlern für anstößig gehalten und aus diesem Grunde gesetzlich verboten. Einmal, als ich von einer Ferienreise nach Europa zurückkehrte, waren fünfundzwanzig meiner jungen Krieger mitten in der besten Kaffee-Erntezeit von meinem Verwalter ins Gefängnis eingeliefert worden, weil sie bei einer nächtlichen Ngoma auf der Farm einen verbotenen Tanz aufgeführt hatten. Mein Verwalter teilte mir mit, der Tanz sei für seine Frau ein Ärgernis gewesen. Ich schalt die Ältesten der Squatter, daß sie ihre Ngoma bei dem Hause des Verwalters abgehalten hatten, aber sie klärten mich auf, es sei bei Kathegos Manyatta, vier oder fünf Meilen entfernt, getanzt worden. Ich mußte nach Nairobi fahren und die Sache mit unserem Bezirkskommissar besprechen, der die ganze Tanzgesellschaft wieder zum Kaffeepflücken auf die Farm entließ.

Ein nächtlicher Tanz war ein schönes Schauspiel. Da war man nicht im Zweifel über den Umkreis der Bühne, er wurde von den Feuern gebildet und dehnte sich so weit, als das Licht leuchtete, ja, das Feuer selbst war das tragende Element der Ngoma. Es war zum Tanzen an sich nicht erforderlich, denn der Mondschein ist im afrikanischen Hochland wunderbar klar und weiß; es diente dazu, eine bestimmte Wirkung zu erzielen. Es verwandelte den Tanzplatz eigentlich erst in eine Bühne, es verschmolz alle Farben und Bewegungen zu einer Einheit.

Die Schwarzen übertreiben einen Effekt nur selten. Sie entfachten keine riesigen Scheiterhaufen. Das Brennholz wurde am Tage vorher von den Squatterweibern der Farm zusammengetragen, die sich wohl als die Gastgeberinnen der Veranstaltung fühlten, und wurde auf dem Tanzplatz in der Mitte des Kreises aufgestapelt. Die alten Weiber, die dem Tanzfest die Ehre ihrer Gegenwart erwiesen, nahmen nachts ihre Plätze um den Stapel in der Mitte ein und unterhielten von da aus einen Kreis von kleinen Feuern, wie einen Sternenkranz, die ganze Nacht hindurch. Die Tänzer dagegen sprangen und liefen außen um das Feuer herum, das nächtliche Dunkel des Waldes im Rücken. Der Platz mußte ziemlich groß sein, damit die Hitze und der Rauch den alten Zuschauern nicht in die Augen ging. Aber er war immerhin ein eingefriedeter Raum, wie ein großes Haus für alle, die darinnen waren.

Schwarze haben kein Verständnis für Kontraste, die Nabelschnur zur Natur ist bei ihnen nicht ganz zerschnitten. Sie hielten ihre Ngomas nur bei Vollmond ab. Wenn der Mond sein Bestes hergab, taten sie das ihre dazu. Indes die Landschaft badete und schwamm im sanften mächtigen Licht des Himmels, fügten sie zu der großen Illumination über Afrika ihren kleinen rotglühenden Schein.

Die Gäste trafen in kleinen Gruppen ein, zu dreien oder auch zu zwölf oder fünfzehn – wie sich eben die Freunde verabredet oder unterwegs zueinander gesellt hatten. Viele von diesen Tänzern wanderten fünfzehn Meilen weit her, um an der Ngoma teilzunehmen. Wenn sie zu mehreren reisten, brachten sie ihre Flöten und Trommeln mit, so daß in der Nacht eines großen Tanzes alle Straßen und Wege im Lande von Musik erklangen und erdröhnten, als würde vor dem Angesicht des Mondes ein riesiges Schellenspiel gerührt. Am Eingang zum Tanzplatz hielten die wandernden Gruppen inne und warteten, bis ihnen der Ring geöffnet wurde; kamen sie von weit her oder waren es Söhne großer Nachbarhäuptlinge, so wurden sie bisweilen von einem der alten Squatterweiber oder von den führenden Tänzern oder von den Tanzordnern hereingeholt.

Die Ordner der Ngoma waren junge Männer von der Farm, wie die anderen, nur hatten sie für die Einhaltung der Zeremonien des Tanzes Sorge zu tragen und taten sich auf ihre Würde viel zugute. Bevor der Tanz begann, stolzierten sie mit gerunzelten Brauen und stengen Mienen vor den Reihen der Tänzer auf und nieder und rannten, wenn der Kreis in Bewegung geriet, vom einen Ende zum anderen, um darüber zu wachen, daß alles nach Fug geschah. Sie schwangen eine wirksame Waffe, Bündel von Stäben, die sie an einem Ende brennend erhielten, indem sie sie von Zeit zu Zeit ins Feuer steckten. Sie hatten ein scharfes Auge auf die Tänzer, und sowie sie gewahr wurden, daß irgendwo etwas Ungehöriges geschah, griffen sie sofort ein: mit schrecklichen Mienen und wildem Gebrüll schleuderten sie das ganze Bündel, mit dem brennenden Ende voraus, gegen den Leib des Übeltäters. Man konnte die Opfer unterm Streich zusammenknicken sehen, doch gaben sie nie einen Laut von sich. Es galt wohl nicht als ehrlos, mit Brandwunden von der Ngoma heimzukehren.

Bei einem der Tänze standen die Mädchen in sittsamer Haltung auf den Füßen der jungen Krieger und faßten sie mit den Händen um die Hüften, während die jungen Leute die Arme an dem Kopf der Mädchen vorbei vorstreckten und mit beiden Händen ihren Speer hielten, den sie von Zeit zu Zeit emporhoben und mit aller Wucht in den Boden stießen. Es gab ein hübsches Bild, als hätten die jungen Frauen der Sippe vor irgendeiner großen Gefahr an der Brust ihrer Männer Zuflucht gesucht und als schützten die Männer sie, indem sie sie auf ihren Füßen stehen ließen, vor Schlangen oder sonstigen Gefahren aus der Tiefe. Der Tanz dauerte stundenlang, und die Gesichter der Tänzer nahmen den Ausdruck engelhafter Entrücktheit an, als wären sie wahrhaftig alle bereit, füreinander zu sterben.

Es gab andere Tänze, bei denen die Tänzer zwischen den Feuern hinein- und wieder herausrannten und ein Vortänzer mehrmals sehr hohe

Sprünge und Sätze vollführte und viel Speere geschwungen wurden; der Grundgedanke war, glaube ich, eine Löwenjagd.

Bei der Ngoma wirkten außer den Flöten und Trommeln auch Sänger mit. Manche von den Sängern waren weithin im Lande berühmt und wurden von fern her geholt. Ihr Gesang war mehr ein rhythmisches Rezitieren als ein Singen. Sie waren Improvisatoren und machten ihre Balladen aus dem Stegreif, der Chor der Tänzer war wendig genug, rechtzeitig einzufallen. Es war reizvoll anzuhören, wie die einzelne weiche Stimme sich in den Nachthimmel erhob und ihr in regelmäßiger Folge der rhythmische Ruf der vielen jungen Stimmen antwortete. Aber da der Gesang die ganze Nacht fortging, von Zeit zu Zeit von den einfallenden Trommeln wirksam gesteigert, so wurde er mit der Zeit lähmend eintönig und zugleich seltsam aufreizend, als würde man weder ertragen, ihn noch einen Augenblick länger forttönen, noch, ihn verstummen zu hören.

Der berühmteste Sänger meiner Zeit kam von Dagoretti. Er hatte eine klare starke Stimme und war zudem selbst ein großer Tänzer. Beim Singen ging oder lief er im Inneren des Tanzringes mit langen gleitenden Schritten umher, bei jeder Bewegung halb hinkniend, die eine Handfläche an den Mundwinkel angelegt. Das geschah sicher, um den Schall zu verstärken, aber es wirkte so, als hätte er den Versammelten ein gefährliches Geheimnis anzuvertrauen. Er sah aus wie das leibhaftige Echo von Afrika. Er wußte bei seinen Zuhörern, je nach seinem Willen, eine heitere Stimmung oder kriegerische Begeisterung oder wahre Salven von Gelächter zu wecken. Er kannte ein prachtvolles Lied, einen Kriegsgesang, bei dem der Sänger, gleichsam von Dorf zu Dorf rennend, das Volk zum Kampf aufruft und ihm das Gemetzel und die Beute schildert. Vor hundert Jahren wäre den weißen Einwanderern bei diesem Lied das Blut in den Adern geronnen. Aber meistens gab er sich nicht so schreckenerregend. Eines Nachts sang er drei Lieder, und ich bat Kamante, sie mir zu übersetzen. Das erste war eine Phantasie; die Tanzgesellschaft erbeutete sich ein Schiff, und man segelte zusammen nach Ulaya. Das zweite wurde, wie Kamante mir erklärte, zum Ruhm der alten Weiber gesungen, der Mütter und Großmütter des Sängers und der Tänzer. Dies Lied hatte für mich etwas besonders Rührendes; es war lang und schien aufs genaueste die Weisheit und Güte der zahnlosen glatzköpfigen alten Kikujuweiber zu schildern, die um den Holzstoß in der Mitte des Kreises saßen und mit den Köpfen nickten. Das dritte Lied war kurz, löste aber so laute Lachsalven aus, daß der Sänger seine Stimme schrill erheben mußte, um sie zu übertönen, und selber beim Singen lachte. Die alten Weiber, die nun schon in der besten Laune waren, klatschten sich auf die Schenkel und sperrten die Mäuler auf wie Krokodile. Kamante war außerstande, mir den Text zu sagen; er behauptete, es sei Unsinn, und gab mir nur eine verkürzte Fassung. Das Thema war sehr einfach: Wegen einer Pestepidemie hatte die Regierung einen Preis auf jede tote Ratte ausgesetzt, die dem Bezirkskommissar geliefert wurde; in dem Liede wurde beschrieben, wie die Ratten, von allen Seiten gehetzt, in den Betten der alten und jungen Weiber Zuflucht suchten und was ihnen daselbst passierte. Die Einzelheiten, die mir jedoch vorenthalten wurden, müssen sehr lustig gewesen sein, sogar Kamante konnte sich beim Übersetzen eines säuerlichen Lächelns nicht enthalten.

Bei einer der nächtlichen Ngomas ereignete sich ein dramatischer Vorfall.

Die Ngoma war eine Abschiedsfeier, die kurz vor meiner Europareise veranstaltet wurde. Wir hatten ein gutes Jahr hinter uns, und das Fest war groß aufgemacht; an die fünfzehnhundert Kikuju waren gekommen. Der Tanz hatte schon einige Stunden gedauert, als ich aus dem Hause trat, um noch eine Weile zuzuschauen, ehe ich zu Bett ging; man hatte mir einen Sessel vor eine der Gesindehütten gerückt, und ein paar alte Squatters sorgten für meine Unterhaltung.

Plötzlich lief durch den Ring der Tänzer eine Welle der Erregung, eine Überraschung oder Besorgnis, ein seltsames Rauschen, als bliese der Wind durch ein Schilfröhricht. Der Tanz verlangsamte sich mehr und mehr, wurde aber nicht abgebrochen. Ich fragte einen der alten Männer, was los sei. Er antwortete rasch mit leiser Stimme: «Massai wana kuja» – die Massai kommen.

Ein Läufer mußte die Nachricht gebracht haben, denn es verrann eine geraume Weile, ehe etwas Weiteres geschah; wahrscheinlich hatten die Kikuju Botschaft zurückgeschickt, die Gäste würden empfangen werden. Es war den Massai verboten, zu einer Ngoma der Kikuju zu kommen; zu viele

Mißhelligkeiten waren schon aus derlei Besuchen erwachsen. Meine Hausboys kamen heran und stellten sich bei meinem Stuhl auf; alles blickte auf den Eingang des Tanzplatzes. Als die Massai hereintraten, hörte der Tanz auf.

Zwölf junge Massaikrieger erschienen im Ring, taten einige Schritte und blieben stehen; sie sahen nicht nach rechts und nicht nach links, blinzelten nur vor sich ins Feuer. Bis auf ihre Waffen und ihren prunkvollen Kopfputz waren sie nackt, einer hatte die Kopfzier aus Löwenfell auf, die der Moran im Kriege trägt. Ein breiter Streifen Scharlachrot zog sich von den Knien bis zum Fuß hinab, als rinne ihnen Blut die Beine entlang. Sie standen aufrecht, steifbeinig, mit zurückgeworfenen Köpfen stumm und todernst da; ihre Gebärden waren zugleich die von Eroberern und von Gefangenen. Man spürte, daß sie wider Willen zu der Ngoma gekommen waren. Das dumpfe Trommelschlagen war bis ins Reservat hinübergedrungen; es hatte fort und fort gedröhnt und die Herzen der jungen Krieger drüben erregt; die zwölf hatten nicht vermocht, dem Ruf zu widerstehen.

Auch die Kikuju waren tief erregt, aber sie nahmen ihre Gäste geziemend auf. Der Vortänzer der Farm führte sie in den Tanzring, wo sie in tiefem Schweigen Platz nahmen, und die Ngoma begann aufs neue. Es war aber nicht mehr die gleiche wie vorher, die Luft war geladen. Die Trommeln dröhnten lauter und in rascherem Takt. Hätte die Ngoma ihren Fortgang genommen, wir hätten gewiß großartige Kunststücke zu sehen bekommen; die Kikuju hätten ihr Bestes hergegeben, den Massai ihre Kraft und Gewandtheit im Tanzen zu zeigen. Aber es kam nicht dazu: es gibt Dinge, die lassen sich nicht erzwingen, wenn auch alles voll des besten Willens ist.

Was geschah, weiß ich nicht. Plötzlich schwankte der Ring und riß entzwei, ein gellender Schrei ertönte, in wenigen Sekunden war der ganze Platz vor uns eine einzige Masse rennender und drängender Menschen. Schläge klatschten, Körper fielen zu Boden, und hoch über den Köpfen blitzte ein Gewoge von Speeren. Wir sprangen alle auf, sogar die weisen Alten in der Mitte krabbelten auf ihren Holzstoß, um zu sehen, was vor sich ging.

Als sich die Bewegung legte und die stürmische Menge sich wieder teilte, fand ich mich im Mittelpunkt des Schwarmes, von einem kleinen freien Raum umhegt. Zwei von den alten Squattern traten auf mich zu und erklärten mir zögernd, was geschehen war – wie die Massai Gesetz und Ordnung gestört hätten und wie die Dinge jetzt lägen: ein Massai und drei Kikuju waren schwer verwundet, «in Stücke gehauen», wie sie sagten. Ob ich wohl nun, fuhren sie fort, bereit wäre, sie wieder zusammenzunähen? Sonst würden sie alle noch viel Verdruß vom Serkali zu gewärtigen haben. Ich fragte den alten Mann, was denn den Kriegern abgehauen worden sei. «Der Kopf», erwiderte er stolz mit dem Instinkt des Schwarzen, aus einer Katastrophe das Äußerste herauszuholen. Gleichzeitig kam auch schon Kamante über den Platz und brachte eine lang eingefädelte Stopfnadel und meinen Fingerhut. Ich zögerte noch, da kam mir der alte Ereri zuvor. Er hatte sieben Jahre im Gefängnis gesessen und dabei das Schneidern gelernt. Er schien schon gelauert zu haben auf eine Gelegenheit, seine Kunst zu üben und vorzuführen; er übernahm die Operation und wurde sogleich zum Mittelpunkt des Interesses. Es gelang ihm auch, die Wunden zu flicken, die Patienten genasen unter seinen Händen, und er bildete sich später nicht wenig auf seine Leistung ein. Kamante teilte mir allerdings im Vertrauen mit, die Köpfe seien nicht abgeschlagen gewesen.

Da die Anwesenheit der Massai bei dem Tanze gesetzwidrig war, mußten wir lange Zeit den verwundeten Massai in der Gast-Gesindehütte verbergen. Er erholte sich und verschwand schließlich eines Tages, ohne Ereri mit einem Wort zu danken. Es ist, glaube ich, eine harte Zumutung für einen Massai, von einem Kikuju verwundet und geheilt zu werden.

Als die Nacht der Ngoma sich dem Ende zuneigte und ich nochmals hinausging, um nach den Verwundeten zu fragen, sah ich im grauen Morgenschein noch immer die schwelenden Feuer. Einige junge Kikuju machten sich an ihnen zu schaffen, sprangen herum und steckten lange Scheite in die Glut; ein uraltes Squatterweib befehligte sie, die Mutter Wainainas. Sie veranstalteten einen Zauber, der die Massai unfähig machen sollte, bei den Kikujumädchen in der Liebe Erfolg zu haben.

Die Ngomas waren gesellige Veranstaltungen, die sich aus der Tradition und dem Zusammenleben mit den Nachbarn ergaben. Im Laufe der Zeit erschienen erst die jüngeren Brüder und Schwestern und später die Söhne und Töchter der ersten Tänzer auf dem Tanzplatz.

Aber wir hatten auch Gäste aus fernen Ländern. Der Monsun wehte von Bombay herüber. Weise und vielerfahrene Männer kamen auf Schiffen fernher aus Indien gereist und besuchten die Farm.

In Nairobi lebte ein großer indischer Holzhändler namens Choleim Hussein, mit dem ich in der ersten Zeit, als ich Land rodete, geschäftlich viel zu tun hatte. Er war ein eifriger Mohammedaner und ein Freund Farahs. Eines Tages erschien er bei mir und bat, einen hohen Priester aus Indien als Gast mitbringen zu dürfen. Er sei übers Meer herübergekommen, erzählte Choleim Hussein, um die Gemeinden von Mombasa und Nairobi zu inspizieren, und den Gemeinden liege viel daran, ihm den Aufenthalt recht angenehm zu machen, und da könnten sie sich nichts Besseres denken als einen Besuch auf der Farm. Ob ich das erlauben wolle? Als ich sagte, der Gast werde willkommen sein, setzte mir Choleim Hussein auseinander, der hohe Rang und die Heiligkeit des alten Mannes verböten ihm, etwas zu essen, was in Töpfen gekocht sei, aus denen Ungläubige gegessen hätten. Aber ich brauchte mich darum nicht zu sorgen, beeilte er sich zu erklären, die mohammedanische Gemeinde von Nairobi werde das Mahl richten und rechtzeitig hinausschicken, wenn ich nur gestatten wolle, daß der hohe Priester es in meinem Hause einnehme. Ich stimmte auch diesem zu, aber Choleim Hussein nahm nach einer kleinen Weile die Angelegenheit zögernd noch einmal auf. Noch ein Punkt sei zu klären, nur einer noch. Wo der hohe Priester hinkomme, da erfordere es die Sitte, daß ihm ein Geschenk überreicht werde. In einem Hause wie dem meinen dürfe es nicht weniger als hundert Rupien betragen. Aber auch darum brauchte ich mich nicht zu sorgen, fügte er schnell hinzu, das Geld sei von den Mohammedanern von Nairobi gesammelt worden, er bäte mich nur, es dem Priester zu überreichen. Würde dann der Priester, fragte ich, nicht glauben, das Geschenk sei von mir? Darauf war Choleim Hussein keine Antwort zu entlocken; es gibt Momente, in denen ein Farbiger sich nicht erklären kann, und ginge es um sein Leben. Ich lehnte zunächst die Rolle, die mir zugedacht war, ab, aber als ich die tief enttäuschten Gesichter Husseins und Farahs sah, die soeben noch voller Hoffnung geleuchtet hatten, gab ich meinen Stolz preis und sagte mir, der hohe Priester möge glauben, was ihm gefalle.

An dem Tage, da der Besuch stattfinden sollte, hatte ich ihn ganz vergessen und war aufs Feld gegangen, um meinen neuen Traktor zu versuchen. Titi, Kamantes kleiner Bruder, wurde nach mir geschickt. Der Traktor machte einen derartigen Lärm, daß ich nicht hören konnte, was er zu sagen hatte, und es war so schwierig, den Motor anzukurbeln, daß ich nicht wagte, ihn abzustellen.

Titi rannte auf dem Felde wie ein kleiner Hund, keuchend und schnaufend, in den tiefen Furchen und durch die dicken Staubwolken nebenher, bis wir am Ende des Ackers zum Stehen kamen. «Die Priester sind gekommen», schrie er mir zu. «Welche Priester?» fragte ich zurück. «Alle Priester», erklärte er stolz, «sie sind in vier Wagen gekommen, sechs in jedem.» Ich ging zum Hause zurück und erblickte, als ich näher kam, einen Schwarm weißgewandeter Gestalten auf der Wiese, als hätte sich ein Zug großer weißer Vögel rings ums Haus niedergelassen oder als wäre eine Schar von Engeln aufs Haus herabgestiegen. Eine ganze Klerisei schien von Indien herübergekommen zu sein, um die Flamme der Orthodoxie in Afrika zu schüren. Doch fiel es nicht schwer, die würdige Gestalt des hohen Priesters zu erkennen, der, von zwei Untergebenen und, in respektvollem Abstand, von Choleim Hussein geleitet, auf mich zuschritt. Er war ein ganz kleiner alter Mann, mit einem Gesicht so zart und fein, als wäre es aus sehr altem Elfenbein geschnitzt. Das Gefolge trat herzu, um unserer Begrüßung beizuwohnen, und zog sich sodann zurück, die Unterhaltung des Gastes mir allein überlassend.

Wir konnten kein Wort miteinander sprechen, denn er verstand weder Englisch noch Suaheli, und ich kannte seine Sprache nicht. Wir mußten uns durch Zeichen unserer hohen gegenseitigen Achtung versichern. Man hatte ihm, wie ich merkte, das Haus bereits gezeigt; alles Geschirr, das wir besaßen, war hervorgeholt und im Geschmack der Inder und Somali mit Blumen verziert worden. Ich führte ihn zu der steinernen Bank im Westen. Da überreichte ich ihm unter atemloser Spannung der Zuschauer die hundert Rupien; sie waren in ein grünes Taschentuch geschlungen, das Choleim Hussein gehörte.

Ich war etwas voreingenommen gegen den alten Priester, der so heikel schien, und als ich sah, wie alt und wie klein er war, fürchtete ich einen Augenblick, die Situation möchte ihn in Verlegenheit setzen. Aber als wir so in der Nachmittagssonne beieinandersaßen, ohne eine Unterhaltung zu versuchen, uns nur in freundschaftlicher Gesinnung zugewandt, da fühlte ich wohl, daß ihn überhaupt nichts in Verlegenheit setzen konnte. Er vermittelte nur den Eindruck der Ruhe und völligen Sicherheit. Er hatte etwas Höfisches und lächelte und nickte, als ich ihm die Berge und die mächtigen Bäume zeigte, als nehme er an allem Anteil und sei außerstande, sich über irgend etwas zu wundern. Ich konnte nicht dahinterkommen, ob diese Wohlgefügtheit aus einer Unkenntnis des Bösen in der Welt oder aus einer tiefen Wissenschaft und Ergebung herrührte. Denn ob es keine giftigen Schlangen in der Welt gibt oder ob man durch Einführung stärkerer Giftdosen in das Blut einen Zustand vollkommener Unverletzlichkeit erreicht, läuft schließlich auf das gleiche hinaus. Der sanfte Gesichtsausdruck des alten Mannes hatte etwas von einem kleinen Kinde, das noch nicht sprechen gelernt hat, das sich für alles interessiert und aus seiner Natur heraus unfähig ist, sich über etwas zu wundern. Es war, als hätte ich die Nachmittagsstunde auf der steinernen Bank in Gesellschaft eines sehr kleinen Kindes, eines kleinen Prinzen, des Christkinds eines alten Meisters verbracht und von Zeit zu Zeit die Schaukel der Wiege mit der Seele angestoßen. Auf den Gesichtern sehr alter Damen der großen Welt, die alles erlebt und durchschaut haben, liegt zuweilen der gleiche Ausdruck. Es ist kein männlicher Gesichtszug, er paßt zu Windeln und Schleppkleid und paßte sehr gut zu dem schönen weißen Kaschmirgewand meines alten Gastes. Die einzige Person in Männerkleidern, bei der ich ihn sonst gesehen habe, war ein weißer Clown in einem Zirkus.

Der alte Mann war müde und wollte nicht aufstehen, als die anderen Priester von Choleim Hussein an den Fluß hinabgeführt wurden, um die Kaffeeaufbewahrung zu besichtigen. Selbst einem Vogel so ähnlich, schien er sich auch für Vögel zu interessieren. Ich hatte damals einen zahmen Storch im Hause und hielt eine Schar von Gänsen, die nicht geschlachtet wurden, sondern nur da waren, um mich ein wenig an Dänemark zu erinnern. Der alte Priester interessierte sich sehr für sie und wies in die vier Himmelsrichtungen, um herauszubekommen, woher sie stammten. Auf der Wiese machten die Windhunde den paradiesischen Charakter des Nachmittags vollkommen. Ich hatte geglaubt, Farah und Choleim Hussein hätten sie in den Zwinger gesperrt, denn Choleim Hussein war als treuer Mohammedaner in ständiger Besorgnis, wenn er geschäftlich auf der Farm zu tun hatte. Aber sie wanderten frei herum zwischen den weißgewandeten Dienern Allahs, wahrlich wie die Löwen bei den Lämmern. Es waren die Hunde, von denen Ismail behauptete, sie kennten einen Mohammedaner am Aussehen.

Bevor er Abschied nahm, schenkte mir der hohe Priester zur Erinnerung an seinen Besuch einen Ring mit einer Perle. Ich hatte auch das Bedürfnis, ihm außer der Scheingabe der Rupien etwas zu schenken, und schickte Farah auf den Speicher nach der Haut eines Löwen, der kurze Zeit zuvor auf der Farm erlegt worden war. Der alte Mann faßte nach einer der großen Pranken und probierte, leuchtenden Blickes, die Schärfe einer Klaue an seiner Wange.

Als er fort war, fragte ich mich, ob er wohl in seinen feinen edlen Kopf jede kleinste Kleinigkeit im Umkreis der Farm aufgenommen habe oder überhaupt nichts. Etwas muß er wohl bemerkt haben, denn drei Monate später bekam ich einen Brief aus Indien, der völlig falsch adressiert und auf der Post irregelaufen war. Ein indischer Fürst bat mich darin, ihm einen der «grauen Hunde» zu verkaufen, von denen ein hoher Priester ihm berichtet habe, und selbst den Preis zu bestimmen.

Die Somalifrauen

Von einer Gruppe von Gästen, die auf der Farm eine große Rolle spielten, kann ich nicht allzuviel berichten, weil es ihnen nicht angenehm wäre: von Farahs Frauen.

Als Farah heiratete und seine Frau aus Somaliland auf die Farm brachte, folgte ihr ein munterer, zarter, kleiner Schwarm schwärzlicher Tauben, ihre Mutter, ihre jüngere Schwester und eine junge Kusine, die in der Familie aufgewachsen war. Farah erzählte mir, das sei so Landessitte. Heiraten werden in Somaliland von den ältesten der Sippe je nach Stand, Reichtum und Ansehen der jungen Leute abgeschlossen; in den besten Familien sehen sich Braut und Bräutigam vor dem Hochzeitstage nicht. Doch sind die Somali ein ritterlich gesinntes Volk und geben ihre Jungfrauen nicht schutzlos preis. Es ziemt sich, daß der junge Ehemann die ersten sechs Monate nach der Vermählung seinen Wohnsitz ins Dorf seiner Frau verlegt; in dieser Zeit kann sie sich noch selbständig als Hausherrin im vertrauten und ihr wohlgesinnten Kreise betätigen. Zuweilen freilich kann er nicht abkommen; dann lassen es sich die Verwandten der Braut nicht nehmen, sie eine Zeitlang in die Ehe zu begleiten, selbst wenn sie sich dazu von Hause losreißen und eine Reise in ferne Länder machen müssen.

Der Kranz von Somalifrauen in meinem Haushalt wurde später vervollständigt durch ein kleines mutterloses Mädchen, das Farah zu sich nahm, nicht ohne, wie mir scheint, des Vorteils zu gedenken, den sie ihm zur Zeit ihrer Vermählung einbringen mochte – dem Vorbild Mardochais mit Esther folgend. Diese Kleine war ein ungewöhnlich lebhaftes und überschwengliches Kind, und es war seltsam zuzuschauen, wie mit den Jahren die älteren Mädchen es in die Hand nahmen und es mit allem Bedacht zu einer Jungfrau *comme il faut* heranbildeten. Als sie zu uns kam, war sie elf Jahre alt und entwischte beständig dem Bann der Familie und trieb sich mit mir herum. Sie ritt mein Pony, sie trug mir mein Gewehr, oder sie rannte mit den Kikujutotos an den Fischweiher, raffte ihre Röcke auf und galoppierte mit ihrem Fangnetz barfuß durch das Uferschilf. Den kleinen Somalimädchen wird das Haar glatt abrasiert, nur ein Ring von schwarzen Löckchen bleibt rings um den Kopf stehen und eine große Locke obenauf; es ist eine hübsche Frisur und gibt dem Kinde das Aussehen eines sehr lustigen und spitzbübischen kleinen Mönches. Aber mit der Zeit und unter dem Einfluß der erwachsenen Mädchen wurde sie umgewandelt und erlebte, selbst bezaubert und gebannt, den Vorgang ihrer Umwandlung. Als wären ihr tatsächlich Gewichte an die Füße gebunden worden, fing sie an, langsam, ganz langsam zu schreiten, hielt die Augen musterhaft scheu gesenkt und legte ihre Ehre drein, zu verschwinden, sowie ein Fremder sich näherte. Ihr Haar wurde nicht mehr geschoren, und als der Tag kam, an dem es lang genug war, wurde es von den Mädchen gestriegelt und in lauter kleine Zöpfchen geflochten. Die Novize unterwarf sich mit Ernst und Würde allen Beschwerden der Zucht, man merkte ihr an, daß sie eher sterben würde als eine Pflicht des Gehorsams versäumen.

Die alte Frau, Farahs Schwiegermutter, stand, wie mir Farah erzählte, in ihrer Heimat wegen der vortrefflichen Erziehung ihrer Töchter in hohen Ehren. Die Mädchen galten dort als Vorbild feiner Gesittung und als Muster der Weiblichkeit. Es waren auch wirklich drei junge Frauen von ausgesuchter Würde und Sittsamkeit, ich habe in meinem Leben keine vornehmeren Damen gesehen.

Ihre mädchenhafte Zurückhaltung wurde durch die Art ihrer Kleidung noch betont. Sie trugen Röcke von ungeheurer Weite; man brauchte – ich weiß das, weil ich oft genug Seide und Kattun für sie gekauft habe – zehn Ellen Stoff für einen Rock. In diesen Faltenmassen bewegten sich ihre schlanken Knie in anmutigem, geheimnisvollem Rhythmus.

«Tes nobles jambes, sous les volants qu'elles chassent
Tourmentent les désirs obscurs et les agacent,
Comme deux sorcières qui font
Tourner un philtre noir dans un vase profond.»

Auch die Mutter war eine eindrucksvolle Gestalt, sehr stattlich, mit der mächtigen, wohlwollenden Geruhsamkeit eines Elefantenweibchens, das sich seiner Kraft freut. Ich habe sie nie zornig gesehen. Schulmeister und Erzieher hätten sie um die veredelnde Kunst ihres Einflusses beneiden können; in ihren Händen war Erziehung kein Zwang und keine Schinderei, sondern ein Geheimbund des Anstands, zu dem den Zöglingen Zutritt gewährt wurde. Das kleine Haus, das ich ihnen im Walde erbauen ließ, war eine kleine Hochschule der weißen Magie, und die drei jungen Mädchen, die so anmutig die Waldwege ringsum begingen, waren wie drei junge Adepten, die sich mit größtem Eifer um die Kunst bemühten, wissend, daß sie am Ende der Lehrzeit über eine große Macht verfügen würden. Sie wetteiferten einträchtig um den Preis der Vortrefflichkeit: denn wenn man auf dem wirklichen Markt ist, wo der Wert, den man hat, offen besprochen wird, da wird der Wetteifer offenkundig und ehrenvoll. Farahs Frau, deren Preis nicht mehr zur Diskussion stand, nahm eine besondere Stellung ein, wie ein guter Schüler, der seine Lehrprüfung der Zauberkunst schon bestanden hat; man sah sie offen in vertrautem Gespräch mit dem alten Oberzauberer, eine Ehre, die den Mädchen nie zuteil wurde.

Alle diese jungen Frauen hatten einen hohen Begriff von ihrem Wert. Eine mohammedanische Jungfrau kann nicht unter ihrem Stande heiraten; das wäre für die Familie die tiefste Schmach. Ein Mann kann unter seinem Stande heiraten, er verliert nichts dabei; viele junge Somali haben Massaimädchen zu Frauen genommen. Aber während ein Somalimädchen wohl nach Arabien heiraten darf, kann keine Araberin nach Somaliland heiraten, denn die Araber sind eine höhere Rasse, weil sie dem Propheten näher verwandt sind, und unter den Arabern selber wieder kann ein Mädchen aus dem Hause des Propheten keinen Mann heiraten, der ihm nicht angehört. Kraft ihres Geschlechtes haben die weiblichen Glieder der Rasse einen Anspruch auf sozialen Aufstieg. Sie selbst verglichen ganz harmlos dieses Gesetz mit den Grundsätzen eines Rassegestüts, denn die Somali halten eine Stute hoch in Ehren.

Als wir uns näher kennenlernten, fragten mich die Mädchen, ob es wahr sei, was sie gehört hätten, daß es in Europa Völker gebe, bei denen die Mädchen umsonst an die Männer verschenkt würden. Ja, man habe ihnen sogar erzählt – obwohl sie sich das gar nicht vorstellen könnten –, daß ein Volk so heruntergekommen sei, daß man den Bräutigam dafür bezahlte, daß er die Braut nähme. Schmach und Schande über Eltern und Mädchen, die sich zu etwas Derartigem hergäben. Wo bliebe da das Selbstgefühl, die Achtung vor den Frauen oder vor der Jungfräulichkeit? Wenn sie das Unglück gehabt hätten, in dem Volk geboren zu sein, sagten die Mädchen, sie würden ein Gelübde tun, unverehelicht ins Grab zu gehen.

Wir haben heutzutage in Europa keine Gelegenheit, die Technik der weiblichen Prüderie zu studieren, und in alten Büchern ist es mir nicht gelungen, ihr einen Geschmack abzugewinnen. Nun aber sah ich es vor mir, was meinen Großvater und meinen Urgroßvater auf die Knie gezwungen hatte. Es war zugleich eine Forderung der Natur und eine hohe Kunst, ein religiöser Kampf und Tanz zugleich, und wurde auf beiden Seiten mit gebührender Hingabe, Zucht und Gewandtheit ausgeführt. Der große Reiz lag dabei in dem Spiel entgegengesetzter Kräfte. Hinter dem ewigen Gesetz der Unnahbarkeit lag der Reichtum des Schenkens, hinter der Zimperlichkeit steckte das Lächerliche so gut wie die Todesverachtung. Diese Töchter eines streitbaren Volkes begingen das Zeremoniell der Unantastbarkeit wie einen großen Kriegstanz der Anmut: nicht sollte Butter in ihrem Munde schmelzen oder Rast ihre Glieder erquicken, ehe sie nicht das Herzblut ihrer Feinde getrunken hatten; so spielten sie die drei wilden Wölfinnen im sittsamen Schafspelz. Die Somali sind ein sehniges Geschlecht, gehärtet in den Wüsten und auf der See.

Schwere Lebenslasten, harter Druck, hohe Wogen und lange Jahrhunderte müssen über diese Frauen hingegangen sein, ehe sie so harter leuchtender Bernstein wurden.

Die Frauen gestalteten Farahs Haus zu einem Heim im Stile der Nomaden – die jederzeit bereit sind, ihre Zelte abzubrechen –, mit vielen Decken und gestickten Behängen an den Wänden. Räucherwerk war für sie ein wichtiger Bestandteil der Häuslichkeit; viele Räucherharze der Somali sind ungemein süß. In meinem Alltag auf der Farm sah ich selten Frauen. So ergab es sich, daß ich abends, nach dem Tagewerk, gern auf eine stille Stunde zu der alten Frau und den Mädchen in Farahs Haus trat.

Sie nahmen an allem Anteil und hatten Spaß an kleinen Dingen. Irgendein Pech auf der Farm oder ein Witz über Vorkommnisse in der Nachbarschaft brachte sie zum Lachen, daß das Haus wie von lauter Glockenspiel erklang. Als ich ihnen das Stricken beibrachte, lachten sie darüber wie über ein Kasperlctheater.

Sie waren nicht aus Unerfahrenheit so harmlos. Sie hatten alle schon Geburten und Sterbefällen beigewohnt und besprachen sie nüchtern bis ins einzelne mit der alten Mutter. Zuweilen erzählten sie zu meiner Unterhaltung Märchen im Stile der arabischen Nächte, meist von der komischen Gattung, in der die Liebe recht unverhüllt behandelt wird. Ein Zug kehrte in allen diesen Geschichten immer wieder: die Heldinnen, ob keusch oder nicht, schnitten immer gegen die Männer gut ab und triumphierten am Schluß der Geschichte.

Die Mutter saß und lauschte mit leise lächelnder Miene.

In dieser geschlossenen fraulichen Welt, gleichsam hinter ihren Mauern und Bastionen, fühlte ich die Gegenwart eines hohen Ideals, ohne das sich die Besatzung nicht so ritterlich gehalten hätte, die Hoffnung auf das paradiesische Reich, in dem die Frauen die Oberherrschaft in der Welt antreten. Die alte Mutter würde dann in einer neuen Gestalt erscheinen, thronend als leibhaftiges dunkles Abbild jener mächtigen Göttin, die in uralter Zeit lebendig gewesen war, ehe der Gott des Propheten erschien. Sie verloren die Idee nie aus dem Auge, und doch waren sie vor allem anderen praktisch, mit einem Blick für das unmittelbar Erforderliche und einer unerschöpflichen Bereitschaft zu helfen.

Die jungen Frauen fragten mich aus nach den Sitten in Europa und hörten aufmerksam zu, wenn ich die Lebensart, Erziehung und Kleidung der weißen Damen beschrieb, als müßten sie ihre Kenntnis weiblicher Taktik um die Mittel bereichern, mit denen die Männchen einer fremden Rasse zu gewinnen und zu unterwerfen waren.

Ihre eigenen Kleider spielten eine ungeheure Rolle in ihrem Leben, und das war kein Wunder, denn sie waren ihr Kriegsmaterial, ihre Kriegsausrüstung und ihre Siegestrophäen, ihre erbeuteten Fahnen. Der Somalihausherr ist von Natur mäßig, unwählerisch im Essen und Trinken und den Dingen des persönlichen Gebrauchs, karg und herb wie das Land, aus dem er stammt: die Frau ist sein Luxus. Auf sie richtet sich sein ganzes Begehren, sie ist das höchste Gut des Lebens – Pferde, Kamele und Vieh mögen sich dazugesellen, mögen auch wünschenswert sein, aber gegen ein Weib haben sie kein Gewicht. Die Somalifrauen bestärken ihre Männer in den beiden Grundzügen ihrer Natur. Sie verspotten unbarmherzig jede Weiblichkeit am Manne und bringen die größten Opfer, um ihren persönlichen Wert zu steigern. Diese Frauen könnten selbst kein Paar Schuhe kaufen, der Mann muß es für sie tun; sie können sich nicht selber besitzen, sie müssen einem Manne angehören, einem Vater, einem Bruder oder einem Gatten, und sie sind doch der einzige höchste Wert des Lebens. Es ist erstaunlich und ehrt beide Teile, welchen Aufwand an Seide, Gold, Bernstein und Korallen eine Somalifrau ihrem Manne abgewinnt. Nach langen mühevollen Handelsfahrten wurde der Lohn aller Beschwerden, Gefahren, Listen und Leiden in weiblichen Tand verwandelt. Die jungen Mädchen, die keinen Mann zum Schröpfen hatten, schenkten in ihrem kleinen, zeltartigen Hause alle Pflege ihrem schönen Haar und sehnten sich nach der Zeit, da sie einen Eroberer erobern und einen Ausbeuter ausbeuten würden. Sie liehen einander gern ihren Schmuck und machten sich ein Vergnügen draus, die jungere Schwester, die Schönste von ihnen, mit den besten Kleidern der verheirateten Schwester, ja zum Spaß sogar mit dem Kopfschmuck aus Goldbrokat herauszuputzen, den eine Jungfrau von Rechts wegen nicht tragen durfte.

Die Somali neigen zu Zwist und langwierigen Fehden, und wir waren selten ohne einen Streitfall, der Farah zu häufigen Fahrten nach Nairobi oder Sippenberatungen auf der Farm nötigte. In solchen

Fällen pflegte die alte Frau, wenn ich sie besuchte, mich höflich und klug über den Stand der Dinge auszuhorchen. Sie hätte Farah selbst fragen können, der ihr gewiß alles gesagt hätte, was sie wissen wollte, denn er hatte großen Respekt vor ihr. Aber sie wählte den anderen Weg, vermutlich aus Diplomatie. Auf die Art konnte sie immer noch, wenn es sie gut dünkte, die Urteilslosigkeit der Weiber in Männersachen und ihre Unfähigkeit, sie überhaupt zu begreifen, vorschützen. Wenn sie einen Rat erteilte, dann sollte er wie ein Spruch der Sibylle, eine göttliche Eingebung klingen, und niemand sollte sie für ihr Wort zur Rechenschaft ziehen.

Bei den großen Versammlungen der Somali auf der Farm oder bei den religiösen Feiern nahmen die Vorbereitungen und die Verpflegung die Frauen vielfach in Anspruch. Bei den Festessen waren sie selbst nicht zugegen und durften die Moschee nicht betreten, aber sie setzten ihren Ehrgeiz darein, daß die Veranstaltung glücklich und glänzend verlief, und ließen sich nicht einmal untereinander ein Wort darüber entschlüpfen, was sie im Herzen von alledem hielten. Bei solchen Anlässen erinnerten sie mich so sehr an die Damen einer früheren Generation in meiner Heimat, daß ich sie im Geiste mit Turnüren und langen engen Schleppkleidern vor mir sah. Nicht anders haben zu den Zeiten meiner Mutter die skandinavischen Frauen, die kultivierten Sklavinnen gutherziger Barbaren, bei den riesigen geheiligten Männerschmäusen, den Fasanenjagden und großen Herbsttreibjagden den Gästen die Ehre erwiesen.

Die Somali waren seit ungezählten Generationen Sklavenhalter, und ihre Frauen standen sich gut mit den Schwarzen und hatten eine gelassene ruhige Art, mit ihnen umzugehen. Für die Eingeborenen ist der Dienst bei den Somali oder Arabern weniger beschwerlich als bei Weißen, denn das Lebenstempo der Farbigen ist überall dasselbe. Farahs Frau war bei den Kikuju der Farm wohl angesehen, und Kamante versicherte mir wiederholt, sie sei sehr klug.

Zu meinen weißen Bekannten, die häufiger auf der Farm wohnten, wie Berkeley Cole und Denys Finch-Hatton, waren die jungen Somalifrauen freundlich, sie sprachen oft von ihnen und wußten viel über sie. Wenn sie ihnen begegneten, plauderten sie mit ihnen in einem schwesterlichen Ton, die Hände in den Falten ihrer Röcke verborgen. Doch erlitt diese Beziehung eine gewisse Störung, da Berkeley und Denys beide Somali als Diener hatten, und denen durften die Mädchen, koste es das Leben, nicht begegnen. Kaum erschien Jama oder Bilea, im Turban, schlank und dunkeläugig, von ferne auf der Farm, so waren meine jungen Somalifrauen wie in einem Pfuhl versunken, und kein Bläschen an der Oberfläche zeigte an, wo sie verschwunden waren. Wenn sie währenddessen einmal mich zu sehen wünschten, dann spritzten sie, die Röcke übers Gesicht gezogen, um die Ecke des Hauses. Die Engländer zeigten sich sehr erfreut über das Vertrauen, dessen sie gewürdigt wurden; in ihrem Herzen aber, glaube ich, fühlten sie sich doch etwas kühl angeweht von dem Bewußtsein, für so ungefährlich zu gelten – *oh, ma jeunesse!*

Zuweilen nahm ich die Mädchen zu einer Spazierfahrt oder einem Besuch mit. Zuvor forschte ich die Mutter sorgfältig aus, um keinen Verstoß zu machen, denn nie hätte ich Namen beflecken mögen, die so rein waren wie Dianas Antlitz. An einer Grenze der Farm lebte eine junge verheiratete Australierin, die eine Reihe von Jahren mir eine liebe Nachbarin war. Sie lud die Somalimädchen manchmal zum Tee. Das war jedesmal ein großes Ereignis. Sie putzten sich heraus, schön wie ein Blumengebinde, und während der Fahrt hörte ich sie hinter mir zwitschern wie ein Vogelhaus. Sie interessierten sich lebhaft für das Haus, die Kleider, und von ferne, wenn man ihn reiten oder pflügen sah – für den Mann meiner Freundin. Als der Tee gereicht wurde, stellte sich heraus, daß nur die verheiratete Schwester und die Kinder davon trinken durften, den jungen Mädchen war er verboten, weil er sie erregte; sie mußten sich mit Kuchen begnügen und taten dies bescheiden und anmutig. Es gab ein kleines Hin und Her wegen der Kleinen, die mit war – durfte sie wohl noch Tee trinken, oder hatte sie schon das Alter erreicht, in dem er ihr gefährlich werden konnte? – Die verheiratete Schwester meinte, er könne ihr gestattet werden, aber das Kind warf uns einen tiefen, dunklen stolzen Blick zu und wies die Tasse zurück.

Die Kusine war ein versonnenes Mädchen mit rotbraunen Augen, sie konnte Arabisch lesen und kannte Stücke aus dem Koran auswendig. Sie neigte zu theologischen Betrachtungen, und wir führten öfters religiöse Gespräche miteinander über die Wunder der Welt. Von ihr erfuhr ich die rechte Deutung der Geschichte von Joseph und Potiphars

Weib. Sie gab zu, daß Jesus Christus von einer Jungfrau geboren worden sei, aber nicht als Sohn Gottes, denn Gott könne keinen Sohn im Fleische haben. Mariammo, die lieblichste aller Jungfrauen, wandelte im Garten, und ein mächtiger Engel, von Gott gesandt, berührte mit einer Feder seiner Schwingen ihre Schulter – davon wurde sie schwanger. Im Verlaufe unserer Besprechungen zeigte ich ihr eines Tages eine Postkarte von Thorwaldsens Bildnis Christi im Dom von Kopenhagen. Da verliebte sie sich in einer zarten, schwärmerischen Weise in den Heiland. Sie konnte nicht genug von ihm hören, sie seufzte und errötete, wenn ich von ihm erzählte. Über Judas war sie sehr erregt – was war das für ein Mann, wie konnte es nur solche Menschen geben?–, sie hätte sich glücklich geschätzt, ihm die Augen auskratzen zu können. Es war eine große Leidenschaft, dem Weihrauch ähnlich, den sie in ihrem Hause verbrannte, der, aus dunklem Holz ferner Berge gewonnen, unseren Sinnen so süß und seltsam duftete.

Ich fragte meine französischen Patres, ob ich meine Gesellschaft junger Mohammedanerinnen zur Mission bringen dürfte, und als sie gütig und verständnisvoll, sichtlich erfreut, daß etwas sich ereignen sollte, zustimmten, fuhren wir eines Nachmittags hinüber und betraten nacheinander feierlich die kühle Kirche. Die jungen Frauen waren noch nie in einem so hochragenden Gebäude gewesen; als sie emporsahen, hielten sie die Hände über den Kopf, um sich zu schützen, wenn es auf sie stürzen sollte. In der Kirche standen Bildnisse, und sie hatten, außer der einen Postkarte, noch nie im Leben dergleichen gesehen. In der französischen Mission ist eine lebensgroße Statue der Heiligen Jungfrau, ganz in Weiß und Lichtblau, mit einer Lilie in der Hand, und neben ihr ein heiliger Joseph mit dem Kinde auf dem Arm. Die Mädchen standen ganz benommen davor; so schön war die Heilige Jungfrau, daß sie seufzten. Den heiligen Joseph kannten sie und ehrten ihn, weil er ein so getreuer Gatte und Beschützer der Jungfrau war; nun schauten sie ihn mit tiefen, dankbaren Blicken an, weil er seiner Gattin sogar das Kind trug. Farahs Frau, die damals ihr Kind erwartete, blieb während der ganzen Zeit, die wir in der Kirche waren, bei der Heiligen Familie. Die Patres waren sehr stolz auf ihre Kirchenfenster, auf denen in farbigem Papier Glasmalereien nachgeahmt waren. Sie stellten das Leiden Christi dar. Die junge Kusine stand sinnend und hingerissen vor den Fenstern, rang ihre Hände und beugte die Knie, als sänke sie selbst unter der Last des Kreuzes nieder. Auf dem Heimweg sprachen sie wenig, sie fürchteten wohl, durch Fragen, die sie taten, ihre Unwissenheit zu verraten. Erst nach einigen Tagen fragten sich mich, ob die Patres machen könnten, daß die Jungfrau oder der heilige Joseph von ihren Sockeln herabkämen.

Die junge Kusine wurde auf der Farm verheiratet in einem kleinen Bungalow, das damals leer stand und das ich den Somali zu diesem Zweck zur Verfügung stellte. Die Hochzeit war ein prächtiges Fest und dauerte sieben Tage. Ich war bei der Hauptfeier zugegen, als eine Prozession von singenden Frauen die Braut geleitete, einer Prozession von Männern entgegen, die den Bräutigam singend heranführte. Sie hatte ihn noch nie gesehen, und ich kann nicht sagen, ob sie ihn unter dem Bilde des Christus von Thorwaldsen sah oder ob sie zwei Ideale, eine himmlische und eine irdische Liebe, im Herzen tragen mochte wie ein Fräulein im Ritterroman. Während der Woche fuhr ich noch mehrmals hinüber. Wann ich auch kam, fand ich das Haus erfüllt von festlichem Treiben und duftendem Hochzeitsweihrauch. Schwerttänze und feierliche Tänze der Frauen lösten sich ab, unter den alten Männern wurden große Geschäfte in Vieh getätigt, Schüsse knatterten, und Maultierkutschen kamen von der Stadt und fuhren davon. Nachts sah man im Schein der Windlichter von der Veranda die lieblichsten Farben von Arabien und Somaliland aus Wagen und Türen wogen: Karmoisin, Pflaumenblau, Sudanbraun, Bengalischrosa und Saffranin.

Farahs Sohn wurde auf der Farm geboren. Ahamed hieß er und wurde Saufe genannt, was, glaube ich, eine Säge bedeutet. In seiner Seele war nichts von der Zaghaftigkeit der Kikujukinder. Als er noch ein winziges Kerlchen war, festgewickelt wie eine Eichel in ihrem Näpfchen, fast körperlos, ganz dunkler runder Kopf, saß er schon aufrecht da und sah einem grad ins Gesicht: es war, als hielte man einen kleinen Falken auf der Hand, ein Löwenjunges auf dem Schoß. Er hatte das fröhliche Gemüt seiner Mutter geerbt, und als er laufen konnte, wurde er ein recht unbändiger Abenteurer, der die ganze schwarze Kinderwelt der Farm herumkommandierte.

Zuweilen sind europäische Gäste auf der Farm gestrandet, wie Treibholz, das im stillen Wasser sich dreht und rollt und schließlich angespült wird und vermorscht und zergeht.

Der alte Knudsen, der Däne, kam krank und nahezu blind auf die Farm und blieb so lange, als er zum Sterben brauchte, wie ein vereinsamtes Tier. Er tappte, in sein Elend vergraben, rastlos umher, oft lange Zeit keines Wortes fähig; denn die Mühsal des Tragens hatte seine Kraft aufgezehrt; fand er die Sprache wieder, so war seine Stimme wie die Stimme des Wolfes oder der Hyäne, nur eine heulende Klage.

Wenn er wieder Kraft schöpfte und eine Weile lang ohne Schmerzen war, dann sprühten aus der schwelenden Glut noch einmal Funken wie einst. Dann kam er zu mir und berichtete, wie er gegen seine schwächliche, melancholische Veranlagung zu kämpfen habe, gegen eine sinnlose Neigung zur Schwarzseherei. Die müsse man sich ausreden, denn die äußeren Umstände, die seien's ja nicht, die seien ja – der Teufel solle ihn holen – gar nicht schuld! Nur der Pessimismus, der Pessimismus, der sei ein abscheuliches Laster.

Knudsen riet mir in einer Zeit, als wir auf der Farm mehr als gewöhnlich in der Klemme saßen, Holzkohle zu brennen und sie an die Inder in Nairobi zu verkaufen. Tausende von Rupien seien da zu holen, beteuerte er, und unter der Führung des alten Knudsen könne die Sache nicht fehlgehen, denn er sei in einer Epoche seines sturmbewegten Lebens im höchsten Norden von Schweden gewesen und habe die Kunst dort aus dem Effeff gelernt. Er übernahm es, die Schwarzen anzulernen. Damals, als wir miteinander im Walde arbeiteten, habe ich viele Gespräche mit Knudsen geführt.

Holzkohle brennen ist eine nette Arbeit. Sie hat etwas Anregendes. Kohlenbrenner sehen bekanntlich die Welt in einem anderen Licht als andere Menschen, sie neigen zu Poesie und zu allerlei Hokuspokus, Waldschrate kommen zu ihnen zu Besuch. Schön ist es, die Holzkohle zutage zu fördern, wenn der Meiler ausgebrannt ist und geöffnet wird und der Inhalt sich am Boden ausbreitet. Glatt wie Seide, ein entbildeter Stoff, der Schwere beraubt und unverderblich liegt sie da, die dunkle, kleine geläuterte Mumie des Waldes. Auch das Drumherum der Kohlenbrennerkunst hat einen großen Reiz. Da wir nur das Unterholz schlugen – denn dicke Stämme kann man nicht zu Holzkohle brennen –, arbeiteten wir immer unter den hohen Kronen der Bäume. Im windstillen Schatten des afrikanischen Waldes duftete das geschlagene Holz nach Stachelbeeren, und der beizende, reine, kräftige säuerliche Geruch des glühenden Meilers war erfrischend wie eine Meeresbrise. Der ganze Platz hatte etwas von einem Bühnenbild, was unterm Äquator, wo es kein Theater gibt, besonders reizvoll war. In regelmäßigen Abständen stiegen die Rauchsäulchen aus den Meilern, und die dunklen Meiler selbst sahen aus wie Zelte auf der Bühne, wie ein Lager von Schmugglern oder Soldaten in einer romantischen Oper.

Zwischen ihnen regten sich geräuschlos die dunklen Gestalten der Schwarzen. Wo in einem afrikanischen Wald das Unterholz gelichtet ist, sammeln sich viele Schmetterlinge und lassen sich scharenweise auf den Stümpfen nieder. Alles war geheimnisvoll und unberührt. Die kleine, krumme Figur des alten Knudsen paßte vortrefflich in die Umgebung, er tappte hierhin und dorthin, rot im Gesicht, frisch belebt von der neugewonnenen Lieblingstätigkeit, schimpfend und antreibend wie ein Puck, der alt und blind und sehr bösartig geworden war. Er nahm seine Arbeit gewissenhaft und war staunenswert geduldig mit seinen schwarzen Lehrlingen. Wir waren nicht immer einig. In Paris, wo ich als Mädchen eine Malschule besuchte, hatte ich gelernt, daß Olivenholz die beste Holzkohle gäbe, aber Knudsen erklärte, die Olive bilde keine Knorren, und – siebentausend Teufel der Hölle – jeder Mensch wisse doch, daß die Hitze des Holzes in den Knorren stecke.

Ein besonderer Umstand vermochte hier im Walde Knudsens wilde Leidenschaft zu sänftigen. Die afrikanischen Bäume haben ein zartes Laub von meist fingerigen Blättern, und wenn man das dichte Unterholz wegschlägt, den Wald gewissermaßen aushöhlt, dann fällt das Licht herein wie daheim in einem Buchenwald im Mai, wenn die Blätter sich eben entfalten oder kaum erst entfaltet haben. Ich sprach zu Knudsen von dieser Ähnlichkeit, und der Gedanke entzückte ihn, denn in der ganzen Zeit unserer Kohlenbrennerei hatte er eine Vorstellung, die er umspielte und sich ausmalte: daß wir auf einem Pfingstpicknick in Dänemark seien. Einen alten hohlen Baum hatte er nach einem Lustort bei Kopenhagen Lottenburg getauft. Als ich einmal in der Tiefe Lottenburgs ein paar Flaschen dänischen Biers versteckte und ihn zu einem Trank einlud, ließ er sich herab, das für einen sehr guten Witz zu erklären.

Wenn alle unsere Meiler in Glut waren, setzten wir uns zusammen und plauderten vom Leben. Ich erfuhr viel von Knudsens Vergangenheit und den seltsamen Abenteuern, die er auf seinen mancherlei Wanderungen bestanden hatte. Es war bei diesen Unterhaltungen unvermeidlich, vom alten Knudsen zu reden, sonst wäre man in dem Pessimismus versunken, vor dem er einen selber warnte. Er hatte viel erlebt: Schiffbrüche, die Pest, Fische von unbekannter Farbe, Wasserhosen, Meeresstimmen, drei Sonnen zugleich am Himmel, falsche Freunde, schwärzeste Gemeinheit, kurze Erfolge mit Strömen von Gold, die alsbald wieder vertrockneten. Ein Grundton ging durch seine ganze Odyssee: die Verachtung des Gesetzes und all seiner Werke und Taten. Er war der geborene Aufrührer, er sah einen Freund in jedem Verbrecher, und Heldentat hieß für ihn nur eine Tat der Gesetzesverachtung. Er sprach gern von Königen und fürstlichen Familien, von Gaunern, Krüppeln und Irren – denn sie standen für ihn außerhalb des Gesetzes – und von allen Verbrechen und Revolutionen, von allen Tücken und Hieben, die dem Gesetz ins Gesicht schlugen. Für den guten Bürger dagegen hegte er eine grimmige Verachtung, und Gesetzeserfüllung bei einem Manne galt ihm als Zeichen sklavischer Gesinnung. Er achtete nicht einmal – ja, er glaubte nicht einmal an das Gesetz der Schwere; ich habe das erlebt, als wir miteinander Bäume fällten: er sah nicht ein, warum es von freidenkenden, tatkräftigen Menschen nicht ins Gegenteil umgekehrt werden konnte.

Knudsen tat sein möglichstes, mir die Namen der Menschen, die er gekannt hatte, einzuprägen, besonders die der Schwindler und Schufte. Aber niemals in seinen Erzählungen erwähnte er den Namen einer Frau. Es war, als hätte der Strom der Zeit Helsingörs liebliche Mädchen mitsamt allen schlimmen Weibern der Hafenstädte der Welt aus seinem Geist hinweggeschwemmt. Und doch fühlte ich, wenn ich mit ihm sprach, wie sein ganzes Leben ständig die Gestalt einer unbekannten Frau begleitete. Ich kann nicht sagen, wer sie war: Gattin, Mutter, ein Schülerschwarm oder die Frau seines ersten Brotherrn – ich nannte sie im stillen Madame Knudsen. Ich stellte sie mir klein vor, weil er selbst so klein war. Sie war die Frau, die dem Manne die Freude verdirbt und dabei immer recht hat. Sie war die Frau der Gardinenpredigten und die Hausfrau mit dem großen Reinemachen, sie hemmte alle Unternehmungen, sie wusch den Buben die Gesichter und nahm dem Manne sein Schnapsglas vor der Nase weg, sie war leibhaftig das Gesetz und die Ordnung. In ihrem Anspruch auf unbeschränkte Macht hatte sie Ähnlichkeit mit der Gottheit der Somalifrauen, nur dachte Madame Knudsen nicht daran, durch Liebe zu herrschen, sie herrschte durch Verstand und Rechtlichkeit. Knudsen muß ihr in jungen Jahren begegnet sein, als sein Gemüt noch weich genug war, um einen unauslöschlichen Eindruck aufzunehmen. Vor ihr war er auf die See geflohen, denn sie fürchtete die See und mied sie, aber an Land, in Afrika, war er ihr nicht entwischt, da war sie wieder bei ihm. In seiner unbändigen Seele, unter seinem weißroten Haarschopf, fürchtete er sie mehr als irgendeinen Mann und argwöhnte hinter jenem Weibe eine listige Verkleidung der Madame Knudsen.

Die Kohlenbrennerei brachte uns am Ende keinen Gewinn. Immer von Zeit zu Zeit fing bald der, bald jener Meiler Feuer, und der Lohn unserer Mühe ging in Rauch auf. Knudsen nahm sich unseren Mißerfolg sehr zu Herzen, er sann ihm nach und erklärte schließlich, kein Mensch auf der Welt könne Holzkohle brennen, ohne eine ordentliche Menge Schnee zur Hand zu haben.

Knudsen half mir auch, auf der Farm einen Teich anzulegen. Unsere Straße lief ein Stück weit durch eine weite Grasmulde, in der ein Quell entsprang, und ich dachte mir aus, unterhalb davon einen Damm zu errichten und die Vertiefung in einen See zu verwandeln. In Afrika fehlt es immer an Wasser, und es wäre ein großer Vorteil gewesen, das Vieh auf dem Felde tränken zu können und ihm den weiten Weg zum Fluß zu ersparen. Diese Idee beschäftigte die ganze Farm Tag und Nacht und wurde unausgesetzt besprochen, und als sie schließlich ausgeführt war, erfüllte uns das majestätische Werk mit großer Genugtuung. Die Strekke war über dreißig Meter lang. Der alte Knudsen war voll Eifer für die Sache und lehrte Pooran Singh, die richtigen Spaten zu verfertigen. Es gab mancherlei Unglück, als der Damm fertig war; nach einer langen Dürre setzten die großen Regenfälle ein, und der Damm hielt nicht dicht; er gab an verschiedenen Stellen nach und wurde mehrere Male zur Hälfte weggespült. Da war es Knudsen, der auf die Idee kam, das Erdreich zu festigen, indem man die Ochsen der Farm und das Vieh der Squatter darübertrieb, sooft es zum Trinken an den Teich kam. Jede Ziege und jedes Schaf sollte zum großen Werk beitragen und den Boden stampfen helfen. Er mußte etliche blutige Kämpfe mit den Hirtenbuben bestehen, denn Knudsen bestand darauf, daß das Vieh langsam über den Damm ging, während die ausgelassenen kleinen Totos fanden, es müsse mit erhobenen Schwänzen darübergaloppieren. Als ich schließlich Knudsens Partei ergriff und er der Totos Herr wurde, sah die Kolonne von Vieh, die bedächtig über die schmale Bank schritt, gegen den Himmel aus wie Noahs Tiere, die in Prozession in die Arche einzogen, und der alte Knudsen, der sie, den Stock unterm Arm, abzählte, schien wie einst der Schiffbauer Noah den Gedanken zu genießen, daß bald alles Lebende außer ihm selbst ersaufen würde.

Mit der Zeit gewann ich so eine weite Wasserfläche, der Teich war an manchen Stellen über mannstief, die Straße führte mitten hindurch, es war sehr hübsch. Später bauten wir weiter unten noch zwei Dämme und bekamen so eine Kette von Teichen, wie aufgereihte Perlen. Der Teich wurde nun der Mittelpunkt der Farm. Er war immer belebt von einem Kranz von Vieh und Kindern, und in der heißen Jahreszeit, wenn die Tümpel in der Steppe und in den Bergen ausdorrten, kamen die Wasservögel auf die Farm: Reiher, Ibisse, Königsfischer und ein Dutzend verschiedener Arten Gänse. Abends, wenn die ersten Sterne am Himmel aufblinkten, saß ich gern am Teich und schaute den heimkehrenden Vögeln zu. Wasservögel haben eine zielbewußte Art zu fliegen, anders als die übrigen Vögel: sie sind Wanderer, die von einem Ort zum anderen ziehen – und welch ein Ferngefühl sie haben, die wilden wandernden Schwimmer! Die Enten beschlossen ihren Rundflug am glasklaren Himmel mit einem Sturz aufs dunkle Wasser, wie ein Schwarm von Pfeilspitzen, die ein himmlischer Schütze rücklings herunterschnellen ließ. Einmal schoß ich in dem Teich ein Krokodil, ein seltener Fang, wenn man bedenkt, daß es zwölf Meilen weit vom Athifluß heraufgewandert sein mußte. Woher wußte es, daß es jetzt hier Wasser gab, wo niemals früher Wasser gewesen war?

Als der erste Teich fertig war, entwickelte mir Knudsen den Plan, Fische einzusetzen. Wir hatten in Afrika eine Art Barsche, die prächtig schmeckten, und wir wiegten uns in der Idee künftigen eigenen Fischreichtums. Aber es war nicht leicht, eine Brut zu bekommen. Die Jagdverwaltung hatte Barsche in Teichen ausgesetzt, gestattete aber noch nicht, daß in ihnen gefischt wurde. Aber Knudsen vertraute mir an, er wisse von einem Teich, den kein Mensch sonst kenne, aus dem wir so viele Fische herausholen könnten, als wir wünschten. Wir brauchten nur hinzufahren, erklärte er, ein Netz durch den Teich zu ziehen und die Fische mit dem Auto in Blechkübeln und Fässern heimzuschaffen; sie würden unterwegs nicht krepieren, wenn wir nur nicht versäumten, Wasserpflanzen ins Wasser zu tun. Er war so versessen auf seinen Plan, daß er mir zitternd vor Erregung zuredete und eigenhändig zu dem Zweck eines seiner unübertrefflichen Fischnetze knüpfte. Aber als die Zeit für die Expedition näherrückte, bekam sie mehr und mehr etwas Geheimnisvolles. Die Unternehmung sollte, meinte er, bei Vollmond, um Mitternacht stattfinden. Zuerst hatten wir vor, drei Boys mitzunehmen, dann setzte er deren Zahl auf zwei und auf einen herab und fragte immerfort, ob dieser denn auch unbedingt zuverlässig sei. Schließlich erklärte er, es sei besser, wenn er und ich ganz allein auszögen. Mir leuchtete das nicht ein, denn wir hätten nie die Kraft gehabt, die Kübel bis zum Auto zu schleppen; aber Knudsen blieb dabei, daß es bei weitem das beste wäre, und fügte noch hinzu, wir sollten niemand ein Wort davon sagen. Ich hatte Bekannte in der Jagdverwaltung, ich wußte mir nicht mehr anders zu helfen und fragte ihn: «Knudsen, wem gehören denn eigentlich die Fische, die wir da fangen wollen?» Kein Wort gab Knudsen zurück. Er spie aus, mit richtigem altem Seemannsschwung, streckte den Fuß in seinem alten geflickten Stiefel vor und verrieb die Spucke am Boden, drehte sich auf dem Absatz herum und ging langsam davon. Den Kopf zog er beim Gehen zwischen die Schultern – er konnte damals fast gar nichts mehr sehen, sondern tastete sich seinen Weg mit dem Stock –, er war wieder ein geschlagener Mann, ein heimatloser Flüchtling in einer gemeinen, kalten Welt. Und als hätte er mit seiner Gebärde einen Zauber ausgeübt, blieb ich an dem Fleck, an dem er mich verlassen, stehen, eine Siegerin in Madame Knudsens Pantoffeln.

Das Fischprojekt wurde zwischen Knudsen und mir nicht wieder berührt. Erst etliche Zeit nach seinem Tode setzte ich mit Hilfe der Jagdverwaltung Barsche in den Teich. Sie gediehen gut und fügten sich mit ihrem stillen, stummen, kühlen geruhsamen Leben in das übrige Leben des Teiches. Über Mittag konnte man sie im Vorübergehen dicht unter der Oberfläche stehen sehen wie Fische aus dunklem Glas im trüben, besonnten Wasser. Wenn unerwarteter Besuch eintraf, schickte ich meinen Toto Tumbo mit einem primitiven Fischnetz an den Teich, einen zweipfündigen Barsch heraufzuholen.

Als ich den alten Knudsen auf unserem Wege tot auffand, schickte ich einen Läufer zur Polizei nach Nairobi und meldete sein Ableben. Ich wünschte ihn auf der Farm zu begraben, aber spätabends kamen zwei Polizeibeamte im Auto und brachten einen Sarg mit. Inzwischen war ein Gewitter hereingebrochen, und ringsum stand das Wasser knöcheltief, denn es war zu Beginn der großen Regenzeit. Wir fuhren durch Sturzbäche und Seen zu seinem Haus, und als wir Knudsen zum Wagen hinaustrugen, rollten Donner über unserem Kopf wie Kanonen, und ringsum zuckten die Blitze, dicht wie Ähren auf dem Kornfeld. Die Räder hatten keine Ketten und griffen kaum auf der schlüpfrigen Straße, der Wagen schlitterte von einer Seite zur anderen. Dem alten Knudsen hätte das wohlgetan, er wäre zufrieden gewesen mit seinem Abzug aus der Farm.

Später geriet ich wegen seines Begräbnisses in Streit mit der Stadtverwaltung von Nairobi, es gab einen hitzigen Kampf, und ich mußte deswegen noch öfter in die Stadt fahren. Das war mein Erbteil von Knudsen, ein letzter Schlag in seinem Namen ins Antlitz des Gesetzes. Nun war ich nicht mehr Madame Knudsen, nun war ich sein Bruder.

Ein Flüchtling rastet auf der Farm

An *einen* Wanderer, der auf die Farm kam, eine Nacht auf ihr schlief und davonzog, um nie wiederzukehren, habe ich seither von Zeit zu Zeit wieder denken müssen. Sein Name war Emmanuelson, er war ein Schwede und hatte, als ich ihn kennenlernte, die Stellung eines *maître d'hôtel* im Norfolkhotel in Nairobi. Er war ein dicklicher junger Mann mit rotem, aufgeplustertem Gesicht und hatte die Gewohnheit, wenn ich im Hotel eine Mahlzeit einnahm, neben meinem Stuhl zu stehen und mich mit sehr salbungsvoller Stimme von unserer Heimat und unseren dortigen gemeinsamen Bekannten zu unterhalten; er war von unablässiger Gesprächigkeit, so daß ich nach einiger Zeit ins Stanleyhotel hinüberwechselte – damals das einzige zweite Hotel am Ort. Ich hörte dann nur noch gelegentlich etwas von Emmanuelson; er schien ein besonderes Talent für Mißgeschicke zu haben und in seinem Gechmack und seiner Vorstellung von den Annehmlichkeiten des Lebens so ganz vom Üblichen abzuweichen, daß er bei den übrigen Skandinaviern im Lande unbeliebt war. Eines Nachmittags erschien er plötzlich sehr erregt und verstört auf der Farm und bat mich um ein Darlehen, er müsse sofort nach Tanganjika, sonst würde er wahrscheinlich eingesperrt werden. Ob meine Gabe zu spät kam, ob er sie für andere Zwecke verausgabte – jedenfalls hörte ich kurz darauf, Emmanuelson sitze in Nairobi im Gefängnis.

Eines Abends, als ich spät von einem Ritt heimkam – die Sterne standen schon am Himmel –, sah ich auf dem steinernen Vorplatz vor meinem Haus einen Mann wartend stehen. Es war Emmanuelson; er meldete sich in munterem Tone selber an: «Ein Landstreicher ist da, Frau Baronin.» Ich fragte ihn, wie es käme, daß er da vor meinem Haus stünde, und er sagte, er habe seinen Weg verfehlt und sei hier gelandet. Seinen Weg wohin? Nach Tanganjika. – Das konnte unmöglich wahr sein, die Straße nach Tanganjika war eine große Chaussee, die nicht zu verfehlen war, der Weg zu meiner Farm zweigte von ihr ab. Wie er denn nach Tanganjika gelangen wolle, fragte ich ihn. Zu Fuß, war die Antwort. Das sei doch ganz unmöglich, wandte ich ein, das hieße drei Tage lang ohne Wasser durchs Massaireservat marschieren, wo die Löwen gerade jetzt so frech seien, die Massai seien heute erst dagewesen und hätten sich beklagt und mich gebeten, einen abzuschießen. Ja, ja, das wußte Emmanuelson alles, aber er wollte trotzdem zu Fuß nach Tanganjika. Denn er wisse nicht, was er sonst tun solle. Er habe nur gemeint, da er sich nun verlaufen habe, ob er mir vielleicht beim Abendbrot Gesellschaft leisten und auf der Farm übernachten und morgen früh erst aufbrechen könnte. Ich war bei dem Gespräch auf meinem Pferde sitzen geblieben, um ihm zu bedeuten, daß er nicht ein Gast des Hauses sei, denn ich hatte keine Lust, mit ihm zu Abend zu essen. Aber als er so sprach, merkte ich, daß er auch nicht erwartete, eingeladen zu werden, er glaubte nicht an meine Gastfreundschaft und nicht an seine Macht, mich zu überreden, er stand da, vereinsamt im Dunklen vor meinem Hause, ein Mensch, der niemandes Freund war. Mit seinem herzhaften Ton wollte er nicht sich aufhelfen, denn er war darüber hinaus, sondern mir – wenn ich ihn wegschickte, war das nicht weiter unfreundlich, sondern ganz in Ordnung. Das war die Höflichkeit eines gehetzten Wildes. Ich rief meinem Sais, das Pferd zu besorgen, und stieg ab.

«Treten Sie ein, Emmanuelson», sagte ich, «Sie können hier essen und über Nacht bleiben.»

Im Schein der Lampe bot Emmanuelson ein trauriges Bild. Er trug einen langen schwarzen Überrock, wie ihn in Afrika kein Mensch trägt, sein Kinn war unrasiert und sein Haar nicht geschnitten, seine alten Schuhe waren an den Zehen aufgeplatzt. Irgendwelche Habseligkeiten nahm er nicht mit nach Tanganjika, seine Hände waren leer. Anscheinend fiel mir die Rolle des Hohenpriesters zu, der dem Herrn den Widder lebend weiht und ihn in die Wüste jagt. Ich hatte das Gefühl, daß hier ein Glas Wein not tat. Berkeley Cole, der das Haus gewöhnlich mit Wein versorgte, hatte mir vor einiger Zeit einen sehr seltenen Burgunder geschickt, und ich ließ Juma eine Flasche davon aufkorken. Als wir bei Tisch saßen und Emmanuelsons Glas gefüllt war, trank er es halb leer, hielt es gegen das Licht und blickte lange hindurch, wie ein Mensch, der aufmerksam einem Musikstück lauscht.

«Groß», sagte er, «ganz groß. Das ist ein 1906er Chambertin.» So war es, und das flößte mir Achtung für Emmanuelson ein.

Sonst sprach er anfangs nicht viel, und ich wußte nicht, wovon ich mit ihm sprechen sollte. Ich fragte ihn, wie es käme, daß es ihm so gar nicht gelungen sei, Arbeit zu finden. Er erwiderte, das käme daher, weil er nichts von all den Dingen verstünde, mit denen die Leute sich hier beschäftigen. Im Hotel sei er entlassen worden, und übrigens sei er auch nicht *maître d'hôtel* von Beruf.

«Verstehen Sie etwas von Buchführung?» fragte ich ihn.

«Nein, nicht das geringste», sagte er, «ich habe es immer sehr schwierig gefunden, zwei Zahlen zusammenzuzählen.»

«Verstehen Sie etwas von Vieh?» fuhr ich fort.

«Von Kühen?» fragte er. «O nein. Ich habe Angst vor Kühen.»

«Können Sie vielleicht einen Traktor fahren?» fragte ich. Ein Schimmer von Hoffnung erhellte sein Gesicht.

«Nein», sagte er, «aber das könnte ich, glaub ich, lernen.»

«Aber nicht auf meinem Traktor», sagte ich.

«Doch sagen Sie mir, Emmanuelson, was haben Sie denn in Ihrem Leben getrieben? Was sind Sie?» Emmanuelson richtete sich empor.

«Was ich bin?» rief er aus. «Oh, ich bin Schauspieler.»

Gott sei Dank, dachte ich, es liegt also absolut nicht in meiner Macht, diesem verwahrlosten Mann auf irgendeine praktische Art zu helfen, jetzt ist es Zeit für ein menschliches Gespräch.

«Schauspieler sind Sie?» sagte ich. «Das ist ein schöner Beruf. Und welches waren Ihre Lieblingsrollen, als Sie auf der Bühne waren?»

«Oh, ich bin ein tragischer Schauspieler», sagte Emmanuelson, «meine Lieblingsrollen waren der Armand in der ‹Kameliendame› und der Oswald in den ‹Gespenstern›.»

Wir sprachen eine Weile von diesen Stücken und von den verschiedenen Schauspielern, die wir in ihnen gesehen hatten, und wie sie nach unserer Ansicht gespielt werden müßten. Emmanuelson sah sich im Zimmer um.

«Sie haben nicht zufällig», fragte er, «Ibsens Dramen hier? Dann könnten wir die letzte Szene aus den ‹Gespenstern› zusammen spielen, wenn es Ihnen nichts ausmachen würde, die Frau Alving zu übernehmen?»

Ich besaß Ibsens Dramen nicht.

«Aber vielleicht kennen Sie es auswendig?» sagte Emmanuelson, der sich für den Plan erwärmte. «Ich habe den Oswald von Anfang bis zum Ende im Kopf. – Diese letzte Szene ist die beste. Das ist wahrhaftig tragisch, wissen Sie, das ist nicht zu überbieten.»

Die Sterne funkelten draußen, die Nacht war schön und warm, es war kurz vor Beginn der großen Regenzeit. Ich fragte Emmanuelson, ob er wirklich zu Fuß nach Tanganjika gehen wolle.

«Ja», sagte er, «ich gehe, ich gebe mir jetzt selbst mein Stichwort.»

«Es ist ein Glück für Sie», sagte ich, «daß Sie nicht verheiratet sind.»

«Freilich», sagte er, «freilich.» Nach einer Pause fügte er zaghaft hinzu: «Ich bin übrigens verheiratet.»

Im Verlaufe des Gespräches klagte Emmanuelson darüber, daß ein Weißer hier draußen gegen die Konkurrenz der Eingeborenen sich nicht halten könne, da sie so viel billiger arbeiteten.

«In Paris zum Beispiel», sagte er, «da habe ich immer für kurze Zeit Arbeit als Kellner in dem oder jenem Café gefunden.»

«Warum sind Sie nicht in Paris geblieben, Emmanuelson?» fragte ich ihn. Er warf mir einen raschen funkelnden Blick zu.

«Paris», sagte er, «o nein, unmöglich. Ich bin grad noch im letzten Augenblick von Paris weggekommen.»

Emmanuelson besaß einen Freund in der Welt, den er im Lauf des Abends mehrmals nannte. Wenn er den erreichen konnte, war alles anders, der hatte Glück und war ein großmütiger Mensch. Er war Revolutionär und reiste überall in der Welt herum. Als Emmanuelson zuletzt von ihm gehört hatte, war er in San Francisco gewesen.

Von Zeit zu Zeit sprachen wir von Literatur und vom Theater und kamen dann immer wieder auf

Emmanuelsons Zukunft zurück. Er erzählte mir, seine Landsleute hier in Afrika hätten ihn einer nach dem anderen an die Luft gesetzt.

«Sie sind in einer schlimmen Lage, Emmanuelson», sagte ich, «ich kenne eigentlich kaum einen zweiten Menschen, der so schief in der Welt steht wie Sie.»

«Ja», sagte er, «das sehe ich selbst; aber ich möchte Ihnen etwas sagen, worüber ich in letzter Zeit nachgedacht habe und worüber Sie vielleicht nicht nachgedacht haben: irgendeinem Menschen auf der Welt muß es ja schlechter gehen als allen anderen.» Er hatte die Flasche geleert und schob sein Glas etwas von sich. «Diese Reise», sagte er, «ist eine Art Glücksspiel für mich, ‹le Rouge et Noir›. Ich habe eine Chance herauszukommen, vielleicht überhaupt aus allem herauszukommen. Andererseits, wenn ich Tanganjika erreiche, kann ich auch wieder wo hineinkommen.»

«Ich glaube, Sie kommen nach Tanganjika», sagte ich. «Sie können einen der indischen Laster erwischen, die auf der Straße verkehren.»

«Freilich», sagte er, «aber die Löwen – und die Massai.»

«Glauben Sie an Gott, Emmanuelson?» fragte ich ihn. Er saß eine Weile stumm da.

«Vielleicht werden Sie mich entsetzlich skeptisch finden», sagte er. «Außer an Gott glaube ich nämlich an absolut gar nichts.»

«Hören Sie, Emmanuelson», sagte ich, «haben Sie Geld bei sich?»

«Ja», sagte er, «achtzig Cents.»

«Das langt nicht», sagte ich, «und ich habe auch

kein Geld im Hause. Aber vielleicht hat Farah etwas.» Farah hatte vier Rupien.

Am nächsten Morgen, eine ganze Weile vor Sonnenaufgang, ließ ich die Boys Emmanuelson wecken und uns ein Frühstück machen. Mir war im Lauf der Nacht der Gedanke gekommen, daß es mir Freude bereiten würde, Emmanuelson die ersten zehn Meilen seines Weges in meinem Wagen zu begleiten. Es bedeutete für Emmanuelson nicht viel, ihm blieben immer noch weitere achtzig Meilen Fußmarsch, aber der Gedanke, ihn von meiner Schwelle weg ins ungewisse Schicksal davonziehen zu sehen, war mir nicht recht, und zudem wollte ich gern irgendwie bei seiner Komödie oder Tragödie dabei sein. Ich machte ihm ein Paket Butterbrote und hartgekochte Eier und gab ihm eine Flasche von dem 1906er Chambertin dazu, da er ihn zu schätzen wußte. Ich dachte, daß es ja vielleicht sein letzter Schluck im Leben sein mochte. Emmanuelson sah im Morgengrauen aus wie eine der Leichen, von denen es heißt, daß ihre Bärte in der Erde rasch wachsen, kam aber sonst mit Anstand aus seinem Grabe und war, als wir abfuhren, recht heiter und gleichmütig.

Als wir über den Mgabathifluß gekommen waren, ließ ich ihn aussteigen. Die Morgenluft war klar und der Himmel wolkenlos. Sein Weg führte nach Südwest – als ich nach dem entgegengesetzten Horizont hinüberschaute, ging eben die Sonne auf, matt und rötlich. Wie das Dotter in einem hartgekochten Ei, dachte ich. In drei oder vier Stunden würde sie weißglühend, erbarmungslos über dem Kopf des Wanderers scheinen.

Emmanuelson verabschiedete sich, ging los, kam wieder zurück und verabschiedete sich nochmals.

Ich saß im Wagen und schaute ihm nach; ich glaubte, er freute sich, bei seinem Abgang einen Zuschauer zu haben. Ich glaube, der Theaterinstinkt in ihm war so stark, daß er in diesem Augenblick das Bewußtsein hatte, von der Bühne abzutreten, zu verschwinden, als sähe er mit den Augen des Publikums sich selbst gehen: Emmanuelson geht ab. Konnten die Berge, die Dornbäume und die staubige Straße nicht so barmherzig sein und für einen Augenblick sich in Kulissen verwandeln? Sein langer schwarzer Mantel wehte ihm im Morgenwinde um die Beine, der Hals der Flasche lugte aus einer Tasche hervor. Mir füllte sich das Herz mit der Liebe und Dankbarkeit, die der Daheimbleibende für alle Wanderer und fahrenden Gesellen in der Welt empfindet, für die Seeleute, Entdekker und Landstreicher. Als er die Höhe erstiegen hatte, wandte er sich um, zog seinen Hut und winkte mir zu, das lange Haar flatterte über der Stirn empor.

Farah, der mit mir im Wagen saß, fragte mich: «Wohin geht der Bwana?» Farah nannte Emmanuelson aus Selbstachtung einen Bwana, weil er im Hause geschlafen hatte.

«Nach Tanganjika», sagte ich.

«Zu Fuß?» fragte er.

«Ja», sagte ich.

«Allah sei mit ihm», sagte Farah.

Den Tag über dachte ich oft an Emmanuelson, trat aus dem Hause und blickte in die Richtung der

Straße nach Tanganjika. Abends, gegen zehn Uhr, hörte ich fern im Südwesten einen Löwen brüllen, eine halbe Stunde später hörte ich ihn noch einmal. Ob er wohl auf einem alten schwarzen Überrock hockte? dachte ich. Im Lauf der nächsten Woche versuchte ich, etwas von Emmanuelson zu erfahren. Ich schickte Farah zu seinen indischen Bekannten, deren Lastautos den Verkehr nach Tanganjika besorgten, sie zu fragen, ob einer der Laster ihn vielleicht überholt habe oder ihm begegnet sei. Aber niemand wußte etwas von ihm.

Ein halbes Jahr später überraschte mich ein eingeschriebener Brief aus Dodoma, wo ich niemanden kannte. Der Brief war von Emmanuelson, er enthielt die fünfzig Rupien, die ich ihm früher geliehen hatte, als er außer Landes gehen wollte, und Farahs vier Rupien. Außer dem Gelde – es war das letzte, das ich je im Leben wiederzusehen erwartet hätte – sandte mir Emmanuelson einen langen vernünftigen und reizenden Brief. Er hatte in einer Bar in Dodoma eine Stellung als Kellner gefunden – weiß Gott, was man in Dodoma eine Bar nannte – und befand sich wohl. Es zeigte sich, daß er die Gabe der Dankbarkeit besaß, denn er erinnerte sich an jede Einzelheit des Abends auf der Farm und sprach immer wieder davon, daß er sich da wie unter Freunden gefühlt habe. Er erzählte mir genau, wie seine Wanderung verlaufen war. Von den Massai wußte er viel Gutes zu sagen. Sie hatten ihn auf der Straße gefunden und bei sich aufgenommen, sich freundlich und gastfrei gezeigt und ihn den größten Teil der Strecke auf weiten Umwegen in ihrem Schutz reisen lassen. Er hatte sie, wie er schrieb, mit Berichten über seine Abenteuer in allen möglichen Ländern so gut unterhalten, daß sie ihn gar nicht gehen lassen wollten. Emmanuelson verstand von der Massaisprache kein Wort, er muß ihnen seine ganze Odyssee pantomimisch vorgeführt haben.

Es schien mir passend und sinnreich, daß Emmanuelson bei den Massai Zuflucht gesucht hatte und daß sie sich seiner angenommen hatten. Die echten Aristokraten und die echten Proletarier allein verstehen etwas vom Tragischen. Für sie ist es der tiefste Wesensgrund Gottes und der Schlüssel – der kleinere Schlüssel des Daseins. Sie unterscheiden sich darin von den Bürgern aller Klassen, die das Tragische nicht wahrhaben, es nicht dulden wollen, für die das Wort tragisch soviel wie unangenehm bedeutet. Viele Mißverständnisse zwischen den weißen Siedlern des Mittelstandes und den Eingeborenen erwachsen aus diesem Irrtum. Die mürrischen Massai sind Aristokraten und Proleten zugleich; sie erkannten wohl sofort in dem schwarzgewandeten Wanderer die tragische Gestalt, und der tragische Held kam zu ihnen wie zu den Seinen.

Freunde zu Gast

Die Besuche von Freunden auf der Farm waren glückliche Ereignisse in meinem Leben, und die Farm wußte das.

Wenn eine von Denys Finch-Hattons langen Safaris sich dem Ende zuneigte, kam es vor, daß morgens ein junger Massai, lässig auf eines seiner langen schlanken Beine gestützt, vor meinem Haus stand. «Bedâr ist auf dem Heimweg», verkündete er. «Er wird in zwei oder drei Tagen hier sein.» Nachmittags erschien dann ein kleines Squattertoto aus dem Grenzgebiet der Farm, hockte sich auf die Wiese und wartete. Wenn ich hinaustrat, sagte es: «Da ist ein Volk von Perlhühnern unten an der Krümmung des Flusses. Willst du für Bedâr, wenn er kommt, welche schießen, dann komm ich abends, wenn die Sonne untergeht, und zeig dir, wo sie sind.»

Die großen Wanderer unter meinen Freunden sahen, glaub ich, den Reiz der Farm darin, daß sie etwas Beständiges hatte und stets die gleiche war, sooft sie kamen. Sie hatten weite Länder durchstreift und an mancherlei Orten ihre Zelte errichtet und abgebrochen, nun freuten sie sich, in meinen Auffahrtsweg einzubiegen, der unwandelbar war wie die Bahn der Sterne. Es machte ihnen Freude, von vertrauten Gesichtern begrüßt zu werden, denn ich hatte, solange ich in Afrika lebte, immer dieselben Dienstboten. Während ich auf der Farm mich sehnte hinauszukommen, kehrten sie zurück und sehnten sich nach Büchern und frischbezogenen Betten und der schattigen Kühle eines großen abgeschirmten Raumes; sie hatten sich an ihren Lagerfeuern die Freuden des Farmlebens ausgemalt, und wenn sie ankamen, überfielen sie mich mit Fragen: «Hast du deinem Koch beigebracht, *omelettes à la chasseur* zu backen – und sind die Platten des ‹Petruschka› mit der letzten Post gekommen?» Sie kamen und blieben im Hause, auch wenn ich fort war, und Denys bewohnte es einmal, solange ich in Europa war. «Mein Waldheim», nannte es Berkeley Cole.

Zum Dank für die Wohltaten der Zivilisation brachten mir die Abenteurer Trophäen ihrer Jagden mit: Leoparden- und Gepardenfelle, die in Paris zu Pelzmänteln verarbeitet werden wollten, Schlangen- und Eidechsenhäute für Schuhe und Marabufedern.

Um ihnen eine Freude zu machen, probierte ich in ihrer Abwesenheit merkwürdige Rezepte aus alten Kochbüchern aus und mühte mich, in meinem Garten europäische Blumen zu ziehen. Einmal, als ich in meiner Heimat war, schenkte mir eine alte Dame in Dänemark zwölf schöne Pfingstrosenknollen, die ich nicht ohne Schwierigkeiten über die Grenze brachte, denn die Einfuhr von Pflanzen wurde streng überwacht. Als ich sie einsetzte, schossen bald eine Menge dunkelkarmoisinroter, gewundener Triebe heraus, an denen sich allmählich viele zarte Blätter und rundliche Knospen bildeten. Die erste Blüte, die sich öffnete, hieß *Duchesse de Nemours*; es war eine große, einzelne weiße Pfingstrose, sehr edel und üppig, und sie strömte eine Fülle frischen süßen Duftes aus. Als ich sie abschnitt und in meinem Wohnzimmer ins Wasser stellte, blieb jeder Weiße, der eintrat, unwillkürlich verblüfft stehen. Es war eine Prachtpfingstrose! – Aber kurz darauf verwelkten alle übrigen Knospen und fielen ab, und ich bekam nie mehr als die eine Blüte zu sehen. Einige Jahre später sprach ich mit dem Gärtner der Lady MacMillan in Chiromo über Pfingstrosen. «Uns ist es nicht gelungen, in Afrika Pfingstrosen zu ziehen», sagte er, «und es wird uns nicht gelingen, ehe es uns nicht glückt, eine importierte Knolle zum Blühen zu bringen und von dieser Blüte Samen zu nehmen. Auf die Art allein haben wir Delphinium in der Kolonie eingeführt.» So hätte ich die Pfingstrose in Afrika einführen und so berühmt werden können wie die Herzogin von Nemours selbst, und ich hatte den künftigen Blütenflor vernichtet und meine einzige Blüte abgepflückt und ins Wasser gestellt. Ich habe oft davon geträumt, ich sähe die weiße Pfingstrose wachsen, und mich gefreut, daß ich sie also doch nicht abgeschnitten hätte.

Auch Bekannte von anderen Farmen im Lande und aus der Stadt kamen zu uns. Hugh Martin vom Vermessungsamt kam aus Nairobi heraus, um mich zu unterhalten; er war ein geistreicher Mann, mit der ausgefallensten Literatur der Welt vertraut. Er hatte ein geruhsames Leben als Verwaltungsbeamter im Osten hinter sich und hatte dort unter anderem ein ihm angeborenes Talent entwickelt: auszusehen wie ein maßlos feistes, chinesisches Götzenbild. Er nannte mich «Candide» und war selbst auf der Farm eine Art kurioser Doktor Pangloß, sicher und friedvoll verwurzelt in seinem Glauben an die Gemeinheit und Verächtlichkeit der menschlichen Natur und des Weltalls und zufrieden dabei – denn warum sollte es nicht so sein? Er rührte sich kaum aus dem großen Sessel, wenn er sich einmal darin niedergelassen hatte. Mit seiner Flasche und seinem Glase vor sich strahlte er geruhsam glänzenden Angesichts seine Theorien vom Leben aus, wie ein phosphoreszierendes Gewächs aus Stoff und Geist, ein dicker Mann, im

Frieden mit der Welt, im Schoße des Teufels gebettet, ausgezeichnet durch jenen Schimmer von Adrettheit, den die Jünger Satans vor manchen Jüngern des Herrn voraushaben.

Der junge langnasige Gustav Mohr aus Norwegen kam plötzlich abends von der Farm, die er jenseits von Nairobi zu verwalten hatte, ins Haus gestürmt. Er war ein eingefleischter Farmer und hat mir bei meiner Arbeit mit Wort und Tat mehr als irgendein anderer im Lande geholfen, mit einer schlichten tatkräftigen Bereitschaft, als wäre es ganz selbstverständlich, daß Farmer oder Skandinavier einander zu dienen hätten. Da kam er nun angeschossen, hergeschleudert durch die innere Glut seiner Seele wie ein Stein aus einem Vulkan. Er werde verrückt, erklärte er, in einem Lande, in dem man von einem Manne erwarte, daß er von Gesprächen über Ochsen und Sisalhanf sein Leben fristen könne, sein Geist verhungere, und er könne es nicht länger ertragen. Mit dem ersten Schritt ins Haus fing er zu reden an und redete fort bis nach Mitternacht, über Liebe, Kommunismus, Prostitution, Hamsun, die Bibel und vergiftete sich ununterbrochen mit einem scheußlich schlechten Tabak. Er aß kaum, er hörte nicht zu, er schrie, wenn ich versuchte, ein Wort einzuwerfen, glühend von einem inneren Brande, mit seinem hageren wilden Kopf in die leere Luft hämmernd. Viel war in ihm, dessen er sich entledigen mußte, und unterm Sprechen wurde es nur immer mehr. Plötzlich, gegen zwei Uhr nachts, war es aus. Dann saß er eine Weile still da, mit einem demütigen Blick, wie ein Genesender im Garten eines Krankenhauses, sprang auf und raste in erschreckendem Tempo davon, bereit, sein Leben noch einmal eine Zeitlang mit Ochsen und Sisalhanf zu fristen.

Ingrid Lindström kam manchmal zu Besuch, wenn sie für ein oder zwei Tage von ihrer eigenen Farm, ihren Truthähnen und ihrem Gärtnereibetrieb in Njoro freikam. Ingrid hatte eine helle Haut und ein helles Gemüt, ihr Vater und ihr Mann waren schwedische Offiziere. Sie war mit ihrem Gatten und ihren Kindern zu einem fröhlichen Abenteuer nach Afrika ausgezogen, um rasch reich zu werden, und hatte lauter Land für Flachsbau gekauft, weil Flachs damals fünfhundert Pfund Sterling pro Tonne einbrachte; als der Preis bald danach auf vierzig Pfund fiel und Flachsbau und Geräte für Flachsbau gar nichts mehr wert waren, setzte sie ihre ganze Kraft ein, um ihrer Familie die Farm zu retten, sie eröffnete eine Geflügelzucht und eine Handelsgärtnerei und schuftete wie ein Sklave. In diesen Kampfjahren verliebte sie sich in die Farm, in die Kühe und Schweine, die Eingeborenen und das Gemüse, ja, in das Stückchen afrikanischer Erde selber, mit einer so innigen, verbissenen Leidenschaft, daß sie eher ihren Mann und ihre Kinder als ihr Land geopfert hätte. Sie und ich haben uns in den schweren Jahren beieinander ausgeweint, wenn wir fürchteten, unsere Farm aufgeben zu müssen. Es waren immer glückliche Tage, wenn Ingrid bei mir war, denn sie hatte die starke, kühne, überquellende Heiterkeit der alten schwedischen Bäuerinnen, und aus ihrem wettergebräunten Antlitz leuchteten weiß die Zähne einer lachenden Walküre. Darum liebt alle Welt die

Schweden, weil sie mitten in eigenem Kummer jeden an ihre Brust reißen und so mutig sein können, daß alles überstrahlt wird.

Ingrid hatte einen alten Kikuju als Koch und Hausboy. Kamosa, so hieß er, versah die verschiedensten Ämter bei ihr und betrachtete alles, was sie unternahm, als seine eigene Aufgabe. Er arbeitete sich ab im Gemüsegarten und Geflügelhof, machte die Kinderwärterin ihrer drei kleinen Mädchen und brachte sie zur Schule und zurück. Als ich sie auf ihrer Farm Njoro besuchte, geriet Kamosa ganz außer sich, ließ alles andere im Stich und krönte seine gewaltigen Vorbereitungen für meine Ankunft, indem er ihre Truthähne schlachtete – alles aus Ehrfurcht vor der Größe Farahs. Er betrachtete seine Bekanntschaft mit Farah, wie Ingrid mir erzählte, als die größte Ehre seines Lebens.

Mrs. Darrell Thompson aus Njoro, die ich kaum kannte, kam zu mir zu Besuch, als die Ärzte ihr eröffnet hatten, daß sie nur noch wenige Monate zu leben habe. Sie erzählte mir, sie hätte gerade in Irland ein Pony gekauft, einen preisgekrönten Springer – denn Pferde waren für sie der Gipfel und Glanz des Daseins –, und nun, da sie mit den Ärzten gesprochen habe, sei ihr erster Gedanke gewesen, nach Hause zu kabeln, der Gaul solle nicht herübergeschickt werden, aber dann habe sie sich besonnen und wolle ihn, falls sie sterbe, mir vermachen. Ich dachte nicht wieder daran, bis nach ihrem Tode, ein halbes Jahr später, das Pony «Poor-Box» in Ngong erschien. «Poor-Box» erwies sich, kaum daß er sich eingelebt hatte, als das klügste Geschöpf auf der ganzen Farm. Äußerlich war er recht unansehnlich, gedrungen und über die besten Jahre hinaus; Denys Finch-Hatton ritt ihn gern, ich machte mir nicht eben viel daraus. Aber durch Taktik und Umsicht, dadurch, daß er besser wußte, was er wollte, als alle die jungen ungestümen Pferde, die die reichen Leute der Kolonie starten ließen, gewann er das große Wettspringen in Kabete, das zu Ehren des Prinzen von Wales abgehalten wurde. Mit seiner gewohnten ruhigen, bescheidenen Haltung brachte er eine große Silbermedaille heim, und nach einer Woche gespannter Sorge schlugen in meinem Hause ihm zu Ehren Wellen der Begeisterung und Siegesfreude empor. Er starb sechs Monate später an der Kruppe und wurde nicht weit von seinem Stall unter den Zitronenbäumen begraben und viel beklagt; sein Name lebte noch lange fort.

Der alte Mr. Bulpett, den sie im Klub Onkel Charles nannten, kam heraus und speiste bei mir. Er war mir ein lieber Freund und verkörperte ein Ideal für mich, den englischen Kavalier der Viktorianischen Zeit, der sich auch in der unsrigen wohlfühlte. Er war über den Hellespont geschwommen und hatte das Matterhorn erstiegen und war in seiner Jugend, wohl in den siebziger Jahren, der Liebhaber der schönen Otero gewesen. Man erzählte sich, sie habe ihn völlig ausgeplündert. Mir war, als säße ich zu Tisch mit Armand Duval oder dem berühmten Chevalier des Grieux. Er besaß viele hübsche Bilder der Otero und liebte es, von ihr zu sprechen. Einmal, als wir in Ngong miteinander tafelten, sagte ich zu ihm: «Wie ich höre, sind die Memoiren der schönen Otero jetzt erschienen. Kommen Sie auch darin vor?» – «Ja», sagte er, «ich komme drin vor. Unter einem anderen Namen zwar, aber doch.» – «Was schreibt sie denn von Ihnen?» fragte ich. «Sie schreibt», sagte er, «da sei ein junger Mann gewesen, der habe in einem halben Jahr Hunderttausende für sie vertan, aber er sei auf seine Kosten gekommen.» – «Und glauben Sie selbst», fragte ich lachend, «daß Sie auf Ihre Kosten gekommen sind?» Er dachte eine Weile über meine Frage nach. «Ja», sagte er, «ja, das bin ich.» Denys Finch-Hatton und ich feierten mit Mr. Bulpett seinen siebenundsiebzigsten Geburtstag mit einem Picknick auf dem Gipfel der Ngongberge. Als wir da oben saßen, kamen wir darauf zu sprechen, ob wir, wenn es uns freigestellt würde, richtige Flügel zu besitzen, die aber nicht wieder abgelegt werden dürften, das Angebot annehmen oder abweisen würden. Der alte Mr. Bulpett blickte über das unermeßlich weite Land zu unseren Füßen, die grünen Hänge des Ngong, das Rifttal im Westen, als bereite er sich vor, sofort auf und darüberhin zu fliegen. «Ich würde annehmen, ich würde ganz bestimmt annehmen. Es gibt nichts, was ich lieber täte.» Nach einer Pause des Nachdenkens fügte er hinzu: «Aber ich glaube, ich würde es mir überlegen, wenn ich eine Dame wäre.»

Der edle Pionier

Berkeley Cole und Denys Finch-Hatton durften mein Haus als Gemeinbesitz betrachten. Alles darin gehörte ihnen, und sie waren stolz darauf und brachten herbei, was ihnen zu fehlen schien. Sie versorgten das Haus auf echte Feinschmeckerart mit Wein und Tabak und ließen mir Bücher und Grammophonplatten aus Europa kommen. Berkeley kam oft, den Wagen vollgepackt mit Truthähnen, Eiern und Orangen, von seiner eigenen Farm auf dem Mount Kenia herüber. Sie hatten beide den Ehrgeiz, mich zum Weinkenner zu erziehen, und wandten viel Zeit und Sorge darauf. Die größte Freude machte ihnen mein dänisches Glas und Porzellan; sie bauten auf dem Tisch eine hohe durchsichtige Pyramide aus Gläsern und weideten sich an ihrem Anblick.

Berkeley ließ sich, wenn er auf der Farm war, jeden Morgen um elf Uhr eine Flasche Champagner in den Wald hinausbringen. Einmal, als er sich von mir verabschiedete und mir dankte für die schönen Tage auf der Farm, fügte er hinzu, nur ein Schatten falle auf das Bild: die Gläser, aus denen wir unter den hohen Baumkronen unseren Wein getrunken hätten, seien gewöhnliche grobe Gläser. «Ich weiß, Berkeley», sagte ich, «aber ich habe so wenig gute Gläser übrig, und die Boys werden sie mir zerschlagen, wenn sie sie so weit tragen müssen.» Er schaute mich ernsthaft an und hielt meine Hand fest. «Aber, Liebe», sagte er, «es war doch so traurig.» Seitdem bekam er draußen im Walde immer meine schönsten Gläser.

Es war eine wunderliche Sache mit Berkeley und Denys: ihre Freunde in England trauerten ihnen so bitter nach, als sie auswanderten, und in der Kolonie liebte und bewunderte sie jeder, und doch waren sie Heimatlose. Nicht, weil eine Gemeinschaft sie von sich stieß oder gar ein Ort in der Welt sie nicht leiden mochte, sondern die Zeit war es – sie gehörten nicht in ihr Jahrhundert. Kein anderes Volk außer England konnte sie hervorgebracht haben, aber sie waren verachtet, ihr England war ein England von einst, eine Welt, die es nicht mehr gab. In der Gegenwart hatten sie keine Heimat, sie wanderten von einem Ort zum andern und kamen so im Lauf der Zeit auch auf die Farm. Aber sie selbst merkten das nicht. Sie hatten sogar im Gegenteil ein Gefühl von Schuld dem Leben in England gegenüber, das sie verlassen hatten, als sei es, eben weil es sie langweilte, eine Pflicht, vor der sie ausgerissen seien, während ihre Freunde sie erfüllten. Wenn Denys auf seine Jugend zu sprechen kam – obwohl er immer noch so jung war – und auf seine Zukunft und die Ratschläge seiner Freunde in England, dann zitierte er Shakespeares Jacques:

«Besteht ein dummer Tropf
Auf seinem Eselskopf,
Läßt seine Füll' und Ruh
Und rennt der Wildnis zu...»

Aber er sah sich selbst nicht richtig und Berkeley auch nicht und vielleicht auch Jacques nicht. Sie glaubten, sie seien Ausreißer, die zuweilen für ihren Eigenwillen teuer zahlen müßten, und in Wahrheit waren sie Verbannte und Märtyrer, die ihr Martyrium mit gutem Anstand trugen.

Hätte Berkeley seinen klugen Kopf mit einer Perücke langer seidiger Locken geschmückt, er hätte am Hofe König Karls II. ein und aus gehen können. Er hätte als aufgeweckter englischer Student zu Füßen des alten d'Artagnan sitzen können, des d'Artagnan der *Dix ans après,* seiner Weisheit lauschend und seine Worte in sein Herz prägend. Es gab kein Gesetz der Schwere für Berkeley, ich hatte das Gefühl, er könnte mitten aus unserem abendlichen Geplauder am Kamin plötzlich durch den Schlot emporfahren. Er war ein guter Menschenkenner, frei von Illusionen und von Groll. Aus einer Art Teufelsübermut war er am liebenswürdigsten zu den Menschen, von denen er am wenigsten hielt. Wenn er gehörig aufgekratzt war, gab er einen unvergleichlichen Spaßmacher ab. Und um ein Narr zu sein im Stil der Congreve und Wycherley *en plein vingtième siècle,* dazu gehört mehr als das Talent eines Congreve und Wycherley, dazu gehört Glut, Grandezza und Verwegenheit. Wenn ein Spaß bis zum Wagnis und zur Vermessenheit aufschießt, dann wird er ergreifend. Wenn Berkeley, leicht erhitzt und gleichsam transparent vom Weine, sein hohes Roß bestieg, dann wuchs des Reittiers Schatten an der Wand und bäumte sich in kühnem, phantastischem Galopp, als wär's der Sproß einer edlen Stute, als hieße seine Mutter Rosinante. Aber Berkeley selbst, einsam wie er war in Afrika, halb Invalide – sein Herz machte ihm ständig Beschwerden –, mit seiner geliebten Farm, die täglich mehr und mehr in die Hände der Banken glitt – er wäre der letzte gewesen, den Schatten zu erkennen.

Berkeley war klein gewachsen, sehr zierlich, rothaarig, mit schmalen Händen und Füßen, und hielt sich stets tadellos aufrecht, mit einer kleinen kecken Wendung des Kopfes nach rechts oder links, der noblen Geste des unbesiegten Duellanten. Er ging geräuschlos wie eine Katze. Und wie eine Katze füllte er jeden Raum, in dem er saß, mit Behagen, als trüge er bei sich einen Quell von Wärme und Lustigkeit. Wäre Berkeley gekommen und hätte sich zu einem auf die rauchenden Trümmer des Hauses gesetzt, er hätte einem wie eine Katze das Gefühl gegeben, in einem mollig gemütlichen Winkel geborgen zu sein. Wenn ihm wohl zumute war, dann meinte man, er müsse schnurren wie ein großer Kater, und wenn er krank war, dann war sein Leid nicht nur betrüblich und besorgniserregend, sondern grauenvoll wie die Krankheit einer Katze. Er hatte keine Grundsätze, aber einen überraschenden Vorrat an Vorurteilen, grad wie man's einer Katze zutrauen würde.

War Berkeley ein Kavalier aus den Tagen der Stuarts, so paßte Denys in eine noch frühere englische Landschaft, in die Welt der Königin Elisabeth. Da hätte er Arm in Arm mit Sir Philipp oder Francis Drake einherwandeln können. Und die Menschen aus der Zeit der Elisabeth hätten ihn zu schätzen gewußt, denn ihnen hätte er den Geist des Altertums vermittelt, der Athener, von denen sie träumten und schrieben. Denys hätte sich freilich in jede Epoche unserer Kultur harmonisch eingefügt, wäre in ihr zu Hause gewesen, bis an die Schwelle des neunzehnten Jahrhunderts. Er würde in jeder Epoche eine gute Figur gemacht haben, denn er war ein Athlet und ein Musiker, ein Liebhaber der schönen Künste und ein trefflicher Sportsmann. Er trug auch das Kostüm seiner eigenen Zeit, aber es saß ihm nicht überall. Seine Freunde in England wünschten ihn sich immer zurück, sie schrieben und malten ihm allerlei Zukunftspläne für seine Karriere aus, aber Afrika hielt ihn fest.

Die besondere instinktive Zuneigung, die alle Schwarzen in Afrika Berkeley und Denys und einigen anderen ihrer Art bekundeten, hat mich auf den Gedanken gebracht, daß die Weißen vielleicht früher, und zwar zu jeder früheren Zeit, sich besser mit den Farbigen verstanden haben, ihnen nähergekommen sind, als wir in unserer industriellen Zeit es vermögen. Als die erste Dampfmaschine erbaut wurde, trennten sich die Wege der Völker, und seitdem haben wir uns nicht wiedergefunden.

Ein Schatten lag über meiner Freundschaft mit Berkeley, und der kam daher, daß Jama, sein Somalidiener, einem Stamm angehörte, der mit Farahs Stamm in Feindschaft lebte. Wer wie wir den Sippenwahn der Somali kannte, mußte angesichts der dunklen, tiefen Wüstenblicke, die sich über unserem Eßtisch kreuzten, wenn die beiden Berkeley und mir servierten, das Schlimmste ahnen. Spätabends kam es uns bisweilen in den Sinn, was wir wohl täten, wenn wir morgens herauskämen und Farah und Jama beide steif und kalt mit Dolchen in der Brust dalägen. In der Hinsicht kannten die beiden Erzfeinde keine Furcht und kein Bedenken, von Blutvergießen und Vernichtung hielt sie nur ihre jeweilige Anhänglichkeit an Berkeley und mich zurück. «Ich traue mich nicht», sagte Berkeley, «Jama heut abend zu sagen, daß ich mich umbesonnen habe und diesmal nicht nach Eldoret gehe, wo die junge Dame lebt, die er liebt. Denn dann wird sein Herz gegen mich zu Stein werden, es wird ihm gleich sein, ob meine Kleider gebürstet sind oder nicht, und er wird hinausgehen und Farah umbringen.» Aber Jamas Herz wurde nicht zu Stein. Er war schon lange bei Berkeley, und Berkeley sprach oft von ihm. Er erzählte mir, wie er einmal bei einer Sache, in der sich Jama im Recht glaubte, aus der Haut gefahren war und ihm eine runtergehauen hatte. «Aber im selben Augenblick, kann ich dir sagen», erzählte Berkeley, «hatte ich genauso einen Hieb im Gesicht sitzen.» – «Und wie ging das aus?» fragte ich. «Zum Glück», sagte Berkeley, «verstand ich mich besser aufs Boxen als er und erledigte ihn.» Nach einer Weile setzte er hinzu: «Es war nicht so schlimm. Er ist zwanzig Jahre jünger als ich.» Der Vorfall hatte der Stellung des Herrn und des Dieners keinen Eintrag getan. Jama wahrte eine leicht gönnerhafte Haltung gegen Berkeley, wie sie die meisten Somalidiener gegen ihre Herrschaft bezeigen. Nach Berkeleys Tod wollte Jama nicht mehr im Lande bleiben und zog zurück nach Somaliland.

Berkeley besaß eine große, nie gestillte Liebe für das Meer. Es war ein Lieblingstraum von ihm, daß er und ich, wenn wir einmal reich wären, eine Dau kaufen und als Kauffahrer nach Lamu, Mombasa und Sansibar reisen sollten. Wir hatten den Plan genau entworfen und unsere Mannschaft aufgestellt, nur reich wurden wir nie.

Sowie Berkeley müde oder unwohl war, verfiel er in seine Sehnsucht nach dem Meer. Dann jammerte er über seine Dummheit, daß er ein Menschenalter Gott weiß wo, aber nicht auf dem

Wasser gelebt habe, und fluchte erbärmlich. Einmal, als ich nach Europa fuhr, war er wieder in dieser Stimmung; um ihm eine Freude zu machen, dachte ich mir aus, zwei Schiffslaternen mitzubringen, ein Steuerbord- und ein Backbordlicht, und sie am Eingang meines Hauses aufzuhängen. Ich erzählte es ihm. «Ja, ja, das wäre gut», sagte er, «dann würde das Haus gleichsam ein Schiff werden. Aber sie müssen wirklich zur See gewesen sein.» In Kopenhagen kaufte ich in einem Schifferladen an einem der alten Kanäle ein paar alte, große, schwere Schiffslaternen, die viele Jahre lang die Ostsee befahren hatten. Wir steckten sie zu beiden Seiten der Tür auf, die nach Osten wies, und freuten uns, daß sie richtig saßen, wenn man sich die Erde in ihrer Drehung durch den Äther vorstellte; es konnte keine Kollisionen geben. Diese Lampen haben Berkeleys Herzen gutgetan. Er kam oft sehr spät und meist in erheblichem Tempo angefahren; wenn dann die Lichter brannten, fuhr er ganz langsam um die Kurve des Auffahrtweges, um den kleinen roten und grünen Stern recht auf sich wirken und alte Erinnerungen, Bilder von Seefahrten, wieder aufleben zu lassen, als nähere er sich wirklich auf dunkler Flut einem stillen Schiff. Wir machten ein Signalsystem aus, vertauschten die Lampen oder nahmen eine weg, damit er schon vom Walde aus sehen konnte, in welcher Stimmung er seine Gastgeberin antreffen würde oder was für ein Essen er zu erwarten hätte.

Berkeley war wie sein Bruder Galbraith Cole und sein Schwager Lord Delamere einer der früheren

Siedler, ein Pionier der Kolonie, und aufs engste vertraut mit den Massai, die damals der herrschende Stamm des Landes waren. Er hatte sie gekannt, bevor die europäische Zivilisation, die sie in der Tiefe ihres Herzens mehr als irgend etwas anderes auf der Welt verachteten, ihnen die Wurzeln gekappt und sie aus ihrer schönen Heimat im Norden vertrieben hatte. Er konnte mit ihnen in ihrer Sprache von der vergangenen Zeit sprechen. Wenn Berkeley auf der Farm war, kamen die Massai über den Fluß, um ihn zu sehen. Die alten Häuptlinge hockten sich zu ihm und beredeten ihre Sorgen mit ihm, seine Späße brachten sie zum Lachen – es war, als ob Steine lachten.

Berkeleys Verhältnis und Freundschaft mit den Massai war es zu danken, daß wir eine große, eindrucksvolle Zeremonie auf der Farm erlebten.

Als der Weltkrieg ausbrach und die Massai davon hörten, wallte das Blut des alten Kriegsvolkes auf. Sie träumten von Schlachten und Gemetzel und sahen den Glanz der Vergangenheit noch einmal aufleuchten. Ich war in den ersten Monaten des Krieges, allein unter Eingeborenen und Somali, mit drei Ochsenfuhren unterwegs und führte für die englische Regierung auf dem Treckweg Transporte durch das Massaireservat. Wenn die Leute in einem entlegenen Gebiet hörten, daß ich kam, scharten sie sich mit leuchtenden Augen um mich und hatten hundert Fragen über den Krieg und über die Deutschen – ob es wahr sei, daß sie aus der Luft kämen! Sie brannten in ihrem Herzen auf Gefahren und Tod. Nachts umschwärmten die jungen Krieger in voller Kriegsbemalung mit

Speeren und Schwertern mein Zelt und stießen, um mir zu zeigen, wer sie in Wahrheit seien, ein kurzes Gebrüll aus, Löwengebrüll nachahmend.

Aber die englische Regierung hielt es nicht für geraten, die Massai zum Krieg gegen Weiße heranzuziehen; sie verbot den Massai jede Kampfhandlung und vernichtete ihre schönsten Hoffnungen. Die Kikuju durften als Träger am Feldzug teilnehmen, aber die Massai mußten die Waffen ruhen lassen.

Erst im Jahre 1918, als für alle übrigen Eingeborenen der Kolonie die Wehrpflicht eingeführt wurde, hielt es die Regierung für angezeigt, auch die Massai einzuberufen. Ein Offizier von den afrikanischen Schützen wurde mit seinem Regiment nach Narack geschickt, um dreihundert Morani zur Armee auszuheben. Inzwischen hatten die Massai das Interesse am Krieg verloren und weigerten sich einzurücken. Die Morani verschwanden in den Wäldern und im Busch. Bei der Verfolgung feuerten die afrikanischen Schützen versehentlich auf ein Manyatta und töteten zwei alte Weiber. Zwei Tage darauf war das ganze Massaireservat in offenem Aufruhr, Scharen von Morani strichen durchs Land, töteten etliche indische Kaufleute und brannten mehr als fünfzig Duken nieder. Die Lage war ernst, und die Regierung wünschte nicht, sie auf die Spitze zu treiben. Lord Delamere wurde ausgeschickt, mit den Massai zu verhandeln, und schließlich kam ein Kompromiß zustande. Den Massai wurde gestattet, die dreihundert Morani selbst zu benennen; für die Verwüstungen im Reservat sollten sie mit einer gemeinsamen

Geldstrafe davonkommen. Kein Moran ließ sich daraufhin blicken; inzwischen machte der Waffenstillstand der ganzen Sache ein Ende.

Während sich all dies ereignete, wußten sich einige von den alten, großen Massaihäuptlingen der englischen Militärbehörde nützlich zu erweisen, indem sie durch junge Leute die Bewegungen der deutschen Truppen im Reservat und an der Grenze auskundschaften ließen. Da nun der Krieg zu Ende war, wünschte die Regierung sich für ihre Dienste erkenntlich zu zeigen. Sie schickte eine Anzahl von Medaillen, die unter den Massai verteilt werden sollten, und Berkeley, der die Massai so gut kannte und die Massaisprache beherrschte, sollte zwölf von diesen Medaillen überreichen.

Meine Farm lag an der Grenze des Massaireservats, und Berkeley schlug vor, zu mir zu kommen und die Medaillen vor meinem Hause zu übergeben. Er fühlte sich recht unsicher und sagte, er habe keine Ahnung, was von ihm erwartet werde. Eines Sonntags fuhren wir miteinander tief ins Reservat hinein und sprachen mit den Leuten in den Manyattas und ließen die betreffenden Häuptlinge zu einem bestimmten Tag auf die Farm bestellen. Berkeley hatte in jungen Jahren als Offizier gedient und war, wie man sich erzählte, der schneidigste junge Offizier seines Regiments gewesen. Aber als wir gegen Abend heimfuhren, sprach er zu mir von Militärberuf und -gesinnung und entwickelte Ideen, wie sie nur ein Zivilist haben kann.

Die Überreichung der Medaillen, die im Grunde keine sonderliche Bedeutung hatte, wurde zu einem Ereignis von großem Ausmaß und Gewicht.

Auf beiden Seiten wurde es mit viel Weisheit, Takt und Schläue so gewendet, als gelte es einen welthistorischen Akt, eine große symbolische Geste zu vollführen:

«... Seine Lichtheit und seine Schwärzlichkeit
Begegneten sich mit vieler Herzlichkeit.»

Die alten Massai waren mit ihrem Gefolge oder in Begleitung ihrer Söhne erschienen. Sie ließen sich auf der Wiese nieder und tauschten bisweilen ihre Meinung über die Kühe aus, die da grasten; vielleicht hatten sie die zaghafte Hoffnung, daß sie in Anerkennung ihrer Verdienste eine Kuh zum Geschenk bekommen würden. Berkeley ließ sie lange warten, was sie, glaube ich, auch ganz in der Ordnung fanden; zunächst wurde nur ein Lehnstuhl auf die Wiese hinausgetragen und vor dem Hause aufgestellt; auf ihm gedachte er bei der Verteilung der Medaillen zu sitzen. Als er schließlich hinaustrat, wirkte er inmitten der schwarzen Versammlung ungemein licht, rotblond und helläugig. In Miene und Haltung war er nur noch der vollendete fesche, muntere, schneidige Offizier; ich erlebte es mit Staunen, daß Berkeley, dessen Gesicht soviel auszudrücken vermochte, im Notfall auch absolut nichtssagend aussehen konnte. Ihm folgte Jama, angetan mit einem kostbaren arabischen Gewand, bestickt mit Gold und Silber – Berkeley hatte es eigens für die Feier angeschafft –, und trug die Schachtel mit den Medaillen.

Berkeley stellte sich zu seiner Rede vor dem Sessel auf, und seine zierliche kleine Gestalt hatte etwas so ansteckend Straffes und Aufrechtes, daß die Alten sich einer nach dem anderen erhoben und ihm gegenübertraten, seinem Blick mit ernsten Augen begegnend. Was die Rede besagte, weiß ich nicht, denn er sprach Massai. Es klang, als verkünde er den Massai in knappen Worten, daß ihnen eine unfaßliche Gunst zuteil werde und die Ursache dieses Ereignisses ihr eigenes, unsagbar rühmenswertes Verhalten sei. Da es aber Berkeley war, der sprach, und da den Gesichtern der Massai nicht das geringste zu entnehmen war, konnte es auch etwas ganz anderes heißen, etwas, worauf ich nie verfallen wäre. Als er geendet hatte, ließ er, ohne einen Augenblick innezuhalten, Jama mit der Schachtel vortreten und entnahm ihr die Medaillen, verlas feierlich der Reihe nach die Namen der Massaihäuptlinge und überreichte ihnen die Medaillen mit gnädig ausgestrecktem Arm. Die Massai nahmen sie stumm, mit ausgestreckter Hand, von ihm entgegen. Diese Zeremonie konnte so vollkommen nur von zwei Partnern edlen Blutes und altererbter Tradition vollzogen werden – möge es kein Demokrat für ungut nehmen.

Eine Medaille ist ein schwieriges Geschenk für einen nackten Mann, er hat nichts, woran er sie anhängen kann, und die alten Massaihäuptlinge standen da und hielten sie in der Hand. Nach einer Weile trat ein ganz alter Mann auf mich zu, hielt mir seine Hand mit der Medaille hin und bat mich, ihm zu sagen, was auf ihr zu sehen sei. Ich erklärte es ihm, so gut es ging. Die Silbermünze zeigte auf der einen Seite eine Britannia und auf der anderen die Worte: «Der große Krieg für die Kultur.» Ich habe späterhin englischen Freunden von der Überreichung der Medaillen erzählt, und sie haben mich gefragt: «Warum war denn nicht das Bild des Königs auf den Medaillen? Das war ein großer Fehler.» Ich kann das nicht finden; mir scheint, die Medaillen durften nicht allzu wertvoll erscheinen; ich glaube, die Auszeichnung war durchaus richtig bemessen. Etwas dem Ähnliches mag ja wohl auch uns bevorstehen zu der Zeit, da unser Lohn groß sein wird im Himmel.

Als Berkeley krank wurde, war ich im Begriff, auf Urlaub nach Europa zu fahren. Er war damals Mitglied der gesetzgebenden Kammer der Kolonie, und ich telegraphierte ihm: «Willst du nicht, solange die Kammer tagt, in Ngong wohnen? Bring Wein mit.» Er telegraphierte zurück: «Botschaft kam vom Himmel. Eintreffe mit Wein.» Aber als er auf der Farm erschien, den Wagen voll Weinflaschen, da war ihm nicht nach Trinken zumut. Er war sehr blaß und manchmal sogar recht still. Sein Herz war schwach, und er lebte nur mit Jamas Hilfe, der gelernt hatte, ihm seine Spritzen zu verabfolgen; viel ernste Sorgen lasteten auf ihm, er mußte fürchten, seine Farm zu verlieren. Und doch verwandelte seine Gegenwart mein Haus in einen auserwählten, köstlichen Winkel der Welt. «Jetzt bin ich soweit, Tania», sagte er mit ernster Miene, «daß ich nur noch in den allerbesten Autos fahren, die feinsten Zigarren rauchen und die auserlesensten Jahrgänge trinken kann.» Während dieses Besuches erzählte er mir eines Abends, der Arzt habe ihm befohlen, sich ins Bett zu legen und einen

Monat liegenzubleiben. Ich sagte ihm, wenn er den Befehl befolgen und sich einen Monat lang in Ngong hinlegen wollte, so würde ich meine Reise aufgeben und bei ihm bleiben, um ihn zu pflegen, und nächstes Jahr nach Europa fahren. Er dachte eine Weile über meinen Vorschlag nach. «Meine Liebe», sagte er, «das kann ich nicht. Wenn ich's täte, dir zuliebe – wie würde ich mir hinterher vorkommen?»

Ich sagte ihm schweren Herzens Lebewohl. Auf der Heimfahrt, als das Schiff Lamu und Takaunga passierte, wo unsere Dau ihren Kurs hätte steuern sollen, dachte ich an ihn. Aber in Paris erfuhr ich, daß er gestorben sei. Er war vor seinem Hause beim Aussteigen aus dem Auto tot hingefallen. Er wurde auf seiner Farm beerdigt, wie er es gewünscht hatte.

Als Berkeley starb, veränderte sich das ganze Land. Seine Freunde spürten es sofort mit tiefer Bekümmernis, und viele Menschen haben es später bemerkt. Ein Abschnitt in der Geschichte der Kolonie ging mit ihm zu Ende. Mit der Zeit fing man an, die Ereignisse nach diesem Wendepunkt zu bemessen; die Menschen sagten: «Als Berkeley Cole lebte» oder «nachdem Berkeley Cole gestorben war». Bis zu seinem Tode war das Land ein Stück der seligen Jagdgründe, nun verwandelte es sich langsam und wurde ein Geschäftsunternehmen. Vieles sank von seiner Höhe, als er schied. Das geistige Niveau ging verloren – das ist ein herber Schlag für eine Kolonie –, die ritterliche Haltung ging verloren – bald nach seinem Tode fingen die Menschen an, von ihren Sorgen zu reden –, das Menschliche verkümmerte. Als Berkeley abging, betrat eine düstere Gestalt von der anderen Seite die Bühne – *la dure nécessité, maîtresse des hommes et des dieux.* Seltsam – der kleine zarte Mann hatte, solange er atmete, vermocht, sie von der Schwelle zu bannen. Nun fehlte dem Brot des Landes der Sauerteig. Ein Strom von Begnadetheit, Freudigkeit, Freiheit, eine elektrische Kraftquelle war versiegt. *C'est le superflu qui est le nécessaire* – jetzt wußten wir's, da es zu spät war. Eine Katze hatte sich aufgemacht und war aus dem Zimmer geschlichen.

Schwingen

Denys Finch-Hatton hatte in Afrika kein Heim außer der Farm; auf ihr lebte er zwischen seinen Safaris, hier hatte er seine Bücher und sein Grammophon. Wenn er zur Farm zurückkehrte, hieß sie ihn in ihrer Sprache willkommen, der Sprache, deren eine Kaffeepflanzung fähig ist, wenn die ersten Regenschauer sie mit Blüten überschütten wie mit einer kreidigen Wolke. Wenn ich Denys zurückerwartete und seinen Wagen den Weg heraufkommen hörte, fingen alle Dinge auf der Farm zu reden an und sagten, wes Wesens sie seien. Er war auf der Farm glücklich; er kam nur zu ihr, wenn er gern kam, und sie liebte an ihm eine Tugend, die die übrige Welt nicht merkte, seine Demut. Er tat nur, was er tun wollte, und nichts Gemeines kam über seine Lippen.

Denys hatte eine Eigenschaft, die viel für mich

bedeutete, er liebte, Geschichten erzählen zu hören. Denn ich war immer der Meinung, daß ich in den Tagen der Pest in Florenz eine gute Figur gemacht hätte. Die Mode hat gewechselt, und die Kunst, einem Erzähler zu lauschen, ist in Europa verlorengegangen. Die Eingeborenen in Afrika, die nicht lesen können, haben sie noch bewahrt, und wenn man zu ihnen sagt: «Es war einmal ein Mann, der ging hinaus auf die Steppe und traf dort einen anderen Mann ...», dann hat man sie alle gewonnen, und ihr Geist begibt sich auf den unbekannten Pfad der Männer in der Steppe. Weiße dagegen – auch wenn sie meinen, sie sollten es können – verstehen nicht zuzuhören. Entweder werden sie zappelig, und es fällt ihnen etwas ein, was sofort gemacht werden muß, oder sie schlafen ein. Die gleichen Leute bitten einen dann um Lektüre und können einen ganzen Abend lang vor gedruckten Worten sitzen, sie können sogar eine Rede lesen. So sehr sind sie gewöhnt, ihre Eindrücke mit den Augen aufzunehmen.

Denys, der stark mit dem Ohr lebte, war es lieber, eine Geschichte zu hören als zu lesen, und wenn er auf die Farm kam, fragte er mich: «Weißt du eine Geschichte?» Ich dachte sie mir immer aus, während er fort war. Abends machte er sich's bequem, breitete Kissen zu einer Lagerstatt am Feuer aus, und indes ich wie Scheherazade kreuzbeinig am Boden saß, horchte er mit leuchtenden Augen vom ersten Wort der Geschichte bis zum Schluß. Er paßte besser auf als ich selbst und konnte mich mitten im dramatischen Auftritt einer Person unterbrechen: «Der Mann ist zwar zu Anfang der Geschichte gestorben, aber das macht nichts.»

Denys brachte mir Latein bei und lehrte mich die Bibel lesen und die griechischen Dichter. Er selbst kannte große Stücke des Alten Testaments auswendig und hatte auf all seinen Fahrten die Bibel bei sich, was ihm bei den Mohammedanern die höchste Achtung eintrug.

Er schenkte mir auch ein Grammophon. Es wurde mir zu einer Wohltat des Herzens, es brachte neues Leben auf die Farm, es wurde die Stimme der Farm, «die Seele des Waldes, Frau Nachtigall». Zuweilen kam Denys unerwartet ins Haus, wenn ich auf der Kaffeeplantage oder im Maisfeld war, brachte neue Platten mit und stellte das Grammophon an. Wenn ich bei Sonnenuntergang heimritt, strömte die Melodie durch die klare kühle Abendluft auf mich zu und sagte mir an, daß er da war, als hätte er mir von weitem entgegengelacht, wie er's öfters tat. Die Schwarzen liebten das Grammophon und umstanden lauschend das Haus; einige von meinen Hausboys hatten ihre Lieblingsstücke und baten mich, sie zu spielen, wenn ich allein mit ihnen zu Hause war. Kamantes Vorliebe verharrte seltsamerweise mit unbeirrbarer Hingabe bei Beethovens Adagio aus dem Es-Dur-Klavierkonzert; als er mich das erste Mal darum bat, machte es ihm einige Schwierigkeiten, es mir so zu beschreiben, daß ich begriff, welches Stück er meinte.

Denys und ich dagegen kamen in unserem Geschmack nicht überein. Denn ich liebte die alten Komponisten, während Denys, gleichsam um den Mangel an Übereinstimmung mit der Gegenwart höflich wieder auszugleichen, sich in allen Künsten an das Modernste hielt und auch in der Musik nur das Neueste zu hören liebte. «Ich würde gegen Beethoven nichts sagen», meinte er, «wenn er nicht so abgeleiert wäre.»

Denys und ich hatten, sooft wir gemeinsam auszogen, großes Glück mit Löwen. Manchmal kam er von einer Jagdsafari von zwei oder drei Monaten verdrossen heim, weil es ihm nicht gelungen war, den Europäern, die er mitgenommen hatte, einen anständigen Löwen vorzuführen. In der gleichen Zeit waren zu mir die Massai gekommen und hatten mich gebeten, einen bestimmten Löwen oder eine Löwin, die ihnen das Vieh raubten, abzuschießen, und Farah und ich waren ausgezogen, hatten in ihren Manyattas kampiert, hatten gepaßt und gelauert, waren in der Morgenfrühe umhergestreift und hatten nicht einmal die Spur eines Löwen entdecken können. Aber wenn Denys und ich ausritten, dann waren die Löwen der Steppe zur Stelle, als erwarteten sie uns, wir trafen sie bei ihrer Mahlzeit oder sahen sie über die trockenen Flußbetten wechseln.

Eines Neujahrsmorgens vor Sonnenaufgang fuhren Denys und ich die Narokstraße entlang, so rasch es der frische Schotter erlaubte.

Denys hatte tags zuvor einem Freunde, der mit einer Jagdgesellschaft nach Süden gezogen war, seine schwere Büchse geliehen. Spätabends war ihm eingefallen, daß er vergessen hatte, ihm einen besonderen Handgriff zu erklären, durch den der Stecher ausgeschaltet werden konnte. Er war nun ernstlich besorgt deswegen, weil er fürchtete, der

Jäger könne aus dieser Unkenntnis irgendwie zu Schaden kommen. Uns fiel nichts Besseres ein, als so früh wie möglich aufzubrechen, auf der neugebauten Straße abzuschneiden und die Jagdgesellschaft in Narok abzufangen. Die sechzig Meilen Weges führten durch ein unwirtliches Gelände, aber die Jagdgesellschaft reiste auf der alten Straße und konnte nicht allzu schnell vorwärtskommen, da sie schwerbeladene Lastwagen mit sich führte. Bedenklich war nur, daß wir nicht wußten, ob die neue Straße schon bis nach Narok durchgeführt war.

Die frühe Morgenluft des afrikanischen Hochlandes ist von so eindringlicher Kälte und Härte, daß einen immer wieder die gleiche Vorstellung befällt: man sei nicht auf der Erde, sondern in dunklem, tiefem Wasser und rase auf dem Boden des Meeres dahin. Man weiß nicht einmal gewiß, ob man sich überhaupt bewegt, ob der Kältedruck gegen das Gesicht nicht von einer Tiefseeströmung herrührt und das Auto nicht wie ein träger elektrischer Fisch still am Meeresgrunde ruht und mit den zwei leuchtenden Augen seiner Scheinwerfer vor sich hinstarrt und das Leben der Tiefsee an sich vorübergleiten läßt. Die Sterne scheinen so groß, weil es nicht die wirklichen Sterne sind, sondern Spiegelungen, die auf der Oberfläche des Wassers flimmern. Längs des Weges auf dem Meeresgrunde tauchen, dunkler als ihre Umgebung, immerfort lebendige Gebilde auf, springen in die Höhe und tauchen ins lange Gras. Wie wenn Krabben und Strandflöhe im Sande ihrer Fährte zögen. Gegen Sonnenaufgang wird das Licht klarer, der

Meeresboden hebt sich zum Wasserspiegel empor, steigt hervor, ein neuerschaffenes Eiland.

Wirbel von Gerüchen fegen rasch vorüber, der herbe, kräftige Duft der Olivenbüsche, der laugige Geruch verbrannten Grases, plötzlich eine stickige Welle Verwesungsgestank. Kamithia, Denys' Boy, der im Hintersitz des Kastenwagens saß, berührte leicht meine Schulter und wies nach rechts. Seitab der Straße, zwölf oder fünfzehn Schritt entfernt, war ein dunkler Klumpen, wie eine Seekuh, die sich auf dem Sande flezte, und obendrauf hockte etwas und regte sich im dunklen Wasser. Der Klumpen war, wie ich nachher sah, ein großer toter Giraffenbulle, der vor zwei oder drei Tagen geschossen worden war. Es ist nicht erlaubt, Giraffen zu schießen, und Denys und ich hatten uns später gegen den Vorwurf zu wehren, daß wir ihn geschossen hätten; wir konnten aber nachweisen, daß er schon längere Zeit tot war, als wir ihn fanden, und es kam nie heraus, wer ihn getötet hatte. An dem riesigen Aas der Giraffe hielt eine Löwin ihr Mahl und hob den Kopf und Schulter über sie hinweg, um nach dem vorbeifahrenden Auto zu spähen. Denys hielt an, und Kamithia löste das Gewehr, das er trug, von der Schulter. Denys fragte mit leiser Stimme: «Darf ich sie schießen?», denn er betrachtete aus Ritterlichkeit die Ngongberge als mein privates Jagdrevier. Wir passierten eben das Gebiet der Massai, die mich aufgesucht und über den Verlust ihrer Rinder geklagt hatten; war das der Räuber, der ihnen eine Kuh und ein Kalb nach dem andern zerrissen hatte, dann war es Zeit, mit ihm ein Ende zu machen. Ich nickte.

Er sprang vom Wagen und schlich einige Schritte zurück; im selben Augenblick tauchte die Löwin hinter den Giraffenleib, er lief um die Giraffe herum auf Schußweite heran und feuerte. Ich sah die Löwin nicht fallen; als ich ausstieg und herzukam, lag sie tot in einer großen schwarzen Lache.

Wir hatten keine Zeit, sie abzubalgen, wir mußten eilen, wenn wir die Jagdgesellschaft in Narok abfangen wollten. Wir schauten uns um und merkten uns die Stelle, der Gestank der Giraffe war so stark, daß wir sie kaum verfehlen konnten.

Aber als wir noch zwei Meilen gefahren waren, hörte die Straße auf. Das Werkzeug der Straßenarbeiter lag herum, drüben dehnte sich weithin im grauen Frühlicht das steinige Land, unberührt von jeder Menschenhand. Wir blickten auf die Picken und über das Land hin: wir mußten Denys' Freund mit dem Gewehr seinem Schicksal überlassen. Später, als er zurückkam, erzählte er uns, daß er gar nicht dazu gekommen war, es zu gebrauchen. Wir drehten also wieder um und hatten nun den Osthimmel vor uns, der sich über der Steppe und den Bergen rötete. Wir fuhren auf ihn zu und sprachen immerfort von der Löwin.

Die Giraffe kam in Sicht, und diesmal konnten wir sie genau erkennen und, wo das Licht sie seitlich traf, die dunkleren Flecken auf ihrem Fell unterscheiden. Als wir näher herankamen, sahen wir, daß auf ihr ein Löwe stand. Unser Weg lag von dieser Seite aus etwas tiefer als der Giraffenleib, der Löwe ragte dunkel darüber auf, hinter ihm der Himmel war eine lodernde Glut. So stand er da, ein lebendiges Wappenschild: Löwe auf Goldgrund. Eine Strähne seiner Mähne hob der Wind. Ich sprang im Wagen auf, so gewaltig war der Eindruck, und Denys sagte: «Diesmal schießt du.» Ich schoß nicht gern mit seinem Gewehr; es war zu lang und schwer für mich und hatte einen starken Rückschlag, aber hier war der Schuß ein Liebesbote, mußte da das Gewehr nicht vom stärksten Kaliber sein? Als ich schoß, schien mir's, als schnellte der Löwe in die Höhe und käme mit angezogenen Pranken wieder zu Boden. Ich stand keuchend im Grase, ergriffen von der Allmacht, die einem ein Schuß verleiht, der ein Wirken in die Ferne ist. Ich ging um den Leib der Giraffe herum. Vor mir lag das Schlußbild einer Tragödie. Da lagen sie nun alle tot. Die Giraffe sah unmäßig groß aus, unheimlich mit ihren vier steifen Beinen und ihrem langen steifen Hals, den Bauch von der Löwin zerfetzt. Die Löwin lag auf dem Rücken, das Gesicht zu gehässigem Fauchen verzerrt, sie war die *femme fatale* der Tragödie. Der Löwe war nicht weit von ihr hingestreckt – wie war es möglich, daß ihr Schicksal ihn nicht gewarnt hatte? Sein Kopf ruhte auf den zwei Vorderpfoten, die mächtige Mähne legte sich wie ein Königsmantel darüber; auch er lag in einer großen Lache, und das morgendliche Licht war jetzt so hell, daß sie scharlachrot schimmerte.

Denys und Kamithia krempelten ihre Ärmel auf und balgten die Löwen ab, indes die Sonne aufging. Als sie eine Ruhepause machten, holten wir uns eine Flasche Rotwein und Rosinen und Mandeln aus dem Wagen; ich hatte sie für unterwegs zum Naschen mitgenommen, denn es war ja der

Neujahrstag. Wir setzten uns aufs kurze Gras und aßen und tranken. Die toten Löwen neben uns waren wunderbar anzuschauen in ihrer Nacktheit, keine Spur von überflüssigem Fett war an ihnen, jeder Muskel eine kühn geschwungene Kurve, sie bedurften keiner Hülle, sie waren durch und durch, was sie sein sollten.

Als wir so saßen, huschte ein Schatten über das Gras und über meine Füße, und aufschauend erblickte ich hoch im hellen Blau des Himmels kreisende Geier. Mein Herz war so beschwingt, daß mir war, ich ließe sie da oben fliegen, wie man an einer Schnur einen Drachen steigen läßt. Ich machte ein Gedicht:

«Des Adlers Schatten eilt über die Steppe
zu den fernen, namenlosen, luftigblauen
Bergen.
Aber der Schatten der kleinen rundlichen Zebras
liegt tagsüber zwischen ihren zarten Hufen
– wartet auf den Abend, hofft sich aufzu-
strecken, bläulich
auf der Steppe, die wie Ziegel rot die Sonne
malt –
sehnt sich nach dem Wassertümpel.»

Denys und ich hatten noch ein anderes dramatisches Erlebnis mit Löwen. Genau gesagt, lag es schon weiter zurück und gehörte in die Anfangszeit unserer Freundschaft.

Eines Morgens, in der Frühjahrsregenzeit, kam mein Verwalter, Belknap, ein Südafrikaner, in heller Wut gelaufen und berichtete, zwei Löwen seien nachts auf der Farm gewesen und hätten zwei von unseren Ochsen geschlagen. Sie waren durch den Zaun der Rinderhürde eingebrochen, hatten die toten Ochsen in die Kaffeepflanzung hinausgezerrt und einen von ihnen dort aufgefressen, der andere lag zwischen Kaffeebäumen. Ich möchte ihm doch ein Schreiben mitgeben, damit er in Nairobi Strychnin kaufen könne. Er wolle es gleich in den Kadaver tun, da er überzeugt sei, daß die Löwen abends wiederkommen würden.

Ich überlegte den Fall. Es ging gegen mein Gefühl, Löwen mit Strychnin zu vergiften, und ich sagte ihm, ich sei dazu nicht imstande. Da wandelte sich seine Wut in Verzweiflung. Ließe man den Löwen diesen Raub ungestraft durchgehen, dann würden sie wiederkommen. Die Ochsen, die sie umgebracht hätten, seien unsere besten Arbeitstiere, wir könnten es uns nicht leisten, noch mehrere einzubüßen. Der Stall meiner Reitpferde, gab er zu bedenken, liege nicht weitab von der Ochsenhürde, ob ich das erwogen hätte? Ich erklärte ihm, es sei nicht meine Absicht, die Löwen auf der Farm gewähren zu lassen, ich sei nur der Ansicht, daß man sie schießen und nicht vergiften sollte.

«Und wer soll sie schießen?» fragte Belknap. «Ich bin kein Feigling, aber ich bin ein verheirateter Mann und habe keine Lust, mein Leben zwecklos aufs Spiel zu setzen.» Es stimmte, ein Feigling war er nicht, er war ein schneidiger kleiner Kerl.

«Das hat doch gar keinen Sinn», behauptete er. Ich erklärte ihm, ich hätte nicht gemeint, er solle die Löwen schießen. Aber Herr Finch-Hatton sei den Abend zuvor angekommen, wir beide würden es machen. «Oh, das ist was anderes», sagte Belknap.

Ich ging ins Haus zu Denys. «Komm», sagte ich zu ihm, «und laß uns unser Leben zwecklos aufs Spiel setzen. Denn wenn es überhaupt einen Wert hat, dann nur den einzigen, daß es keinen hat. ‹Frei lebt, wer sterben kann.›*»

Wir gingen hinunter und fanden den toten Ochsen in der Kaffeepflanzung, wie Belknap mir's beschrieben hatte. Er war von den Löwen kaum berührt. Ihre Spuren waren tief und deutlich in den weichen Boden eingedrückt; zwei große Löwen hatten hier nachts ihr Wesen getrieben. Es war nicht schwer, die Spur durch die Plantage zu verfolgen, sie führte zum Walde hinauf, um Belknaps Haus herum; aber bis wir dahin kamen, regnete es so heftig, daß man kaum noch etwas sehen konnte, und im Gras und Strauchwerk am Waldrand verloren wir die Fährte. «Was meinst du, Denys», fragte ich, «werden sie heute abend wiederkommen?» Denys hatte viel Erfahrung mit Löwen. Er sagte, sie würden am frühen Abend kommen, um ihre Mahlzeit zu beenden, wir sollten ihnen dabei Zeit lassen und gegen neun Uhr aufs Feld gehen. Einer von uns würde die elektrische Blendlaterne, ein Stück seiner Safariausrüstung, tragen müssen, um dem Schützen zu leuchten; er stellte es mir frei, die Rolle zu wählen; mir war es lieber, wenn er schoß, ich wollte die Blendlaterne nehmen.

Um den Weg bis zum Ochsenkadaver im Dunkeln zu finden, schnitten wir uns Papierstreifen

* Diese Worte stehen im Original in deutscher Sprache.

und hefteten sie an die beiden Baumreihen, zwischen denen wir anschleichen wollten, so wie Hänsel und Gretel sich ihren Weg mit weißen Steinchen bezeichneten. Er führte uns geradewegs auf den Köder zu. Am Ende, zwanzig Schritt vom Kadaver, banden wir ein großes Stück Papier an den Baum; hier wollten wir halten, das Licht einschalten und schießen. Spätnachmittags, als wir die Blendlaterne hervorholten, um sie zu versuchen, stellte sich heraus, daß die Batterien abgebraucht waren und der Lichtkegel recht schwach war. Wir hatten keine Zeit mehr, in Nairobi Ersatz zu holen, und mußten uns also behelfen, so gut es ging.

Es war der Vorabend von Denys' Geburtstag, und beim Abendbrot befiel ihn eine trübe Stimmung, er erging sich in Betrachtungen, er habe das Leben noch nicht ausgekostet. Aber irgend etwas, tröstete ich ihn, werde er bis zu seinem Geburtstagsmorgen doch sicher erleben. Ich ließ Juma eine Flasche Wein holen: er solle uns damit erwarten, wenn wir zurückkehrten. Immerfort dachte ich an die Löwen, wo sie wohl in dem Augenblick sein mochten, ob sie langsam, lautlos, einer hinter dem anderen über den Fluß wechselten, Brust und Flanken von der weichen, kühlen Flut umspült? Um neun Uhr brachen wir auf.

Es regnete ein wenig, aber der Mond stand am Himmel und steckte zuweilen sein fahles weißes Gesicht hoch oben durch ungezählte Schleier dünner Wolken; dann warf die weißblühende Kaffeepflanzung den Schein matt zurück. Wir gingen von weitem an der Schule vorbei, sie war hell erleuchtet. Eine Welle von Stolz und Freude an meinen Leuten durchflutete mich bei diesem Anblick; ich fühlte wie König Salomo, wenn er sagt: «Der Zaghafte spricht: ein Löwe lauert am Wege, ein Löwe geht um auf den Straßen.» Hier waren zwei Löwen dicht vor ihrer Tür, aber meine Schulkinder waren nicht zaghaft und ließen sich nicht von ihrer Schule verscheuchen. Wir fanden unsere zwei markierten Baumreihen, hielten eine Weile inne und schritten hintereinander zwischen sie hinein. Wir trugen Mokassins und gingen lautlos. Ich begann vor Erregung zu zittern und zu beben und wagte mich nicht zu nah an Denys heran, aus Furcht, er möchte es merken und mich fortschicken; ebensowenig wagte ich, zu weit hinter ihm zurückzubleiben, denn er konnte jeden Augenblick meine Blendlaterne brauchen.

Die Löwen waren, wie wir später feststellten, bei ihrer Beute gewesen. Als sie uns hörten oder witterten, wichen sie ein Stück weit in die Kaffeepflanzung zurück, um uns vorüberzulassen. Wahrscheinlich fanden sie, daß wir zu lange brauchten, denn der eine von ihnen ließ ein ganz leises, heiseres Grollen vernehmen; es kam von rechts vorn. Es war so leise, daß wir nicht einmal sicher waren, ob wir etwas gehört hatten. Denys blieb einen Augenblick stehen; ohne sich umzuwenden, fragte er: «Hast du gehört?» – «Ja», sagte ich. Wir gingen noch ein Stück weiter, und das tiefe Grollen ertönte noch einmal, diesmal genau zu unserer Rechten. «Licht an», sagte Denys. Das war nicht ganz einfach, denn er war viel größer als ich, und ich mußte ihm über die Schulter aufs Gewehr und geradeaus nach vorn leuchten. Als ich die Blendlaterne einschaltete, verwandelte sich die ganze Welt in eine blendend erhellte Bühne, die nassen Blätter der Kaffeebäume blinkten, die Schollen am Boden traten überdeutlich hervor.

Der Lichtkegel traf zuerst einen kleinen glotzenden Schakal, nicht größer als ein Fuchs, ich rückte ihn weiter, und da war der Löwe. Er stand uns genau gegenüber und ragte leuchtend hell vor der tiefen Schwärze der afrikanischen Nacht auf. Als der Schuß fiel, dicht vor meinem Ohr, war ich nicht auf ihn gefaßt, ich begriff gar nicht, was er bedeutete, er hätte ein Donnerschlag sein können, mir war, als wäre ich selbst an die Stelle des Löwen versetzt worden. Er fiel um wie ein Stein. «Weiter, weiter», rief mir Denys zu. Ich wendete die Laterne weiter, aber meine Hand bebte so heftig, daß der Lichtkegel, der die sichtbare Welt in sich faßte und den ich befehligte, einen Tanz tanzte. Ich hörte Denys neben mir im Dunklen lachen. «Die Beleuchtung beim zweiten Löwen war leicht schwankend», bemerkte er später. Im Mittelpunkt des tanzenden Kegels stand der zweite Löwe, er wandte sich von uns weg, halb hinter einem Kaffeebaum verborgen. Als ihn das Licht traf, drehte er den Kopf um, und Denys schoß. Er fiel aus dem Hellen hinaus, erhob sich und geriet wieder hinein, er wandte sich mit einem Satz gegen uns und stieß, gerade als der zweite Schuß fiel, ein langes wütendes Brüllen aus.

In diesem Augenblick wurde das Land Afrika unendlich groß, und Denys und ich, die drauf standen, wurden winzig klein. Außerhalb des

Lichtkegels war nichts als Finsternis, in der Finsternis waren in zwei verschiedenen Richtungen Löwen, und vom Himmel troff Regen. Aber als das Gebrüll erstarb, regte sich nichts mehr, und der Löwe lag, den Kopf zur Seite gewandt mit einer Miene des Ekels, ruhig hingestreckt. Zwei mächtige tote Tiere waren in der Kaffeepflanzung und ringsum die Stille der Nacht.

Wir gingen zu den Löwen hinüber und schritten die Entfernung ab. Von unserem Standort war der erste Löwe dreißig Schritt entfernt, der andere fünfundzwanzig. Es waren beide ausgewachsene junge, starke, feiste Löwen. Die zwei Freunde aus den Bergen oder dem Grasland hatten gestern gemeinsam ihr großes Abenteuer unternommen und waren ihm heute gemeinsam erlegen.

Jetzt kamen Kinder aus der Schule und strömten auf die Straße; als sie uns sahen, hielten sie inne und riefen uns mit gedämpften Stimmen an: «Msabu, bist du da? Bist du da, Msabu?» Ich setzte mich auf einen Löwen und rief zurück: «Ja, ich bin da.» Lauter und dreister fragten sie weiter: «Hat Bedâr die Löwen geschossen? Alle beide?» Als sie hörten, daß es so sei, waren sie im Nu alle da, wie ein Schwarm von kleinen nächtlichen Springhasen hüpften sie auf und nieder. Sie machten sofort ein Lied auf das Ereignis, das lautete: «Drei Schüsse, zwei Löwen, drei Schüsse, zwei Löwen.» Sie verzierten und umwoben es beim Singen, eine helle Stimme nach der anderen fiel ein: «Drei gute Schüsse. Zwei große, starke, böse Kali-Löwen», und dann fand sich der ganze Chor in einem wilden Refrain: «A-B-C-D» – denn sie kamen geradewegs aus der Schule und hatten die Köpfe voll Weisheit.

In Kürze sammelte sich eine Menge Menschen auf dem Platz, die Arbeiter aus der Kaffeeaufbewahrung, die Squatter aus den umliegenden Manyattas und meine Hausboys mit Windlichtern. Sie umstanden die Löwen und redeten von ihnen, und dann machten sich Kamithia und Sais, die Messer mitgebracht hatten, daran, sie abzubalgen. Die Haut eines dieser Löwen war es, die ich später dem indischen Hohenpriester schenkte. Sogar Pooran Singh erschien auf der Bildfläche in einem Negligé, das ihm ein unsäglich zartes Aussehen verlieh; sein honigsüßes indisches Lächeln strahlte aus seinem dichten schwarzen Bart hervor, er stotterte vor Freude, als er sprach. Ihm kam es darauf an, sich das Fett der Löwen zu sichern, das nach dem Glauben seines Volkes als Arznei hoch in Ehren stand; nach den Gebärden, mit denen er sich mir verständlich machte, durfte ich annehmen, daß es gut sei gegen Rheuma und Impotenz. So belebte sich die Kaffeeplantage, der Regen setzte aus, und der Mond schien auf alle herab.

Wir gingen zum Hause zurück, und Juma brachte und entkorkte unsere Flasche. Wir waren zu naß und dreckig von Schlamm und Blut, um uns niederzusetzen; wir stellten uns im Eßzimmer vor das flackernde Feuer und tranken in raschen Zügen den belebenden, beglückenden Wein. Wir sprachen kein Wort. Wir hatten unseren Jagdzug als ein einziges Wesen erlebt, wir hatten uns nichts zu sagen.

Unsere Freunde bekamen von dem Abenteuer genug zu hören. Der alte Herr Bulpett wollte, als wir das nächste Mal zum Tanzen im Klub erschienen, den ganzen Abend nichts mehr von uns wissen.

Denys Finch-Hatton verdanke ich ein Erlebnis, das mir als das größte, erhebendste Glück meines Lebens auf der Farm erscheint: mit ihm bin ich über Afrika geflogen. Dort, wo es keine oder nur wenige Straßen gibt und wo man überall auf den Steppen landen kann, bekommt das Fliegen eine wirkliche und wichtige Bedeutung für das Leben, es öffnet einem die Welt. Denys hatte seine «Motte» mitgebracht, er konnte mit ihr auf meinem Grasland, nur wenige Minuten vom Hause, landen, und wir stiegen fast jeden Tag auf.

Gewaltige Fernsichten öffnen sich, wenn man sich über das afrikanische Hochland erhebt, überraschende Mischungen und Wechsel von Licht und Farben, Regenbogenbuntheit über grünem, besonntem Land; mächtig aufragende Wolken und wilde, schwarzgeballte Unwetter umkreisen einen tanzend und sich jagend, und gewaltsame Regenschauer klären die Luft. Die Sprache ermangelt der Worte für die Erlebnisse des Fliegens, sie wird bald neue bilden müssen. Wenn man über das Rifttal geflogen ist und über die Vulkane von Suswa und Longonot, dann ist man weit fort gewesen, dann hat man die Länder auf der abgewandten Seite des Mondes gesehen. Zuweilen fliegt man so nahe am Boden, daß man die Tiere auf der Steppe sieht und über ihnen schwebt, wie Gott, als er sie eben erschaffen hatte, ehe er Adam auftrug, ihnen Namen zu geben.

Aber nicht, was man sieht, sondern was man tut, ist das Beglückende; die Wonne und das Entzücken des Fliegens ist das Fliegen selbst. Es ist eine trübe Not und Sklaverei, die die Menschen in den Städten erdulden, daß sie bei all ihren Bewegungen nur eine Dimension kennen, sie gehen einen Strich entlang, als wären sie auf einem Faden aufgezogen. Der Übertritt aus der Linie in die Fläche beim Wandern über Felder oder durch den Wald ist für die Sklaven eine herrliche Befreiung wie die Französische Revolution. In der Luft aber genießt man die volle Freiheit aller drei Dimensionen, nach Jahrhunderten der Verbannung und der Träume stürzt sich das sehnende Herz in die offenen Arme des Raumes. Die Gesetze der Schwere und der Zeit – beim Spiel im grünen Hain des Lebens wußten wir wie zahme Tiere nichts von ihrer Süßigkeit.

Jedesmal, wenn ich in einem Flugzeug aufstieg und hinabschauend merkte, daß ich vom Boden frei war, trat es mir ins Bewußtsein wie eine große neue Entdeckung: «Ich begreife», sagte ich mir, «so war's gemeint, jetzt verstehe ich alles.»

Eines Tages flogen Denys und ich zum Natronsee; er liegt neunzig Meilen südwestlich von der Farm und über zwölfhundert Meter tiefer, achthundert über dem Meere. Am Natronsee wird Soda gewonnen. Der Grund des Sees und seine Ufer scheinen aus einer Art weißlicher Zementmasse zu bestehen, die stark säuerlich und salzig riecht.

Der Himmel war blau, aber als wir von der Hochebene hinausflogen über das steinige, kahle Tiefland, waren alle Farben darin wie ausgebrannt.

Die ganze Landschaft unter uns sah aus wie feingezeichnetes Schildpatt. Mitten darin lag plötzlich der See. Der weiß durchschimmernde Grund verleiht dem Wasser, von oben gesehen, eine unwahrscheinlich blendende, azurene Bläue, vor deren Glanz man einen Augenblick die Augen schließen muß. Die Wasserfläche ruht in dem kahlen, braungelben Landstrich wie ein großer, strahlender Aquamarin. Wir waren hoch geflogen, nun glitten wir hinab, und als wir uns herabsenkten, schwamm unser eigener Schatten dunkelblau unter uns auf dem hellblauen See. Tausende von Flamingos leben hier, obwohl ich nicht begreife, wovon sie sich in dem Brackwasser nähren. Denn es gibt sicher keine Fische darin. Als wir näher kamen, wichen sie in weiten Bögen und Flächen auseinander wie Strahlen der untergehenden Sonne, wie ein kunstreiches chinesisches Muster auf Seide oder Porzellan, das sich vor unseren Augen bildete und wandelte.

Wir landeten auf dem weißen Ufer, das glühend war wie ein Ofen, und frühstückten dort, vor der Sonne geschützt, unter einem der Flügel der Maschine. Wenn man seine Hand aus dem Schatten hervorstreckte, war die Sonne so heiß, daß es einem weh tat. Unser Bier, das angenehm gekühlt war, als wir es direkt aus dem Äther herunterbrachten, war, noch ehe wir's ausgetrunken hatten, nach einer Viertelstunde so heiß wie eine Tasse Tee.

Während wir frühstückten, erschien am Horizont eine Gruppe von Massaikriegern, die rasch näher kam. Sie hatten wohl von weitem die Landung des Flugzeugs beobachtet und beschlossen, es sich näher anzusehen. Ein Marsch von beliebiger Länge ist für einen Massai, sogar in einer solchen Gegend, keine Beschwerde. Sie kamen im Gänsemarsch heran, nackt, groß und schlank mit blitzenden Waffen, schwarz wie Torf auf dem graugelben Sand. Zu ihren Füßen lagen und wanderten mit ihnen kleine Flecken, Schatten; das waren außer unseren eigenen, soweit das Auge reichte, die einzigen Schatten in der ganzen Gegend. Als sie in unsere Nähe kamen, marschierten sie in Reihe auf; es waren ihrer fünf. Sie steckten die Köpfe zusammen und besprachen sich über die Maschine und über uns. Eine Generation früher wäre die Begegnung für uns verhängnisvoll gewesen. Nach einer Weile trat einer von ihnen vor und sprach uns an. Da sie nur Massai sprechen konnten und wir nur wenig von der Sprache verstanden, flaute die Unterhaltung bald ab, er wandte sich wieder zu seinen Kameraden, und nach einigen Minuten drehten sie uns alle den Rücken zu und zogen im Gänsemarsch wieder ab, vor sich die weite glühende Salzebene.

«Hättest du Lust», fragte Denys, «nach Naivascha zu fliegen? Das zwischenliegende Land ist freilich sehr rauh, wir können unterwegs nirgends landen. Wir müssen also sehr hoch hinauf und uns auf viertausend Metern halten.»

Der Flug vom Natronsee nach Naivascha war «das Ding an sich»*. Wir nahmen unsern Kurs und blieben die ganze Strecke lang auf viertausend

* Im Original deutsch.

Metern; das ist eine Höhe, in der es unter einem nichts mehr zu sehen gibt. Am Natronsee hatte ich meine Lammfellmütze abgenommen, hier oben zwickte die Luft meine Stirn wie Eiswasser, mein Haar flatterte nach hinten, als müßte mir der Kopf abfliegen. Wir flogen den gleichen Weg, den in entgegengesetzter Richtung allabendlich der Vogel Rock fliegt, wenn er, in jeder Klaue einen Elefanten für seine Jungen, von Uganda heim nach Arabien rauscht. Sitzt man vor dem Piloten, nichts vor sich als den leeren Raum, dann fühlt man sich wie getragen auf den vorgestreckten Flächen seiner Hände, so wie der Dschinn den Prinzen Ali durch die Luft trägt, und man meint, die Flügel, die einen tragen, seien die eigenen Flügel. Wir landeten auf der Farm unserer Bekannten in Naivascha; die wunderlichen kleinen Häuschen und die winzigen Bäume ringsum fielen allesamt vor Schrecken auf den Rücken, als sie uns herabkommen sahen.

Wenn Denys und ich keine Zeit hatten für lange Reisen, machten wir, meist gegen Sonnenuntergang, einen kurzen Flug über die Ngongberge. Diese Berge, wohl die schönsten auf der ganzen Welt, bieten ihr anmutigstes Gesicht dem Beschauer aus der Luft, wenn ihre Hänge, von den vier kahlen Gipfeln überragt, neben dem Flugzeug aufsteigen und vorüberziehen oder plötzlich jäh abfallen und sich zu kleinen grünen Matten weiten.

Hier in den Bergen lebten noch Büffel. Ich hatte sogar in meiner allerersten Zeit, als ich nicht leben konnte, ohne von jeder Gattung afrikanischen Wildes ein Stück geschossen zu haben, hier oben einen

Büffel erlegt. Später, als es mir mehr darauf ankam, die wilden Tiere zu beobachten, als sie zu schießen, zog ich aus, um sie wiederzusehen. Ich schlug bei einem Quell, halbwegs unterm Gipfel, ein Lager auf mit meinen Leuten, Zelten und Vorräten. Farah und ich brachen früh auf in den dunklen, eisigkalten Morgen und kletterten und schlichen durch den Busch und das lange Gras, immer hoffend, einer Herde ansichtig zu werden – aber zweimal mußte ich unverrichteter Dinge von der Expedition heimkehren. Daß die Herde dort lebte, mir im Westen getreue Nachbarschaft hielt, gab dem Leben auf der Farm einen besonderen Reiz; aber es waren verschlossene, selbstgenügsame Nachbarn, alte Aristokraten der Berge, wenn auch um manche Rechte verkürzt, sie empfingen keinen Besuch.

Aber eines Nachmittags, als ich mit einigen Freunden von auswärts vor dem Hause beim Tee saß, kam Denys von Nairobi herübergeflogen, zog über unsere Köpfe hinweg nach Westen, drehte nach einer Weile um, kam zurück und landete auf der Farm. Lady Delamere und ich fuhren auf die Steppe hinaus, um ihn zu holen, aber er wollte nicht aus seiner Maschine aussteigen. «Die Büffel sind unterwegs, sie grasen im Gebirge, komm mit und schau sie dir an.» – «Ich kann nicht», erwiderte ich, «ich habe Teebesuch zu Hause.» – «Wir fliegen hin und schauen sie an und sind in einer Viertelstunde wieder da», sagte er. Das war ein Vorschlag, wie ihn einem die Menschen zuweilen in Träumen machen. Lady Delamere wollte nicht fliegen, so stieg ich also mit ihm auf. Wir flogen der

Sonne zu, aber die Berghänge lagen in einem dämmerigen Schatten, in den wir bald eintauchten. Es dauerte nicht lang, so hatten wir die Büffel aus der Höhe erspäht. Auf einer der langen, krummen, grünen Rippen, die wie geraffte Stoffalten zu jedem der Gipfel aufstreben, graste am Hang der Ngongberge eine Herde von siebenundzwanzig Büffeln. Wir sahen sie erst tief unter uns, wie zierliche Mäuschen krabbelten sie am Boden; dann tauchten wir hinab und strichen kreisend, nur fünfzig Meter hoch, in bequemer Schußweite über ihrem Hang hin und zählten sie, indes sie gemächlich in Gruppen und vereinzelt weitergrasten. Ein ganz alter, schwarzer Bulle war in der Herde, ein oder zwei junge Bullen und einige Kälber. Der freie Rasenstreifen, auf dem sie sich ergingen, war von Gesträuch umschlossen; hätte sich ein Lauscher am Boden angeschlichen, so hätten sie ihn sofort gehört oder gewittert, aber auf einen Angriff aus der Höhe waren sie nicht gefaßt. Wir mußten uns über ihnen beständig in Bewegung halten. Sie hörten das Rattern unserer Maschine und hielten im Grasen inne, aber es lag nicht in ihrer Natur, emporzuschauen. Schließlich begriffen sie, daß etwas Seltsames da war, der alte Bulle trat zuerst heraus an die Spitze der Herde und hob sein zentnerschweres Gehörn, dem fremden Feind die Stirn zu bieten, alle viere fest in den Boden gerammt – plötzlich begann er den Hang hinabzutraben und fiel nach einer Weile in kurzen Galopp. Die ganze Sippe folgte ihm und trampelte blindlings bergab; wo sie krachend und drängend ins Gebüsch brachen, deckten Staub und loses Gestein ihre Fährte.

Im Dickicht hielten sie inne und drückten sich dicht zusammen; es sah aus, als wäre eine kleine Blöße am Berg mit dunkelgrünen Fliesen gepflastert. Hier glaubten sie sich gegen Sicht gedeckt, waren es auch gegen jeden, der sich am Boden genähert hätte, aber dem Auge des Vogels in den Lüften waren sie schutzlos preisgegeben. Wir flogen auf und davon. Es war, als wären wir auf einem geheimen, unbekannten Wege in das Herz der Ngongberge eingedrungen.

Als ich zu meiner Teegesellschaft zurückkehrte, war der Teekessel auf dem steinernen Tisch noch heiß. Der Prophet hat einmal das gleiche erlebt, als er einen Krug Wasser umkippte und der Erzengel Gabriel ihn hinwegnahm und mit ihm durch die sieben Himmel flog; als er heimkehrte, war das Wasser noch nicht aus dem Kruge geronnen.

In den Ngongbergen lebte auch ein Adlerpaar. Denys sagte zuweilen nachmittags: «Komm, wir wollen die Adler besuchen.» Ich habe einmal einen von ihnen auf einem Stein unweit des Gipfels sitzen und sich von ihm erheben sehen, aber gewöhnlich verbrachten sie ihr Leben in der Luft. Oftmals haben wir die Adler gehetzt, uns bald auf den einen, bald auf den anderen Flügel krängend und überhängend, und ich glaube, die scharfäugigen Vögel haben mit uns gespielt. Einmal, als wir nebeneinander hinflogen, stoppte Denys den Motor, und ich hörte den Adler kreischen.

Die Schwarzen liebten das Flugzeug, und eine Zeitlang wurde es auf der Farm Mode, die Maschine zu porträtieren; ich fand dann in der Küche auf Papierwischen oder auf der Küchenwand selber

Zeichnungen von ihr, die Buchstaben A B A K waren sorgfältig nachgemalt. Aber eigentlich interessierten sie sich weder für den Apparat noch für unsere Fliegerei.

Die Schwarzen lieben keine Eile, so wie wir keinen Lärm lieben; sie finden sie im besten Fall schwer erträglich. Sie sind befreundet mit der Zeit, und der Gedanke, sie zu überlisten oder sie totzuschlagen, kommt ihnen nicht in den Sinn. Je mehr Zeit man ihnen gewähren kann, desto glücklicher sind sie, und wenn man einem Kikuju aufträgt, das Pferd zu halten, solange man einen Besuch macht, dann sieht man seinem Gesicht an, daß er hofft, man werde recht lange brauchen. Er hat es nicht nötig, sich seine Zeit zu vertreiben, er setzt sich still hin und lebt.

Auch für Maschinen und technische Vorkehrungen aller Art bezeigten die Schwarzen nicht viel Verständnis. Ein Bruchteil der jungen Generation ließ sich von der Begeisterung der Europäer für das Auto anstecken, aber ein alter Kikuju sagte ihnen voraus, sie würden jung sterben, und es mag sein, daß er recht hatte, denn Abtrünnige entstammen dem schwächsten Sproß eines Volkes. Zu den Erfindungen der Kultur, die die Schwarzen bewundern und gelten lassen, gehören Streichhölzer, Fahrräder und Schießgewehre, aber sie sind bereit, sie von sich zu werfen, sobald es sich um eine Kuh handelt. Frank Greswolde Williams aus Kedong Valley nahm einen Massai als Sais mit nach England und erzählte mir, der Mann habe eine Woche nach der Ankunft seine Pferde im Hydepark geritten, als wäre er ein geborener Londoner. Ich fragte diesen Mann, als er nach Afrika zurückkehrte, was ihm in England besonders gefallen habe. Er überlegte sich die Frage mit ernster Miene und sagte nach einer langen Pause höflich, die Weißen hätten sehr schöne Brücken. Ich habe nie einen älteren Eingeborenen, Dingen, die sich von selbst ohne ersichtliche Einwirkung des Menschen oder einer Naturkraft bewegten, anders als mit Argwohn und einem gewissen Gefühl von Scham gegenüberstehen sehen. Der Sinn des Menschen wendet sich von der Hexerei ab wie von etwas Unschicklichem. Er kann gezwungen sein, ihre Ergebnisse hinzunehmen, aber er will nichts mit ihrem inneren Getriebe zu tun haben, und noch nie hat ein Mensch versucht, einer Hexe das genaue Rezept ihres Gebräues abzufordern.

Einmal, als Denys und ich geflogen waren und auf der Farm landeten, trat ein alter Kikuju herzu und sprach uns an. «Ihr wart sehr hoch heute», sagte er, «wir konnten euch nicht sehen, wir hörten nur das Flugzeug summen wie eine Biene.» Ich bestätigte, daß wir sehr hoch gewesen seien. «Habt ihr Gott gesehen?» fragte er. «Nein, Ndwetti», sagte ich, «Gott haben wir nicht gesehen.» – «Aha, dann wart ihr also nicht hoch genug», sagte er, «aber nun sag mir – glaubst du, daß du hoch genug steigen kannst, um Ihn zu sehen?» – «Ich weiß nicht, Ndwetti», sagte ich. «Und du, Bedâr», sagte er zu Denys gewandt, «was glaubst du? Kannst du in deinem Flugzeug hoch genug steigen, um Gott zu sehen?» – «Das weiß ich wahrhaftig nicht», sagte Denys. «Dann verstehe ich nicht», sagte Ndwetti, «wozu ihr beide überhaupt fliegt.»

LOSE BLÄTTER

Wie der Wilde den Wilden erlöste

Mein Verwalter hatte während des Krieges Zugochsen für die Armee aufgekauft. Er erzählte mir, er habe damals drüben im Massaireservat bei den Massai junge Ochsen erstanden, die eine Kreuzung des Massairindes mit Büffeln seien.

Die Frage ist viel umstritten, ob es möglich sei, Haustiere mit wilden Tieren zu kreuzen. Oft hat man versucht, aus einer Mischung von Zebras mit Pferdestuten einen kleinen Pferdetyp zu züchten, der den Verhältnissen des Landes angepaßt wäre, ich habe aber nie derartige Bastarde gesehen. Aber mein Verwalter versicherte, diese Ochsen seien tatsächlich Büffelhalbblut. Sie brauchten, wie die Massai behaupteten, eine viel längere Zeit zur Reife als gewöhnliche Rinder, und die Massai, die sehr stolz auf sie waren, schienen sie damals recht gern loszuwerden, weil sie sehr wild waren.

Es kostete eine harte Arbeit, bis diese Ochsen sich vor einen Wagen oder Pflug spannen ließen. Besonders ein starkes junges Tier hat meinem Verwalter und seinen schwarzen Ochsentreibern unendliche Mühe gemacht. Es fiel die Leute an, zerbrach das Joch, schäumte und brüllte; wenn man es festband, scharrte es dicke schwarze Wolken von Erde auf, es rollte seine rotunterlaufenen Augäpfel, und aus der Nase, hieß es, troff Blut hervor.

«Um ihm das wilde Herz zu brechen», erzählte der Verwalter, «sperrte ich ihn, an allen vieren gefesselt, mit einem Riemen um die Schnauze, in die Rinderhürde, und auch da noch, als er wie betäubt am Boden lag, schossen ihm aus der Nase lange, heiße Strahlen von Dampf, und ein furchtbares Graunzen und Keuchen entrang sich seiner Kehle. Ich freute mich schon, ihn bald für Jahre unters Joch gezwungen zu sehen. Ich legte mich in meinem Zelt zu Bett, und noch im Traum beschäftigte mich der Ochse. Ich erwachte von einem gewaltigen Lärm, die Hunde bellten, und die Schwarzen riefen und kreischten unten bei der Hürde. Zwei Hirtenbuben kamen schlotternd gelaufen und sagten, sie glaubten, ein Löwe sei bei den Ochsen eingebrochen. Wir rannten mit Laternen hinunter, ich selber nahm mein Gewehr mit. Als wir uns der Hürde näherten, ließ der Lärm etwas nach. Im Schein der Laternen sah ich etwas Gesprenkeltes entwischen. Ein Leopard hatte sich an den gefesselten Ochsen herangemacht und ihm den rechten Hinterschenkel abgefressen. Den sollten wir nie unterm Joche sehen.

Ich nahm mein Gewehr», sagte der Verwalter, «und schoß den Ochsen tot.»

Glühwürmchen

Wenn die lange Regenzeit vorüber ist und in den ersten Wochen des Juni die Nächte kälter werden, fliegen hier im Hochland in den Wäldern die Glühwürmchen.

Eines Abends sieht man zwei oder drei wie abenteuernde Sterne vereinzelt in der klaren Luft auf und nieder steigen, als tanzten sie auf Wellen oder als verneigten sie sich. Im Rhythmus der Bewegung blinken und verlöschen ihre winzigen Lämpchen. Man kann die Tierchen fangen und auf der flachen Hand aufleuchten lassen; sie geben einen seltsamen Schein, eine geheimnisvolle Botschaft von sich, in einem kleinen Umkreis wird die Haut matt grünlich erhellt. In der nächsten Nacht schweben in den Wäldern Hunderte und aber Hunderte.

Aus irgendeinem Grunde halten sie sich beständig in der gleichen Höhe, vier bis fünf Fuß über dem Boden. Unwillkürlich sieht man im Geiste Scharen von halbwüchsigen Kindern mit Lichterchen durch den Wald huschen, mit Stäbchen, die in magisches Feuer getaucht sind, sie hüpfen auf und nieder und haschen sich und schwingen lustig ihre winzigen, matten Fackeln. Die Wälder sind voll von wildem, ausgelassenem Leben, und doch ist alles totenstill.

Lebenswege

Als ich ein Kind war, zeigte mir jemand ein Bild – eine Art Kinobild, denn es entstand vor meinen Augen, und der Künstler erzählte eine Geschichte dazu. Die Geschichte wurde jedesmal mit den gleichen Worten erzählt.

In einem kleinen Hause mit einem runden Fenster und einem kleinen, dreieckigen Garten davor lebte ein Mann.

Nicht weit von dem Hause war ein Teich mit vielen kleinen Fischen darin.

Eines Nachts erwachte der Mann von einem schrecklichen Lärm und machte sich im Dunklen auf, um zu erfahren, was das sei. Er ging auf dem Weg zum Teich.

Hier fing der Erzähler an, wie man auf einer Karte den Marsch einer Armee einträgt, die Wege zu zeichnen, die der Mann ging.

Er lief zuerst nach Süden. Da stolperte er über einen großen Stein, der mitten auf dem Wege lag, und als er weiterlief, fiel er in einen Graben, stand auf, fiel wieder in einen Graben, stand wieder auf, fiel in einen dritten Graben und kroch wieder heraus. Da merkte er, daß er falsch gegangen war, und lief zurück nach Norden. Aber wieder schien es ihm, daß der Lärm von Süden kam, und er rannte wieder in der ersten Richtung. Da stolperte er über einen großen Stein, der mitten auf dem Wege lag, und etwas weiter fiel er in einen Graben, stand auf, fiel nochmals in einen Graben, stand auf, fiel in einen dritten Graben und kroch wieder heraus. Jetzt hörte er ganz deutlich, daß der Lärm vom Ende des Teiches herkam. Er rannte hin und sah, daß im Damm des Teiches ein großes Loch war und das ganze Wasser mit allen Fischen herausfloß.

Er machte sich an die Arbeit und flickte das Loch, und als er fertig war, legte er sich wieder zu Bett. Als nun der Mann am nächsten Morgen aus seinem kleinen runden Fenster schaute – so schloß die Geschichte höchst dramatisch – was sah er?

Ich bin froh, daß man mir diese Geschichte erzählt hat, und will in der Stunde der Not an sie denken. Der Mann in der Geschichte ist bitter betrogen worden und schweren Hindernissen auf seinem Wege begegnet. Er muß gedacht haben: Welch ein Auf und Nieder! Welch eine Kette von Mißgeschick! Er muß sich gefragt haben, was der Sinn all dieser Prüfungen sei, denn er konnte nicht wissen, daß es der Storch war. Aber bei alledem behielt er sein Ziel im Auge, nichts vermochte ihn, umzukehren und heimzugehen, er ging seinen Weg zu Ende, er bewahrte den Glauben.

Der Mann hat seinen Lohn empfangen. Am Morgen sah er den Storch. Da muß er laut aufgelacht haben.

Die Enge, in der ich stecke, das dunkle Loch, in dem ich liege – zu welcher Vogelkralle mag das wohl gehören? Wenn die Zeichnung meines Lebens fertig ist, werden dann die anderen einen Storch sehen?

Infandum, regina, jubes renovare dolorem, Troja in Flammen, sieben Jahre Verbannung, dreizehn der besten Schiffe verloren! Was wird das Ende sein von alledem? «Unerträumte Schönheit, königliche Ruhe und süßes Entzücken.»

Man ist entsetzt, wenn man den zweiten Glaubensartikel der Christenheit hört: «... daß Er gekreuzigt wurde, gestorben und begraben ist, daß Er zur Hölle hinabfuhr und am dritten Tage wieder auferstand, daß Er zum Himmel aufstieg und von dort wiederkommen wird.»

Welch ein Auf und Nieder, furchtbar wie bei dem Manne in der Geschichte. Was ist das Ende von alledem? – Der zweite Artikel des Glaubens der halben Welt.

Esas Geschichte

Während des Krieges hatte ich einen Koch namens Esa, einen alten Mann mit viel Verstand und einem feinen Wesen. Eines Tages, als ich in Mackinnens Spezereigeschäft in Nairobi Tee und Gewürze kaufte, trat eine kleine Dame mit scharfem Gesicht auf mich zu und bemerkte, es sei ihr bekannt, daß Esa in meinen Diensten stehe; ich bestätigte ihr das. «Er war aber früher bei mir», sagte die Dame, «und ich möchte ihn wiederhaben.» Ich sagte ihr, das täte mir leid, denn sie könne ihn nicht haben. «Oh, das wollen wir erst sehen», sagte sie, «mein Mann ist Regierungsbeamter. Sagen Sie, bitte, Esa, wenn Sie nach Hause kommen, daß ich ihn wiederhaben will und daß er, wenn er nicht zu mir kommt, zum Trägerkorps eingezogen wird. Soviel ich höre», fügte sie hinzu, «haben Sie genug Dienstboten auch ohne Esa.» Ich erzählte Esa nicht gleich von dieser Begegnung, erst am folgenden Abend fiel sie mir wieder ein, und ich sagte ihm, daß ich seine ehemalige Herrin getroffen und was sie gesagt hätte. Zu meinem Erstaunen geriet Esa sofort außer sich vor Angst und Verzweiflung. «Oh, warum hast du mir das nicht gleich gesagt, Memsahib?» sagte er. «Die Dame wird tun, was sie gesagt hat, ich muß dich heute abend noch verlassen.» – «Das ist doch Unsinn», sagte ich. «Ich glaube gar nicht, daß man dich so ohne weiteres wegholen kann.» – «Gott stehe mir bei», sagte Esa, «ich fürchte, es ist vielleicht schon zu spät.» – «Was soll ich denn ohne Koch machen, Esa?» fragte ich ihn. «Sie werden mich ja auch nicht zum Koch haben», sagte er, «wenn ich beim Trägerkorps bin oder sterbe, was ich dann gewiß bald tun werde.»

So tief steckte die Angst vor dem Trägerkorps damals in den Leuten, daß Esa gegen alle meine Vorstellungen taub blieb. Er bat mich, ihm ein Windlicht zu leihen, wickelte alle seine Habseligkeiten in ein Tuch und machte sich noch in der Nacht auf den Weg nach Nairobi.

Esa war fast ein Jahr fort von der Farm. Ich sah ihn in dieser Zeit mehrere Male in Nairobi, einmal fuhr ich auf der Straße nach Nairobi an ihm vorbei. Er wurde alt und hager in diesem Jahr, seine Züge erschlafften, sein schwarzer runder Kopf ergraute. In der Stadt wollte er nicht stehenbleiben und mit mir sprechen, aber als wir uns auf der offenen Landstraße trafen und ich meinen Wagen anhielt, setzte er den Geflügelkorb, den er auf dem Kopf trug, ab und hockte sich zum Plaudern hin. Er hatte sich seine sanfte Art bewahrt, und doch war er verändert, und es war schwierig, mit ihm in Kontakt zu kommen, er blieb während des ganzen Gespräches geistesabwesend, als wäre er weit fort. Das Schicksal hatte ihn mißhandelt und zu Tode erschreckt, er war genötigt, sich in eine Tiefe zurückzuziehen, die mir unzugänglich war, und die Erlebnisse hatten ihn geläutert und geklärt. Es war, als spräche man mit einem alten Bekannten, der sein Noviziat in einem Kloster angetreten hatte. Er fragte mich nach dem Leben auf der Farm, wobei es ihm, wie jedem schwarzen Dienstboten, für ausgemacht galt, daß seine Mitbediensteten sich in seiner Abwesenheit gegen ihre weiße Herrschaft so häßlich wie möglich benahmen. «Wann wird der Krieg zu Ende sein?» fragte er mich. Ich sagte ihm, man habe mir erzählt, er werde nun nicht mehr lange dauern. «Weißt du, wenn er noch zehn Jahre dauert», sagte er, «dann werde ich vergessen, die Gerichte zu bereiten, die du mich gelehrt hast.» Der Geist des kleinen alten Kikuju auf der Landstraße ging die gleichen Wege wie der Brillat-Savarins, der gesagt hat, wenn die Revolution fünf Jahre länger gedauert hätte, wäre die Kunst, ein Geflügelragout zu bereiten, verlorengegangen. Es war offenkundig, daß Esa nur um meinetwillen so bekümmert war, und so fragte ich ihn denn, um seinen teilnehmenden Klagen ein Ende zu setzen, wie es ihm selber ginge. Er überlegte sich meine Frage eine Zeitlang, er mußte seine Gedanken von weit her sammeln, ehe er mir antworten konnte. «Weißt du noch, Memsahib», sagte er schließlich, «du sagtest einmal, es sei hart für die Ochsen der indischen Holzhändler, jeden Tag angespannt zu sein und nie einen ganzen Tag zu rasten, wie es die Ochsen auf der Farm tun? Siehst du, bei der Dame, da bin ich ein indischer Holzhändlerochse.» Er blickte beiseite, als er gesprochen hatte, wie um sich zu entschuldigen. Schwarze haben von Natur sehr wenig Gefühl für Tiere, mein Ausspruch über die indischen Ochsen mag Esa recht gesucht vorgekommen sein – daß er ihn nun aus freien Stücken und in eigener Sache wieder hervorgeholt hatte, schien ihm unbegreiflich.

Den Krieg über hat es mir viel Verdruß bereitet, daß alle Briefe, die ich schrieb oder erhielt, von einem kleinen, verschlafenen schwedischen Zensor in Nairobi geöffnet wurden. Er kann nie auch nur das geringste Verfängliche in ihnen gefunden haben, aber ich glaube, bei seinem eintönigen Dasein bekam er Interesse für die Menschen, von denen die Rede war, und las meine Briefe, wie man einen Fortsetzungsroman liest. Ich fügte gern meinen Briefen ein paar Drohungen gegen unseren Zensor bei, die nach dem Krieg wahrgemacht werden sollten, damit er was zu lesen hätte. Als das Ende des Kriegs kam, mag er sich an diese Drohungen erinnert haben oder auch von selber zur Reue erwacht sein, jedenfalls schickte er einen Läufer auf die Farm, mir zu melden, der Waffenstillstand sei geschlossen. Ich war allein, als der Läufer eintraf, ich ging im Walde spazieren. Es war sehr still da draußen, und es war seltsam zu denken, daß es an den Fronten in Frankreich und in Flandern nun auch still war, daß die Kanonen schwiegen. In diesem Schweigen schienen Europa und Afrika einander näher, als hätte man auf dem Waldpfad nur fortzugehen brauchen bis Vimmy Ridge. Als ich zum Hause zurückkehrte, sah ich eine Gestalt davorstehen. Es war Esa mit seinem Bündel. Er sagte mir sofort, er sei nun wieder da und habe mir ein Geschenk mitgebracht.

Esas Geschenk war, eingerahmt und unter Glas, das Bild eines Baumes, sehr sorgfältig mit Tinte gezeichnet und jedes von den hundert Blättern hellgrün bemalt. Auf jedem Blatt war in winzigen arabischen Buchstaben mit roter Tinte ein Wort geschrieben. Ich denke mir, daß es Worte aus dem Koran waren, aber Esa war nicht imstande, mir ihren Sinn zu erklären, er strich nur immer mit seinem Ärmel über die Glasscheibe und versicherte mir, es sei ein sehr gutes Geschenk. Er erzählte mir, er habe das Bild während des Jahres seiner Prüfung von dem alten mohammedanischen Priester von Nairobi malen lassen; es muß den alten Mann Stunden und Stunden gekostet haben, es so fein hinzustricheln.

Esa blieb nun bei mir, bis er starb.

Der Leguan

Im Reservat habe ich zuweilen die großen Leguane, die Kammeidechsen, auf den flachen Steinen der Flußbetten sich sonnen sehen. Sie haben keine hübsche Gestalt, aber etwas Schöneres als ihre Färbung ist undenkbar. Sie leuchten wie ein Haufen von Edelsteinen oder wie ein Ausschnitt aus einem alten Kirchenfenster. Wenn man zu nahe kommt und sie davonflitzen, dann geht ein Funkeln von Azurblau, Grün und Blaurot über die Steine, die Farben scheinen, wenn die Tiere schon fort sind, noch in der Luft zu schweben wie der leuchtende Schweif eines Kometen.

Einmal habe ich einen Leguan geschossen. Ich dachte, ich würde mir aus der Haut irgend etwas Hübsches machen können. Da geschah etwas Seltsames, das ich niemals mehr vergessen werde. Als ich zu der Stelle hinging, wo das Tier tot auf dem Stein lag, und zwar wirklich während der wenigen Schritte, die ich zu machen hatte, entfärbte es sich und wurde blaß, alle Farbe entwich aus ihm wie in einem langen Seufzer, und bis ich es berührte, war es grau und stumpf wie ein Klumpen Zement. Das lebende, drängende Blut allein, das in dem Tiere kreiste, hatte all die große Pracht und Herrlichkeit ausgestrahlt. Nun, da das Licht gelöscht und die Seele entflohen war, lag der Leguan da, tot wie ein Sandsack.

Ich habe seitdem noch öfters gewissermaßen einen Leguan geschossen und an den einen im Reservat zurückdenken müssen. Oben in Meru sah ich einmal ein junges Eingeborenenmädchen mit einem Armband, einem Lederstreifen, zwei Zoll breit, über und über bestickt mit ganz kleinen türkisfarbenen Perlen, deren Schattierung wechselte und bald ins Grüne, Hellblaue oder Ultramarinblaue schimmerte. Es war ein ungewöhnlich lebendiges Stück, es schien an ihrem Arm zu atmen, so daß ich es gern für mich haben wollte und Farah hinschickte, es ihr abzukaufen. Kaum hatte ich es auf meinem Arm, so gab es seinen Geist auf. Es war nun nichts mehr als ein kleines billiges Schmuckstück. Das Spiel der Farben war es gewesen, das Duett zwischen dem Türkis und dem *nègre* – diesem lebendigen, samtigen, bräunlichen Schwarz, dem Torfigen, Irdenen der Negerhaut –, was das Armband zum Leben erweckt hatte. Im Zoologischen Garten in Pietermaritzburg habe ich einmal an einem ausgestopften Tiefseefisch in einer Vitrine dasselbe Zusammenspiel von Farben gesehen; da hatte es den Tod überdauert; staunend fragte ich mich, wie wohl das Leben am Meeresgrund beschaffen sein mochte, daß es uns etwas so Lebendiges und Luftiges emporsenden konnte. Da stand ich nun in Meru und schaute meinen blassen Arm und das tote Armband an; es war, als wäre einem edlen Ding Unrecht geschehen, als wäre der Wahrheit Gewalt angetan worden. Es war so schmerzlich, daß mir der Ausspruch des Helden aus einem Buch meiner Kinderzeit einfiel: «Ich habe sie alle besiegt, nun steh ich zwischen lauter Gräbern.»

In einem fremden Lande mit fremden Formen des Lebens muß man zu prüfen wissen, ob die Dinge ihren Wert behalten, wenn sie tot sind. Siedlern in Ostafrika gebe ich den Rat: «Um eurer eigenen Augen und Herzen willen, schießt keinen Leguan.»

Farah und der Kaufmann von Venedig

Einmal schrieb mir ein Freund aus der Heimat und schilderte mir eine Neuinszenierung des «Kaufmanns von Venedig». Abends, als ich den Brief nochmals überlas, wurde mir das Stück lebendig, seine Gestalten erfüllten das Haus, so daß ich Farah hereinrief, um mit ihm davon zu reden, und ihm die Handlung der Komödie erzählte.

Farah liebte, wie alle Menschen arabischen Geblütes, Geschichten zu hören; aber nur, wenn er sicher wußte, daß er und ich allein im Hause waren, ließ er sich herbei, mir zuzuhören. Erst wenn die

Hausboys sich in ihre Hütten verzogen hatten und ein Vorübergehender, der etwa ins Fenster schaute, hätte meinen können, er und ich besprächen Fragen des Haushalts, erst dann konnte ich erzählen; er stand reglos am Ende des Tisches, seine ernsten Augen auf mein Gesicht gerichtet, und hörte zu. Farah verfolgte mit höchster Aufmerksamkeit den Handel zwischen Antonio, Bassanio und Shylock. Das war ein verwickeltes Geschäft, etwas aus dem Randgebiet des Rechts, so ganz etwas nach dem Herzen eines Somali. Er fragte mich Genaueres über die Klausel von dem einen Pfund Fleisch, sie erschien ihm freilich etwas ungewöhnlich, aber nicht unmöglich, nichts, worauf Menschen nicht verfallen konnten. Als die Geschichte nach Blut zu riechen begann, stieg sein Interesse. Als Portia die Bühne betrat, spitzte er die Ohren, ich kann mir denken, wie er sich vorstellte, eine Frau seines Stammes, eine aufgetakelte Fatima, kundig und bestrickend, gerüstet, den Mann zu übermannen. Kein Farbiger ergreift Partei in einer Geschichte, sein Interesse richtet sich auf das kunstreiche Gewebe der Handlung, und der Somali, der im wirklichen Leben über feinen Sinn für Werte und über die Gabe der Entrüstung verfügt, entschlägt sich ihrer für die Dauer einer Erzählung. Aber hier war Farah mit all seiner Sympathie auf seiten Shylocks, der seinen Schein präsentiert, seine Niederlage empörte ihn.

«Was», sagte er, «der Jude gab seinen Anspruch auf? Das hätte er nicht tun sollen. Das Fleisch gebührte ihm, es war wenig genug, was er für sein vieles Geld bekam.» – «Was blieb ihm denn anderes übrig», warf ich ein, «er durfte doch keinen Tropfen Blut vergießen.» – «Memsahib», sagte Farah, «er hätte ein rotglühendes Messer nehmen können. Da fließt kein Blut.» – «Aber er durfte doch auch nicht mehr und nicht weniger als ein Pfund Fleisch nehmen», erwiderte ich. «Wen hätte das geschreckt?» meinte Farah. «Ausgerechnet einen Juden? Er hätte doch Scheibchen für Scheibchen abschneiden können, mit einer feinen Waage in der Hand, bis es genau ein Pfund war. Ja, hatte denn der Jude keine Freunde, die ihm rieten?» Alle Somali haben etwas ungeheuer Dramatisches in ihren Gebärden. Farah bekam durch eine kleine Änderung der Miene und Haltung etwas Bedrohliches, als stünde er wirklich vor dem Gerichtshof von Venedig, seinem Freund oder Klienten Shylock gegen den Haufen von Antonios Freunden und den Dogen von Venedig selber den Nacken zu steifen. Seine Blicke maßen funkelnd die Gestalt des Kaufmanns vor ihm, der schon die nackte Brust dem Messer bot. «Schau, Memsahib», sagte er, «feine Scheibchen hätte er schneiden müssen, ganz dünn. Er hätte dem Manne viel Pein bereiten können, bis sein Pfund Fleisch voll war.» Ich sagte: «Aber in der Geschichte gab der Jude auf.» – «Das war jammerschade, Memsahib», sagte Farah.

Vom Stolz

Daß die Farm an das Wildreservat stieß und das Großwild an ihren Grenzen hauste, gab ihr ein eigenes Gepräge; wir waren gleichsam die Nachbarn eines mächtigen Königs. Stolze Wesen lebten rings um uns und ließen uns ihre Nähe spüren.

Der Barbar liebt seinen eigenen Stolz und haßt oder beargwöhnt den Stolz der anderen. Ich will ein gesitteter Mensch sein und den Stolz meiner Feinde lieben, und den Stolz meiner Diener und den Stolz meines Geliebten, und mein Haus soll in aller Demut inmitten der Wildnis ein Ort der Gesittung sein.

Stolz ist der Glaube an die Idee, die Gott vorschwebte, als er den Menschen schuf. Ein stolzer Mensch ist sich dieser Idee bewußt und willens, sie zu verwirklichen. Er strebt nicht nach einem Glück oder Behagen, das der Idee Gottes ungemäß sein könnte. Erfolg ist für ihn das Gelingen, durch das die Absicht Gottes verwirklicht wird; der Stolze liebt sein Schicksal. So wie der gute Bürger sein Glück in der Erfüllung seiner Pflicht gegen die Gemeinschaft, so findet der stolze Mensch sein Glück in der Erfüllung seines Geschickes.

Menschen, die keinen Stolz haben, wissen von keiner Idee des Schöpfers, der sie ins Leben rief, und zuweilen flößen sie einem Zweifel ein, ob eine solche Idee überhaupt bestanden hat oder ob sie verlorengegangen ist und wer sie wohl wiederfinden kann. Sie müssen das als Erfolg buchen, was andere Erfolg nennen, und müssen ihr Glück, ja, ihren eigenen Wert am Kurszettel des Tages ablesen. Sie zittern vor ihrem Schicksal und haben guten Grund dazu.

Liebe Gottes Stolz über alle Dinge und den Stolz deiner Nächsten wie deinen eigenen. Den Stolz der Löwen – sperre sie nicht im Zoo ein. Den Stolz deiner Hunde, laß sie nicht feist werden. Liebe den Stolz deiner Lebensgenossen, und lasse nicht zu, daß sie sich bemitleiden.

Liebe den Stolz der unterworfenen Völker, und lasse ihnen die Freiheit, ihren Vater und ihre Mutter zu ehren.

Die Ochsen

Der Samstagnachmittag war eine gesegnete Zeit auf der Farm. Vor allem war einmal bis Montagnachmittag keine Post zu erwarten, keine ablenkenden Geschäftsbriefe konnten uns erreichen; diese Gewißheit allein umfriedete schon unseren ganzen Bereich wie ein Bollwerk. Und dann sah alles dem Sonntag entgegen, an dem man den ganzen Tag ruhen oder spielen durfte, an dem der Squatter sein eigenes Land bebauen konnte. Der Gedanke an die Ochsen freute mich am Samstag mehr als alles andere. Ich ging gewöhnlich gegen sechs Uhr an ihre Hürde, wenn sie sich nach der Tagesmühe einfanden, um einige Stunden geruhsam zu grasen. Morgen, sagte ich mir, brauchen sie den ganzen Tag nichts zu tun, als zu grasen.

Wir hatten hundertzweiunddreißig Ochsen auf der Farm, also acht Arbeitsgespanne und etliche Reserveochsen. Da kamen sie nun im goldenen Dunst der Abendröte in einer langen Reihe über die Steppe gewandert, geruhsam wie alles, was sie taten, indes ich geruhsam auf dem Zaun der Hürde saß, friedlich eine Zigarette rauchte und ihnen zuschaute. Da kamen Nyose, Saa-Sita und Faru und Mzungu, was soviel heißt wie «weißer Mann». Die

Treiber geben ihren Zugtieren oft Namen von Weißen; Delamere ist ein gebräuchlicher Name für Ochsen. Und da kam Malinda, der große gelbe Ochse, den ich von der ganzen Schar am liebsten hatte; sein Fell war seltsam gezeichnet mit einem Schattenmuster wie ein Seestern; davon hatte er wohl auch seinen Namen, denn Malinda ist ein Weiberrock.

So wie in kultivierten Ländern alle Menschen ein chronisches schlechtes Gewissen gegen die Armen haben und sich unbehaglich fühlen, sowie sie an sie denken, so hat man in Afrika ein schlechtes Gewissen und fühlt einen Stich, wenn man an die Ochsen denkt. Aber für die Ochsen auf der Farm hatte ich ein Gefühl, wie es wohl ein König für seine Armen haben mag: Ihr seid ich, und ich bin ihr.

Die Ochsen haben in Afrika die schwere Last des Fortschritts der europäischen Kultur geschleppt. Überall, wo Urland aufgebrochen wurde, haben sie es aufgebrochen, keuchend und knietief im Boden vor den Pflügen stampfend, über sich die langen Peitschen in der Luft. Überall, wo eine Straße gebaut wurde, haben sie sie gebaut, unterm Kreischen und Brüllen der Treiber, Fährten folgend im Staub und langen Gras der Steppen, wo vordem niemals Straßen waren. Vor Tagesanbruch sind sie ins Joch gespannt worden, haben hügelauf und -ab geschwitzt, durch Dungas und durchs Geröll der Flußbetten, die glühenden Stunden des Tages lang. Die Peitschen haben sich ihren Flanken eingeprägt, und oft sieht man Ochsen, denen ein Auge oder beide von den langen schneidenden Peitschenriemen ausgeschlagen sind. Die Zugochsen vieler indischer und weißer Unternehmer arbeiteten Tag für Tag ihr Leben lang und kannten keinen Sabbat.

Seltsam ist die Verwandlung, die sich an einem Ochsen vollzieht. Der Bulle ist in einer beständigen Wallung des Zornes, er rollt die Augen, wühlt die Erde auf, wütet über alles, was in seinen Gesichtskreis tritt – aber er hat ein Eigenleben, Feuer quillt aus seinen Nüstern und Fruchtbarkeit aus seinen Lenden, seine Tage sind erfüllt von Lebensgier und -sättigung. All dies haben wir dem Ochsen geraubt und sein Dasein in unseren Dienst gezwungen. Die Ochsen ziehen mit uns durchs tägliche Leben, immerfort mühsam schleppend, sie sind Geschöpfe ohne Leben, Dinge, die unserem Nutzen dienen. Sie haben feuchte, zaghafte, violette Augen, weiche Muskeln, seidige Ohren, sie sind geduldig und stur in ihrem ganzen Gehaben, zuweilen schauen sie aus, als dächten sie über etwas nach.

Es gab zu meiner Zeit ein Gesetz, wonach auf keiner Straße ein Wagen oder Karren ohne Bremse gefahren werden durfte; die Wagenführer sollten auf all den langen Bergstrecken abwärts die Bremsen anziehen. Aber das Gesetz wurde nicht befolgt, die Hälfte der Wagen und Karren auf den Landstraßen hatte keine Bremsen, und an den übrigen wurden die Bremsen nur selten gebraucht. Das machte den Ochsen die Talfahrt zur Qual. Sie mußten die schwerbeladenen Wagen mit ihrer Leibeskraft aufhalten, sie legten unter der Schwere der Last ihre Köpfe zurück, daß die Hörner den Buckel auf dem Rücken berührten, ihre Flanken flogen wie Blasbälge. Ich habe oft die Fuhren der Holzhändler auf der Ngongstraße nach Nairobi in langer Kette, wie eine kriechende Riesenraupe, im Schritt durchs Waldreservat bergab fahren sehen, die Ochsen im Zickzack taumelnd voran. Ich habe die Ochsen auch straucheln und am Fuß des Berges unter der Last der Fuhren hinstürzen sehen.

So ist das Leben, dachten die Ochsen, so unvollkommen ist nun einmal die Welt. Hart ist es, sehr hart. Man muß es tragen, es hilft nichts. Es ist eine schrecklich mühsame Sache, einen Wagen bergab zu fahren, da geht es um Leben und Tod. Es gibt keine Rettung.

Hätten die feisten Inder von Nairobi, denen die Wagen gehörten, sich bequemt, zwei Rupien zu opfern und ihre Bremsen richten zu lassen, oder hätten die faulen, jungen schwarzen Treiber, die auf den beladenen Fuhren thronten, sich dazu verstanden, abzusteigen und die Bremsen abzulegen, ja, dann hätte es Rettung gegeben, dann wären die Ochsen ruhig den Berg hinabgegangen. Aber die Ochsen wußten das nicht und kämpften Tag für Tag ihren heldenhaften, verzweifelten Kampf gegen die Unzulänglichkeiten der Welt.

Von den zwei Rassen

Die Beziehung zwischen der weißen und der schwarzen Rasse in Afrika erinnert in mancher Hinsicht an die Beziehung zwischen den zwei Geschlechtern.

Wollte man einem von den beiden Geschlechtern sagen, daß es im Leben des anderen keine größere Rolle spielt als das andere in seinem Leben, so wären beide gekränkt und empört. Wüßte der Liebhaber oder Gatte, daß er keine wichtigere Rolle in dem Leben seines Weibes oder seiner Geliebten spielt als sie in seinem Leben, er würde staunen und zürnen. Erführe eine Gattin oder Liebende, daß sie im Leben ihres Mannes oder Geliebten nicht mehr bedeutet als er in ihrem, sie würde verzweifeln.

Die wahre Urgeschichte des Menschen, die nie für Weiberohren bestimmt war, beweist diese Lehre, und die Gespräche zwischen Frauen, wenn sie beisammensitzen und wissen, daß kein Mann sie hören kann, beweisen sie auch. Die Geschichten, die einem von Weißen über ihre schwarzen Dienstboten berichtet werden, atmen den gleichen Geist, und wahrscheinlich werden unter den Schwarzen Geschichten erzählt und nacherzählt, die beweisen, daß die Weißen sich für nichts anderes als für ihre Kikuju oder Kavirondo interessieren und vollkommen von ihnen abhängig sind.

Kriegssafari

Als der Krieg ausbrach, meldeten sich mein Mann und die zwei schwedischen Gehilfen freiwillig und zogen hinunter an die deutsche Grenze, wo Lord Delamere eine provisorische Kundschaftertruppe aufstellte. Ich lebte damals allein auf der Farm. Aber bald darauf ging das Gerede von einem

Schutzhaftlager für die weißen Frauen des Landes; man glaubte sie bedroht von den Schwarzen. Ich erschrak entsetzlich und dachte: Wenn ich für Monate in ein Konzentrationslager für Damen gesperrt werde – niemand weiß, wie lang der Krieg dauern wird –, dann werde ich sterben. Einige Tage später bot sich mir die Gelegenheit, mit einem jungen schwedischen Farmer, einem Nachbarn von uns, nach Kijabe, einer weiter landeinwärts gelegenen Station der Eisenbahn, zu kommen und eine Sammelstelle zu übernehmen, zu der die Läufer von der Grenze ihre Meldungen brachten, die telegraphisch ins Hauptquartier nach Nairobi weiterzugeben waren.

In Kijabe hatte ich mein Zelt dicht beim Bahnhof zwischen Stapeln von Brennholz für die Lokomotiven. Da die Läufer zu allen Stunden des Tages oder der Nacht eintrafen, arbeitete ich viel mit dem goanesischen Stationsvorsteher zusammen. Er war ein kleiner sanfter Mann, glühend von Wissensdurst und unbeeindruckt von dem Kriegsgeschrei ringsum. Er stellte mir unzählige Fragen über mein Land und ließ sich von mir etwas Dänisch beibringen, fest überzeugt, daß es sich eines Tages als ungeheuer nützlich erweisen würde. Er hatte einen kleinen Buben von zehn Jahren, namens Viktor; als ich eines Tages auf den Bahnhof kam, hörte ich ihn durchs Gitterwerk der Veranda Viktor in der Grammatik unterrichten. «Viktor, was ist ein Fürwort? Was ist ein Fürwort, Viktor? Du weißt es nicht? Fünfhundertmal hab ich's dir schon gesagt.»

Der Truppe unten an der Grenze fehlte es fortwährend an Proviant und Munition; mein Mann schrieb mir und gab mir Anweisungen, vier Ochsenfuhren zu beladen und sie so rasch wie möglich hinzuschicken. Aber ich dürfe sie keinesfalls ohne Begleitung eines Weißen abgehen lassen, denn niemand wisse, wo die Deutschen steckten, und die Massai seien durch den Krieg in die größte Aufregung geraten und schwärmten überall im Reservat herum. Man vermutete damals die Deutschen überall, und wir stellten an der großen Eisenbahnbrücke in Kijabe Posten auf, um zu verhindern, daß sie in die Luft gesprengt wurde.

Ich engagierte einen jungen Südafrikaner namens Klapprott als Begleiter der Kolonne; aber als die Fuhren geladen waren, wurde er am Abend, bevor die Expedition abgehen sollte, als Deutscher verhaftet. Er war kein Deutscher und konnte es nachweisen; er wurde nach einiger Zeit aus der Haft entlassen und änderte seinen Namen. Damals aber sah ich in seiner Verhaftung einen Fingerzeig Gottes, denn nun war außer mir niemand da, der die Wagen durch die Wildnis bringen konnte. So brachen wir denn in der Frühe auf – alle Sternbilder standen noch am Himmel –, den endlos langen Kijabeberg hinunter, die weite Steppe des Massaireservats stahlgrau im matten Schein in der Morgendämmerung zu unseren Füßen, an den Wagen schaukelten die Laternen, und weithin schallte Gebrüll und Peitschenknallen. Ich hatte vier Wagen mit je einem vollen Gespann von sechzehn Ochsen und fünf Reserveochsen, dazu einundzwanzig junge Kikuju und drei Somali: Farah, den Jäger Ismail und einen alten Koch, ebenfalls Ismail genannt, einen famosen alten Mann. Mein Hund Dusk ging mir zur Seite.

Leider hatte die Polizei, als sie Klapprott verhaftete, mit ihm auch sein Maultier verhaftet. Ich hatte es in ganz Kijabe nicht auftreiben können. So war ich die ersten Tage genötigt, neben dem Wagen zu Fuß zu gehen. Später kaufte ich Maultier und Sattel bei einem Manne, der mir im Reservat begegnete.

Ich war damals drei Monate unterwegs. Als wir an unseren Bestimmungsort kamen, wurden wir sofort wieder ausgeschickt, um die Proviantvorräte einer großen amerikanischen Jagdexpedition herbeizuschaffen, die in der Nähe der Grenze ihr Lager errichtet hatte und bei der Nachricht vom Ausbruch des Krieges Hals über Kopf davongegangen war. Von da ging es wieder anderswohin. Ich kannte mich allmählich aus in den Furten und Wassertümpeln des Massaireservats und lernte, mich ein wenig auf massai zu verständigen. Die Straßen waren überall unsäglich schlecht, tief versandet und von Felsblöcken gesperrt, die oft höher waren als die Wagen; späterhin zogen wir meist über die offene Steppe. Die Luft des afrikanischen Hochlands stieg mir zu Kopfe wie Wein, ich war immer leicht trunken, und die Wonne dieser Monate war unbeschreiblich. Ich hatte schon Jagdsafaris mitgemacht, aber ich war noch nie allein mit Afrikanern ausgezogen.

Die Somali und ich, die für das Staatseigentum verantwortlich waren, lebten in dauernder Furcht, die Ochsen durch Löwen zu verlieren. Die Löwen folgten begierig den großen Nachschubtransporten von Schafen und Proviant, die sich jetzt beständig auf die Grenze zu bewegten. Frühmorgens, wenn wir aufbrachen, konnten wir in den Wagenspuren der Wege lange Zeit die frischen Fährten der Löwen im Sande verfolgen. Nachts, wenn die Ochsen ausgespannt wurden, bestand immer Gefahr, daß die Löwen, die das Lager umstrichen, sie aufscheuchten, daß sie davonstoben und sich in der Wildnis verliefen, wo sie nie wiederzufinden gewesen wären. Wir bauten deshalb im Kreis um unseren Lager- und Rastplatz Hürden aus Dorngesträuch und saßen mit geladenen Gewehren um die Lagerfeuer.

Hier fühlten sich Farah und Ismail und sogar der alte Ismail in so sicherer Ferne von aller Zivilisation, daß ihre Zungen sich lösten und sie merkwürdige Erlebnisse aus Somaliland erzählten oder Geschichten aus dem Koran und aus Tausendundeiner Nacht. Farah und Ismail waren zur See gewesen; sie müssen wohl in alten Zeiten zu den großen Piraten im Roten Meer gehört haben. Sie setzten mir auseinander, daß jedes Lebewesen auf Erden sein Abbild am Grunde des Meeres habe: Pferde, Löwen, Frauen, Giraffen – alles lebt in der Tiefe und ist zuzeiten von den Seeleuten gesehen worden. Sie berichteten mir auch von Pferden, die im Somaliland am Grunde der Flüsse leben und in Vollmondnächten auf die Weiden heraufsteigen, um sich mit den Stuten der Somali zu paaren und Fohlen von wunderbarer Schönheit und Schnelligkeit zu zeugen. Die Kuppel des Nachthimmels glitt, indes wir so dasaßen, über unsere Köpfe zurück, und neue Sternbilder stiegen im Osten auf.

Im Rauch des Feuer wirbelten lange Funkengarben in die kalte Luft empor, das frische Brennholz duftete säuerlich. Von Zeit zu Zeit sprangen plötzlich die Ochsen alle auf, stampften und drängten sich zusammen, die Nüstern witternd in der Luft, so daß der alte Ismail auf einen der beladenen Wagen kletterte und seine Laterne schwang, um zu erspähen und zu verscheuchen, was da außerhalb des Zaunes sich umtreiben mochte.

Wir hatten viele große Abenteuer mit Löwen. «Hütet euch vor Siawa», sagte uns der schwarze Leiter eines Transportes, der auf dem Weg nach Norden uns begegnete. «Bleibt nicht über Nacht dort. In Siawa sind zweihundert Löwen.» Wir versuchten also, vor Einbruch der Dunkelheit an Siawa vorbeizukommen, und beeilten uns sehr. Blinder Eifer schadet auf Safari noch mehr als sonst, und um Sonnenuntergang prellte ein Rad des hintersten Wagens gegen einen großen Stein und war nicht mehr zu brauchen. Während ich die Laterne hochhielt, um den Leuten beim Auswechseln zu leuchten, fiel ein Löwe einen unserer Reserveochsen an, keine drei Schritt von mir. Mit Geschrei und Schreckschüssen gelang es, den Löwen zu verscheuchen, und der Ochse, der mit dem Löwen auf dem Rücken davongerannt war, kehrte wieder zu uns zurück; aber er war arg zerschunden und verendete nach einigen Tagen.

Auch sonst passierte uns manches Wunderliche. Einmal soff ein Ochse unseren ganzen Vorrat an Petroleum aus, starb und ließ uns ohne jede Beleuchtung zurück, bis wir mitten im Reservat auf einen indischen Kaufladen stießen, den ein Besitzer im Stich gelassen hatte und in dem sonderbarerweise ein Teil der Waren noch unberührt lag.

Eine Woche lang hielten wir uns in der Nähe eines Lagers der Massaimorani auf, und die jungen Krieger umschwärmten im Kriegsschmuck mit Speeren und langen Schilden und ihrem Kopfputz aus Löwenfell Tag und Nacht mein Zelt, um Neues vom Kriege und von den Deutschen zu hören. Meine Fahrtgenossen liebten diesen Lagerplatz, denn sie konnten sich Milch von den Rindern der Morani kaufen, die ihre Herden mit sich führen und von den Massaibuben, den Leioni, die noch zu klein zum Kämpfen sind, hüten lassen. Die jungen Soldatenmädels der Massai, lebenslustige, hübsche Geschöpfe, kamen in mein Zelt, mich zu besuchen. Sie baten mich immer, ihnen meinen Handspiegel zu leihen, hielten ihn sich gegenseitig hin und fletschten ihre zwei Reihen leuchtender Zähne wie zornige junge Raubtiere.

Alle Nachrichten über die Bewegung des Feindes mußten über Lord Delameres Lager gehen. Aber Lord Delamere zog mit so unglaublicher Geschwindigkeit kreuz und quer durchs Reservat, daß nie jemand wußte, wo er sich befand. Ich hatte mit dem Kundschafterdienst nichts zu tun, ich staunte nur, wie die Leute, die ihn versahen, ihre Verbindungen aufrechterhielten. Einmal nun führte mich mein Weg in einer Entfernung von einigen Meilen an Delameres Lager vorbei, und ich ritt mit Farah hinüber und besuchte ihn zum Tee. Obgleich das Lager am nächsten Tag abgebrochen werden sollte, ähnelte es einer belebten Stadt. Es wimmelte von Massai, denn Lord Delamere war ihnen sehr wohlgesinnt, und sie wurden in seinem Lager so gut bewirtet, daß man von ihm wie von der Höhle des Löwen in der Fabel sagen konnte: Alle Fußstapfen führten hinein und keine heraus. Ein Massailäufer, der Lord Delamere einen Brief zu bringen hatte, kam nie mit einer Anwort zurück. Der kleine, wie immer überaus liebenswürdige und höfliche Lord mit seinen bis auf die Schultern herabfallenden schneeweißen Haaren schien sich mitten in dem Schwarm sehr wohl zu fühlen; er erzählte mir allerhand vom Kriege und ließ mir Tee mit geräucherter Milch nach Massaiart reichen.

Meine Leute ertrugen mit großer Geduld meine Unerfahrenheit mit Ochsen, Anspann- und Safarigewohnheiten, und sie gaben sich nicht weniger Mühe, sie zu vertuschen, als ich selbst. Sie taten während der ganzen Fahrt jede Arbeit für mich und murrten nie, obgleich ich in meiner Unwissenheit von den Leuten und den Ochsen viel mehr forderte, als zu leisten war. Sie trugen mir weither über die Steppe auf den Köpfen Badewasser herbei, und wenn wir mittags rasteten, bauten sie mir aus Speer und Decken eine Art Baldachin gegen die Sonne über meinem Ruheplatz. Die wilden Massai waren ihnen nicht recht geheuer, und der Gedanke an die Deutschen, über die wunderliche Gerüchte umgingen, ängstigte sie. Ich war, glaube ich, gegen diese Gefahren eine Art Schutzengel oder Maskotte der Expedition.

Sechs Monate vor Ausbruch des Krieges war ich auf der Ausreise nach Afrika auf dem gleichen Dampfer mit General von Lettow-Vorbeck gereist, der jetzt der Oberkommandierende der deutschen Streitkräfte in Ostafrika war. Ich merkte ihm an, daß ihm eine heldenhafte Laufbahn bevorstand, und wir wurden unterwegs gute Freunde. Als wir in Mombasa zusammen Mittag aßen – er reiste weiter nach Tanganjika, ich mußte landeinwärts –, schenkte er mir seine Photographie in Uniform zu Pferde mit der Unterschrift:

«Das Paradies der Erde
Liegt auf dem Rücken der Pferde,
In der Gesundheit des Leibes
Und am Herzen des Weibes.»

Farah, der mir bis Aden entgegengefahren war und den General gesehen und gemerkt hatte, daß er mir wohlgesinnt war, nahm diese Photographie mit auf Safari und hütete sie bei seinem Gelde und den Schlüsseln der Expedition, um sie den deutschen Soldaten vorzuzeigen, falls wir in Gefangenschaft gerieten. Er betrachtete sie als großen Wertgegenstand.

Schön waren die Abende im Massaireservat, wenn wir nach Sonnenuntergang mit unserer Kolonne den Fluß oder Wassertümpel erreichten, an dem wir lagern wollten. Die Steppe mit ihren Dornbäumen lag schon im Dunkel, aber die Luft über unseren Köpfen leuchtete noch klar. Im Westen blinkte ein vereinzelter Stern, der in der Nacht groß und strahlend werden sollte, kaum erst sichtbar auf, wie ein silberner Punkt in zitronengelbem Topas. Die Luft drang kalt in die Lungen, das lange Gras war triefend naß, und die Kräuter darin strömten ihren würzigen, belebenden Duft aus. Bald würden ringsum die Zikaden ihr Lied anstimmen. Das Gras war ich, die fernen, unsichtbaren Berge waren ich, ich strich mit dem sanften Nachtwind durchs Dorngeäst.

Nach drei Monaten wurde ich plötzlich nach Hause geschickt. Als allmählich alles systematisch organisiert wurde und aus Europa reguläre Truppen eintrafen, fand man meine Transportkolonne wohl etwas irregulär. Wir zogen schweren Herzens heim, vorüber an unseren vertrauten Lagerplätzen.

Diese Safari lebte noch lange im Gedächtnis der Farm. Ich habe später noch viele Safaris mitgemacht, aber, ich weiß nicht warum – vielleicht weil wir im Dienste des Staates gleichsam in amtlicher Würde ausgezogen waren oder weil die kriegerische Atmosphäre sie umwehte –, diese Expedition war allen, die dabei waren, besonders ans Herz gewachsen. Meine Gefährten von damals betrachteten sich als eine Art Safari-Aristokratie.

Viele Jahre später besuchten sie mich noch, um über die Safari zu plaudern und dieses und jenes unserer Abenteuer nochmals zu bereden.

Das Zahlensystem im Suaheli

Zu der Zeit, als ich noch ein Neuling in Afrika war, sollte mir ein zaghafter junger schwedischer Melker die Zahlen auf suaheli beibringen. Nun hat das Suaheliwort für Neun für schwedische Ohren einen anrüchigen Klang, so daß er es nicht aussprechen wollte. Er zählte «sieben, acht...» und hielt inne, blickte zur Seite und sagte: «Neun gibt es im Suaheli nicht.» – «Wollen Sie damit sagen», fragte ich, «daß Sie nur bis acht zählen können?» – «O nein», warf er schnell ein, «es gibt zehn, elf, zwölf und so weiter, nur neun gibt es nicht.» – «Wie geht denn das?» fragte ich erstaunt und überlegte: «Was tut man dann, wenn man bei neunzehn angekommen ist?» – «Neunzehn gibt es auch nicht», sagte er errötend, aber unbeirrt, «ebenso neunzig oder neunhundert» – diese Worte werden im Suaheli aus dem Zahlwort neun gebildet –, «aber sonst gibt es alle Zahlen wie bei uns.»

Dies Zahlensystem hat mir lange zu denken gegeben und mich in einer Beziehung sehr gefreut. Endlich ein Volk, dachte ich, das Originalität des Geistes und Mut genug besitzt, um mit der Pedanterie der Zahlenordnung zu brechen.

Eins, zwei und drei sind die einzigen aufeinanderfolgenden Primzahlen, acht und zehn wären also die einzigen aufeinanderfolgenden geraden Zahlen. Es konnte nun jemand kommen und das Dasein der Neun damit beweisen wollen, daß es doch möglich sein müßte, die Drei mit sich selbst zu multiplizieren. Aber warum muß das sein? Wenn es keine Wurzel von zwei gibt, braucht es doch auch kein Quadrat von drei zu geben. Wenn man die Quersumme einer Zahl zieht, bis sie einstellig wird, macht es am Ende keinen Unterschied, wenn die Neun und die Vielfachen der Neun von vornherein fehlen, so daß man also wirklich sagen kann, die Neun existiere nicht, und das, dachte ich mir, spricht eigentlich für das Suahelisystem.

Der Zufall wollte, daß ich damals einen Hausboy, Zacharias, hatte, der den vierten Finger seiner linken Hand verloren hatte. Vielleicht, dachte ich, findet man das bei Schwarzen häufig, vielleicht soll es ihnen das Rechnen erleichtern, wenn sie mit den Fingern zählen.

Als ich daranging, meine Ideen anderen Leuten auseinanderzusetzen, wurde ich alsbald unterbrochen und belehrt. Und doch habe ich immer noch das Gefühl, daß ein Zahlensystem der Eingeborenen existiert, in dem keine Neun vorkommt und das trotzdem gute Dienste leistet und zu mancherlei Erkenntnissen befähigt.

Dabei fällt mir manchmal ein alter dänischer Pastor ein, der mir einmal versicherte, er glaube nicht, daß Gott das neunzehnte Jahrhundert erschaffen habe.

Die Mondfinsternis

In einem der Jahre erlebten wir eine Mondfinsternis. Kurze Zeit bevor sie eintreten sollte, bekam ich den folgenden Brief von dem indischen Stationsvorsteher des Bahnhofs Kikuju:

Verehrte gnädige Frau,

mir ist die höfliche Mitteilung zugegangen, daß das Licht der Sonne für die Dauer von sieben Tagen ausgeschaltet werden soll. Abgesehen von dem Eisenbahnverkehr, bitte ich Sie, mich gütigst unterrichten zu wollen, da ich glaube, daß mich sonst niemand gütigst unterrichten wird, ob ich während dieser Zeit meine Kühe im Freien grasen lassen oder sie eintreiben und im Stall halten soll.

Ich habe die Ehre zu sein, verehrte gnädige Frau, Ihr gehorsamster Diener Patel.

Die Schwarzen und der Reim

Die Schwarzen haben einen ausgeprägten Sinn für Rhythmus, aber sie kennen keine Gedichte oder kannten wenigstens keine, bevor Schulen eingeführt und ihnen die Hymnen beigebracht wurden. Eines Abends, als wir draußen auf dem Felde bei der Maisernte Kolben pflückten und die Ochsenkarren beluden, machte ich mir den Spaß, den Feldarbeitern, meist ganz jungen Burschen, Reime in Suaheli vorzusagen. Die Verse hatten keinen Sinn, mir kam's nur auf den Reim an: «Ngumbe – na penda chumbe. Malaya – mbaya. Wakamba – na kul mamba.» Ochsen lieben Salz – Huren sind schlecht – die Wakamba essen Schlangen. – Den Jungen gefiel die Sache, sie stellten sich im Kreise um mich auf. Sie begriffen sofort, daß es bei Gedichten nicht auf den Inhalt ankam, und achteten nicht darauf, was die Verse besagten, sondern warteten neugierig auf den Reim und lachten, wenn er kam. Ich versuchte, sie selber Reime finden zu lassen, und sagte ihnen Zeilenanfänge, die sie fertigdichten sollten, aber das konnten oder wollten sie nicht und drehten ihre Köpfe weg. Als ihnen der Klang von Reimen vertraut geworden war, baten sie mich: «Sprich wieder. Sprich wie Regen.» Warum sie meinten, Verse seien wie Regen, weiß ich nicht. Es muß aber wohl ein Ausdruck des Lobes gewesen sein, denn Regen ist in Afrika immer etwas Ersehntes und Willkommenes.

Der Fall Kitosch

Kitoschs Geschichte hat in den Zeitungen gestanden. Sie wurde ein denkwürdiger Fall, ein Gerichtshof wurde eingesetzt, der ihn vom Anfang bis zum Ende prüfen und eine Erklärung für ihn suchen sollte. Einige Erklärungen sind heute noch in den alten Akten zu finden.

Kitosch war ein junger Eingeborener, der in den Diensten eines jungen weißen Siedlers in Molo stand. Eines Mittwochs im Juli lieh der Siedler einem Freunde seine braune Stute, damit dieser zum Bahnhof reiten konnte. Er schickte Kitosch hin, die Stute zurückzuholen, und befahl ihm, nicht auf ihr zu reiten, sondern sie am Halfter zu führen. Aber Kitosch sprang auf die Stute und ritt sie nach Hause, und am Samstag wurde diese Unbotmäßigkeit dem Siedler von einem, der sie gesehen hatte, hinterbracht. Zur Strafe ließ der Siedler Kitosch am Sonntagnachmittag auspeitschen und sperrte ihn hierauf gefesselt in seinen Schuppen, wo Kitosch am Sonntag spätabends starb.

Der Gerichtshof, der über die Sache zu befinden hatte, trat in Nakuru im Gebäude der Eisenbahnverwaltung am 1. August zusammen.

Die Schwarzen, die zusammenströmten und um das Gebäude herumhockten, begriffen nicht, was es da zu untersuchen gab. Für sie war der Fall klar, Kitosch war tot, daran war nicht zu zweifeln, und nach ihren Rechtsbegriffen mußte seiner Familie für seinen Tod Schadenersatz geleistet werden.

Aber die europäische Vorstellung von Gerechtigkeit weicht von der afrikanischen weit ab, und für das Gericht der Weißen erhob sich das Problem von Schuld und Unschuld. Der Urteilsspruch konnte auf Mord, Totschlag oder grobe Körperverletzung lauten. Der Vorsitzende erinnerte den Gerichtshof daran, daß der Grad des Verbrechens nach der Absicht der beteiligten Personen, nicht nach dem Ergebnis zu bemessen sei. Welches waren die Absichten und die innere Einstellung der am Falle Kitosch beteiligten Personen?

Um die Absichten und die innere Einstellung des Siedlers zu ermitteln, verhörten ihn die Herren des Gerichts einen ganzen Tag viele Stunden lang. Sie versuchten, sich ein Bild davon zu machen, was vorgefallen war, und förderten jede Kleinigkeit zutage, deren sie habhaft werden konnten. Im Protokoll steht geschrieben, daß Kitosch, als der Siedler ihn zu sich rief, in einer Entfernung von drei Schritten vor ihn hintrat. Diese unbedeutende Feststellung des Berichts ist von großer Wichtigkeit. Man sieht sie vor sich stehen, den Weißen und den Schwarzen, auf drei Schritt Abstand.

Aber von da an wird im weiteren Verlaufe der Geschichte die Harmonie des Bildes gestört; die Gestalt des Siedlers bekommt Flecken und schrumpft zusammen. Da hilft kein Mittel. Sie wird zu einer Staffage der großen Landschaft, sie verliert ihre Substanz, sie sieht aus wie eine Papierfigur und wird vom Zugwind der ihr unbekannten Freiheit des Handelns umgeblasen.

Der Siedler sagte aus, er habe Kitosch zunächst gefragt, wer ihm die Erlaubnis gegeben habe, seine braune Stute zu reiten; diese Frage habe er vierzig- oder fünfzigmal wiederholt. Gleichzeitig gab er zu, daß überhaupt kein Mensch Kitosch diese Erlaubnis gegeben haben konnte. Das war der Anfang zu seinem Verderben. In England wäre er nie in die Lage gekommen, eine Frage vierzig- oder fünfzigmal zu wiederholen; er wäre längst vor dem vierzigsten Mal irgendeinem Widerstand begegnet. Hier in Afrika gab es Menschen, an die er die gleiche Frage fünfzigmal hinschreien konnte, und diese Möglichkeit wurde ihm zum Verhängnis. Schließlich sagte Kitosch, er sei kein Dieb, und der Siedler erklärte, die Unverschämtheit dieser Antwort sei es vor allem gewesen, was ihn veranlaßt habe, den Burschen zu züchtigen.

An diesem Punkte weist der Bericht wieder einen belanglosen, aber eindrucksvollen Zug auf. Es heißt, während der Züchtigung seien zwei Europäer, die als Freunde des Siedlers bezeichnet werden, zu ihm zu Besuch gekommen. Sie sahen zehn oder fünfzehn Minuten lang zu und gingen wieder davon.

Nach der Auspeitschung konnte der Siedler Kitosch nicht laufenlassen. Der Kikuju war ihm wohl zum Symbol seiner Herrschaft geworden, und wahrscheinlich dämmerte ihm zu dieser Zeit die Erkenntnis auf, daß diese Stunde der Macht die einzige seines Lebens bleiben und die Gelegenheit, über das Schicksal eines anderen zu verfügen, nie wiederkehren würde.

Spätabends fesselte er Kitosch mit einem Riemen und sperrte ihn in seinen Schuppen ein. Als das Gericht ihn fragte, warum er das getan habe, gab er eine sinnlose Antwort; er behauptete, er habe verhindern wollen, daß so ein Kerl auf der Farm herumlief. Nach dem Abendessen ging er nochmals in den Schuppen und fand Kitosch bewußtlos am Boden, ein Stück weit von der Stelle entfernt, wo er ihn gefesselt hatte. Er rief nach seinem Koch, einem Baganda, und fesselte den Jungen mit dessen Hilfe noch fester als das erste Mal und band ihn mit den Händen an einen Balken hinter ihm und mit dem rechten Bein an den Balken vor ihm. Dann verließ er den Schuppen und sperrte die Tür zu, ging aber nach einer halben Stunde wieder hin, holte seinen Koch und das Küchentoto und ließ sie in den Schuppen hinein. Hierauf ging er zu Bett, und das nächste, woran er sich erinnern konnte, war, daß das Toto aus dem Schuppen kam und ihm erzählte, Kitosch sei gestorben.

Die Herren vom Gericht blieben eingedenk des Wortes, daß die Schwere eines Verbrechens in der Absicht liege, und suchten nach einer Absicht. Sie ermittelten bis ins einzelne den Vorgang der Züchtigung und alles, was auf sie folgte, und wenn man die Akten liest, glaubt man zu hören, wie sie die Köpfe schüttelten.

Welches war aber die Absicht und innere Einstellung von Kitosch? Als man dieser Frage näher zu Leibe ging, ergab sich ein völlig anderes Bild.

Kitosch hatte eine Absicht, und am Ende fiel sie schwer in die Waagschale des Urteils. Man kann sagen, durch seine Absicht und innere Einstellung hat der Afrikaner noch im Grabe den Europäer gerettet.

Kitosch hatte nicht viel Gelegenheit, seine Absicht zum Ausdruck zu bringen. Er war im Schuppen eingesperrt; was er zu sagen hatte, beschränkte sich auf eine einzige, sehr schlichte Kundgebung. Die Nachtwache sagte aus, er habe die ganze Nacht geschrien. Aber das stimmt nicht, denn um ein Uhr hat er mit dem Toto gesprochen, das bei ihm im Schuppen war. Er bedeutete dem Kinde, daß es ihn laut anschreien müsse, weil er vom Auspeitschen taub geworden sei. Um ein Uhr bat er das Toto, ihm die Füße loszubinden, und erklärte ihm, er könne ja ohnehin nicht davonlaufen. Als das Toto seine Bitte erfüllt hatte, sagte Kitosch, er wolle sterben. Um vier Uhr, erzählte das Kind, sagte er noch mal, er wolle sterben. Eine Weile später warf er sich herum, schrie «ich bin tot» und starb.

Drei Ärzte statteten im Prozeß ein Gutachen ab.

Der Bezirksarzt, der die Leichenbesichtigung vollzog, erklärte, der Tod sei durch die Verletzungen und Wunden eingetreten, die er am Körper festgestellt habe. Er glaube nicht, daß sofortige ärztliche Hilfe Kitosch hätte am Leben erhalten können.

Die beiden Ärzte aus Nairobi, die die Verteidigung zuzog, waren anderer Ansicht.

Die Züchtigung allein, meinten sie, habe nicht hingereicht, den Tod zu verursachen. Es sei noch ein wichtiger Faktor hinzugetreten, der nicht übersehen werden dürfe: der Wille zu sterben. Hierüber, erklärte der erste Arzt, könne er als Kenner urteilen, denn er lebe seit fünfundzwanzig Jahren im Lande und sei mit der Mentalität der Schwarzen vertraut. Viele medizinische Sachverständige könnten ihm Fälle bestätigen, in denen der Wunsch zu sterben bei Schwarzen tatsächlich den Tod zur Folge gehabt habe. Im vorliegenden Falle liege die Sache besonders klar, da ja Kitosch selbst die Absicht zu sterben ausgesprochen habe.

Der zweite Arzt pflichtete ihm darin bei. Es sei sehr wahrscheinlich, fuhr er dann fort, daß, wenn Kitosch nicht diese Haltung eingenommen hätte, er nicht gestorben wäre. Wenn er beispielsweise etwas gegessen hätte, dann hätte er nicht den Mut verloren – Hunger setze bekanntlich den Mut herab. Er fügte hinzu, die Wunde an der Lippe brauche nicht von einem Schlag herzurühren, sie könne auch ein Biß sein, den sich der Junge selbst aus Schmerz zugefügt habe.

Der Doktor war ferner der Ansicht, Kitosch habe seinen Entschluß nicht vor neun Uhr gefaßt, denn um diese Zeit habe er anscheinend versucht, zu entkommen. Er sei ja auch nicht vor neun Uhr gestorben. Da er beim Fluchtversuch ertappt und wieder gefesselt worden sei, könne die Tatsache, daß er sich als Gefangener fühlte, meinte der Doktor, auf seinen Gemütszustand mit eingewirkt haben.

Die beiden Ärzte aus Nairobi faßten ihr Urteil über den Fall zusammen. Der Tod des Kitosch, meinten sie, sei durch die Züchtigung, durch Hunger und durch den Wunsch zu sterben verursacht, wobei das Hauptgewicht auf die letzte Ursache zu legen sei. Der Wunsch zu sterben, räumten sie ein, könne sich allerdings infolge der Wirkungen der Züchtigung eingestellt haben.

Nach diesem Gutachten der Ärzte galt der Fall bei Gericht als Beispiel für die sogenannte «Todeswunsch-Theorie». Der Bezirksarzt, der einzige, der Kitoschs Leiche gesehen hatte, verwarf die Theorie und führte als Beispiel Krebspatienten aus seiner Praxis an, die den Wunsch gehabt hätten zu sterben und nicht gestorben seien. Diese Patienten waren allerdings Europäer.

Das Urteil des Gerichts lautete auf grobe Körperverletzung. Dasselbe Urteil wurde über die mitangeklagten Schwarzen ausgesprochen, doch wurde das Zugeständnis gemacht, daß man die beiden, die auf Befehl ihres Herrn, eines Europäers, gehandelt hätten, gerechterweise nicht einsperren könne – der Richter verurteilte den Siedler zu zwei Jahren Kerker, die Schwarzen zu je einem Tag.

Wenn man diesen Fall überliest, erscheint es einem merkwürdig, ja beschämend, daß ein Europäer in Afrika nicht die Macht hat, einen Afrikaner aus dem Dasein hinauszubefördern. Das Land gehört ihm, und was man ihm auch antut, wenn er geht, so geht er aus eigenem freiem Willen, weil er nicht bleiben will. Wer ist verantwortlich für das, was in einem Hause geschieht? Der, dem es gehört, der es geerbt hat.

Dieser starke Sinn für Eigentum verleiht der Gestalt Kitoschs, mit seinem festen Willen zu sterben, so fern sie uns auch durch die Jahre gerückt ist, eine eigenartige Schönheit. In ihr verkörpert sich die Ungreifbarkeit aller wilden Geschöpfe, die in der Stunde der Not eingedenk sind einer Zuflucht, die ihnen irgendwo im Dasein offensteht, die davongehen, wann sie wollen, die wir niemals halten können.

Afrikanische Vögel

Zu Beginn der großen Regenzeit, in der letzten Woche des März oder in den ersten Wochen des April, habe ich in den afrikanischen Wäldern die Nachtigall schlagen hören. Ich hörte nicht ihr ganzes Lied, nur einige Töne, den Einsatz des Konzerts, den sie probierte. Es war, als striche jemand mitten im tropfenden Geäst im Baume ein kleines Cello an. Und doch war es die gleiche Melodie und die gleiche schmelzende Süßigkeit, die bald alle Wälder Europas von Sizilien bis Helsingör füllen sollte.

Wir hatten schwarze und weiße Störche in Afrika, dieselben, die in Nordeuropa ihre Nester auf den Dächern der Bauernhöfe bauen. Sie sahen in Afrika nicht so imposant aus wie dort, denn hier hatten sie den Wettbewerb mit den großen gewichtigen Marabus und Kranichgeiern zu bestehen. Die Störche haben in Afrika andere Sitten als in Europa, wo sie paarweise als Eheleute leben und als Symbol des häuslichen Glücks gelten. Hier leben sie in großen Schwärmen beieinander, als geschlossene Gesellschaft, man nennt sie in Afrika Heuschreckenvögel; sie folgen den Heuschrecken auf ihrem Flug über Land und tun sich gütlich an ihnen. Sie fliegen auch über den Steppen, wenn ein Grasbrand ausbricht, und kreisen hoch in der flimmernden, in allen Regenbogenfarben schillernden Luft und im grauen Rauch der vorschreitenden Kette kleiner, hüpfender Flämmchen und lauern auf die Mäuse und Schlangen, die vor dem Feuer flüchten. Die Störche machen sich in Afrika eine lustige Zeit. Aber ihr eigentliches Leben verbringen sie nicht hier, und wenn der Frühlingswind die Sehnsucht nach Paarung und Nestbau aufs neue weckt, kehren sich ihre Herzen wieder dem Norden zu, alte Zeiten und vertraute Orte tauchen in ihrem Gedächtnis auf, und sie fliegen paarweise auf und davon und stelzen schon nach kurzer Zeit in den kalten Sümpfen ihrer Heimat umher.

Auf den Steppen sieht man zu Beginn der Regenzeit, wenn auf den weiten Brandflächen das frische grüne Gras hervorsprießt, viele Hunderte von Regenpfeifern. Die Steppe hat immer etwas von der Stimmung des Meeres, der offene Horizont erinnert an die See und die weiten Dünen, der frei dahinstreichende Wind ist der gleiche, die verkohlten Gräser strömen einen salzigen Geruch aus, und wenn das Gras hoch ist, läuft es wie Wogen über das ganze Land. Wenn die weißen Nelken in der Steppe blühen, erinnern sie an die schaumgekrönten Wellen, die einen umtanzen, wenn man über den Sund kreuzt. Auch die Regenpfeifer haben draußen auf der Steppe etwas von Seevögeln und benehmen sich wie Seevögel am Strande, sie trippeln eine Weile durchs kurze Gras, so rasch sie können, und steigen dann vor der Nase des Pferdes mit hohem, schrillem Kreischen auf, daß der helle

Himmel plötzlich voll ist von Schwingen und Vogelstimmen.

Der Kronenkranich, der auf die frisch geeggten und besäten Maisfelder kommt und sich die Maiskörner aus der Erde pickt, macht seine Diebereien doch auch wieder wett, denn er ist ein glückverheißender Vogel, der den Regen ankündet, und er kann tanzen. Wenn die großen Vögel zahlreich beisammen sind, ist es ein schöner Anblick, sie die Flügel spreizen und tanzen zu sehen. Es ist viel Stil in ihrem Tanz und ein wenig Afferei. Denn warum, wenn sie doch fliegen können, springen sie auf und ab, als wären sie durch Magnetismus an die Erde gebannt? Das Ballett hat ein feierliches Gepräge wie ein ritueller Tanz, vielleicht versuchen die Kraniche, Himmel und Erde miteinander zu verbinden wie die geflügelten Engel, die an Jakobs Leiter auf und nieder steigen? Ihre zarte mattgraue Färbung, das kleine schwarze Sammetkäppchen und der fächerförmige Kopfputz verleihen den Kranichen das Aussehen von lichten lebenden Fresken. Wenn sie sich nach dem Tanz emporschwingen und davonziehen, dann geben sie gleichsam zur Bekräftigung des weihevollen Charakters ihrer Pantomime mit den Flügeln einen hellen, klingenden Ton von sich, als hätten Kirchenglocken Flügel entfaltet und flögen davon. Weithin hört man sie dann noch, wenn die Vögel selbst schon im Himmel verschwunden sind, wie ein Geläut aus den Wolken.

Auch die großen Nashornvögel besuchten die Farm; sie kamen, um die Früchte der Kapkastanien zu verzehren. Sie sind sehr sonderbare Vögel, und es ist eine große Begebenheit und ein Erlebnis, sie zu treffen, obzwar kein ganz freudiges, denn sie sehen unheildrohend aus. Eines Morgens wurde ich vor Sonnenaufgang, durch ein lautes Geschnatter vor dem Hause aus dem Schlaf geweckt; als ich auf die Terrasse hinaustrat, sah ich einundvierzig Nashornvögel in den Bäumen auf der Wiese sitzen. Sie sahen eigentlich nicht wie Vögel aus, sondern wie ein phantastisches Spielzeug, das ein Kind auf die Zweige gesetzt hatte. Sie waren vollkommen schwarz, von einem leuchtenden, edlen, afrikanischen Schwarz, einer tiefen, in Jahrhunderten eingesogenen Schwärze, wie alter Ruß, an dem man plötzlich begreift, daß eigentlich an Eleganz und Eindringlichkeit und Kraft keine Farbe sich mit Schwarz messen kann. Die Nashornvögel schwatzten höchst vergnüglich miteinander, aber doch mit einer gewählten Gespreiztheit wie Erben nach einem Begräbnis. Die Morgenluft war klar wie Kristall, die düstere Gesellschaft war gebadet in Frische und Sauberkeit, hinter den Bäumen und den Vögeln stieg die Sonne wie eine mattrote Kugel herauf. Man fragt sich beklommen, was für ein Tag wohl kommen mag nach solch einem Morgen.

Die Flamingos sind die zartgefärbtesten aller afrikanischen Vögel, rosig und rot wie ein fliegender Blütenzweig des Oleanderbuschs. Sie haben unvorstellbar lange Beine und bizarre, gezierte Krümmungen der Hälse und Leiber, als gebiete ihnen eine ausgeklügelte, herkömmliche Etikette, alle Bewegungen und Haltungen so unbequem wie möglich zu gestalten.

Ich reiste einmal von Port Said nach Marseille

auf einem Schiff, das eine Ladung von hundertundfünfzig Flamingos an Bord hatte, die für den *Jardin d'Acclimatisation* in Marseille bestimmt waren. Sie steckten in großen schmutzigen Kästen mit leinenbespannten Wänden, je zehn zusammen, eng aneinandergedrückt. Der Wärter, der die Vögel befördern mußte, erzählte mir, er rechne damit, zwanzig Prozent von ihnen auf der Fahrt zu verlieren. Sie waren nicht geschaffen, solch ein Dasein zu ertragen, bei schwerem Seegang verloren sie das Gleichgewicht, brachen sich die Beine und wurden von den anderen Vögeln im Käfig zertrampelt. Nachts, wenn der Wind im Mittelmeer auffrischte und das Schiff mit großen Stößen gegen die Wogen prallte, hörte ich bei jedem Stoß die Flamingos im Dunkeln schreien. Jeden Morgen sah ich den Wärter ein oder zwei tote Vögel heraustragen und über Bord werfen. Die edlen Wächter des Nils, die Brüder der Lotosblüte, die über die Landschaft dahinsegeln wie ein Wölkchen in der Abendröte, waren nun ein schlaffes Bündel von rosa und roten Federn mit zwei langen, dünnen Stöcken daran. Die toten Vögel schwammen noch eine Weile auf dem Meer, hopsten auf und nieder im Kielwasser des Dampfers und versanken.

Pania

Die schottischen Windhunde, die seit ungezählten Generationen mit Menschen leben, haben sich einen menschlichen Sinn für Humor angeeignet und können lachen. Ihre Vorstellung von Witz ist ähnlich der der Eingeborenen, die sich freuen, wenn etwas schiefgeht. Dieser Art des Humors ist wohl kaum beizukommen, es sei denn durch die Kunst oder die Ordnung der Kirche.

Pania war Dusks Sohn. Ich ging mit ihm einmal am Teich spazieren, wo eine Reihe hoher, schlanker Eukalyptusbäume wuchs, als er plötzlich davonsprang, auf einen der Bäume zulief, wieder halbwegs zu mir zurückkam und mir bedeutete, ich sollte nachkommen. Ich ging zu dem Baum hin und sah eine Servalkatze im Geäst sitzen. Die Servalkatzen sind schlimme Hühnerräuber; ich rief einem vorbeigehenden Toto zu, mir aus dem Haus mein Gewehr zu holen, es brachte mir's, und ich schoß die Katze herunter. Sie fiel mit einem großen Plumps aus der Höhe herab, und Pania machte sich augenblicks über sie her, schüttelte und beutelte sie und war sehr glücklich über das Abenteuer.

Einige Zeit später kam ich auf demselben Wege am Teich vorbei, ich war auf der Hühnerjagd gewesen, hatte aber nichts geschossen, und Pania und ich waren recht niedergeschlagen. Plötzlich raste Pania zu dem entferntesten Baum der Reihe, umbellte ihn mit der größten Aufregung, rannte zu mir zurück und wieder an den Baum. Ich war froh, daß ich mein Gewehr bei mir hatte und daß wieder eine Servalkatze in Aussicht war, denn sie haben ein nettes, geflecktes Fell. Ich lief auf den Baum zu. Als ich hinaufsah, hockte eine schwarze Hauskatze, recht verärgert, so hoch es ging, im schwankenden Wipfel des Baumes. Ich ließ mein Gewehr sinken. «Pania», sagte ich, «du Idiot, das ist doch eine Katze.»

Als ich mich zu Pania umwandte, stand er ein Stück weit entfernt, sah mich an und schüttelte sich die Seiten vor Lachen. Als seine Augen meinen Blicken begegneten, sprang er auf mich zu, tanzte, wedelte mit dem Schwanz, jaulte, legte mir die Pfoten auf die Schultern, stupste mich mit der Nase ins Gesicht und sprang wieder davon, um seinem Gelächter freien Lauf zu lassen. Durch Gebärden gab er mir zu verstehen: Ich weiß, ich weiß. Es war eine zahme Katze. Ich wußte es ja gleich. Sei mir, bitte, nicht böse, es war sehr unartig von mir. Aber du ahnst nicht, wie komisch das war, als du mit erhobenem Gewehr auf die zahme Katze losgingst. Den ganzen Tag über befiel ihn immer wieder derselbe Übermut. Er wiederholte seine Sprünge, bezeigte mir die übertriebenste Zuneigung und ging dann beiseite, um sich ungestört auszulachen. Seine Zutraulichkeit hatte etwas Gewinnendes. Du weißt ja, sagte er, im ganzen Hause habe ich außer dir und Farah niemand, über den ich lachen kann.

Sogar am Abend, als er vor dem Kamin schlief, hörte ich ihn im Schlaf leise knurren und winseln vor Lachen. Ich glaube, er hat sich noch lange Zeit, jedesmal, wenn wir an dem Teich und an den Bäumen vorbeikamen, an den Vorfall erinnert.

Esas Tod

Esa, der mir während des Krieges genommen wurde, kam nach dem Waffenstillstand zurück und lebte wieder fröhlich auf der Farm. Er hatte ein

Weib namens Mariammo, eine hagere, abgerakkerte schwarze Frau, die das Brennholz fürs Haus herbeischaffte. Esa war der gutherzigste von meinen Dienstboten und zankte sich mit niemandem.

Aber irgend etwas war in seiner Verbannung mit ihm vorgegangen; als er zurückkam, war er ein anderer. Manchmal fürchtete ich, er könnte mir unversehens sterben, wie eine Pflanze stirbt, der man die Wurzeln gekappt hat.

Esa war mein Koch, aber er liebte nicht zu kochen, er wollte lieber Gärtner sein. Pflanzen waren das einzige, wofür er sich ein wirklich lebendiges Interesse bewahrt hatte. Aber da ich wohl einen anderen Gärtner hatte, aber keinen anderen Koch, behielt ich ihn in der Küche. Ich hatte ihm versprochen, ihm seine Gärtnerarbeit wiederzugeben, schob es aber von Monat zu Monat auf. Esa ging heimlich an den Fluß und dämmte sich ein Stück Land ein und bepflanzte es, mir zur Überraschung. Aber da er die Arbeit ganz allein machte und kein kräftiger Mann war, hielt der Damm nicht stand, und in der großen Regenzeit wurde die ganze Pflanzung weggeschwemmt.

Die erste Störung seines stillen Nichtdaseins kam über Esa, als sein Bruder im Kikujureservat starb und ihm eine schwarze Kuh hinterließ. Da wurde es deutlich, wie sehr Esa vom Leben ausgesogen war; einem starken Erlebnis war er nicht mehr gewachsen. Besonders, scheint mir, vermochte er kaum noch Glück zu ertragen. Er erbat sich drei Tage Urlaub, um die Kuh zu holen; bei seiner Rückkehr merkte ich, daß er ruhelos und kribbelig war wie die Hände und Füße von Menschen, die im Frost erstarrt sind und in ein warmes Zimmer gebracht werden.

Alle Schwarzen sind Hasardeure; in dem Wahn, den die schwarze Kuh über ihn gebracht hatte, daß ihm von nun an das Glück hold sein würde, erfaßte Esa eine blinde Zuversicht, er fing an, Luftschlösser zu bauen. Er gab sich dem Gefühl hin, daß das Leben noch vor ihm liege, und beschloß, nochmals eine Frau zu nehmen. Als er mir von seinem Plan erzählte, hatte er schon Verhandlungen mit seinem Schwiegervater angeknüpft, der an der Straße nach Nairobi wohnte und ein Suaheliweib zur Frau hatte. Ich versuchte, Esa von dem Gedanken abzubringen. «Du hast doch ein sehr liebes Weib», redete ich ihm zu, «und dein Haar ist schon grau, du brauchst nicht noch eines. Bleibe bei mir und lebe hier in Frieden.» Esa nahm meine Worte nicht übel; der kleine, zarte Kikuju richtete sich steif in die Höhe und blieb, ohne sich deutlicher zu erklären, bei seinem Entschuß. Bald darauf brachte er seine neue Frau, Fatuma, auf die Farm.

Daß Esa je gehofft hatte, aus seiner neuen Ehe werde etwas Gutes sprießen, bewies, daß er sein klares Urteil eingebüßt hatte. Die Braut war sehr jung, kalt und mürrisch, sie kleidete sich nach der Suahelimode und trug die Lüsternheit zur Schau, die ihr von der Mutterseite im Blute lag, aber ohne jede Anmut und Laune. Esas Gesicht jedoch strahlte vor Triumph und Zukunftsfreude, er benahm sich in seiner Naivität, als stände er an der Schwelle des Himmelreichs. Mariammo, die geduldige Dienerin, hielt sich im Hintergrund, als berühre sie all das nicht.

Es mag sein, daß Esa nun eine kurze Spanne des Glücks und der Fülle genoß; aber es hielt nicht vor, und sein friedliches Dasein auf der Farm ging an der neuen Frau in die Brüche. Einen Monat nach der Hochzeit lief sie ihm davon zu den Eingeborenensoldaten in der Kaserne von Nairobi. Es kam eine Zeit, da Esa öfters um einen freien Tag bat, um in die Stadt zu gehen und sie zurückzuholen, und abends mit dem widerspenstigen schwarzen Geschöpf wieder heimkam. Das erste Mal war er recht zuversichtlich und guter Dinge, er werde es ihr schon zeigen, sie solle sich nichts einbilden, sie sei doch seine gesetzliche Frau. Die späteren Male zog er verwirrt und traurig aus, seine Träume und das holde Lächeln des Glücks zu suchen. «Wozu willst du sie denn wiederhaben, Esa?» fragte ich ihn. «Laß sie doch laufen, sie will nicht wieder zu dir zurück, daraus kann nie etwas Gutes werden.» Aber Esa brachte es nicht fertig, sie laufenzulassen. Schließlich setzte er seine Lebensansprüche herab, es war nur noch der Geldwert der Frau, den er nicht verlorengeben wollte. Die anderen Boys lachten ihn aus, wenn er davontrabte; sie erzählten mir, daß auch die Soldaten sich über ihn lustig machten. Aber Esa hatte nie viel darauf geachtet, was andere Menschen von ihm hielten; jetzt war er jedenfalls darüber hinaus. Er ging unentwegt und unbeirrt immer wieder in die Stadt, um sein letztes Besitztum heimzubringen, wie ein Mann, der auszieht, eine verlorene Ziege zu suchen.

Eines Morgens teilte Fatuma meinem Hausboy mit, Esa sei krank und könne heut nicht kochen, aber morgen werde er wieder aufstehen, meinte sie. Am späten Nachmittag kamen die Leute zu mir und erzählten, Fatuma sei verschwunden, und Esa sei vergiftet und liege im Sterben. Als ich hinkam, hatten sie ihn in seinem Bett auf den Platz zwischen den Gesindehütten herausgetragen. Es war offenkundig, daß er nicht mehr lange zu leben hatte. Er hatte irgendein einheimisches Gift, eine Art Strychnin, geschluckt und muß in seiner Hütte unter den Augen seines mörderischen jungen Weibes entsetzliche Qualen gelitten haben, bis sie sicher war, daß sie ihn erledigt hatte, und sich davonmachte. Zuweilen zog sich sein Körper noch unter Krämpfen zusammen, sonst war er kalt und steif wie eine Leiche. Sein Gesicht war völlig verändert, Speichel mit Blut vermischt rann aus seinem bläulichblassen Mund. Farah war mit dem Auto in die Stadt gefahren, ich konnte also Esa nicht ins Krankenhaus bringen; aber ich glaube, ich hätte es ohnehin nicht getan, denn es gab für ihn keine Hilfe mehr.

Bevor er starb, schaute mich Esa lange Zeit an, aber ich weiß nicht, ob er mich erkannte. Mit dem Bewußtsein schwand aus seinen dunklen Tieraugen das Bild seiner Heimat, die ich so gern noch hätte sehen mögen, als sie noch war wie eine Arche Noah mit lauter wilden Tieren rings um den kleinen schwarzen Buben, der auf der Steppe die Herden seines Vaters hütete. Ich faßte seine Hand, eine gute Menschenhand, ein starkes, kundiges Werkzeug, das Waffen getragen, Gemüse und Blumen gepflanzt und geliebkost, das ich gelehrt hatte, Eierkuchen zu backen. Ob Esa selbst sein Leben für einen Erfolg oder einen Fehlschlag gehalten hätte?

Es war schwer zu sagen. Er war seinen eigenen langsamen, gewundenen Pfad gegangen und hatte viel erfahren, sein Lebtag ein Mann des Friedens.

Als Farah heimkam, war er gleich sehr besorgt, Esa mit allem orthodoxen Zeremoniell begraben zu lassen, denn er war ein frommer Mohammedaner gewesen. Der Priester, der von Nairobi geholt werden mußte, konnte nicht vor dem nächsten Abend da sein, so daß Esas Beerdigung nachts vor sich ging; am Himmel leuchtete die Milchstraße, und im Begräbniszug wurden Laternen getragen. Sein Grab wurde unter einem großen Baum im Walde nach mohammedanischem Brauch gerichtet. Mariammo trat nun wieder aus dem Dunkel hervor und nahm ihren Platz unter den Leidtragenden ein; ihre Klage um Esa tönte laut in die nächtliche Stille.

Farah und ich hielten Rat darüber, was wir mit Fatuma tun sollten. Wir beschlossen, nichts zu tun. Schließlich hatte ja Fatuma kein leichtes Schicksal zu tragen gehabt, sie sollte nun sehen, wie sie es zu Ende lebte in den Baracken von Nairobi.

Die Eingeborenen und die Geschichte

Menschen, die erwarten, daß die Eingeborenen einen kecken Sprung aus der Steinzeit in die Epoche der Motorräder vollführen, vergessen all die Mühe und Arbeit, die es unsere Väter gekostet hat, uns durch die Zeiten der Vergangenheit dahin zu bringen, wo wir sind.

Wir können Motorräder und Flugzuge machen

und den Schwarzen beibringen, wie man mit ihnen umgeht. Aber echte Liebe zu Motorrädern läßt sich dem menschlichen Herzen nicht im Handumdrehen einflößen, dazu bedarf es der Jahrhunderte, und man kann wohl sagen, daß Sokrates und die Kreuzzüge und die Französische Revolution nötig waren, um sie hervorzubringen. Wir Heutigen lieben unsere Maschinen, wir können uns nicht recht vorstellen, wie die Menschen in alter Zeit ohne sie gelebt haben. Aber das Athanasianische Glaubensbekenntnis oder den Aufbau einer Messe könnten wir nicht schaffen, auch nicht den Aufbau einer Tragödie in fünf Akten oder auch nur eines Sonetts. Hätten wir diese Dinge nicht fertig vorgefunden, müßten wir uns ohne sie behelfen. Wir müssen uns heute, da wir sie besitzen, klarmachen, daß es eine Zeit gegeben hat, in der das Herz der Menschen sich nach ihnen sehnte, und ein glühender Wunsch in Erfüllung ging, als sie geschaffen wurden.

Pater Bernhard kam eines Tages auf seinem Motorrad zum Frühstück zu mir herüber; sein bärtiges Gesicht strahlte vor Stolz und Seligkeit, denn er hatte eine große Freude zu verkünden. Tags zuvor, erzählte er, waren neun junge Kikuju von der schottischen Mission zu ihm gekommen und hatten gebeten, in die katholische Kirche aufgenommen zu werden. Sie seien durch Betrachtungen und Gespräche so weit gekommen, die Lehre der Kirche von der Wandlung anzuerkennen. Meine Bekannten, denen ich von dem Vorfall erzählte, lachten über Pater Bernhard und behaupteten, die jungen Kikuju hätte wohl die Aussicht auf höhere Löhne oder leichtere Arbeit gelockt oder der Besitz eines Fahrrades, um zur französischen Mission radeln zu können; zu diesem Zweck hätten sie ihre Bekehrung zur Lehre von der Wandlung ausgedacht. Wir selber, sagten sie, verstehen die Lehre nicht und denken lieber nicht über sie nach, da muß sie doch den Kikuju ganz und gar unbegreiflich sein. Ich bin aber nicht so sicher, daß dem so ist, denn Pater Bernhard kannte die Kikuju gut. Vielleicht bewegt sich der Geist der jungen Kikuju heute auf den dämmerigen Pfaden unserer eigenen Ahnen, die wir vor ihnen nicht verleugnen sollten. Die hielten die Lehre von der Wandlung hoch in Ehren. Den Menschen von vor fünfhundert Jahren sind zu ihrer Zeit hohe Löhne und Beförderungen und ein bequemes Dasein, ja, bisweilen ihr Leben selbst versprochen worden, aber ihr Glaube an die Wandlung war ihnen mehr wert als dergleichen. Man hat ihnen freilich kein Fahrrad angeboten, aber der Pater Bernhard selbst, der ein Motorrad besaß, legte weniger Wert darauf als auf die Bekehrung der neun Kikuju.

Die modernen Weißen in Afrika glauben an Evolution und nicht an einen plötzlichen Schöpfungsakt. Sie könnten sehr wohl den Schwarzen einen praktischen Lehrgang der Geschichte vermitteln, um sie auf die Stufe zu bringen, auf der wir uns befinden. Wir haben die Völker vor vierzig Jahren übernommen; setzen wir diesen Zeitpunkt gleich dem Geburtsjahr des Herrn und geben wir ihnen zum Nachholen fünf Jahre für je hundert, dann dürfte es jetzt Zeit sein, den heiligen Franz von Assisi zu ihnen zu schicken und einige Jahre später Rabelais. Sie würden beide besser würdigen, als wir heute es tun. Aristophanes gefiel ihnen gut, als ich vor einigen Jahren versuchte, ihnen den Dialog zwischen dem Bauern und seinem Sohn aus den «Wolken» zu übersetzen. Nach fünfundzwanzig Jahren wären sie reif für die Enzyklopädisten, und nach weiteren zehn Jahren käme ein Kipling dran. Wir würden ihnen alle Träumer, Philosophen und Dichter vorsetzen, um den Boden zu bereiten für Henry Ford.

Wo werden wir dann sein? Werden wir sie inzwischen beim Schwanz fassen und uns ins Schlepptau nehmen lassen und einem Schatten nachjagen, irgendeiner Finsternis, und uns üben, die magische Trommel zu schlagen? Werden sie dann unsere Motorräder zum Selbstkostenpreis von uns beziehen, so wie sie heute unsere Lehren beziehen?

Das Erdbeben

Einmal, um die Weihnachtszeit, hatten wir ein Erdbeben; es war so stark, daß ein paar Eingeborenenhütten einfielen, was etwa der Kraft eines zornigen Elefanten entspricht. Es kam in drei Stößen, jeder dauerte einige Sekunden, mit Pause von einigen Sekunden dazwischen. In den Pausen hatten die Menschen Zeit, sich klarzumachen, was geschah.

Denys Finch-Hatton, der damals auf der Fahrt im Massaireservat war und auf seinem Lastauto schlief, erzählte mir später, als er beim ersten Stoß aufgewacht sei, habe er gedacht: Ein Nashorn ist unter den Wagen geraten.

Ich war in meinem Schlafzimmer und ging zu Bett, als das Erdbeben kam. Bei der ersten Erschütterung dachte ich: Ein Leopard ist aufs Dach gesprungen. Als der zweite Stoß kam, dachte ich: Ich werde sterben, so muß es sein zu sterben. Aber in der kurzen Stille zwischen dem zweiten und dem dritten Stoß begriff ich, was es war. Es war ein Erdbeben, und ich hatte nicht gedacht, daß ich je eines erleben würde. Einen Augenblick lang meinte ich dann, das Erdbeben sei zu Ende. Aber als der dritte und letzte Stoß kam, überfiel mich ein so mächtiges Gefühl von Freude, daß ich mich nicht erinnern kann, in meinem Leben so plötzlich und vollkommen hingerissen gewesen zu sein.

Die himmlischen Körper besitzen die Macht, den menschlichen Geist auf ungeahnte Höhen des Entzückens zu versetzen. Wir sind uns ihrer nicht jederzeit bewußt, aber wenn sie uns plötzlich an ihr Dasein erinnern und in Erscheinung treten, eröffnen sie uns Vorstellungen von unerhörter Weite. Kepler beschreibt seine Gefühle, als er nach jahrelanger Arbeit das Gesetz der Bewegung der Planeten fand: «Ich gebe mich meiner Wonne hin. Der Würfel ist gefallen. Nichts, was ich je fühlte, ist diesem Augenblick gleich. Ich zittere, mein Blut pocht. Gott hat sechstausend Jahre gewartet, ehe einer da war, sein Werk zu bewundern. Seine Weisheit ist unendlich, alles, was wir nicht wissen, ist darinnen, und das wenige, was wir wissen.»

Solch ein Entzücken war es, das mich befiel und mich erschütterte, als ich das Erdbeben spürte.

Das Übermaß von Freude rührte hauptsächlich daher, daß etwas, was einem für unbeweglich galt, die Macht hatte, sich selbst zu bewegen. Das ist wohl eins der stärksten Erlebnisse von Glück und Hoffnung in der Welt, die sture Kugel, die tote Masse, die Erde selbst hebt und reckt sich unter mir. Sie hat mir eine Botschaft gesandt, nur eine zarte Berührung, aber von unermeßlicher Bedeutung. Sie hat gelacht, daß die Hütten der Eingeborenen einfielen, und gerufen: *«E pur si muove.»*

Am nächsten Morgen in der Frühe brachte mir Juma meinen Tee und sagte: «Der König von England ist gestorben.» Ich fragte ihn, woher er das wisse. «Hast du nicht gespürt, Memsahib», sagte er, «wie die Erde gestern abend gebebt und gestoßen hat? Das bedeutet, daß der König von England gestorben ist.» Aber der König von England hat Gott sei Dank noch viele Jahre nach dem Erdbeben gelebt.

Giraffen reisen nach Hamburg

In Mombasa wohnte ich im Hause des Scheichs Ali bin Salim, des Lewali der Küste, eines gastfreundlichen, höflichen, alten arabischen Edelmannes.

Mombasa sieht nicht anders aus, als wie ein Kind das Paradies zeichnen würde. Der tiefere Meeresarm, der die Insel umspült, bietet einen idealen Hafen, das Land besteht aus weißlichem Korallenfels, der von breiten grünen Mangobäumen und phantastischen, verwegenen grauen Affenbrotbäumen bestanden ist. Das Meer bei Mombasa ist blau wie eine Kornblume, und draußen vor der Hafeneinfahrt zeichnen die langen Brecher des Indischen Ozeans einen feinen, welligen, weißen Strich; sie grollen leise auch beim ruhigsten Wetter. Die Stadt Mombasa mit ihren engen Gassen ist ganz aus dem Korallenfels erbaut; die Färbung wechselt zwischen hellem Kremgelb, Rosa und Ocker; über der Stadt ragt die mächtige alte Festung mit Mauern und Zinnen empor; hier haben vor dreihundert Jahren Portugiesen und Araber einander die Stirn geboten. Sie leuchtet in satteren Farben als die Stadt, als hätte sie im Laufe der Jahrhunderte auf ihrer freien Höhe die Abendröte sturmbewegter Tage in sich gesogen. Die flammende rote Akazie blüht in den Gärten von Mombasa; unwahrscheinlich ist die Leuchtkraft der Farbe und die Zartheit des Laubes. Die Sonne dörrt und sengt Mombasa, die Luft ist salzgesättigt, täglich trägt der Wind vom Osten frische Vorräte salziger Lake herzu, die Erde selbst ist salzig und bringt nur wenig Gras hervor, der Boden ist kahl wie ein Tanzplatz. Aber die uralten Mangobäume haben ein dichtes dunkelgrünes Laub und spenden den Segen des Schattens, sie umgeben ein Becken dunkler Kühle mit ihrem Gezweig. Mehr als jeder andere Baum, den ich kenne, laden sie zum Verkehr ein, bieten den Menschen einen behaglichen Raum; sie sind gesellig wie die Brunnen der Stadt. Große Märkte werden unter den Mangobäumen abgehalten, und der Boden rings um ihren Stamm ist bedeckt mit Geflügelkörben und aufgetürmten Wassermelonen.

Ali bin Salim besaß ein hübsches weißes Haus

auf dem Festland, an der Krümmung der Meerenge, lange Reihen steinerner Stufen führten zum Strande hinab. Da lagen am Ufer die Häuser für die Gäste, im Saal des Hauptgebäudes, angrenzend an die Veranda, befand sich eine ganze Sammlung schöner arabischer und englischer Raritäten; altes Elfenbein und Messing, Porzellan von Lamu, samtbezogene Sessel, Photographien und ein großes Grammophon. Unter anderem waren da in einer satingefütterten Kassette die Überreste eines Teeservices aus buntem englischem Porzellan der vierziger Jahre, einst das Hochzeitsgeschenk der jungen Königin von England und ihres Gemahls, als der Sohn des Sultans von Sansibar die Tochter des Schahs von Persien heiratete. Die Königin und der Prinzgemahl hatten dem neuvermählten Paar so viel Glück gewünscht, als ihnen selbst zuteil geworden sei. «Und waren sie glücklich?» fragte ich Scheich Ali, als er mir die kleinen Tassen hervorholte und sie vor mir auf dem Tisch aufbaute. «Oh, keineswegs», sagte er. «Die Braut wollte das Reiten nicht lassen. Sie hatte auf der Dau, die mit ihrer Mitgift beladen war, auch ihre Pferde mitgebracht. Aber das Volk von Sansibar litt es nicht, eine Frau reiten zu sehen. Es gab einen heftigen Streit, und da die Prinzessin lieber auf ihren Gatten als auf ihre Pferde verzichtete, wurde die Ehe getrennt, und die Tochter des Schahs kehrte nach Persien zurück.»

Im Hafen von Mombasa lag ein schäbiger deutscher Frachtdampfer zur Heimfahrt bereit. Ich kam an ihm vorüber, wenn ich auf Ali bin Salims Boot mit seinen Suaheliruderern zur Insel und zurück übersetzte. Auf Deck stand ein hoher hölzerner Verschlag, und über den Rand des Verschlages lugten die Köpfe zweier Giraffen. Sie kamen, wie mir Farah, der an Bord gewesen war, erzählte, von Portugiesisch-Ostafrika und gingen nach Hamburg an eine reisende Tierschau.

Die Giraffen wandten ihre zarten Köpfe hierhin und dorthin, als seien sie höchlich überrascht, wozu sie auch allen Grund hatten. Sie hatten das Meer noch nie gesehen. Der enge Verschlag bot ihnen nur Raum genug zum Stehen. Die Welt war plötzlich geschrumpft, hatte sich ringsum verändert und verengt.

Sie kannten und ahnten die Demütigung nicht, der sie entgegenfuhren. Denn sie waren stolze und arglose Geschöpfe, edle Wanderer der großen Steppen, sie wußten nichts von Gefangenschaft, Kälte, Gestank, Rauch und Räude, nichts von der Langeweile einer Welt, in der sich nichts ereignet. Menschenscharen in dunklen, übelriechenden Kleidern werden von den windigen, eisigen Straßen hereinkommen und die Giraffen anstarren und die Überlegenheit des Menschen über die stumme Kreatur fühlen. Sie werden lachend mit den Fingern auf die langen, dünnen Hälse zeigen, wenn sich die anmutigen, geduldigen, rauchgrauäugigen Köpfe über das Gitter der Menagerie strecken, in der sie so unmäßig hoch wirken. Die Kinder werden sich bei ihrem Anblick fürchten und schreien, oder sie werden sie liebgewinnen und ihnen Brot geben. Dann werden auch die Väter und Mütter finden, daß die Giraffen liebe Tiere sind, und werden meinen, wunder wie gut sie zu ihnen seien.

Werden die Giraffen in den vielen Jahren, die vor ihnen liegen, wohl je von ihrer verlorenen Heimat träumen? Wo mag sie sein; wohin sind sie verschwunden, die Weiden und die Dornbäume, die Flüsse und die Wassertümpel und die blauen Berge? Die hohe sanfte Luft über den Steppen ist fort und verflogen. Wo sind die anderen Giraffen hin, die bei ihnen waren, als sie aufbrachen und dahingaloppierten über die wellige Ebene? Fort sind sie alle, geflohen und kommen wohl nie zurück.

Und in der Nacht – wo ist wohl der Mond?

Die Giraffen kommen zu sich und erwachen in der Karawane der Wanderschau, im engen Stall, in dem es nach modrigem Stroh und Bier riecht.

Lebt wohl, lebt wohl. Ich wünsche euch, ihr möchtet auf der Reise sterben, alle beide, damit keiner von den zwei zierlichen edlen Köpfen, die sich jetzt staunend über den Rand des Verschlags in den Himmel von Mombasa recken, dazu verurteilt werde, einsam hin und her und hin und her zu schauen im fremden Hamburg, wo kein Mensch etwas von Afrika weiß.

Und wir Menschen – wir müssen schon jemand finden, der sich ganz arg gegen uns versündigt hat, ehe wir die Giraffen reinen Herzens bitten können, uns unsere Sünde zu vergeben.

Der Professor und die Affen

Ein schwedischer Professor der Naturwissenschaft kam zu mir auf die Farm und bat mich, bei der Jagdverpachtung für ihn ein gutes Wort einzulegen. Er sei, erzählte er mir, nach Afrika gekommen, um zu ermitteln, in welchem Embryonalstadium der Fuß des Affen, der einen Daumen hat, beginne, sich von dem Fuß des Menschen zu unterscheiden. Zu diesem Zweck habe er vor, auf dem Mount Elgon Colobusaffen zu schießen.

«Bei den Colobusaffen werden Sie kaum etwas ermitteln können», meinte ich, «sie leben in den Wipfeln der Zedern und sind scheu und schwierig zu erjagen. Es müßte schon ein seltener Zufall sein, wenn Sie das Embryo erwischten, das Sie brauchen.» Der Professor war voller Zuversicht, er wollte so lange im Gebirge bleiben, bis er seinen embryonalen Fuß hatte, und wenn es Jahre dauerte. Er hatte bei der Jagdverwaltung um die Erlaubnis nachgesucht, die Affen, die er brauchte, zu schießen. Er war angesichts der hohen wissenschaftlichen Bedeutung seiner Expedition sicher, daß die Erlaubnis erteilt würde, hatte aber vorerst noch keine Antwort erhalten. «Wie viele Affen haben Sie denn in Ihrem Gesuch angegeben?» fragte ich ihn. Er sagte, er habe vorläufig um Erlaubnis gebeten, fünfzehnhundert Affen zu schießen. Ich kannte die Herren von der Jagdverwaltung und war ihm behilflich, einen Brief aufzusetzen, in dem er um postwendenden Bescheid nachsuchte, da ihm daran läge, sobald wie möglich mit seinen Forschungen zu beginnen. Die Antwort der Jagdverwaltung kam in der Tat diesmal postwendend. Die Jagdverwaltung sei erfreut, hieß es darin, Professor Langrin mitteilen zu können, daß sie sich, mit Rücksicht auf den wissenschaftlichen Zweck seiner Expedition, in der Lage sehe, eine Ausnahme zu machen und die Zahl der Affen auf seinem Jagdschein von vier auf sechs zu erhöhen. Ich mußte dem Professor den Brief zweimal vorlesen; als er schließlich den Inhalt begriff, war er so niedergeschlagen, so zu Tode getroffen und gekränkt, daß er kein Wort vorbrachte. Die Bekundung meines Beileids ließ er unerwidert, ging aus dem Hause, stieg in seinen Wagen und fuhr geknickt davon.

Solang sich ihm das Schicksal nicht gehässig zeigte, war der Professor ein netter Plauderer und ein witziger Mann. Im Laufe unserer Debatten über die Affen belehrte er mich über die verschiedensten Probleme und entwickelte mir seine Ideen. Eines Tages sagte er: «Ich möchte Ihnen eine interessante persönliche Erfahrung mitteilen. Auf dem Mount Elgon ist es mir möglich gewesen, einen Augenblick lang an das Dasein Gottes zu glauben. Was sagen Sie dazu?» Ich sagte, das sei interessant, und dachte mir: Eine andere Frage würde mich interessieren: War es wohl Gott auf dem Mount Elgon möglich, einen Augenblick lang an das Dasein des Professors Langrin zu glauben?

Karomenya

Auf der Farm lebte ein Knabe von neun Jahren namens Karomenya, der war taub und stumm. Die anderen Kinder fürchteten ihn und beklagten sich, weil er sie schlug. Ich machte die Bekanntschaft Karomenyas, als seine Spielgefährten ihn mit einem Baumast auf den Kopf geschlagen hatten, so daß seine rechte Backe geschwollen und voller eiternder Splitter war, die man mit einer Nadel herausholen mußte. Das war für Karomenya keine so große Qual, als man meinen möchte; denn wenn es ihm auch weh tat, so brachte es ihn doch in Kontakt mit Menschen.

Karomenya hatte eine sehr dunkle Haut, schöne, glänzende schwarze Augen mit dichten Wimpern und einen ernsten, strengen Ausdruck, den kaum je ein Lächeln erhellte. Er hatte etwas von einem kleinen schwarzen Bullen. Er war ein lebensvolles, tatkräftiges Geschöpf, und da ihn keine Sprache mit der Welt verband, wurde ihm der Kampf zum Ausdruck seines Daseins. Er hatte ein besonderes Geschick im Schleudern von Steinen und konnte mit großer Genauigkeit treffen, was er wollte. Eine Zeitlang hatte er Bogen und Pfeile, mit denen gelang es ihm aber nicht so gut; das Gehör für den Klang der Sehne scheint für die Kunst des Bogenschützen unentbehrlich zu sein. Karomenya war stämmig gebaut und sehr stark für sein Alter. Wahrscheinlich hätte er diese Überlegenheit über die anderen Buben nicht gegen die Gabe der Sprache und des Gehörs vertauscht, auf die er, wie mir schien, nicht eben große Stücke hielt.

Karomenya war bei allem Kampfgeist kein unfreundliches Kind. Wenn er merkte, daß man sich ihm zuwandte, erhellte sich gleich sein Gesicht, nicht zu einem Lächeln zwar, aber zu einer bereiten, entschiedenen Wachheit. Karomenya war diebisch und nahm Zucker und Zigaretten, wo er ihrer habhaft werden konnte, verschenkte aber das gestohlene Gut gleich wieder an die anderen Kinder. Ich kam einmal unvermerkt dazu, als er im Mittelpunkt eines Kreises von Buben Zucker austeilte; das war das einzige Mal, daß ich ihn lachen sah.

Eine Zeitlang versuchte ich, Karomenya in der Küche oder im Haus eine Beschäftigung zu geben. Aber er war für nichts Praktisches zu gebrauchen und fand nach kurzer Zeit das Arbeiten langweilig. Am meisten liebte er, schwere Gegenstände zu bewegen und von einem Platz auf den anderen zu schaffen. Meinen Auffahrtsweg entlang waren weißgekalkte Prellsteine aufgestellt. Eines Tages legte ich mit seiner Hilfe einen von den Steinen um und rollte ihn bis in die Nähe des Hauses, um die Auffahrt symmetrisch zu machen. Am nächsten Tag hatte Karomenya in meiner Anwesenheit sämtliche Steine herausgeholt und beim Hause zu einem großen Haufen aufgeschichtet. Ich hätte nie für möglich gehalten, daß ein Geschöpf seiner Größe einer solchen Kraftleistung fähig wäre. Karomenya kannte seinen Platz in der Welt und ließ ihn sich nicht nehmen. Er war taub und stumm, aber er war stark.

Der größte Wunsch Karomenyas war ein Messer; aber ich wagte nicht, ihm eins zu schenken, denn ich dachte, er würde in seiner Sehnsucht nach Kontakt mit Menschen unschwer eins oder mehrere von den Kindern der Farm damit umbringen. Er wird wohl später im Leben eins bekommen haben, sein Verlangen danach war unbezwinglich, und Gott weiß, was alles er damit angestellt hat.

Den tiefsten Eindruck machte es auf Karomenya, als ich ihm eine Pfeife schenkte. Ich hatte sie selbst eine Zeitlang gebraucht, um die Hunde herbeizurufen. Als ich sie ihm zeigte, interessierte sie ihn wenig, als er sie aber nach meiner Anweisung in den Mund steckte und hineinblies und die Hunde von beiden Seiten auf ihn zustürzten, erschrak er heftig, und sein Gesicht verfärbte sich vor Staunen. Er versuchte es noch einmal, sah, daß die Wirkung die gleiche war, und blickte zu mir auf. Als er sich an die Pfeife gewöhnte, wollte er gern herausbringen, wie sie funktionierte. Zu diesem Zweck prüfte er aber nicht die Pfeife selbst, sondern pfiff die Hunde herbei und fing an, sie mit gerunzelten Brauen zu untersuchen, wie um herauszufinden, wo sie verletzt seien. Seit dieser Zeit faßte Karomenya eine große Liebe zu den Hunden und bekam sie öfters gewissermaßen geliehen, um mit ihnen spazierenzugehen. Wenn er mit ihnen auszog, zeigte ich ihm die Stelle am westlichen Himmel, wo die Sonne stehen mußte, wenn er wieder da sein sollte. Er wies in dieselbe Richtung und war immer sehr pünktlich.

Eines Tages, als ich einen Ritt machte, sah ich Karomenya und die Hunde weit weg vom Hause im Massaireservat. Er sah mich nicht, sondern wähnte sich allein und unbeobachtet. Er ließ die Hunde rennen und pfiff sie wieder zurück; dies Manöver wiederholte er drei- oder viermal, indes ich ihm von meinem Pferde aus zuschaute. Hier draußen in der Steppe, wo er keinen Menschen vermutete, gab er sich dem ungeahnten, neuen Lebensgefühl hin.

Er trug seine Pfeife an einer Schnur um den Hals, aber eines Tages hatte er sie nicht mehr. Ich fragte ihn durch Gebärden, wo sie hin sei, und er antwortete ebenso, sie sei weg, verloren. Er bat nie wieder um eine neue Pfeife. Entweder meinte er, es gebe keine zweite Pfeife, oder er wollte nichts mehr mit dieser Art Leben zu tun haben, die ihm eigentlich nicht gemäß war. Ich bin nicht einmal gewiß, ob er nicht selbst seine Pfeife weggeworfen hat, weil er sie mit seinen sonstigen Vorstellungen vom Dasein nicht in Einklang bringen konnte.

In fünf oder sechs Jahren wird Karomenya entweder schwer zu leiden haben oder plötzlich in den Himmel erhoben werden.

Pooran Singh

Pooran Singhs kleine Schmiedewerkstatt unten bei der Aufbereitung der Farm war eine Miniaturhölle mit allen lehrgerechten Attributen einer solchen. Sie war aus Wellblech erbaut, und wenn die Sonne auf sie herniedersengte und die Flammen aus dem Ofen emporloderten, war die Luft in ihr und um sie eine weiße Glut. Den ganzen Tag schallte sie wider vom betäubenden Getöse des Hammers – Eisen klang auf klingendes Eisen –, und die Hütte war voll von Äxten und zerbrochenen Rädern, daß sie aussah wie ein altes Schauergemälde einer Folterkammer.

Und doch hatte die Schmiede eine mächtige Anziehungskraft; sooft ich hinunterging, um Pooran Singh bei der Arbeit zuzuschauen, fand ich immer jemand bei ihm und vor der Hütte. Pooran Singh arbeitete mit übermenschlicher Eile, als hinge sein Leben davon ab, daß die Arbeit, die er unter den Händen hatte, innerhalb der nächsten fünf Minuten fertig würde; er sprang vor seinem Amboß hoch in die Luft, kreischte seinen zwei jungen Kikujugehilfen seine Befehle mit schriller Vogelstimme zu und benahm sich überhaupt wie einer, der am Spieß gebraten wird, oder wie ein wutschnaubender Oberteufel bei seinem Höllenwerk. Dabei war Pooran Singh keineswegs ein Teufel, sondern ein Mann von der sanftesten Gemütsart; außerhalb seiner Arbeitszeit trug er ein mädchenhaft geziertes Wesen zur Schau. Er war der Fundi unserer Farm, was soviel heißt wie ein Allerweltskünstler – Schreiner, Sattler und Wagner und Schmied obendrein; er hat mehr als einen Wagen für die Farm ganz allein konstruiert und gebaut. Aber am liebsten war ihm die Schmiederei, und es war ein prachtvoller Anblick, ihn einen Reifen über ein Rad schlagen zu sehen.

In der äußeren Erscheinung Pooran Singhs war etwas Irreführendes. Angetan mit langem Gewand und weißem Turban, sah er mit seinem großen schwarzen Bart aus wie ein ausgewachsener stattlicher Mann. In der Schmiede dagegen, bis zum Gürtel entblößt, wirkte er unglaublich zierlich und zerbrechlich mit seinem sanduhrförmigen indischen Rumpf.

Ich liebte Pooran Singhs Schmiede, und auch die Kikuju liebten sie, und zwar aus zwei Gründen.

Einmal wegen des Eisens selbst, das von allen Rohstoffen am fesselndsten ist und die Phantasie der Menschen zum Schweifen in die weiten Fernen verlockt. Der Pflug und das Schwert, die Kanone und das Rad, die Kultur der Menschen im Guten wie im Bösen schlummern in ihm, des Menschen Herrschaft über die Natur lebt im Keime in ihm, greifbar genug, um von den Primitiven verstanden oder geahnt zu werden – und Pooran Singh meisterte das Eisen.

Dann aber zog und lockte die Schwarzen der Gesang der Schmiede. Der klimpernde, muntere, eintönige, sprunghafte Rhythmus der Schmiedearbeit hat eine mythische Gewalt. Er ist so männlich, daß er das Herz der Frauen überwältigt und umschmeichelt, er ist offen und ungeziert und sagt die Wahrheit und nichts als die Wahrheit. Er hat ein Übermaß an Kraft und ist ebenso lustig wie stark, er ist herausfordernd und leistet Großes, willig und spielend. Die Schwarzen, die den Rhythmus lieben, versammelten sich bei Pooran Singhs Hütte und fühlten sich wohl bei ihm. Nach einem alten nordischen Gesetz ist ein Mann nicht haftbar für etwas, was er in der Schmiede gesagt hat. Auch in Afrika saßen in der Schmiede die Zungen lose, das Gespräch floß freier dahin, kühne Träume traten ans Licht unter begeisterndem Klange des Hammers.

Pooran Singh war viele Jahre bei mir und war ein gutbezahlter Angestellter der Farm. Es bestand ein Mißverhältnis zwischen seinem Lohn und seinen Bedürfnissen, denn er war ein Asket von reinstem Wasser. Er aß kein Fleisch, er trank nicht, spielte nicht, seine Kleider trug er bis zum letzten Faden auf. Er schickte all sein Geld nach Indien für die Erziehung seiner Kinder. Einer seiner Söhne, Delip Singh, ein kleiner stiller Jüngling, kam einmal aus Bombay und besuchte seinen Vater auf der Farm. Er hatte die Liebe zum Eisen nicht mehr, das einzige Metallene, das ich bei ihm sah, war ein Füllfederhalter in seiner Tasche. Die mythische Macht war der neuen Generation abhanden gekommen.

Aber Pooran Singh selbst, der Springer überm Amboß, bewahrte sich seinen geisterhaften Nimbus, solang er auf der Farm war, und hoffentlich, solang er lebte. Er war ein Diener der Götter, glutgehärtet und selber glühend, ein Geist der elementaren Welt. In Pooran Singhs Schmiede sang der Hammer, was ein jeder hören wollte, als liehe er den Herzen seine Stimme. Mir sang der Hammer ein altes griechisches Lied, das mir ein Freund übersetzt hat:

«Eros holt aus wie ein Schmied mit dem Hammer,
Funken entsprühn meinem trotzigen Sinn,
Kühlt mir das Herz dann in Tränen und Klagen –
Glühendes Eisen härtet die Flut.»

Eine seltsame Begegnung

Als ich unten im Massaireservat die Transporte für die Regierung führte, sah ich einmal etwas Seltsames, was kein Mensch, den ich kenne, je gesehen hat. Es geschah mitten am Tage, als wir über Grasland treckten.

Die Luft spielt in der afrikanischen Landschaft

eine viel bedeutsamere Rolle als in Europa, sie ist voller Glanzlichter und Spiegelungen und ist in gewissem Sinne der eigentliche Schauplatz der Ereignisse. In der Mittagshitze schwingt und zittert die Luft wie die Saite einer Geige, sie hebt ganze Wellen von Grasland mit Dornbäumen und Hügeln empor und erschafft weite, silberglitzernde Wasserflächen in der dürren Steppe.

Wir schritten durch diese glühende, lebende Luft, und ich ging, gegen meine Gewohnheit, ein weites Stück dem Wagen voraus mit Farah, meinem Hunde Dusk und dem Toto, das Dusk versorgte. Wir waren stumm, denn es war zu heiß zum Sprechen. Plötzlich geriet die Steppe am Horizont in eine rennende und galoppierende Bewegung, die nicht nur von dem bebenden Dunst herrührte; eine riesige Wildherde rannte von rechts her schräg über die Ebene auf uns zu. Ich sagte zu Farah: «Schau nur, diese Menge von Antilopen.» Aber gleich darauf war ich nicht sicher, ob es wirklich Antilopen waren, und hob mein Fernglas, um sie genauer zu sehen, was um Mittag keine leichte Sache ist. «Sind es Antilopen, Farah, was meinst du?» fragte ich ihn. Ich merkte jetzt, daß Dusk mit allen Sinnen auf die Tiere acht gab, die Ohren hoch in die Luft gespitzt, mit den fernsichtigen Augen ihren Anmarsch verfolgend. Ich gönnte ihm öfters die Jagd über die Steppe nach den Gazellen und Antilopen; aber diesmal fürchtete ich, es möchte zu heiß sein, und hieß das Toto ihn an die Leine nehmen. In diesem Augenblick stieß Dusk ein kurzes wildes Gebell aus und machte einen Satz voraus, daß das Toto hinpurzelte und ich die Leine erhaschen und ihn mit aller Gewalt zurückreißen mußte. Ich blickte auf die Herde. «Was sind das für Tiere?» fragte ich Farah.

Es ist schwer, auf der Steppe Entfernungen zu schätzen. Das liegt an der schillernden Luft und der Einförmigkeit des Landschaftsbildes; auch die Eigentümlichkeit der Dornbäume trägt dazu bei: sie haben die Gestalt von mächtigen Bäumen und sind in Wirklichkeit nur zwölf Fuß hoch, so daß die Giraffen sie mit ihren Köpfen und Hälsen überragen. Man irrt sich beständig über die Größe des Wildes, das man von weitem sieht, und kann am hellen Tag einen Schakal für eine Elenantilope und einen Strauß für einen Büffel halten. Nach einer Weile sagte Farah: «Memsahib, das sind wilde Hunde.»

Wilde Hunde trifft man gewöhnlich zu dreien oder vieren, es kommt wohl auch vor, daß man ein Dutzend beieinander findet. Die Schwarzen fürchten sich vor ihnen und behaupten, sie seien sehr mordgierig. Auf einem Ritt ins Reservat traf ich einmal unweit der Farm vier wilde Hunde; sie folgten mir in einer Entfernung von fünfzehn Schritt. Die zwei kleinen Terrier, die ich bei mir hatte, hielten sich so nahe wie es ging an mich, sie versteckten sich unter dem Bauch des Pferdes, bis wir über den Fluß und auf die Farm kamen. Die wilden Hunde sind nicht so groß wie eine Hyäne, sie haben ungefähr die Größe eines Schnauzers. Sie sind schwarz mit einem weißen Büschel an der Spitze des Schwanzes und der spitzen Ohren. Das Fell taugt nichts, es hat rauhe, ungleichmäßige Haare und einen widerlichen Geruch.

Hier waren an fünfhundert wilde Hunde beisammen. Sie kamen in einem langsamen Kurzgalopp heran und schienen in einer sonderbaren Verfassung zu sein; sie blickten weder rechts noch links, als hätten sie Angst vor etwas oder als wären sie auf einer Wanderung nach einem festen Ziel begriffen. Sie wichen nur ein wenig von ihrer Richtung ab, als sie näher kamen, schienen uns aber kaum zu bemerken und rannten im gleichen Tempo weiter. Als sie uns ganz nah waren, mochte die Entfernung vielleicht fünfzig Schritt sein. Sie liefen in einer langen Kolonne zu zweien, dreien oder vieren nebeneinander, und es dauerte eine ganze Zeit, bis sie vorüber waren. Während sie passierten, sagte Farah: «Diese Hunde sind sehr müde, die haben einen weiten Weg hinter sich.»

Als sie alle vorüber waren und in der Ferne verschwanden, sahen wir uns nach unseren Gefährten um. Sie waren immer noch ein Stück weit hinter uns, und erschöpft von der überstandenen Erregung setzten wir uns, wo wir gestanden hatten, ins Gras, bis sie uns eingeholt hatten. Dusk war maßlos aufgeregt, er zerrte an der Leine und wollte den wilden Hunden nachrennen. Ich legte meinen Arm um seinen Hals; hätte ich ihn nicht rechtzeitig angeleint, kam mir's in den Sinn, so wäre er gewiß zerrissen worden.

Die Ochsentreiber verließen ihre Wagen und liefen zu uns voraus, um zu fragen, was das gewesen sei. Ich konnte ihnen und mir nicht erklären, was die wilden Hunde veranlaßt haben mochte, in solcher Menge so seltsam auf Wanderungen zu gehen. Die Schwarzen nahmen es als übles Zeichen, es deutete auf Krieg, denn die wilden Hunde sind Leichenfresser. Sie sprachen hernach nicht mehr miteinander über das Ereignis, wie sie sonst unsere Erlebnisse auf der Fahrt zu bereden pflegten.

Ich habe diese Begebenheit vielen Menschen erzählt, und nicht einer hat sie mir geglaubt. Und doch ist sie wahr, meine Boys können es mir bezeugen.

Der Papagei

Ein alter dänischer Schiffsreeder ließ seine Gedanken in seine Jugendzeit schweifen, und da fiel ihm ein, wie er einmal, mit sechzehn Jahren, eine Nacht in einer wüsten Kneipe in Singapore verbrachte. Er war mit einigen Matrosen von seines Vaters Schiff eingekehrt und hatte sich zu einer alten Chinesin gesetzt und mit ihr geplaudert. Als sie erfuhr, daß er aus einem fremden Lande stamme, brachte sie einen alten Papagei herbei, der ihr gehörte. Vor langer, langer Zeit, erzählte sie, habe ihr ein hochgeborener Engländer, der sie in ihrer Jugend geliebt habe, den Papagei geschenkt. Der Knabe meinte, der Papagei müsse damals wohl hundert Jahre alt gewesen sein. Er konnte in den verschiedensten Sprachen der Welt allerlei Sätze hersagen, die er, dem internationalen Charakter des Ortes gemäß, aufgeschnappt hatte. Einen Satz hatte der Geliebte der alten Chinesin ihm beigebracht, bevor er ihn ihr schickte, und den verstand sie nicht, und keiner der Gäste war je imstande gewesen, ihr zu sagen, was er bedeutete. Im Laufe der Jahre habe sie es aufgegeben, danach zu fragen. Aber da der Knabe von fern her komme, so sei es vielleicht ein Satz in seiner Sprache, und vielleicht könne er ihn übersetzen.

Der Knabe war von diesem Wunsch tief und seltsam gerührt. Wenn er den Papagei anschaute und sich vorstellte, daß er aus diesem scheußlichen Schnabel dänische Worte hören sollte, dann wäre er am liebsten aus dem Hause gerannt. Aber um sich der alten Chinesin gefällig zu zeigen, blieb er sitzen. Als sie den Papagei dazu brachte, den Satz zu sagen, erwies sich's, daß es klassisches Griechisch war. Der Vogel sprach die Worte sehr langsam, und der Knabe verstand genug Griechisch, um sie zu erkennen; es war ein Gedicht der Sappho:

«Versunken ist der Mond und die Plejaden,
die Mitternacht brach schon herein,
Und Stunde kommt und Stunde flieht –
Ich aber liege allein.»

Als er ihr die Verse übersetzte, befeuchtete die Alte ihre Lippen und rollte ihre kleinen schiefen Augen. Sie bat ihn, die Worte noch einmal zu sagen, und nickte mit dem Kopf.

ABSCHIED VON DER FARM

Schwere Zeiten

Meine Farm lag etwas zu hoch für eine Kaffeepflanzung. In den kalten Monaten konnte es geschehen, daß die freie Fläche vom Frost befallen wurde und morgens die Triebe der Kaffeebäume und die jungen Kaffeekirschen braun und schrumpelig waren. Der Wind blies von der Steppe herein, und selbst in guten Jahren ernteten wir nie den vollen Ertrag von einem Morgen wie die Farmer in den niederen Distrikten Thika und Kiambu, die nur vierzehnhundert Meter hoch lagen.

Auch der Regen fiel spärlicher im Ngonggebiet, und dreimal erlebten wir ein vollkommen dürres Jahr, das uns arg zurückbrachte. In einem Jahr, in dem fünfzig Zoll Regen fiel, ernteten wir achtzig Tonnen Kaffee, und in einem Jahr mit fünfundfünfzig Zoll fast neunzig Tonnen, aber wir hatten auch zwei Jahre mit nur fünfundzwanzig und zwanzig Zoll Regen und ernteten nur sechzehn und fünfzehn Tonnen Kaffee. Diese Jahre wurden für die Farm verhängnisvoll. Zur gleichen Zeit sanken die Kaffeepreise; statt hundert Pfund je Tonne bekamen wir nur sechzig oder siebzig Pfund. Es sollten harte Zeiten für die Farm werden. Wir konnten unsere Schulden nicht bezahlen und hatten kein Geld, um die Plantage weiterzubetreiben. Meine Angehörigen zu Hause, die Anteile an der Farm besaßen, schrieben mir und legten mir nahe, die Farm zu verkaufen.

Ich ersann mancherlei Pläne für die Rettung der Farm. In einem Jahr versuchte ich, auf unserem Brachland Flachs zu bauen. Flachsbau ist ein anmutiges Geschäft, aber es erfordert viel Geschick und Erfahrung. Ich zog einen belgischen Flüchtling zu Rate; als er mich fragte, wieviel Land ich besäen wolle, und ich ihm sagte: «Dreihundert Morgen», da rief er sofort entsetzt: *«Ça, Madame, c'est impossible!»* Ich könne fünf oder auch zehn Morgen mit Erfolg anbauen, meinte er, aber nicht mehr. Doch zehn Morgen bedeuteten für uns nichts, und ich versuchte es mit hundertfünfzig Morgen.

Ein himmelblau blühendes Flachsfeld ist ein wunderschöner Anblick, und es gibt kein befriedigenderes Material als die Fasern des Flachses, zäh und gleißend und ein klein wenig fettig anzufühlen. Die Phantasie folgt ihm auf seinem Weg in die Welt und stellt sich die Linnen und Hemden vor, die daraus gewoben werden.

Aber den Kikuju war nicht im Handumdrehen und ohne ständige Überwachung die nötige Sorgfalt beim Raufen, Rösten und Schwingen beizubringen, und so brachte uns der Flachsbau keinen Gewinn.

Die meisten Farmer des Landes versuchten sich in den Jahren in derlei Projekten, und manchen kam schließlich der rettende Gedanke. Ingrid Lindström in Njoro erlebte den Lohn ihrer Mühe, als ich schon fortgezogen war; nachdem sie sich mit ihren Gemüsen, Schweinen, Rizinusbüschen und Sojabohnen abgequält hatte, alles fehlgehen sah und unter Tränen wieder aufgeben mußte, rettete sie sich und den Ihren die Farm durch den Anbau von Pyrethrum, das nach Frankreich versandt und dort zu Parfüms verarbeitet wurde.

Aber ich hatte kein Glück mit meinen Unternehmungen, und als das dürre Wetter kam und der Wind von der Athisteppe einfiel, welkten die Kaffeebäume, die Blätter wurden gelb, und an einigen Stellen der Farm traten schlimme Kaffeekrankheiten auf.

Um der Kaffeepflanzung aufzuhelfen, versuchten wir, die Felder zu düngen. Ich war in alten europäischen Vorstellungen vom Landbau aufgewachsen, und es ging mir immer gegen den Strich, einem Boden Ernten abzuverlangen, ohne ihm Dünger zuzuführen. Als die Squatter auf der Farm von dem Plan hörten, halfen sie alle zusammen und brachten aus ihren Rinder- und Ziegenhürden den Mist von Jahrzehnten herbei. Es war eine brüchige, torfige Masse, die leicht zu handhaben war. Wir pflügten zwischen den Reihen der Kaffeebäume mit kleinen, neuen Pflügen, vor die nur ein Ochse gespannt wurde, Furchen auf, und wo wir nicht mit Wagen in die Pflanzungen einfahren konnten, trugen die Weiber den Dünger in Säcken auf dem Rücken herbei und leerten ihn in die Furchen, einen Sack an jeden Baum, so daß die Ochsen mit den Pflügen auf dem Rückweg die Furchen wieder zudecken konnten. Es war eine erfreuliche Arbeit, und ich setzte große Hoffnungen auf sie, aber der Lauf der Dinge brachte es mit sich, daß wir den Erfolg der Düngung nicht mehr erlebten.

Unsere eigentliche Not war der Mangel an Kapital; es war in der Anfangszeit vertan worden, ehe ich die Leitung der Farm übernahm. Wir konnten keine grundlegenden Verbesserungen vornehmen und mußten von der Hand in den Mund leben; in den letzten Jahren wurde das unsere ständige Lebensform.

Hätte ich Kapital gehabt, dann hätte ich den Kaffee aufgegeben, die Bäume umgehauen und mein Land mit Waldbäumen bepflanzt. Bäume wachsen in Afrika ungeheuer rasch, in zehn Jahren kann man unter hohen blauen Gummibäumen und australischen Akazien wandeln, die man selbst in der Regenzeit in Kästen aus der Baumschule geholt hat, zwölf Bäumchen in jedem Kasten. Ich hätte, wie mir schien, in Nairobi einen guten Markt für Bau- und Brennholz gehabt. Es ist eine edle Beschäftigung, Bäume zu pflanzen, man denkt noch Jahre später mit Befriedigung daran zurück. Einst waren weite Strecken der Farm mit Urwald bestanden, aber sie waren, ehe ich die Farm übernahm, den indischen Händlern zum Abholzen verkauft worden. Das war ein trauriger Handel. Ich selbst hatte in den Jahren des Mangels den Wald auf dem Gelände der Aufbereitung als Brennholz für die Dampfmaschine schlagen müssen, und der Wald mit seinen ragenden Stämmen und seinem lebendigen, schattigen Grün hat mich im Traum verfolgt: keine Tat in meinem Leben habe ich so bereut wie das Fällen dieses Waldes. Von Zeit zu Zeit, wenn ich die Mittel aufbringen konnte, bepflanzte ich Streifen Landes mit Eukalyptusbäumen, aber viel kam dabei nicht heraus. Es hätte auf diese Art fünfundzwanzig Jahre gedauert, ehe ich die Hunderte von Morgen aufgeforstet und die Farm in einen rauschenden Wald verwandelt und eine rationelle Verwaltung und eine eigene Sägemühle am Fluß errichtet hätte. Die Squatter freilich, die andere Zeitbegriffe hatten als die weißen Siedler, sahen mit Zuversicht der Zeit entgegen, wo wir alle, wie einst in alten Tagen, Brennholz im Überfluß aus den Wäldern holen könnten, die ich nun bald pflanzen würde.

Ich erwog den Plan einer Rasserinderherde und einer eigenen Molkerei auf der Farm. Wir lagen in einem gefährdeten Gebiet, das heißt, die Gegend war vom Küstenfieber verseucht; wenn man also Milchkühe halten wollte, mußte man seine Herde desinfizieren. Das erschwerte die Konkurrenz mit den Viehzüchtern im fieberfreien Inland. Dafür war ich allerdings so nah bei Nairobi, daß ich die Milch morgens mit Wagen zur Stadt schicken konnte. Wir hatten früher eine Herde rassereiner Milchkühe besessen und in der Steppe eine prächtige Viehschwemme gebaut. Aber wir hatten alles wieder verkaufen müssen, und die Schwemme ragte nur noch ins Leere – wie das grasüberwucherte, eingesunkene Gemäuer eines verfallenen Schlosses. Wenn ich späterhin abends um die Melkzeit bei Mauges oder Kaninus Boma vorüberkam und den warmen Duft der Kühe roch, dann packte mich immer wieder die Sehnsucht nach eigenen Kuhställen und einer eigenen Molkerei. Wenn ich auf die Steppe hinausritt, sah ich sie im Geiste von gesprenkelten Kühen wie von Blüten übersät.

Aber derlei Pläne rückten im Lauf der Jahre in weite Ferne, bis sie dem Auge völlig entschwanden. Ich sann ihnen auch nicht nach, solang es mir nur gelang, den Kaffeeanbau rentabel zu halten und die Farm zu retten.

Es ist eine schwere Bürde, eine Farm allein auf seinen Schultern zu tragen. Meine schwarzen und sogar die weißen Angestellten überließen mir die ganze Angst und Sorge um ihr Geschick, und zuweilen schien mir's, daß auch die Ochsen der Farm und die Kaffeebäume das gleiche taten. Es war, als wären sie miteinander übereingekommen, alle die redenden und stummen Geschöpfe, daß ich schuld war, wenn der Regen sich verspätete und die Nächte kalt waren. Und abends schien mir's wie ein Unrecht, still mit einem Buch dazusitzen, die Furcht, mein Haus zu verlieren, trieb mich zum Hause hinaus. Farah kannte meinen Kummer, aber er mißbilligte meine nächtlichen Wanderungen und sprach von den Leoparden, die nach Sonnenuntergang dicht beim Hause gesehen worden seien; er stand auf der Veranda, ein weißgewandeter, kaum erkennbarer Schatten, bis ich wieder heimkam. Aber ich war zu betrübt, um für die Sorge um Leoparden Raum zu haben, ich wußte, daß ich nichts damit erreichte, wenn ich nachts auf den Wegen der Farm umherschlich, und ging doch hinaus wie ein Gespenst, dem befohlen ist zu wandern, das nicht weiß warum und wohin.

Zwei Jahre bevor ich Afrika verließ, war ich zu Besuch in Europa. Meine Rückreise fiel in die Kaffee-Erntezeit, so daß ich keine Nachrichten von den Erträgen erhalten konnte, ehe ich in Mombasa eintraf. Auf dem Schiff wälzte ich immerfort das eine Problem in meinem Sinn. Ging es mir gut, schaute mich das Leben freundlich an, dann schätzte ich, daß wir wohl fünfundsiebzig Tonnen ernten würden; fühlte ich mich schwach oder nervös, dann sagte ich mir, sechzig Tonnen müßten wir mindestens haben.

Farah kam mir nach Mombasa entgegen, und ich wagte nicht, ihn sofort nach dem Kaffee-Ertrag zu fragen. Wir plauderten eine Zeitlang von anderen Dingen, die sich auf der Farm zugetragen hatten. Aber abends, als ich zu Bett gehen wollte, konnte ich's nicht länger aufschieben und fragte ihn, wieviel Tonnen Kaffee im ganzen auf der Farm gepflückt worden seien. Die Somali machten sich gewöhnlich ein Vergnügen daraus, ein Unheil zu verkünden. Aber Farah machte es diesmal keine Freude; tiefernst blieb er an der Tür stehen, schloß halb die Augen, legte den Kopf zurück, seinen Schmerz zu verwinden, und sagte: «Vierzig Tonnen, Memsahib.» Da wußte ich, daß wir die Farm nicht mehr halten konnten. Alle Farbe und alles Leben wich ringsum aus der Welt, das trübe stickige Hotelzimmer in Mombasa mit dem Zementfußboden, der alten eisernen Bettstatt und dem schäbigen Moskitonetz wurde zum erschreckenden Symbol des Daseins bar jeden Zierats, jeder Spur von Schönheit menschlichen Lebens. Ich sagte kein Wort mehr zu Farah, und auch er sagte nichts mehr; er ging hinaus, und mit ihm schwand das letzte liebe Wesen aus der Welt.

Aber die menschliche Seele hat eine große Macht der Selbsterneuerung, und mitten in der Nacht faßte ich, wie der alte Knudsen, den Gedanken, vierzig Tonnen seien doch immerhin noch etwas, und Pessimismus, Pessimismus sei das Urlaster. Jetzt durfte ich jedenfalls heimfahren, noch einmal in meinen vertrauten Weg einbiegen und den roten Giebel meines Hauses aus dem Wald treten sehen. Dort warteten die Meinen, und meine Freunde würden kommen, mich zu besuchen. Binnen zehn Stunden würde ich von der Bahn aus die blaue Silhouette der Ngongberge am Horizont erblicken.

In diesem Jahre kamen die Heuschrecken ins Land. Es hieß, sie kämen von Abessinien, wo zwei Jahre Dürre geherrscht habe, und wanderten südwärts und vertilgten allen Pflanzenwuchs auf ihrem Wege. Bevor wir sie noch zu sehen bekamen, gingen grausige Berichte im Lande um von den Verwüstungen, die sie hinterlassen hätten – die Mais- und Weizen- und Obstfarmen des Nordens, in denen sie gehaust hatten, waren nur eine öde Wüste. Die Siedler sandten Boten an ihre Nachbarn im Süden, um das Herannahen der Heuschrecken anzukündigen. Viel konnte man nicht gegen sie tun, auch wenn man gewarnt war. Auf allen Farmen hielten die Leute Haufen von Reisig und Maisstroh bereit und entfachten sie, sowie die Heuschrecken kamen; sie schickten alle Arbeiter mit leeren Blechbüchsen und Kübeln aufs Feld und ließen sie schreien und grölen und an die Büchsen schlagen, um den Schwarm vom Lande abzuhalten. Aber das half immer nur eine Weile, denn die Farmer mochten Lärm schlagen, solange sie wollten, ewig konnten die Heuschrecken nicht in der Luft bleiben, und bestenfalls durfte ein Farmer hoffen, sie bis zur nächst südlichen Farm zu jagen, und je weiter das Ungeziefer von einer Farm zur anderen getrieben wurde, desto ausgehungerter und gieriger war es, wenn es sich schließlich niederließ. Ich hatte im Süden die große Steppe des Massaireservats, ich konnte hoffen, die Heuschrecken in Bewegung zu halten und über den Fluß zu den Massai zu treiben.

Drei oder vier Boten von benachbarten Siedlern hatten mir schon das Herannahen der Heuschrekken angezeigt, aber weiter war nichts erfolgt, und ich begann zu glauben, das Ganze sei ein blinder Alarm. Eines Nachmittags ritt ich zu unserer Duka hinüber, einem Kramladen, den Farahs jüngerer Bruder, Abdullai, für die Arbeiter und Squatter unterhielt. Er lag bei der großen Chausee, und ein Inder, der mit seinem Maultierwägelchen unweit des Ladens vorbeikam, richtete sich vom Sitz auf und winkte mir von weitem, da er mit dem Wagen nicht aufs Grasland zu mir heranfahren konnte. «Entschuldigen Sie, gnädige Frau, aber die Heuschrecken sind auf dem Weg zu Ihrer Farm», sagte er, als ich an ihn heranritt. «Das hat man mir schon mehrmals gesagt», erwiderte ich, «aber sie sind nicht gekommen. Vielleicht ist's nicht so schlimm, wie die Leute sagen.» – «Schauen Sie sich bitte um, gnädige Frau», sagte der Inder. Ich sah mich um und sah am nördlichen Horizont einen Schattenstreif am Himmel, wie einen breiten Rauchschwaden über einer brennenden Stadt – «eine Millionenstadt speit Qualm in die reine Luft», fiel mir ein – oder wie eine aufsteigende Wolke. «Was ist das?» fragte ich. «Heuschrecken», sagte der Inder.

Ich sah ein paar Heuschrecken, vielleicht zwanzig im ganzen, auf dem Fußpfad durch die Steppe, den ich heimritt. Ich kam am Hause meines Verwalters vorbei und sagte ihm Bescheid, er solle alles zum Empfang der Heuschrecken bereithalten. Als wir beide nach Norden blickten, war die dunkle Wolke am Himmel etwas höher gestiegen. Von Zeit zu Zeit, während wir schauten, schwirrte eine Heuschrecke über uns weg oder fiel hin und krabbelte am Boden.

Als ich am anderen Morgen die Tür öffnete und hinaussah, war die ganze Landschaft draußen mit einer matten, schmutzigen Terrakottafarbe überzogen. Die Bäume, der Rasen, der Fahrweg, alles, was ich sehen konnte, war mit der Tünche bedeckt, als hätte sich über Nacht eine dicke Schicht von terrakottafarbenem Schnee über das Land gebreitet. Das waren die Heuschrecken. Während ich hinsah, begann das ganze Bild zu flimmern und zu zergehen, die Heuschrecken regten sich und flogen auf, nach wenigen Minuten brauste die Luft von ihren Flügeln, sie zogen weiter.

Diesmal richteten sie keinen großen Schaden auf der Farm an, sie waren nur die eine Nacht bei uns geblieben. Wir wußten nun, wie sie aussahen: anderthalb Zoll lang, bräunlichgrau und rötlich. Sie hatten einige große Bäume an meinem Fahrweg durch ihr Gewicht umgebrochen. Wenn man die Bäume anschaute und sich sagte, daß eine einzelne Heuschrecke vielleicht ein Zehntel einer Unze wog, begann man ihre unermeßliche Zahl zu ahnen.

Die Heuschrecken kamen wieder. Zwei oder drei Monate lang erlebten wir immerfort neue Angriffe auf die Farm. Wir gaben es bald auf, sie fortzuscheuchen, es war ein hoffnungsloses und tragikomisches Unterfangen. Manchmal machte nur ein kleiner Schwarm, ein Freikorps, das sich von der Hauptarmee gelöst hatte, einen Vorstoß und stob rasch wieder davon. Aber manchmal kamen die Heuschrecken in mächtigen Heereszügen, die tagelang über die Farm hinstrichen; zwölf Stunden ohne Unterlaß heulte ihr Kriegsgeschrei durch die Luft. Wenn die Massen am dichtesten waren, klang es wie daheim ein wilder Schneesturm; pfeifend und kreischend wie schneidender Wind, schwirrten ringsum und über den Köpfen nichts als die kleinen, harten, rasenden Flügel, wie Stahlblättchen in der Sonne glitzernd und doch selbst die Sonne verfinsternd. Die Heuschrecken halten sich in einer niederen Schicht zwischen dem Boden und den Wipfeln der Bäume; darüber ist die Luft klar. Sie wirbeln einem ins Gesicht, sie kraufen hintern Kragen, in die Ärmel, in die Schuhe. Ihr Herumschwirren macht einen kribbelig und treibt einen in eine ohnmächtige Wut und Verzweiflung, in ein Grausen vor der Masse. Eine unausdenkliche Zahl kleiner Lebewesen erdrückt einen, der Pöbel, dessen Armseligkeit seine Stärke ist – denn die einzelnen gelten nichts, man kann sie töten, kein Finger rührt sich drum. Man ist in der Gewalt des Pöbels, seine schmierigen Finger greifen einem ins Genick, bis unter die Kleider. Wenn die Heuschrecken abgezogen sind und als langgestreckte, dünne Rauchfahne am Horizont verschwinden, bleibt am Gesicht und an den Händen, überall wo sie herumgekrabbelt sind, noch lange Zeit der Ekel haften.

Ganze Völker von Vögeln folgten dem Heuschreckenschwarm, kreisten über ihm, fielen ein und stelzten über die Felder, auf denen das Ungeziefer sich niederließ, und taten sich an ihm gütlich – Störche und Kraniche, protzige Kriegsgewinnler.

Mehrere Male fielen die Heuschrecken über die Farm her. Der Kaffeepflanzung konnten sie nicht viel anhaben, die Blätter der Kaffeebäume, die Lorbeerblättern ähneln, sind zu hart für ihr Gebiß. Sie brachen nur hier und da einen der Bäume in der Pflanzung um.

Aber die Maisfelder, auf denen sie gehaust hatten, boten ein trauriges Bild; nichts blieb auf ihnen zurück als ein paar Bündel dürrer Blätter an gebrochenen Stengeln. Mein Garten am Fluß, der bewässert und immer frisch bepflanzt war, glich einem Kehrichthaufen; Blumen, Gemüse und Kräuter – alles war weg. Die Äcker der Squatter waren wie Streifen gerodeten und abgesengten Neulands; der Boden war plattgewalzt von dem kraufenden Ungeziefer, ringsum lagen, als einzige Frucht der Erde, tote Heuschrecken im Staube. Die Squatter standen herum und schauten sie an. Die alten Weiber, die mit dem Kopf am Boden gehackt und gepflanzt hatten, ballten ihre Fäuste nach dem verschimmernden, dunklen Schatten am Himmel.

Viele Tote ließ die Armee der Heuschrecken hinter sich zurück. Wo sie auf der Chaussee gehockt hatten und die Wagen und Karren über sie hingefahren waren, sah man, als der Schwarm sich verzog, die Radspuren deutlich abgezeichnet, wie Schienen einer Eisenbahn, so weit das Auge reichte, mit kleinen Leibern toter Heuschrecken ausgelegt.

Die Heuschrecken hatten ihre Eier in die Erde gelegt. Im nächsten Jahr, nach der großen Regenzeit, krochen kleine schwarzbraune Larven hervor, Heuschrecken im ersten Lebensstadium, die noch nicht fliegen, sondern kriechen und alles vertilgen, was ihnen in den Weg kommt.

Als ich kein Geld mehr hatte und die Einkäufe ausblieben, mußte ich die Farm verkaufen. Eine große Terraingesellschaft in Nairobi erwarb sie. Die Lage erschien ihr zu hoch für eine Kaffeepflanzung, sie hatte auch nicht die Absicht, die Farm zu bewirtschaften, sie wollte die Kaffeebäume beseitigen, das Land aufteilen, Straßen anlegen und mit der Zeit, wenn Nairobi sich weiter nach Westen ausdehnte, die Parzellen als Baugrundstücke verkaufen. Es war gegen Jahresende, als ich einwilligte.

Auch dann noch, als es soweit war, hätte ich, glaube ich, nicht die Kraft gefunden, die Farm herzugeben, wenn ich mich nicht an einen Gedanken hätte klammern können. Die Kaffee-Ernte, die noch unreif an den Bäumen hing, gehörte dem ehemaligen Eigentümer der Farm oder der Bank, die eine erste Hypothek auf ihr besaß. Dieser Kaffee konnte vor April – oder gar später – nicht geerntet, dann aufbereitet und versendet sein. Für die Dauer dieser Zeit sollte ich als Verweser auf der Farm bleiben, und der Betrieb sollte äußerlich unverändert weitergehen. Inzwischen, sagte ich mir, mußte etwas geschehen, was alles wieder rückgängig machte, denn die Welt war ja doch schließlich kein starres, berechenbares Gefüge. So begann für mich eine seltsame Epoche meines Lebens auf der Farm. Die Wahrheit am Grunde dieses Daseins war, daß die Farm mir nicht mehr gehörte, aber so, wie die Umstände lagen, konnte die Tatsache von einem, der nicht begreifen konnte, mißachtet werden, den Gang der Tage änderte das nicht. So wurde diese Zeit zu einem stündlichen Unterricht in der Kunst, im Augenblick – man könnte auch sagen in der Ewigkeit – zu leben, in der die wirklichen Ereignisse der jeweiligen Gegenwart nur wenig bedeuteten.

So seltsam es klingt: ich selbst habe in dieser ganzen Zeit nicht daran geglaubt, daß ich die Farm aufgeben oder Afrika verlassen mußte. Alle Menschen ringsum, lauter vernünftige Leute, sagten es, ich bekam von Hause mit jeder Post Briefe, die es mir bewiesen, und alle Begebenheiten meines Lebens deuteten darauf hin. Und doch lag kein Gedanke mir ferner, und ich blieb überzeugt, daß ich meine Gebeine in afrikanische Erde betten würde. Für diesen festen Glauben besaß ich keine andere Begründung oder Erklärung, als daß ich es mir anders nicht vorstellen konnte.

Ich machte mir innerlich für diese bevorstehenden Monate ein Programm zurecht, einen Verteidigungsplan gegen das Schicksal und die Menschen meiner Umgebung, die seine Verbündeten waren. Ich will von nun an, nahm ich mir vor, in allem Unwichtigen nachgeben, um mir unnötige Sorge und Pein zu ersparen. Ich will in den Alltagsdingen, in allem, was zu schreiben und zu reden ist, meine Feinde gewähren lassen; denn am Ende werde ich doch triumphierend dastehen und meine Farm und meine Leute behalten. Verlieren, dachte ich, kann ich sie nicht: es ist nicht vorstellbar, also kann es nicht geschehen.

So war ich von allen die letzte, die begriff, daß ich fortmußte. Wenn ich auf meine letzten Monate in Afrika zurückblicke, dann scheint es mir, als hätten die leblosen Dinge mein Scheiden schon lange vor mir geahnt. Die Berge, die Wälder, die Steppen und Flüsse, der Wind – sie alle wußten, daß ich im Aufbruch war. Sowie ich mich dem Schicksal ergab und die Verhandlungen über den Verkauf der Farm einsetzten, zeigte mir die Landschaft ein anderes Gesicht. Bis dahin war ich ein Teil von ihr, die Dürre war mein Fieber, die Blütendecke der Steppe mein neues Kleid gewesen. Nun löste sich das Land von mir, wich ein Stück weit zurück, daß ich es deutlicher, als ein Ganzes, überschauen konnte.

So ergeht es einem zuweilen mit den Bergen in der letzten Woche vor der Regenzeit. Wenn man sie abends betrachtet, sieht man sie plötzlich eine große Bewegung machen und sich aller Hüllen entkleiden, sie stehen so greifbar, so klar und grell in Form und Farbe da, als wollten sie mit allem, was in ihnen lebt, auf einen eindringen, als könnte man von seinem Platz aus geradewegs in die grünen Hänge hineinspazieren. Man denkt: Wenn jetzt ein Buschbock ins Freie träte, ich würde seine Augen erkennen, wenn er den Kopf wendete, ich würde seine Ohren sich regen sehen, wenn ein Vogel sich auf den Zweig eines Busches setzte, ich würde ihn singen hören. In den Bergen im März bedeutet diese Entschleierung das Nahen des Regens, jetzt aber kündigte sie mir die Trennung an.

Ich hatte es schon früher anderswo erlebt, daß sich ein Land in dieser Weise darbot, wenn man im Begriffe war, es zu verlassen, aber ich hatte vergessen, was es bedeutete. Mir schien nur, ich hätte das Land noch nie so schön gesehen, als müßte sein Anblick allein fürs ganze Leben glücklich machen. Licht und Schatten teilten sich in die Landschaft, und im Himmel über ihr wölbten sich Regenbogen.

Wenn ich mit Weißen beisammen war, mit Anwälten und Geschäftsleuten in Nairobi oder mit Bekannten, die mir Ratschläge für die Heimreise gaben, dann bekam meine Isoliertheit etwas Seltsames, sie wurde zu einem leibhaftigen Wesen, das einen würgen wollte. Ich hielt mich für den einzigen vernünftigen Menschen unter ihnen allen, aber das eine oder andere Mal überkam mich der Gedanke: Wenn ich verrückt wäre und die anderen wären gesund – ich würde nicht anders empfinden.

Die Schwarzen auf der Farm wußten, dank dem starken Realismus ihrer Seele, genau, wie die Dinge lagen und wie mir zumute war, als hätte ich ihnen eine Vorlesung gehalten oder alles in einem Buch niedergeschrieben. Und dennoch erwarteten sie Hilfe und Beistand nur von mir, und keiner unternahm es, über seine Zukunft auf eigene Faust zu verfügen. Sie taten, was sie konnten, um mich zurückzuhalten, und schmiedeten mancherlei Pläne, die sie mir anvertrauten. In der Zeit, als der Verkauf der Farm vollzogen wurde, kamen sie und hockten vom frühen Morgen bis in die Nacht um das Haus, nicht so sehr, um mit mir zu reden, als um jede meiner Bewegungen zu verfolgen. In dem Verhältnis zwischen Führer und Gefolgschaft kann ein paradoxer Moment eintreten, in dem sie jede seiner Schwächen und Irrungen deutlich sieht und ihn mit vorurteilsfreier Schärfe zu beurteilen vermag und doch unwandelbar nach ihm blickt, als gäbe es im Leben keinen Weg an ihm vorüber. Eine Herde von Schafen hat wohl die gleiche Haltung zu einem Hirtenknaben: die Tiere wissen unendlich viel mehr vom Boden und Wetter und folgen ihm dennoch nach, wenn es sein muß, geradewegs in den Abgrund. Die Kikuju begriffen, kraft ihres höheren inneren Wissens von Gott und dem Teufel, die Lage besser als ich, aber sie hockten um mein Haus herum und erwarteten meine Befehle, wahrscheinlich gleichzeitig meine Unfähigkeit untereinander beredend.

Man hätte meinen können, ihre ständige Nähe wäre mir, da ich doch wußte, daß ich ihnen nicht helfen konnte und schwer unter ihrem Schicksal litt, eine Qual gewesen. Dem war aber nicht so. Wir haben, glaube ich, bis zuletzt eine seltsame Linderung und einen Trost aus unserem Zusammensein geschöpft. Unsere Bindung war tiefer als alle Vernunft. Ich mußte in diesen Monaten oft an Napoleon und den Rückzug von Moskau denken. Man nimmt gemeinhin an, daß es ihm Qualen bereitet hat, die Soldaten seiner großen Armee ringsum leiden und sterben zu sehen, aber es ist ebensogut möglich, daß er auf der Stelle tot umgefallen wäre, wenn er sie nicht gehabt hätte. Nachts zählte ich die Stunden, bis die Kikuju sich wieder beim Hause einfinden würden.

Kinanjuis Tod

In demselben Jahr starb der Häuptling Kinanjui. Einer seiner Söhne kam spätabends zu mir und bat mich, mit ihm zu seines Vaters Gehöft zu kommen, denn er liege im Sterben. «Nataka kufa», er möchte sterben, sagen die Schwarzen.

Kinanjui war ein alter Mann geworden. Erst kürzlich war ein großes Ereignis in sein Leben getreten: die Quarantänesperre für das Massaireservat war aufgehoben worden. Als der alte Kikujuhäuptling davon erfuhr, machte er sich in eigener Person mit einem kleinen Gefolge auf den Weg in den fernen Süden des Reservats, um seine verwickelten Abrechnungen mit den Massai zu bereinigen und die Kühe mit heimzubringen, die ihm gehörten, samt den Kälbern, die sie in der Verbannung zur Welt gebracht hatten. Während er sich dort aufhielt, wurde er krank. Soviel ich verstehen konnte, hatte ihn eine Kuh in die Hüfte gestoßen – eine sinnige Todesursache für einen Kikujuhäuptling –, und die Wunde war brandig geworden. Kinanjui war wohl zu lange bei den Massai geblieben oder schon zu krank gewesen, um die lange Reise zu wagen, als es ihn schließlich heimwärts trieb. Wahrscheinlich war er so halsstarrig drauf versessen, seine ganze Herde aufzutreiben, daß er es nicht über sich brachte, abzuziehen, ehe sie nicht vollständig beisammen war; möglich aber auch, daß er sich von einer seiner verheirateten Töchter drüben pflegen ließ, bis ihm ein Argwohn aufstieg, ob sie auch ehrlich gewillt sei, ihn heil durch die Krankheit durchzubringen. Schließlich war er aufgebrochen, und seine Leute hatten anscheinend alles Erdenkliche für ihn getan und keine Mühe gescheut, ihn heimzubringen; sie hatten den todkranken Mann große Strecken weit auf einer Bahre getragen. Nun lag er sterbend in seiner Hütte und hatte nach mir gerufen.

Kinanjuis Sohn traf nach dem Abendbrot bei mir ein, und es war Nacht, als Farah und ich mit ihm in sein Dorf hinüberfuhren. Aber der Mond schien klar und stand im ersten Viertel. Unterwegs kam Farah darauf zu sprechen, wer wohl Kinanjui in seinem Amt folgen werde. Der alte Häuptling hatte viele Söhne, und es erwies sich, daß verschiedenerlei Strömungen unter den Kikuju bestanden. Zwei von den Söhnen waren, wie mir Farah erzählte, Christen, aber der eine war Katholik, und der andere gehörte zur schottischen Kirche; die beiden Missionen bemühten sich, ihrem Prätendenten zur Anerkennung zu verhelfen. Die Kikuju selbst, schien es, wünschten sich einen dritten, jüngeren Sohn, der Heide war.

Das letzte Stück Weges war nichts als eine Viehtrift durch Wiesengrund. Das Gras war grau vom Tau der Nacht. Kurz vor dem Dorf mußten wir ein Flußbett überqueren, durch das sich ein kleines silbern schimmerndes Rinnsal schlängelte; wir fuhren durch dicken weißen Nebel. Kinanjuis großes Manyatta lag still im Mondschein vor uns, ein weiter Komplex von Hütten, kleinen kegeligen Vorratshäusern und Rinderbomas. Als wir einfuhren, sah ich im Schein unserer Lichter unter einem Strohdach das Auto stehen, das Kinanjui sich einst beim amerikanischen Konsul gekauft hatte, als er auf die Farm kam, um über seine Schwarzen zu Gericht zu sitzen. Es stand ganz verlassen da, verrostet und verfallen; sicher trug Kinanjui jetzt kein Verlangen danach, sondern war zum Glauben seiner Väter zurückgekehrt und wünschte Kühe und Weiber um sich zu sehen.

Das Dorf, das so ausgestorben schien, schlief jedoch nicht; die Leute waren auf und umringten uns, als sie den Wagen heranfahren hörten. Aber der Ort bot nicht den gewohnten Anblick. Kinanjuis Manyatta war immer voller Leben und Lärm gewesen, wie ein Sprudelquell, der aus dem Boden aufschießt und nach allen Seiten überfließt, Pläne und Projekte aller Art begegneten und durchkreuzten sich hier, gewissermaßen überschattet von der im Mittelpunkt ragenden Gestalt Kinanjuis. Jetzt breitete sich der Fittich des Todes über das Manyatta und bildete, wie ein starker Magnet, das Kraftfeld um, so daß sich neue Gruppen und Verbindungen zu einem neuen Muster ordneten. Das Wohl und Wehe jedes Gliedes der Familie und des Stammes stand auf dem Spiele, Zusammenstöße und Intrigen, wie sie stets ein königliches Sterbelager umschwirren, spielten sich, das fühlte man, im Dunst der Bomas unterm blassen Mondlicht ab. Als wir ausstiegen, kam ein junger Mann mit einer Laterne herbei und brachte uns zu Kinanjuis Hütte; eine Menschenmenge folgte uns und blieb draußen stehen.

Ich war noch nie im Innern von Kinanjuis Haus gewesen. Die königliche Residenz war erheblich größer als die gewöhnlichen Kikujuhütten, aber als ich sie betrat, merkte ich, daß sie nicht üppiger eingerichtet war; da waren eine Bettstatt aus Stangen und Riemen und einige hölzerne Hocker zum Sitzen. Zwei oder drei Feuer brannten auf dem gestampften Estrich, die Hitze in der Hütte war erstickend und der Rauch so dick, daß ich anfangs nichts unterscheiden konnte, obgleich man ein Windlicht am Boden aufgestellt hatte. Als ich mich ein wenig an die Atmosphäre gewöhnt hatte, sah ich, daß außer mir drei alte kahle Männer da waren, Oheime oder Räte Kinanjuis, eine Greisin, die, auf einen Stock gestützt, sich dicht am Bett hielt, ein hübsches junges Mädchen und ein dreizehnjähriger Junge – eine seltsame neue Kombination hatte der große Magnet im Sterbezimmer des Häuptlings versammelt.

Kinanjui ruhte flach ausgestreckt auf seinem Bett. Er lag im Sterben, ja, er war schon auf dem halben Wege zu Tod und Verwesung, und der Gestank in seiner Nähe war so betäubend, daß ich erst nicht wagte, meinen Mund zum Reden zu öffnen, aus Angst, mir könnte übel werden. Der alte Mann war ganz nackt; er lag auf einer Tartandecke, die ich ihm einmal geschenkt hatte, konnte aber wohl auf seinem schmerzenden Bein nicht den geringsten Druck ertragen. Das Bein war entsetzlich anzuschauen, so gedunsen, daß man die Stelle des Kniegelenks nicht erkennen konnte; im Dämmerschein sah ich, daß es von der Hüfte bis zum Fuß von gelben und schwarzen Streifen bedeckt war. Unter dem Bein war die Decke dunkel und feucht, als rinne unablässig Wasser von ihm herab. Der Sohn Kinanjuis, der mich von der Farm geholt hatte, brachte einen alten europäischen Stuhl herein, dessen eines Bein kürzer war als die übrigen, und setzte ihn mir dicht an das Bett hin.

Kinanjuis Kopf und Rumpf waren so abgezehrt, daß das Gefüge seines starken Skelettes überall hervortrat; er wirkte wie eine mächtige dunkle Holzfigur, mit einem Messer roh aus dem Block geschnitzt. Die Zähne und die Zunge sahen zwischen den Lippen hervor. Seine halb gebrochenen Augen standen milchigweiß im dunklen Gesicht. Aber noch konnte er sehen, und als ich an das Bett trat, wandte er seinen Blick mir zu und heftete ihn auf mein Gesicht, solang ich in der Hütte war. Ganz, ganz langsam zog er seine rechte Hand über seinen Leib, um meine Hand zu berühren. Er litt entsetzliche Schmerzen, aber noch war er er selbst und im Besitz seiner Würde, nackt und kraftlos, wie er war. Ich sah ihm an, daß er von seiner Reise als Sieger heimgekehrt war und alle seine Rinder mitgebracht hatte, seinen Massaischwiegersöhnen zum Trotz. Wie ich so saß und ihn anschaute, fiel mir ein, daß er eine Schwäche gehabt hatte: er fürchtete sich vor Donner, und als ein Gewitter hereinbrach, während er in meinem Hause war, wurde er scheu wie eine Ratte und sah sich nach einem Schlupfloch um. Aber nun fürchtete er offensichtlich keinen Blitz mehr und keinen vielverhaßten Donnerschlag. Er hatte sein irdisches Werk verrichtet, war heimgekehrt und hatte in jedem Sinne seinen Lohn empfangen. Wäre er klarer bei Bewußtsein gewesen und hätte auf sein Leben zurückblicken können, ich glaube gewiß, er hätte nur wenige Momente darin gefunden, die er nicht voll ausgekostet hatte. Eine große Lebendigkeit und Freudigkeit, eine mannigfaltige Tatkraft gingen hier zu Ende, wo Kinanjui still auf seinem Lager lag. Scheide in Frieden, Kinanjui, dachte ich.

Die alten Männer in der Hütte standen dabei, als hätten sie die Macht der Sprache verloren. Der Knabe, den ich im Zimmer antraf und der ein spätgeborener Sohn Kinanjuis sein mochte, trat nun dicht ans Bett des Vaters und richtete, wie mir schien, einer Verabredung gemäß, die vor meiner Ankunft getroffen war, das Wort an mich.

Der Arzt der Mission, erklärte er mir, habe von Kinanjuis Leiden vernommen und sei gekommen, ihn zu besuchen. Er habe den Kikuju gesagt, er wolle wiederkommen und den sterbenden Häuptling ins Missionshospital bringen; sie erwarteten das Transportauto, das ihn holen sollte, noch in derselben Nacht. Aber Kinanjui wünschte nicht, ins Hospital gebracht zu werden. Darum habe er nach mir geschickt. Er bäte mich, ihn zu mir ins Haus zu nehmen, und zwar jetzt gleich, ehe die Leute von der Mission zurückkehrten. Während der Knabe sprach, blickte mich Kinanjui an.

Ich saß und hörte schweren Herzens zu.

Wäre Kinanjui zu irgendeiner früheren Zeit sterbenskrank gewesen, vor einem Jahr, ja, vor drei Monaten noch – ich hätte ihn, wenn er darum gebeten hätte, zu mir genommen. Aber jetzt war alles anders. Es war mir übel ergangen in der letzten Zeit, und ich mußte fürchten, daß es noch schlimmer werden würde. Ich brachte ganze Tage auf den Ämtern in Nairobi zu, hörte Geschäftsleute und Advokaten an, verhandelte mit den Gläubigern der Farm. Von daheim bekam ich bitterböse Briefe. Das Haus, in das Kinanjui gebracht werden sollte, gehörte nicht mehr mir.

Kinanjui wird sterben, sagte ich mir und betrachtete den Kranken, er ist nicht mehr zu retten. Er wird unterwegs in meinem Wagen sterben oder sobald wir zu Hause ankommen. Die Leute von der Mission werden kommen und mich für seinen Tod verantwortlich machen; jeder, der es hört, wird ihnen beipflichten. Wie ich so in der Hütte auf meinem wackeligen Stuhl saß, schien mir all das eine Last, die ich nicht würde tragen können. Ich hatte nicht mehr die Kraft, den Machthabern der Welt Widerstand zu leisten.

Ich rang zu wiederholten Malen mit dem Entschluß, Kinanjui mitzunehmen, und immer wieder verließ mich der Mut; da sagte ich mir, daß ich ihn würde dalassen müssen.

Farah war an der Tür stehengeblieben und hatte die Rede des Knaben mit angehört. Als er mich immer noch schweigend sitzen sah, trat er zu mir und begann mir mit leiser, eindringlicher Stimme auseinanderzusetzen, wie wir Kinanjui am besten in den Wagen heben könnten. Ich stand auf und ging mit ihm abseits in den Schatten, fort von den Blicken und dem Gestank des alten Mannes auf dem Bett. Dort sagte ich Farah, ich würde Kinanjui nicht mit mir heimnehmen. Farah war auf diese

Wendung der Dinge völlig unvorbereitet, seine Augen und sein ganzes Gesicht verdüsterten sich vor Staunen.

Ich wäre gerne noch eine Weile bei Kinanjui geblieben, aber ich wollte nicht dabeisein, wenn die Leute von der Mission kamen, um ihn zu holen.

Ich trat an Kinanjuis Bett und sagte ihm, ich könne ihn nicht zu mir in mein Haus nehmen. Ich brauchte keine Gründe zu nennen, so ließen wir's dabei bewenden. Als die alten Männer in der Hütte meine Ablehnung hörten, kamen sie mit bestürzten Mienen herzu; der Knabe trat ein Stück weit zurück und blieb reglos stehen; er hatte hier nichts mehr zu tun. Kinanjui rührte sich nicht und verzog keine Miene, er hielt nur wie bisher seine Augen auf mich geheftet. Er sah aus, als wäre ihm etwas der Art schon einmal zugestoßen, wie es ja wohl auch sein mochte.

«Kwaheri, Kinanjui», sagte ich, «lebe wohl.»

Seine heißen Finger tasteten sich an meine Handfläche. Ehe ich die Tür der Hütte erreichte, war, als ich mich umwandte und zurücksah, die mächtige, aufgebahrte Gestalt meines Kikujuhäuptlings schon von der Dunkelheit und dem Qualm des Zimmers verschlungen.

Als ich hinaustrat, war es kalt. Der Mond stand tief am Horizont, es mochte nach Mitternacht sein. Da hörte ich im Dorf einen von Kinanjuis Hähnen zweimal krähen.

Kinanjui starb in derselben Nacht im Missionshospital. Zwei seiner Söhne kamen am folgenden Nachmittag zu mir und erzählten es. Sie luden mich gleichzeitig zum Begräbnis ein, das tags darauf unweit des Dorfes in Dagoretti stattfinden sollte.

Die Kikuju haben nicht den Brauch, ihre Toten zu begraben; sie legen sie offen auf die Erde, den Hyänen und Geiern zum Fraße. Dieser Brauch hatte für mich immer etwas Anziehendes; ich dachte mir's angenehm, unter Sonne und Sternen zu liegen und so rasch, säuberlich und unter freiem Himmel glattgepickt und -geputzt zu werden, eins zu werden mit der Natur und mit den Elementen der Landschaft. In der Zeit, als die spanische Grippe auf der Farm umging, hörte ich nachts ringsum auf den Schambas die Hyänen heulen und fand öfters hernach einen braunen glatten Schädel, wie eine herabgefallene Nuß unterm Baum, im langen Gras des Waldes oder draußen auf der Steppe. Aber mit Verhältnissen, wie die Kultur sie mit sich bringt, läßt sich dieser Brauch nicht vereinen. Die Regierung hat mit vieler Mühe die Kikuju eines anderen belehrt und sie bewogen, ihre Toten unter die Erde zu betten; aber gern tun sie es auch heut noch nicht.

Ich hörte nun, daß Kinanjui begraben werden sollte, und dachte mir, die Kikuju hätten sich bereit gefunden, eine Ausnahme von ihrem Brauch zu machen, da der Tote ein Häuptling gewesen sei. Vielleicht lag ihnen daran, es bei dieser Gelegenheit zu einem großen Aufmarsch und einer Massenversammlung von Eingeborenen kommen zu lassen. Ich fuhr am nächsten Nachmittag nach Dagoretti in der Erwartung, alle die alten Unterhäuptlinge der Gegend anzutreffen und eine große Feier der Kikuju zu erleben.

Aber Kinanjuis Begräbnis wurde eine durchaus europäische und klerikale Angelegenheit. Einige Regierungsvertreter waren zugegen, der Bezirkskommissar und zwei Beamte aus Nairobi. Doch sonst gehörten Tag und Ort der Geistlichkeit, und die Steppe war im prallen Nachmittagssonnenschein schwarz von ihr. Die französische Mission und die Mission der Kirche von England und von Schottland waren reich vertreten. Wenn sie bei den Kikuju den Eindruck erwecken wollten, daß sie den toten Häuptling mit Beschlag belegt hätten und daß er nun ihnen gehörte, dann erreichten sie ihr Ziel. Hier waren sie so offenkundig in der Übermacht, daß Kinanjui ihnen auf keine Art hätte entwischen können. Ich sah hier zum erstenmal in größerer Anzahl die Gefolgschaft der Mission, bekehrte Schwarze halbpriesterlichen Gehabens – so verschieden auch sonst ihre Verrichtungen sein mochten –, dicke junge Kikuju mit Brillengläsern und gefalteten Händen, die aussahen wie kümmerliche Eunuchen. Wahrscheinlich waren auch Kinanjuis zwei christliche Söhne, ihres konfessionellen Wettstreites für diesen Tag vergessend, erschienen, aber ich kannte sie beide nicht. Einige von den alten Häuptlingen wohnten dem Begräbnis bei; Keoy war unter ihnen, und ich sprach eine Zeitlang mit ihm über Kinanjui. Aber sie hielten sich im ganzen bei der Veranstaltung zurück.

Kinanjuis Grab war in der Steppe unter einer Gruppe hoher Eukalyptusbäume ausgeschaufelt und drum herum ein Strick gezogen worden. Ich war früh gekommen und stand infolgedessen nahe beim Grabe am Strick; von da aus konnte ich beobachten, wie die Trauerversammlung anwuchs und sich rings im Kreis wie eine Schar von Fliegen niederließ.

Man brachte Kinanjui mit einem Lastauto von der schottischen Mission und setzte den Sarg unweit des Grabes ab. Ich kann mich nicht erinnern, je in meinem Leben so verblüfft und entsetzt gewesen zu sein wie bei diesem Anblick. Er war ein mächtiger Mann gewesen; ich sah ihn vor mir, wie er inmitten seiner Senatoren zur Farm herüberkam, ja, auch noch vor zwei Tagen nachts, wie er von seinem Bett zu mir aufschaute. Dieser Sarg aber, in dem sie ihn jetzt brachten, war eine fast quadratische Kiste, sicher nicht länger als fünf Fuß. Ich hielt sie nicht für einen Sarg, als ich das Ding zuerst sah; ich meinte, es müsse eine Kiste mit Geräten für das Begräbnis sein. Aber es war Kinanjuis Sarg. Ich habe nie erfahren, warum man dieses Behältnis gewählt hat, vielleicht hat man es auf der Mission gerade zur Hand gehabt. Aber wie hatten sie Kinanjui darin untergebracht, und wie lag er jetzt darin? Man setzte den Sarg dicht vor dem Platz, auf dem ich stand, zu Boden.

Auf dem Deckel war eine große silberne Platte mit einer Inschrift, die – wie ich später erfuhr – besagte, der Sarg sei ein Geschenk der schottischen Mission an den Häuptling Kinanjui; dazu ein Spruch aus der Heiligen Schrift.

Es gab eine langwierige Beerdigung. Einer nach dem anderen traten die Missionare vor und sprachen und brachten, wie ich mir denken kann, mancherlei Bekenntnisse und Ermahnungen vor. Aber ich hörte nicht zu, ich hielt mich fest an dem

Strick um Kinanjuis Grab. Ein paar von den christlichen Schwarzen folgten dem Beispiel der Prediger und posaunten ihre Grabreden weithin über die grünen Steppen.

Schließlich wurde Kinanjui in die Erde seiner Heimat gesenkt und mit ihr zugedeckt.

Ich hatte meine Hausboys mit nach Dagoretti genommen, damit sie dem Begräbnis beiwohnen konnten. Sie blieben noch eine Weile, um sich mit ihren Freunden und Angehörigen zu unterhalten, und wollten zu Fuß nachkommen. So fuhr ich allein mit Farah heim. Farah war stumm wie das Grab, das wir verließen. Er hatte es nur schwer verwunden, daß ich Kinanjui nicht zu mir ins Haus hatte nehmen wollen; zwei Tage war er wie ein irrender Geist, von schwerem Zweifel und Kummer bedrückt, umhergegangen. Als wir jetzt an unserer Haustür vorfuhren, sagte er: «Laß dir's nicht zu Herzen gehen, Memsahib.»

Das Grab in den Bergen

Denys Finch-Hatton kam von einer seiner Safaris heim und blieb eine Zeitlang auf der Farm; aber als ich den Haushalt aufzulösen und zu packen begann und er nicht mehr bei mir wohnen konnte, zog er zu Hugh Martin nach Nairobi. Von da kam er täglich heraus und aß bei mir zu Abend. Schließlich, als ich meine Möbel verkaufte, waren Kisten unsere Stühle und eine Kiste unser Tisch; so saßen wir und plauderten bis tief in die Nacht.

Einige Male sprachen Denys und ich so, als

müßte ich nun wirklich von Afrika scheiden. Er selbst betrachtete das Land als seine Heimat und verstand mich sehr gut und teilte meine Trübsal, auch wenn er mich auslachte, weil die Trennung von meinen Leuten mir schwer wurde. «Glaubst du wirklich», fragte er, «daß du ohne Sirunga nicht leben kannst?» – «Ja», sagte ich, «das glaube ich.» Aber die meiste Zeit, wenn wir beisammen waren, sprachen und handelten wir, als gäbe es keine Zukunft; es war nie seine Art gewesen, sich um sie zu sorgen, es war, als ständen ihm in der Not Hilfskräfte zu Gebote, die uns versagt waren. Er ging zwanglos auf mein Vorhaben ein, den Dingen ihren Lauf zu lassen und andere Leute denken und reden zu lassen, was sie mochten. Wenn er im Hause war, schien es nichts Besonderes und nur eine Laune unseres Geschmacks zu sein, daß wir auf Kisten in einem leeren Hause saßen. Er zitierte mir einen Vers:

«Gib nur deinen Klagetönen
Lust'ge Melodeien!
Käm ich wohl, mit dir zu stöhnen?
Nein, mich zu erfreuen.»

In diesen Wochen stiegen wir öfters zu einem kurzen Flug über die Ngongberge oder das Wildreservat auf. Einmal, als Denys mich ganz früh morgens auf der Farm abholte – die Sonne war eben im Aufgehen –, sahen wir südlich vom Gebirge einen Löwen auf der Steppe.

Er sprach davon, seine Bücher zu verpacken, die seit Jahren in meinem Hause standen, kam aber nie dazu, sich ernstlich dranzumachen. «Behalt sie», sagte er, «ich habe doch keinen Platz für sie.» Er konnte sich nicht darüber schlüssig werden, wo er bleiben sollte, wenn mein Haus ihm nicht mehr offenstand. Einmal brachte ihn das energische Drängen eines Freundes so weit, daß er nach Nairobi fuhr und die Bungalows besichtigte, die da zu vermieten waren, aber er kam so angewidert von allem, was er gesehen hatte, zurück, daß er nicht einmal davon reden wollte; bei Tisch, als er einen Anlauf nahm, mir die Häuser und die Möbel zu beschreiben, stockte er gleich wieder und versank in Schweigen mit einer Miene des Abscheus und Kummers, die an ihm selten war. Er war mit einer Existenzweise in Berührung gekommen, deren Vorstellung ihm unerträglich war. Sein Widerwille war dabei durchaus sachlich und unpersönlich; daß er selbst an dieser Existenzweise hatte teilhaben sollen, hatte er schon vergessen. Als ich davon sprach, fiel er mir ins Wort: «Was mich anlangt», sagte er, «ich werde vollauf glücklich sein in einem Zelt im Massaireservat, oder ich werde mir ein Haus im Somaliviertel nehmen.» Bei dieser Gelegenheit geschah es, daß er von meiner Zukunft in Europa sprach. Ich würde da vielleicht glücklicher werden als auf der Farm und fern von der Sorte Kultur, die in Afrika jetzt aufkäme. «Weißt du», sagte er, «dies Afrika neigt ungeheuer zum Sarkasmus.»

Denys besaß ein Stück Land an der Küste, dreißig Meilen nördlich von Mombasa, am Takaungafluß. Da lagen die Ruinen einer alten arabischen Siedlung mit einem recht unansehnlichen Minarett und einem Brunnen – ein verwittertes Gerümpel grauer Steine auf salzigem Boden mit ein paar alten Mangobäumen in der Mitte. Er hatte sich dort ein kleines Haus gebaut. Ich habe eine Zeitlang in Takaunga gewohnt. Der Schauplatz bot die ganze unnahbare Reinheit, Unfruchtbarkeit und Großartigkeit der Meerlandschaft: vor einem der blaue Indische Ozean, im Süden die tiefe Schlucht des Takaunga und, so weit der Blick reichte, die lange, steile, buchtenlose Küstenlinie blaugrauer und gelber Korallenfelsen. Wenn das Meer in der Ebbe zurücktrat, konnte man vom Hause meilenweit seewärts wandern, wie über eine unermeßliche, etwas holprig gepflasterte Piazza, und seltsame langspießige Muscheln und Seesterne aufgreifen. Die Suahaelifischer streiften an der Küste entlang, mit Lendenschurz und roten oder blauen Turbanen angetan, wie zu Zeiten des Seefahrers Sindbad, und boten vielfarbige, stachelige Fische zum Kauf an, deren einige recht schmackhaft waren. Am Ufer, unterhalb des Hauses, lagen tief ausgewaschene Höhlen und Grotten, in denen man im Schatten sitzen und auf das ferne Blinken des blauen Wassers schauen konnte. Wenn die Flut stieg, bedeckte sie die Höhlen bis an die Höhe, auf der das Haus stand, und im porenreichen Korallengestein sang und seufzte das Meer in der wunderlichsten Weise, als lebte der Grund unter den Füßen, und die langen Wogen brachen in die Schlucht des Takaunga ein wie ein anstürmendes Heer. Es war Vollmond, als ich in Takaunga war, und die strahlenden, stillen Nächte waren so vollkommen, daß das Herz erschauerte. Nachts blieben die Türen weit offen gegen das silberglänzende Meer, die fächelnde warme Brise wehte, leise wispernd, losen Sand auf die Steinfliesen des Bodens herein. Eines Nachts kam eine Reihe arabischer Daus dicht an der Küste vorüber, lautlos liefen sie vor dem Monsun, eine Kette brauner Segelschatten im Mondschein. Denys sprach zuweilen davon, Takaunga zu seinem Wohnort in Afrika zu machen und von dort aus auf Safari zu gehen. Als ich daranging, meine Farm aufzugeben, bot er mir sein Haus am Meere an, so wie er meines im Hochland gehabt hatte. Aber Weiße können auf die Dauer nicht ohne vielerlei Bequemlichkeiten an der Küste leben, und Takaunga war für mich zu tief gelegen und zu heiß.

Im Mai des Jahres, in dem ich Afrika verließ, ging Denys für eine Woche hinunter nach Takaunga. Er dachte daran, ein größeres Haus zu bauen und sein Land mit Mangobäumen zu bepflanzen. Er wollte die Fahrt im Flugzeug machen und auf einem Umweg über Voi heimkehren, um zu sehen, ob es dort Elefanten für eine Safari gebe. Die Schwarzen hatten ihm nämlich viel erzählt von einer Elefantenherde, die von Westen her in die Gegend von Voi gekommen sei, und vor allem von einem riesigen Bullen, der doppelt so groß sei wie alle anderen Elefanten und dort ganz allein im Busch umherstreife.

Denys, der sich selbst für einen außergewöhnlich nüchternen Menschen hielt, wurde zuzeiten von eigentümlichen Stimmungen und Ahnungen befallen; er sprach dann tagelang oder eine Woche lang gar nichts, wußte aber selbst nichts davon und war überrascht, wenn ich fragte, was mit ihm los sei. Die letzten Tage, bevor er zur Küste aufbrach, war er in dieser Weise geistesabwesend, wie in Kontemplation versunken; als ich jedoch davon sprach, lachte er mich aus.

Ich bat ihn, mich mitfliegen zu lassen; ich stellte mir vor, wie herrlich es sein würde, das Meer wiederzusehen. Erst sagte er ja, dann änderte er seinen Entschluß und sagte nein. Er könne mich nicht mitnehmen; die Reise über Voi, sagte er, werde recht beschwerlich werden, er werde im Busch landen und übernachten müssen, es sei unbedingt nötig, daß er einen Schwarzen als Begleiter mitnehme. Ich erinnerte ihn an sein Wort, daß er sein Flugzeug mitgebracht habe, um mit mir über Afrika zu fliegen. Ja, sagte er, so sei es auch, und wenn es in Voi Elefanten gebe, dann wolle er mich, sowie er erst die Landungsstellen und Lagerplätze kenne, mitnehmen und sie mir zeigen. Das war das einzige Mal, daß ich Denys bat, mich zu einem Flug mitzunehmen, und er mir's abschlug.

Er reiste am Freitag, dem 8., ab. «Donnerstag kannst du nach mir ausschauen», sagte er beim Fortgehen, «ich werde so zeitig kommen, daß ich bei dir Mittag essen kann.» Als er in seinem Wagen schon um die Kurve des Weges gebogen war, kehrte er noch einmal zurück, um einen Band Gedichte zu holen, den er mir geschenkt hatte und den er gern auf der Reise bei sich haben wollte. Er blieb, einen Fuß auf dem Trittbrett des Wagens, den Finger im aufgeschlagenen Buch, stehen und las mir ein Gedicht vor, von dem wir gesprochen hatten. «Das sind sie, deine grauen Gänse», sagte er:

«Graue Gänse sah ich fliegen über das Flachland,
Wilde Gänse schwirrend in der luft'gen Höhe
– Unbeirrten Flugs von Horizont zu Horizont –,
Straffen Mut in den gereckten Hälsen ...
... Und ihr grauer Schimmer ziert den grenzenlosen Himmel.
Und die Sonne funkelt über runzligen Gebirgen.»

Dann fuhr er endgültig davon und winkte mir mit der Hand.

Während Denys in Mombasa war, brach ihm bei der Landung der Propeller. Er telegraphierte nach Nairobi um die Ersatzteile, die er brauchte, und die Ostafrikanische Luftfahrtgesellschaft schickte ihm einen jungen Mann mit den Sachen nach Mombasa. Als die Maschine wieder klar war und Denys mit ihr aufsteigen wollte, forderte er den jungen Mann von der Luftfahrt auf, mitzufliegen. Aber der Junge wollte nicht. Er war das Fliegen gewöhnt und war schon mit den verschiedensten Menschen mitgeflogen, auch schon mit Denys, und Denys war ein vortrefflicher Pilot und hatte als solcher, wie auch in allem übrigen, bei den Schwarzen einen guten Namen. Aber diesmal wollte der junge Mann nicht mit ihm aufsteigen. Lange Zeit hernach, als er Farah einmal in Nairobi traf und mit ihm von dem Vorfall sprach, sagte er zu Farah: «Nicht um hundert Rupien wäre ich an dem Tag mit Bwana Bedâr aufgestiegen.» Der Schatten des Schicksals, den Denys selbst in den letzten Tagen in Ngong gefühlt hatte, war dem Eingeborenen noch deutlicher spürbar.

Denys nahm seinen eigenen Boy Kamau mit nach Voi. Der arme Kamau fürchtete sich vor dem Fliegen; er hatte mir auf der Farm erzählt, wie er von dem Moment an, wo es in die Höhe ging und der Boden unter ihm zurückwich, die Augen starr auf seine Füße heftete, bis er wieder auf der Erde war; so grauste ihm davor, einen Blick über den Rand der Maschine zu werfen und die Landschaft aus der großen Höhe zu sehen.

Ich erwartete Denys am Donnerstag zurück; ich nahm an, daß er bei Sonnenaufgang in Voi starten und bis Ngong zwei Stunden unterwegs sein würde. Als er aber nicht kam und mir einfiel, daß ich in Nairobi etwas zu besorgen hatte, fuhr ich in die Stadt.

Sooft ich in Afrika krank oder in schweren Sorgen war, litt ich unter einer eigentümlichen Zwangsvorstellung. Es schien mir, daß alles rings um mich in Gefahr oder Not sei und daß ich inmitten all des Elends gewissermaßen auf der falschen Seite stünde und darum von jedermann mit Furcht und Argwohn betrachtet würde.

Dieser Alpdruck war in Wirklichkeit eine Erinnerung an die Kriegszeit. Damals glaubte eine Reihe von Leuten in der Kolonie, ich hielte es im Herzen mit den Deutschen, und verfolgten mich mit Mißtrauen. Ihr Verdacht rührte daher, daß ich in meiner Arglosigkeit kurze Zeit vor Ausbruch des Krieges nach Naivascha gereist war, um für General von Lettow, unten in Deutsch-Ostafrika, Pferde zu kaufen. Er hatte mich, als wir sechs Monate früher zusammen nach Afrika gereist waren, gebeten, ihm zehn abessinische Zuchtstuten zu besorgen; aber während der ersten Zeit hatte ich andere Dinge im Kopf und vergaß es; erst viel später, als er immer wieder auf die Stuten zurückkam, machte ich mich schließlich auf und kaufte die Tiere in Naivascha. Der Krieg brach so kurze Zeit danach aus, daß die Stuten nie außer Landes kamen. Der Verdacht gegen mich hielt nicht bis zum Ende des Krieges vor, er schwand, als mein Bruder, der freiwillig bei den englischen Truppen diente, beim Vorstoß auf Amiens, nördlich von Roye, mit dem Viktoriakreuz ausgezeichnet wurde.

Damals hatte ich meine Isolierung leichtgenommen, denn ich wußte, daß ich unschuldig war, und war überzeugt, daß ich das nötigenfalls würde nachweisen können. Aber der Stich muß tiefer gesessen haben, als mir bewußt war, und noch Jahre später, wenn ich sehr müde war und hohes Fieber hatte, kehrte das Gefühl aus jener Zeit wieder. Während der letzten Monate in Afrika, als alles über mich hereinbrach, befiel es mich zuweilen plötzlich wie eine Finsternis: ich fürchtete mich davor wie vor einer Art Gemütsstörung.

An jenem Donnerstag beschlich mich der Alpdruck unversehens und wurde so mächtig, daß ich mir Gedanken machte, ob ich wohl daran sei, den Verstand zu verlieren. Irgendwie lastete auf der Stadt und den Menschen, die ich traf, eine tiefe Traurigkeit, und mitten im Getriebe fühlte ich, wie sich alles von mir abwandte. Niemand wollte stehenbleiben und mit mir plaudern, Freunde, die mich kommen sahen, stiegen in ihre Autos und fuhren davon. Sogar der alte Mister Duncan, der schottische Kaufmann, bei dem ich seit vielen Jahren eingekauft, mit dem ich auf den großen Bällen im Government House getanzt hatte, sah mich, als ich eintrat, fast erschrocken an und ging aus dem Laden. Ich begann, mich in Nairobi so einsam zu fühlen wie auf einer verlassenen Insel.

Ich hatte Farah auf der Farm gelassen, um Denys zu empfangen, und hatte niemanden bei mir, mit dem ich hätte reden können. Die Kikuju sind in solchen Fällen nichts nütze, denn ihre Vorstellung von der Wirklichkeit, ja, ihre Wirklichkeit selbst, ist anders als die unsere. Aber ich war zum Frühstück bei Lady MacMillan in Chiromo und dachte mir, dort würde ich Weiße finden, mit denen ich sprechen und mein seelisches Gleichgewicht wiederherstellen könnte.

Ich fuhr in Chiromo vor, einem reizenden Haus im alten Nairobistil am Ende einer langen Bambusallee, und fand eine Tischgesellschaft beisammen. Aber in Chiromo erging es mir geradeso wie in den Straßen von Nairobi. Alles war todernst, und als ich hereintrat, hörte das Gespräch auf. Ich setzte mich zu meinem alten Freunde Mister Bulpett; er schlug die Augen nieder und sagte nur ein paar Worte.

Ich versuchte den Schatten, der immer schwerer auf mir lastete, abzuschütteln und mit ihm von seinen Bergbesteigungen in Mexiko zu sprechen, aber er schien sich nicht mehr an sie zu erinnern.

Ich sagte mir: Diese Menschen können mir nicht helfen, ich will zurück auf die Farm. Denys wird inzwischen gekommen sein, und wenn ich nur seinen Wagen vor dem Hause stehen sehe, werde ich wieder gesund sein und alles wissen und begreifen.

Aber als das Frühstück beendet war, bat mich Lady MacMillan zu sich in ihr anstoßendes Wohnzimmer und erzählte mir, in Voi sei ein Unfall passiert und Denys habe mit seiner Maschine havariert. Ich sagte, dann wolle ich versuchen, mit meinem Wagen bis nach Voi zu kommen. Aber sie hielt mich zurück, und die Tränen liefen ihr übers Gesicht: «Sie verstehen nicht», sagte sie, «Denys ist beim Sturz verunglückt. Er ist tot.»

Da war es so, wie ich mir's gedacht hatte, daß schon beim Namen Denys sich mir die Wahrheit offenbarte und ich alles wußte und begriff.

Später erhielt ich einen Brief vom Bezirkskommissar in Voi, der mir die Einzelheiten des Unfalls berichtete. Denys hatte bei ihm übernachtet und war morgens mit seinem Boy auf dem Flugplatz zur Heimfahrt auf die Farm aufgestiegen. Als er kaum in der Luft war, kehrte er rasch wieder um: er flog ganz niedrig, nur etwa achtzig Meter. Plötzlich schwankte die Maschine, geriet ins Trudeln und schoß wie ein herabstoßender Raubvogel zur Erde. Als sie den Boden berührte, flammte sie auf, die herbeilaufenden Leute prallten vor der Glut zurück. Sie warfen Zweige und Erde auf das Feuer; als es erstickt war, fanden sie das Flugzeug völlig zertrümmert, die beiden Insassen waren beim Sturz ums Leben gekommen.

Noch Jahre nach diesem Unglückstag empfand die Kolonie Denys' Tod als einen Verlust, der nicht zu ersetzen war. Ein schöner Zug offenbarte sich in der Einstellung der einfachen Leute, eine Ehrfurcht für Werte, die ihre Begriffe überstiegen. Wenn sie von ihm sprachen, rühmten sie meist seine athletischen Leistungen, sie redeten von seinen Erfolgen im Kricket und Golf, Dingen, von denen ich noch nie etwas gehört hatte; erst jetzt erfuhr ich, wie groß sein Ruhm als Sportler war. Wenn die Leute sein Geschick in allen Spielen gelobt hatten, fügten sie hinzu, daß er selbstverständlich auch sehr gescheit gewesen sei. Was sie aber wirklich an ihm bewunderten, war sein völliger Mangel an Eitelkeit und Selbstsucht, eine bedingungslose Gläubigkeit, wie ich sie außer bei ihm nur noch bei Schwachsinnigen erlebt habe. In einer Kolonie gelten diese Eigenschaften gemeinhin nicht für sonderlich nachahmenswert, aber nach dem Tode eines Menschen werden sie vielleicht aufrichtiger anerkannt als zu anderen Zeiten.

Die Schwarzen kannten Denys besser als seine Landsleute, für sie war sein Tod ein schwerer Schlag.

Als ich die Nachricht von Denys' Tod erhielt, versuchte ich, von Nairobi nach Voi zu gelangen. Die Luftfahrtgesellschaft schickte Tom Black aus, um sich über den Unfall berichten zu lassen, und ich fuhr zum Flugplatz, um zu bitten, daß er mich mitnähme. Aber als ich den Flugplatz erreichte, hob sich seine Maschine eben vom Boden und segelte nach Voi davon.

Es hätte immer noch gelingen können, mit dem Wagen nach Voi zu kommen, aber die große Regenzeit war im Gange, und ich mußte erkunden, in welchem Zustand die Straßen waren. Während ich saß und auf Nachricht über die Straßen wartete, fiel mir ein, daß Denys mir gesagt hatte, er wünsche in den Ngongbergen begraben zu werden. Es war merkwürdig, daß ich nicht eher daran gedacht hatte, aber der Gedanke, daß man ihn überhaupt je würde begraben müssen, lag mir zu fern. Nun stand er vor mir, als hätte mir jemand ein Bild hingehalten.

Es gab eine Stelle im Gebirge auf der ersten Anhöhe im Wildreservat, die ich zu Zeiten, da ich gemeint hatte, ich würde in Afrika leben und sterben, selber Denys als meine Begräbnisstätte bezeichnet hatte. Abends, als wir vor dem Hause sitzend die Berge betrachteten, sagte er, dann wolle er gern auch dort begraben liegen. Nochmals, wenn wir ins Gebirge hinausfuhren, sagte Denys zuweilen: «Komm, wir fahren bis zu unseren Gräbern.» Einmal kampierten wir im Gebirge, um Büffel auszuspüren, und gingen nachmittags an den Hang hinüber, um ihn uns näher anzuschauen. Man hatte von da einen unermeßlich weiten Blick, im Schein der Abendsonne sahen wir den Kenia und den Kilimandscharo. Denys verzehrte, im Grase liegend, eine Orange und sagte, das wäre ein Ruheplatz nach seinem Herzen. Meine eigene Grabstelle lag etwas höher. Von beiden Punkten aus sah man fern im Osten im Walde mein Haus liegen. Dahin würden wir morgen wieder heimkehren, für immer, dachte ich – nicht achtend der weit verbreiteten Ansicht, daß alles sterben muß.

Gustav Mohr war, als er von Denys' Tod hörte, von seiner Farm zu mir nach Hause gefahren; als er mich nicht antraf, hatte er mich in Nairobi ausfindig gemacht. Bald darauf kam Hugh Martin und setzte sich zu uns. Ich erzählte ihnen von Denys' Wunsch und von der Grabstätte im Gebirge, und sie telegraphierten nach Voi. Bevor ich zur Farm zurückfuhr, ließen sie mich wissen, Denys' Leiche werde am nächsten Morgen mit der Bahn eintreffen, so daß die Beerdigung in den Bergen am Mittag stattfinden könne. Ich sollte bis dahin sein Grab herrichten.

Gustav Mohr kam mit mir auf die Farm, um dort zu übernachten und mir morgens zu helfen. Wir mußten vor Sonnenaufgang in den Bergen sein, um den Platz zu bestimmen und das Grab rechtzeitig ausschaufeln zu lassen.

Es goß die ganze Nacht, und ein feiner Rieselregen fiel herab, als wir in der Frühe aufbrachen. Die Radspuren auf den Straßen waren voll Wasser. Als wir in die Berge hinaufkamen, war es, als führen wir in ein Gewölk. Wir sahen weder zur Linken die Ebene unter uns noch zur Rechten die Hänge und Gipfel der Berge; die Boys, die uns im Lastauto folgten, waren auf zehn Schritte nicht mehr zu sehen, und der Nebel wurde immer dichter, je höher der Weg anstieg. An dem Schild an der Straße konnten wir erkennen, daß wir das Wildreservat erreicht hatten, wir fuhren noch einige hundert Meter weiter und stiegen aus. Der Lastwagen und die Boys sollten auf der Chaussee warten, bis wir die richtige Stelle gefunden hätten. Die Morgenluft war so kalt, daß die Finger schmerzten.

Der Platz für das Grab durfte nicht zu weit von der Straße abliegen und der Abhang nicht so steil sein, daß man nicht mit dem Lastwagen heranfahren konnte. Wir gingen eine Zeitlang zusammen und sprachen vom Nebel, dann trennten wir uns und verfolgten zwei verschiedene Fußpfade; nach ein paar Sekunden konnten wir einander nicht mehr sehen.

Die große Berglandschaft, die mich umfing, öffnete sich widerwillig und schloß sich wieder; es war ein Tag, wie Regentage im Norden sind. Farah begleitete mich; er fürchtete, wir könnten in eine Büffelherde geraten. Die nächsten Gegenstände, die plötzlich vor unseren Augen auftauchten, erschienen riesenhaft verzerrt. Das Laub der grauen, wilden Olivenbüsche und das lange Gras, das über unsere Köpfe ragte, waren triefend naß – ich trug einen Ölmantel und Gummistiefel, aber nach kurzer Zeit war ich durchnäßt, als wäre ich einen Fluß hinaufgewatet. Es war sehr still hier oben in den Bergen, nur von Zeit zu Zeit, wenn der Regen dichter herabrieselte, ging ein Flüstern durch den Wald. Einmal teilte sich der Nebel, und ich sah ein Stück Land weit vor mir indigoblau aufragen wie eine Schieferplatte; es muß einer von den fernen, hohen Berggipfeln gewesen sein; im nächsten Augenblick war er von dem wogenden grauen Nebel wieder verdeckt. Ich ging und ging immerzu und blieb schließlich stehen. Hier war nichts auszurichten, ehe sich das Wetter aufklärte.

Gustav Mohr rief drei- oder viermal nach mir, um sich zu vergewissern, wo ich steckte; er kam zu mir herüber; sein Gesicht und seine Hände troffen von Regen. Er sagte, wir wanderten seit einer Stunde im Nebel umher; wenn wir jetzt den Platz für das Grab nicht bestimmten, würden wir nicht rechtzeitig fertig werden. «Aber ich sehe nicht, wo wir sind», sagte ich, «wir können ihn nicht an eine Stelle legen, wo die Anhöhen den Blick versperren. Wollen wir doch noch ein wenig warten.» Wir standen und rauchten schweigend eine Zigarette. Grad, als ich sie fortwarf, lichtete sich der Nebel ein wenig, und eine fahle kalte Helligkeit begann die Welt zu durchdringen. Zehn Minuten später konnten wir erkennen, wo wir waren. Vor uns lag die Steppe, und ich konnte die Straße, auf der wir gekommen waren, verfolgen, wie sie sich um den Hügel wand, zu uns heraufstieg und in Windungen weiterlief. Fern im Süden unter dem schweifenden Gewölk lagen die zackigen, dunkelblauen Vorberge des Kilimandscharo. Als wir uns nach Norden wandten, brach das Licht stärker durch; blasse Strahlen schossen schräg über den Himmel, und ein Streifen leuchtenden Silbers traf den krummen Rücken des Kenia. Plötzlich tauchte viel näher unter uns ein kleiner roter Fleck aus dem Grau und Grün hervor, das einzige Rote ringsum, das Ziegeldach meines Hauses auf seiner Waldlichtung. Wir brauchten nicht weiter zu gehen; wir waren an dem Platz, den wir suchten. Kurze Zeit darauf begann der Regen aufs neue.

Etwa zwanzig Schritt oberhalb der Stelle, an der wir standen, bildete der Berghang eine natürliche Stufe; hier zeichnen wir den Platz für das Grab nach dem Kompaß ab, von Ost nach West. Wir riefen die Boys und ließen sie mit Pangas das Gras schneiden und die nasse Erde ausheben. Mohr nahm einige von ihnen mit, um für das Lastauto einen Weg von der Straße bis zum Grab anzulegen;

sie ebneten den Boden ein, schlugen im Dickicht Zweige ab und häuften sie auf den Weg, denn der Grund war schlüpfrig. Wir konnten die Straße nicht bis dicht an das Grab führen, das letzte Stück war zu steil. Bisher war es hier still gewesen; als jetzt die Boys zu arbeiten begannen, hörte ich in den Bergen ein Echo schallen, es antwortete auf die Stöße der Grabscheite wie ein kleiner bellender Hund.

Wagen kamen von Nairobi heran, und wir schickten einen Boy hinunter, um den Gästen den Weg zu zeigen, denn in der weiten Landschaft wäre ihnen die kleine Menschengruppe an dem Grabe in der Wildnis nicht aufgefallen. Die Somali aus Nairobi kamen, ließen ihre Wägelchen auf der Chaussee und schritten langsam herauf, ihre Trauer auf Somaliart bekundend, als verhüllten sie ihr Haupt, und wendeten sich ab. Einige von Denys' Freunden im Inland, die die Nachricht von seinem Tode erreicht hatte, kamen von Naivascha, von Gilgil und Elmenteita, die Autos kotbedeckt von der langen eiligen Fahrt. Es hellte sich immer mehr auf, und die vier hohen Gipfel des Gebirges ragten über uns in den Himmel.

Hier herauf wurde Denys am frühen Nachmittag von Nairobi gebracht. Es war sein altvertrauter Weg zu den Safaris nach Tanganjika. Es ging nur langsam auf der durchweichten Straße. Wo die letzte steile Böschung begann, hoben ihn die Männer vom Wagen und trugen den schmalen Sarg, den die Fahne bedeckte. Als er in das Grab gesenkt wurde, verwandelte sich die Landschaft und wurde zu dem Gefäß, das ihn barg; stumm, wie er selbst, ragten feierlich die Berge, sie wußten und verstanden, was wir in ihren Schoß taten; bald wurden sie selbst die Vollstrecker der Feier; sie wurde ein Begräbnis zwischen ihnen und ihm, und die Menschen, die zugegen waren, schrumpften zusammen zu einer kleinen unansehnlichen Schar von Zuschauern.

Denys hatte alle Fährten des afrikanischen Hochlands ausgespürt und begangen, besser als irgendein anderer Weißer kannte er Boden und Jahreszeiten, Pflanzenwuchs und wildes Getier, Winde und Gerüche. Er hatte jeden Wechsel der Witterung beobachtet, die Menschen, die Wolken und die Sterne bei Nacht. Hier oben in den Bergen hatte ich ihn selbst erst jüngst stehen sehen, barhäuptig in der Nachmittagssonne, den Blick hinaus ins Land gerichtet, mit dem Feldstecher am Auge es aufs genaueste durchforschend. Er hatte das Land in sich aufgenommen, und in seinem Auge und in seinem Geist hatte sich's verwandelt, war von seinem Wesen geprägt und ein Teil von ihm geworden. Nun nahm ihn Afrika auf, ihn zu verwandeln und mit sich zu vereinen.

Der Bischof von Nairobi, sagte man mir, hatte nicht kommen wollen, da die Zeit nicht gereicht hätte, die Grabstätte zu weihen; aber ein anderer Priester war zugegen und las das Totenamt, das ich noch nie gehört hatte; in dem weiten Raum klang seine Stimme fein und hell wie die Stimme eines Vogels in den Bergen. Ich glaube, Denys hätte es wohl gefallen, dachte ich, als alles vorüber war. Der Priester sprach den Psalm: «Ich hebe meine Augen auf zu den Bergen.»

Gustav Mohr und ich blieben noch eine Weile sitzen, nachdem die Weißen alle gegangen waren. Die Mohammedaner warteten, bis wir aufbrachen, dann traten sie herzu, um am Grabe zu beten.

In den Tagen von Denys' Tode kamen seine Safarigefährten hervor und sammelten sich bei der Farm. Sie sagten nicht, warum sie kamen, und stellten keine Frage, sie setzten sich mit dem Rükken an die Hauswand und blieben meist stumm, entgegen der sonstigen Gewohnheit der Schwarzen. Malimu und Saa Sita kamen, Denys' verwegene, listige, furchtlose Jäger und Spürhunde, die Gefährten all seiner Safaris. Sie waren mit dem Prinzen von Wales draußen gewesen, und der Prinz wußte noch nach Jahren ihre Namen und sagte, mit den beiden zusammen könnte es nicht leicht einer aufnehmen. Nun hatten die großen Spürer die Spur verloren und saßen reglos da. Auch Kamithia kam, sein Wagenführer, der viele tausend Meilen durch weglose Wildnis mit ihm gefahren war, ein schmächtiger junger Kikuju mit den wachsamen Augen eines Affen; nun saß er da am Hause wie ein trauriges, frierendes Äffchen im Käfig.

Bilea Isa, Denys' Somalidiener, kam von Naivascha auf die Farm. Bilea war zweimal mit Denys in England gewesen, hatte dort die Schule besucht und sprach Englisch wie ein Kavalier. Vor einigen Jahren hatten Denys und ich Bileas Hochzeit in Nairobi mitgemacht; das war ein prächtiges Fest, das sieben Tage dauerte. Bei dieser Feier war der studierte Weltreisende zu den Bräuchen seiner Väter zurückgekehrt; er war mit einem goldenen

Gewande angetan und beugte sich nieder zur Erde, als er uns begrüßte, und tanzte den Schwerttanz, berauscht vom unbändigen Geist der Wüste. Bilea war gekommen, um das Grab seines Herrn zu sehen und darauf zu sitzen; als er wieder herunterkam, sprach er kaum; nach einer Weile setzte er sich zu den anderen mit dem Rücken an die Wand, die Handflächen auf den Boden gelegt. Farah ging hinaus, stellte sich dazu und sprach mit den Trauernden. Er war selber sehr bedrückt. «Es wäre nicht so schlimm», sagte er zu mir, «daß du aus dem Lande gehst, wenn nur Bedâr noch da wäre.»

Denys' Boys blieben etwa eine Woche; dann zog einer nach dem anderen wieder ab.

Ich fuhr oft zu Denys' Grab hinaus. In der Luftlinie war es kaum mehr als fünf Meilen von meinem Haus entfernt, aber den Windungen der Straße nach waren es fünfzehn. Das Grab lag an vierhundert Meter höher als mein Haus, die Luft war anders hier, durchsichtig wie ein Glas mit Wasser; weiche, milde Winde spielten einem ums Gesicht; über die Gipfel der Berge kamen von Osten die Wolken gewandert, strichen mit ihren Schatten über das wellige Land und verflogen und zergingen über dem Rifttal.

Ich kaufte in der Duka ein Stück weißen Stoff, den die Schwarzen Amerikano nennen, und Farah und ich rammten drei hohe Stangen hinter dem Grab in die Erde und nagelten den Stoff daran; so konnte ich von meinem Hause aus die Stelle des Grabes genau erkennen wie einen weißen Punkt im Grün der Berge.

Viel Regen fiel in diesem Jahr; ich fürchtete, das Gras möchte aufschießen und das Grab so zudekken, daß die Stelle nicht mehr zu finden wäre. Darum holten wir all die weißgetünchten Steine an meinem Wege zusammen – dieselben, die Karomenya mit soviel Mühe an die Haustür geschleppt hatte –, luden sie auf meinen Kastenwagen und fuhren sie hinauf ins Gebirge. Wir schnitten rings um das Grab das Gras ab und stellten die Steine in einem Viereck auf, um die Stelle zu bezeichnen; nun war sie nicht mehr zu verfehlen.

Da ich das Grab so oft besuchte und die Kinder aus meinem Hause mitnahm, wurde es für sie ein vertrauter Ort; sie konnten Gästen, die kamen, um es zu sehen, den Weg dahin zeigen. Sie bauten sich im Walde an einem nahe gelegenen Hang eine Laube. Im Laufe des Sommers kam Ali bin Salim, der mit Denys befreundet gewesen war, von Mombasa herauf, um auf dem Grabe liegend zu weinen, wie es bei den Arabern der Brauch ist.

Eines Tages traf ich Hugh Martin beim Grabe, und wir setzten uns ins Gras und sprachen lange miteinander. Hugh Martin hatte sich Denys' Tod sehr zu Herzen genommen. Wenn überhaupt ein Mensch in seinem wunderlich abgeschlossenen Dasein einen Platz innehatte, so war es Denys. Ein Idealbild ist ein seltsames Ding; man hätte Hugh kaum zugetraut, daß er ein solches hegte, und gewiß nicht geglaubt, daß sein Verlust ihn treffen konnte, beinahe wie der Verlust eines lebenswichtigen Organs. Aber seit Denys' Tod war er gealtert und sehr verändert, in seinem Gesicht waren Flekken und müde Falten. Freilich bewahrte er auch jetzt das geruhsame chinesische Götzenlächeln, als wüßte er etwas ungemein Befriedigendes, das der Allgemeinheit verborgen war. Er erzählte mir, er sei plötzlich nachts auf die passende Grabinschrift für Denys gestoßen. Er hatte sie wohl bei einem alten griechischen Dichter gefunden; er zitierte sie mir griechisch und übersetzte sie mir, um sie meinem Verständnis näherzubringen: «Hat auch im Tode Feuer meinen Staub verzehrt; ich frage nicht danach; wo ich bin, ist gut sein.»

Später ließ Denys' Bruder, Lord Winchilsea, einen Obelisken auf sein Grab setzen mit einer Inschrift aus dem *Ancient Mariner,* einem Gedicht, das Denys sehr schätzte. Ich hatte es nie gehört, ehe Denys es mir hersagte; das war – ich erinnere mich noch –, als wir zusammen zu Bileas Hochzeit gingen. Ich habe den Obelisken nicht gesehen; er wurde aufgestellt, nachdem ich Afrika verlassen hatte.

In England steht auch ein Denkmal für Denys. Seine alten Schulkameraden haben zu seinem Gedächtnis eine Steinbrücke über einen Bach zwischen zwei Spielplätzen in Eton gebaut. Auf einer der Brüstungen stehen sein Name und die Daten seines Aufenthalts in Eton, auf der anderen die Inschrift: «Auf diesen Plätzen viel gerühmt und viel geliebt von seinen Freunden.» Zwischen dem Bach in der lieblichen englischen Landschaft und dem afrikanischen Gebirgskamm lief der Pfad seines Lebens hin; es ist eine optische Täuschung, wenn man meint, daß er krumm und gewunden war – was ihn umgab, war krumm. Die Bogensehne schwirrte auf der Brücke in Eton, der Pfeil beschrieb seinen Bogen und traf den Obelisken auf den Ngongbergen.

Als ich schon fort war von Afrika, schrieb mir Gustav Mohr von einer seltsamen Begebenheit, die sich auf Denys' Grab zugetragen hatte, derengleichen ich noch nie gehört habe. «Die Massai», so schrieb er, «haben dem Bezirkskommissar in Ngong berichtet, daß sie zu wiederholten Malen bei Sonnenaufgang und Sonnenuntergang auf dem Grabe Finch-Hattons in den Bergen Löwen gesehen hätten. Einige Inder, die mit ihren Lastautos auf dem Wege nach Kajado an der Stelle vorübergekommen sind, haben sie auch gesehen. Seitdem Sie fort sind, ist der Platz zu einer großen Terrasse ausgeebnet worden; der offene Platz mag ein verlockender Rastort für die Löwen sein; von da können sie hinausschauen auf die Steppe und nach den Herden und dem Wilde darauf.»

Es war angemessen und würdig, daß die Löwen Denys' Grab besuchten und ihm ein afrikanisches Denkmal stellten. «Geehrt werde dein Grab.» Lord Nelson selbst, ging mir's durch den Sinn, hat auf dem Trafalgar Square nur Löwen aus Stein.

Ausverkauf

Nun war ich auf der Farm allein. Sie gehörte nicht mehr mir, aber die Käufer hatten mir das Anerbieten gemacht, solang ich wollte, im Hause wohnen zu bleiben; aus rechtlichen Gründen vermieteten sie es mir für einen Schilling pro Tag.

Ich beschäftigte mich mit dem Verkauf meiner Möbel, der Farah und mir viel zu schaffen machte. Wir mußten das ganze Porzellan und die Gläser auf dem Eßtisch ausstellen; als dann der Tisch verkauft war, richteten wir sie in langen Reihen auf dem Fußboden aus. Der Kuckuck sang über sie hin seine Stunden ab, dann wurde auch er verkauft und flog davon. Eines Tages verkaufte ich meine Gläser, und nachts besann ich mich eines Besseren, fuhr am Morgen nach Nairobi und bat die Dame, die sie gekauft hatte, den Handel wieder rückgängig zu machen. Ich hatte selbst keinen Platz für sie, aber die Finger und Lippen vieler Freunde hatten sie berührt; sie hatten mir köstliche Weine aus ihnen zu trinken gegeben; in ihnen schlummerte das Echo vergangener Tischgespräche – ich wollte mich nicht von ihnen trennen. Schließlich, dachte ich, wäre es am leichtesten, sie zu zerbrechen.

Ich hatte einen alten hölzernen Wandschirm, bemalt mit Figuren von Chinesen, Sultanen und Negern mit Hunden an der Leine. Er hatte seinen Platz am Kamin. Abends, wenn das Feuer hell brannte, traten die Gestalten hervor und dienten als Bilder zu den Geschichten, die ich Denys erzählte. Ich schaute ihn lange Zeit an, klappte ihn zusammen und legte ihn in eine Kiste; da mochten die Gestalten sich vorerst einmal ausruhen.

Lady MacMillan richtete damals die MacMillan-Gedächtnisstiftung in Nairobi ein, die sie zur Erinnerung an ihren Gatten, Sir Northrup MacMillan, gebaut hatte. Es war ein schönes Gebäude mit einer Bibliothek und einem Lesezimmer. Sie kam auf die Farm herausgefahren und sprach betrübt von vergangenen Tagen und kaufte den größten Teil meiner alten dänischen Möbel, die ich von zu Hause mitgebracht hatte, für die Bibliothek. Es war mir ein angenehmer Gedanke, daß die lieben wackeren Truhen und Schränke in einem Milieu von Büchern und Lesern beisammenbleiben sollten wie ein kleiner Zirkel von Damen, die in Zeiten des Aufruhrs Zuflucht in einer Universität finden.

Meine eigenen Bücher packte ich in Kisten und saß auf ihnen oder aß von ihnen. Bücher spielen in einer Kolonie eine andere Rolle im Leben als in Europa; es gibt ein ganzes Lebensgebiet, das dort von ihnen allein beherrscht wird. Darum empfindet man je nach ihrem Wert mehr Dankbarkeit oder Groll für sie, als man je in einem zivilisierten Lande täte.

Die erdichteten Gestalten aus den Büchern laufen beim Ritt über die Farm neben dem Pferde mit, sie wandeln durch die Maisfelder. Nach eigenem Instinkt, wie kluge Soldaten, wählen sie sich ihre passenden Standorte. Alle Gestalten Walter Scotts lebten in der Landschaft ringsum und konnten einem täglich begegnen, und desgleichen Odysseus mit seinem Gefährten und – seltsamerweise viele Figuren von Racine. Peter Schlemihl war mit Siebenmeilenstiefeln über die Berge gegangen, und Clown Agheb, die Honigbiene, lebte in meinem Garten am Fluß.

Immer mehr Sachen wurden verkauft, verpackt und fortgeschickt, und im Laufe der Monate wurde das Haus «das Ding an sich», edel geformt wie ein Schädel, eine kühle geräumige Wohnstätte mit einem hallenden Echo, und das Gras auf der Wiese wucherte empor bis an die Schwelle der Tür. Schließlich war kein Stück mehr in den Zimmern, und mir erschienen sie in diesem Zustand bewohnenswerter als zuvor. Ich sagte Farah: «So hätten wir's die ganze Zeit haben sollen.» Farah verstand mich gut, denn die Somali haben alle etwas vom Asketen an sich. Farah war in dieser Zeit ganz gesammelt und nur bestrebt, mir in allem zu helfen, aber er wurde mehr und mehr wieder der echte Somali, der er in Aden gewesen war, als er mir entgegengeschickt wurde bei meiner ersten Ausfahrt nach Afrika. Er machte sich Sorgen um meine alten Schuhe und gestand mir im Vertrauen, er bete täglich zu Gott, daß sie halten möchten, bis ich nach Europa käme.

Ich mußte nun auch über das Schicksal meiner Pferde und Hunde befinden. Mir war am ehesten danach zumute, sie zu erschießen, aber viele meiner Freunde schrieben mir und baten mich, sie ihnen zu geben.

Wenn ich ausritt und die Hunde bei mir hatte, schien mir's wieder ein Unrecht, sie zu töten; sie waren noch so voller Lebenskraft. Es dauerte lange Zeit, bis ich ins reine kam; ich glaube, ich habe nie im Leben über eine Frage so oft meine Ansicht geändert. Am Ende beschloß ich, sie meinen Freunden zu schenken.

Ich ritt auf meinem Lieblingspony Rouge nach Nairobi; ich ritt langsam und blickte umher nach Norden und Süden. Merkwürdig mußte es Rouge vorkommen, dachte ich, die Straße nach Nairobi hineinzutraben und nicht wieder zurückzukehren.

Ich verstaute ihn, nicht ohne Mühe, in dem Pferdetransportwagen des Zuges nach Naivascha; ich stand bei ihm in seinem Verschlag und fühlte zum letztenmal seine seidige Schnauze an meiner Hand und meinem Gesicht. Ich laß dich nicht, Rouge, du segnest mich denn. Wir hatten gemeinsam den Saumpfad zum Fluß hinunter zwischen den Schambas und den Hütten der Schwarzen entdeckt, flink wie ein Maultier fand er am schlüpfrigen steilen Hang seinen Weg, und in dem braunen strömenden Wasser hatte ich meinen Kopf und den seinen dicht beieinander gesehen. Mögest du in einem Tal voll kühlem Schatten, Nelken zur Rechten und Levkojen zur Linken, schmausen.

Die zwei jungen Windhunde, die ich damals besaß, David und Dinah, Panias Sprößlinge, gab ich einem Freunde auf einer Farm bei Gilgil, wo es eine gute Jagd für sie hatte. Sie waren starke und lustige Tiere; als sie in einem Auto von der Farm abgeholt wurden und im Triumph abzogen, schauten sie, die Köpfe dicht beieinander, hechelnd über den Wagenschlag, mit hängenden Zungen, als wären sie einem herrlichen neuen Wild auf der Spur. Mit ihren flinken Augen und Füßen und mutwilligen Herzen verließen sie Haus und Steppe, um auf neuen Jagdgründen zu atmen, zu wittern und selig zu rennen.

Einige von meinen Leuten verließen allmählich die Farm. Da es aus war mit dem Kaffee und der Aufbereitung, wurde Pooran Singh überflüssig. Er wollte keine neue Arbeit in Afrika anfangen, nach einigem Hin und Her beschloß er, nach Indien zurückzukehren.

Pooran Singh, der Meister der Elemente, war außerhalb seiner Werkstatt wie ein Kind. Er konnte nicht im mindesten begreifen, daß es mit der Farm zu Ende sei; er jammerte darüber, er weinte, daß ihm die Tränen in seinen schwarzen Bart rollten, und quälte mich lange Zeit mit allerhand Versuchen, mich auf der Farm zurückzuhalten, und mit Plänen für ihren Fortgang. Er hing mit Stolz und Liebe an unseren Maschinen und stand nun oft lange Zeit wie gebannt vor dem Dampfkessel und der Trockentrommel der Anlage, jede Niete mit den sanften schwarzen Augen verschlingend. Als er dann schließlich die Hoffnungslosigkeit der Lage einsah, gab er mit einem Schlage alles auf, er blieb zwar sehr traurig, war aber völlig ergeben und sprach einige Male, als ich ihn traf, lange Zeit mit mir über seine Reisepläne. Als er abzog, nahm er kein Gepäck mit, nur einen kleinen Kasten mit Werkzeug und Lötgerät; es war, als hätte er sein Herz und sein Leben schon über den Ozean vorausgesandt und als gelte es nur noch, diese hagere, bescheidene braune Gestalt und das Lötgerät hinterdrein zu schicken.

Ich wollte Pooran Singh gern etwas schenken, ehe er abzog, und hatte gehofft, daß ihm irgend etwas aus meinem Besitz eine Freude machen würde, aber als ich zu ihm davon sprach, erklärte er sofort mit großer Freude, er wünsche sich einen Ring. Ich hatte keinen Ring und kein Geld, ihm einen zu kaufen. Das begab sich schon Monate früher, zu der Zeit, als Denys abends auf die Farm herauskam, und ich erzählte ihm bei Tisch von meiner Verlegenheit. Denys hatte mir einmal einen abessinischen Ring aus weichem Gold geschenkt, der sich verstellen ließ, so daß er auf jeden Finger paßte. Nun meinte er, ich ginge insgeheim mit dem Gedanken um, ihn Pooran Singh zu schenken, denn er klagte gern darüber, daß er mir nichts geben könne, was ich nicht sogleich an meine Schwarzen weiterverschenkte. Um es nicht dazu kommen zu lassen, zog er mir den Ring von der Hand und steckte ihn sich selber an; er wolle ihn behalten, sagte er, bis Pooran Singh aus dem Hause sei. Das geschah ein paar Tage bevor er nach Mombasa fuhr, und so kam es, daß der Ring mit ihm begraben wurde. Bevor Pooran Singh abreiste, kriegte ich durch den Verkauf meiner Möbel genug Geld in die Hand, um ihm in Nairobi den Ring zu erstehen, den er sich wünschte. Er war von schwerem Gold und hatte einen roten Stein, der aussah wie Glas. Pooran Singh war so glücklich darüber, daß er wieder etliche Tränen vergoß; ich glaube, der Ring hat ihm über die letzte Trennung von der Farm und von seinen Maschinen ein wenig hinweggeholfen. Die letzte Woche trug er ihn täglich; wenn er ans Haus kam, hob er die Hand empor und zeigte ihn mir mit einem strahlenden, sanften Lächeln. Das letzte, was ich auf dem Bahnhof in Nairobi von ihm sah, war diese schmächtige, dunkle Hand, die mit solch rasender Fixigkeit am Amboß ihre Arbeit verrichtet hatte. Sie reckte sich aus dem Fenster des überfüllten und überhitzten Eingeborenenwaggons, in dem Pooran Singh sich auf seinem Werkzeugkasten eingerichtet hatte, und der rote Stein blitzte wie ein kleiner Stern, Lebewohl winkend, auf und nieder.

Pooran Singh kehrte nach dem Punjab zu seinen Angehörigen zurück. Er hatte sie jahrelang nicht gesehen, aber sie hatten Verbindung mit ihm gehalten und ihm ihre Photographien geschickt, die er unten in seiner kleinen Wellblechhütte bei der Aufbereitung aufbewahrte und mir mit Stolz und Zärtlichkeit zeigte. Ich bekam mehrere Briefe von Pooran Singh, schon von Bord des Schiffes nach Indien. «Liebe Herrin, lebt wohl», begannen sie alle, und dann folgte ein Bericht von seinem Befinden und den Erlebnissen seiner Reise.

Eine Woche nach Denys' Tode erlebte ich eines Morgens etwas Merkwürdiges.

Ich lag im Bett und dachte an die Begebenheiten der vergangenen Woche und versuchte, den Sinn dessen zu begreifen, was geschehen war. Mir schien, ich wäre irgendwie aus der gehörigen Bahn menschlichen Daseins hinaus in einen Mahlstrom gezogen, in den ich nie hätte geraten dürfen. Wo ich hintrat, wich der Boden, und die Sterne fielen vom Himmel herab. Ich dachte an das Gedicht von Ragnarök, in dem dieses Fallen der Sterne beschrieben ist, und an die Verse von den Zwergen, die in ihren Berghöhlen seufzend sitzen und sterben vor Furcht. All das, sagte ich mir, kann nicht ein zufälliges Zusammentreffen von Umständen sein, was die Leute eine Pechsträhne nennen, im innersten Kern muß ein Sinn sein. Wenn ich ihn fände, wäre ich gerettet. Wenn ich in die rechte Richtung blicke, meinte ich, muß mir der Zusammenhang der Dinge klarwerden. Ich muß aufstehen, sagte ich mir, und nach einem Zeichen ausschauen.

Viele Menschen finden es unvernünftig, nach einem Zeichen auszuschauen. Das rührt daher, daß es dazu eines bestimmten Gemütszustandes bedarf und daß nicht viele Menschen sich überhaupt je in diesem Gemütszustand befinden. Sucht man in der rechten Stimmung nach einem Zeichen, dann kann die Antwort nicht ausbleiben, sie stellt sich als natürliche Folge der Fragestellung ein. So greift auch ein feinfühliger Kartenspieler dreizehn beliebige Karten vom Tisch und hat damit, was man eine Hand nennt, eine Einheit. Wo jeder andere ratlos passen würde, sieht er den großen Schlemm handgreiflich vor Augen. Steckt also der große Schlemm in den Karten? Freilich, für den richtigen Spieler.

Ich trat aus dem Hause, nach einem Zeichen auszuschauen, und schlenderte aufs Geratewohl den Gesindehütten zu. Die Boys hatten gerade ihre Hühner ins Freie gelassen, und sie liefen zwischen den Hütten hin und her. Ich blieb stehen und sah ihnen eine Weile zu.

Fathimas großer weißer Hahn stolzierte auf mich zu. Plötzlich blieb er stehen, legte den Kopf erst auf die eine Seite und dann auf die andere und steifte seinen Kamm. Von der anderen Seite des Weges kam aus dem Grase ein kleines Chamäleon, das, wie der Hahn, auf seinem morgendlichen Erkundungsgang begriffen war. Der Hahn schritt stracks darauf zu – denn Hühner töten und fressen derlei Getier – und stieß ein paar Gluckser der Befriedigung aus. Das Chamäleon erstarrte, vom Anblick des Hahnes gebannt. Es hatte Angst, aber es war zugleich sehr tapfer, es pflanzte seine Füßchen stramm auf den Boden, öffnete sein Maul, soweit es nur ging, und schoß, seinen Feind auf einen Hieb zu verscheuchen, seine keulenförmige Zunge gegen den Hahn ab. Der Hahn stand eine Sekunde verblüfft da, dann ließ er rasch entschieden seinen Schnabel wie einen Hammer herabsausen und knipste dem Chamäleon die Zunge ab.

Das ganze Treffen zwischen den zweien hatte zehn Sekunden gedauert. Ich trieb Fathimas Hahn beiseite, nahm einen großen Stein auf und tötete das Chamäleon, denn es konnte ohne Zunge nicht weiterleben; die Chamäleons fangen die Insekten, von denen sie sich nähren, mit der Zunge.

Ich war so verängstigt von dem Schauspiel, das ich gesehen hatte – denn es war das Grauenvolle und Furchtbare in einem winzigen Maßstab –, daß ich davonging und mich auf die Steinbank beim Hause setzte. Ich saß dort lange Zeit, und Farah brachte mir meinen Tee heraus und stellte ihn auf den Tisch. Ich blickte auf die steinerne Platte und wagte nicht aufzusehen, so gefahrdrohend erschien mir die Welt.

Erst sehr allmählich, im Verlauf des nächsten Tages, kam mir's, daß ich ja in Wahrheit die tiefsinnige Antwort auf meine Frage erhalten hatte. Ich war sogar in einer seltenen Weise geehrt und ausgezeichnet worden. Die Mächte, die ich angerufen hatte, schlugen meine Würde höher an als ich selbst; und welche andere Antwort hätten sie mir geben können? Weichlichkeit war gewiß nicht das Gebot der Stunde, und sie hatten großmütig übersehen, daß mich nach ihr verlangt hatte. Die großen Mächte hatten über mich gelacht, und ein Echo aus den Bergen hatte dem Lachen geantwortet, mit Fanfaren tönte es über alle Hähne und Chamäleons: Ha, ha!

Ich freute mich auch, daß ich an jenem Morgen früh genug draußen war, um dem Chamäleon einen langsamen, qualvollen Tod zu ersparen.

Um diese Zeit etwa, aber noch ehe ich meine Pferde hatte ziehen lassen, kam Ingrid Lindström von ihrer Farm bei Njoro herüber, um eine Weile bei mir zu bleiben. Das war besonders lieb von Ingrid, denn es war für sie nicht leicht, von ihrer eigenen Farm freizukommen. Ihr Mann hatte, um den Grund und Boden in Njoro abzuzahlen, eine Stellung bei einer großen Sisalgesellschaft in Tanganjika angenommen und schwitzte derzeit im Tiefland, als hätte Ingrid ihn um der Farm willen in die Sklaverei verdungen. Sie mußte in der Zwischenzeit selbst nach allem sehen, sie hatte ihre Geflügelfarm und ihre Gemüsegärtnerei erweitert, hatte sich Schweine und eine Brut von jungen Truthähnen zugelegt und konnte es sich kaum leisten, diese auch nur für ein paar Tage allein zu lassen. Aber um meinetwillen übergab sie den ganzen Betrieb Kamosa und eilte zu mir, nicht anders, als sie einem Freund zu Hilfe geeilt wäre, dessen Haus in Flammen stand; sie kam diesmal ohne Kamosa, was unter den waltenden Umständen für Farah eine Erleichterung war. Ingrid verstand und fühlte bis auf den Herzensgrund mit ganzer Stärke, ja, mit einer Unbändigkeit, wie sie Naturkräften innewohnt, was es in Wahrheit für eine Frau hieß, ihre Farm aufzugeben und davonzugehen.

Solange Ingrid bei mir war, sprachen wir nicht von der Vergangenheit oder Zukunft und nannten keinen Namen eines Freundes oder Bekannten, unser ganzes Gemüt war dem augenblicklichen Kummer zugewandt. Wir gingen miteinander von einem Gegenstand auf der Farm zum anderen, wir nannten sie im Vorübergehen einzeln beim Namen, als nähmen wir im Geiste das Inventar meines Verlustes auf oder als sammle Ingrid, als mein Anwalt, Material für eine Anklageschrift vor dem Gerichtshof des Schicksals. Ingrid wußte aus eigener Erfahrung, daß es solch einen Klageakt nicht gibt, aber es ist nun einmal ein Stück weiblicher Lebenskraft, an der Vorstellung festzuhalten.

Wir gingen zur Ochsenhürde hinab und setzten uns auf den Zaun und zählten die heimkehrenden Ochsen. Wortlos führte ich sie Ingrid vor: «Und die Ochsen», und wortlos erwiderte sie: «Ja, die Ochsen» und nahm sie zu ihren Akten. Wir gingen zum Pferdestall hinüber und fütterten die Ponys mit Zucker, und als sie ihn aufgeknabbert hatten, streckte ich meine klebrigen und beschlabberten Hände nach ihnen aus und zeigte sie Ingrid, stumm klagend: «Die Pferde», und traurig seufzend gab sie zurück: «Ja, die Pferde» und setzte sie auf die Liste. In meinem Garten am Fluß konnte sie sich nicht trösten über den Gedanken, daß ich die Pflanzen zurücklassen mußte, die ich aus Europa mitgebracht hatte, sie rang die Hände über Minze, Salbei und Lavendel und sprach hernach von ihnen, als erwäge sie einen Plan, wie sich's ermöglichen ließe, daß ich sie doch noch mitnähme.

Wir verbrachten den Nachmittag damit, meiner kleinen Herde afrikanischer Kühe zuzuschauen, die auf dem Rasen weideten. Ich nannte ihr Alter, ihre Eigenheiten und ihren Milchertrag, und Ingrid stöhnte und wimmerte bei den Zahlen, als täten sie ihr leibhaftig weh. Sie prüfte sie sorgfältig, Stück um Stück, nicht im Hinblick auf einen Verkauf – denn meine Kühe verblieben den Hausboys –, sondern um Wert und Schwere meines Verlustes abzuwägen. Sie umarmte die weichen, wohlig duftenden Kälber; sie hatte selbst nach langen Kämpfen einige Kühe und Kälber für ihre Farm aufgezogen, und wider Vernunft und Absicht tadelten mich ihre innigen Blicke, daß ich meine Kälber im Stiche ließ.

Ein Mann, der neben einem vom Schicksal heimgesuchten Freunde herginge und im stillen immerfort vor sich hin sagte: Gottlob, daß ich's nicht bin, würde sich, glaube ich, nicht wohl dabei fühlen und sich bemühen, den Gedanken zu unterdrücken. Anders ist es, wenn zwei Frauen befreundet sind und die eine der anderen in der Not ihr inniges Mitgefühl bekundet. Da versteht es sich ganz von selbst, daß die vom Glück begünstigtere Freundin unablässig in ihrem Herzen das gleiche Wort wiederholt: Gottlob, daß ich's nicht bin. Das erweckt keine Bitterkeit zwischen den beiden, es bindet sie im Gegenteil noch enger aneinander und verleiht der Bekundung eine persönliche Wärme. Männer können wohl kaum harmlos und von Herzen einander beneiden oder übereinander triumphieren. Dagegen ist es selbstverständlich, daß die Braut über die Brautjungfer triumphiert und daß Besucherinnen am Wochenbett die Mutter des Kindes beneiden, und keine der Betroffenen denkt sich etwas dabei. Eine Frau, die ihr Kind verloren hat, kann ihrer Freundin die Kleidchen zeigen und sehr wohl wissen, daß die Freundin vor sich hin spricht: Gottlob, daß ich's nicht bin – beiden wird das natürlich und angemessen erscheinen. So ging es Ingrid und mir. Als wir durch die Farm wanderten, wußte ich, daß sie an ihre eigene Farm dachte und ihr Schicksal pries, daß sie ihr noch gehörte, und sich mit aller Macht an diesen Gedanken klammerte, aber das hat uns beide nicht behelligt. Wir waren, trotz unserer alten Khakimäntel und -hosen, in Wahrheit zwei allegorische Gestalten, die eine schwarz, die andere weiß gewandet, ein Zwillingspaar, die Genien des Farmerlebens in Afrika.

Nach einigen Tagen sagte Ingrid Lebewohl und fuhr mit der Bahn heim nach Njoro.

Ich konnte nicht mehr ausreiten, und auf meinen Wanderungen war es ohne die Hunde still und eintönig geworden. Nur meinen Wagen besaß ich noch und war froh, daß ich ihn hatte; denn es gab in diesen Monaten viel zu tun.

Das Geschick meiner Squatter lastete schwer auf mir. Da die Gesellschaft, die die Farm erworben hatte, die Kaffeebäume beseitigen und das Land aufteilen und in Bauparzellen verkaufen wollte, hatte sie keine Verwendung für Squatter; als der Kauf abgeschlossen war, kündigte sie ihnen allen und gab ihnen eine Frist von sechs Monaten zur Räumung der Farm. Das war für die Squatter ein unerwarteter und erschütternder Entscheid, denn sie hatten in der Einbildung gelebt, das Land gehöre ihnen. Viele von ihnen waren auf der Farm geboren, andere waren als kleine Kinder mit ihren Eltern hergezogen.

Die Squatter wußten, daß sie, um auf dem Lande leben zu dürfen, hundertachtzig Tage des Jahres für mich arbeiten mußten, wofür sie zwölf Schillinge für je dreißig Tage ausbezahlt erhielten. Diese Abrechnung wurde im Büro der Farm geführt. Sie wußten auch, daß sie die Hüttensteuer an den Staat entrichten mußten, zwölf Schillinge von jeder Hütte; eine schwere Last für die Leute, die außer ein paar Habseligkeiten nichts besaßen als ihre zwei oder drei Grashütten, je nach der Zahl ihrer Weiber, denn ein verheirateter Kikuju muß jeder Frau eine eigene Hütte geben. Verglichen mit dieser Besteuerung der Schwarzen war die Abgabe der Europäer, die zu meiner Zeit dreißig Schillinge betrug, lächerlich gering. Meinen Squattern war gelegentlich, wenn sie sich etwas zuschulden kommen ließen, gedroht worden, sie müßten die Farm verlassen; sie wußten also gewissermaßen, daß ihre Stellung nicht unangreifbar war. Die Hüttensteuer war ihnen verhaßt. Zu der Zeit, als ich sie auf der Farm für die Regierung eintreiben mußte, hatte ich viele Scherereien und manchen Redeschwall zu überstehen. Aber sie betrachteten diese Sorgen mehr als allgemeine Beschwerden des Lebens und hatten nie die Hoffnung aufgegeben, sich ihrer so oder so einmal zu entledigen. Sie wußten nicht, daß all das auf einem Rechtsgrund beruhte, der sich zu seiner Zeit in einem unabwendbaren Zusammenbruch Geltung verschaffen würde. Eine Zeitlang stellten sie sich, als sei die Entscheidung der neuen Eigentümer der Farm ein leerer Popanz, an dem sie leichten Mutes vorbeisehen konnten.

In mancher Hinsicht – freilich nicht in jeder – nimmt der Weiße im Geiste der Eingeborenen den Platz ein, den im Geiste des Weißen das Bild Gottes innehat. Ich schloß einmal mit einem indischen Holzhändler einen Vertrag ab, darin kam das Wort vor: ein Akt Gottes. Der Ausdruck war mir nicht geläufig, und der Anwalt, der den Vertrag aufsetzte, versuchte, ihn mir zu verdeutlichen. «Nein, nein, gnädige Frau», sagte er, «Sie haben den Sinn des Wortes nicht ganz erfaßt. Das völlig Unvorhersehbare, das keiner Regel und Vernunft sich beugt, das ist ein Akt Gottes.»

Schließlich trieb die Gewißheit, daß der Räumungsbefehl doch Geltung hatte, die Squatter in schwarzen Scharen zu meinem Hause. Sie empfanden den arglistigen Hieb als eine Folge meines Wegganges von der Farm – mein Unglück wuchs ins Große und griff auf sie alle über. Sie tadelten mich nicht darum, denn darüber hatten wir uns ausgesprochen, sie fragten mich, wo sie hingehen sollten.

Mir fiel es in mehr als einer Hinsicht nicht leicht, ihnen darauf zu antworten. Die Eingeborenen dürfen nach dem Gesetz selbst kein Land erwerben, und es gab keine mir bekannte Farm, die groß genug war, um sie alle als Squatter aufzunehmen. Ich sagte ihnen, ich hätte auf meine Anfragen in der Sache den Bescheid erhalten, sie sollten ins Kikujureservat gehen und sich dort Land suchen. Darauf fragten sie besorgt zurück, ob sie denn wohl genug unbesiedeltes Land im Reservat finden würden, um all ihr Vieh mitnehmen zu können. Und weiter, ob denn wohl das Land so in einem Stück zu finden wäre, daß die Leute von der Farm zusammenbleiben könnten, denn sie wollten sich nicht voneinander trennen.

Ich war überrascht, daß sie so großen Wert darauf legten, zusammenzubleiben, denn auf der Farm war es ihnen nicht leichtgefallen, sich zu vertragen; sie wußten gemeinhin nicht eben viel Gutes voneinander zu sagen. Aber hier rückten sie alle geschlossen an, die großen, protzigen Viehhalter wie Kathegu, Kaninu und Mauge, Hand in Hand sozusagen mit den niedersten, besitzlosen Landarbeitern wie Waweru und Chota, die kaum eine Ziege ihr eigen nannten, und waren alle vom gleichen Geist beseelt und gleichermaßen willens, zusammenzuhalten und ihr Vieh zu behalten. Ich fühlte, daß sie nicht nur von mir wissen wollten, an welchem Ort sie leben sollten, sondern daß sie ihre Existenz in meine Hand legten.

Es ist mehr als nur der Boden, was den Menschen genommen wird, denen man die heimatliche Erde nimmt. Es ist ihre Vergangenheit, ihr Wurzelgrund, ihr Eigensein. Raubt man ihnen die Dinge, die sie seit je gesehen haben und allzeit zu sehen hofften, so kann man ihnen eigentlich ebensogut die Augen rauben; entreißt man ihnen die Dinge, die sie seit je befühlt und gehandhabt haben, so kann man ihnen geradesogut die Hände abreißen. Das gilt in höherem Maße von Primitiven als von Kulturmenschen, und Tiere gar wandern weite, gefahrvolle, leidensvolle Wege dahin zurück, wo sie ihr Wesen wiederfinden an den Dingen, die ihnen vertraut sind.

Als die Massai aus ihren alten Wohnsitzen im Norden der Bahnlinie in das heutige Massaireservat verpflanzt wurden, führten sie die Namen ihrer Berge, Steppen und Flüsse mit sich und gaben sie den Bergen, Steppen und Flüssen des neuen Landes. Für fremde Reisende ist das sehr verwirrend. Die Massai nahmen ihre abgeschnittenen Wurzeln als Heilmittel mit und versuchten, in der Verbannung sich ihre Vergangenheit durch einen Zauber zu erhalten.

Aus dem gleichen Instinkt der Selbsterhaltung klammerten sich nun meine Squatter aneinander. Wenn sie schon aus ihrem Lande gehen mußten, sollten wenigstens die Menschen um sie sein, die es gekannt hatten und ihre Identität bezeugen konnten. Dann konnten sie wenigstens etliche Jahre von der Geographie und Geschichte der Farm sprechen, und was der eine vergessen hatte, mochte der andere behalten haben. Die Schande des Ausgelöschtseins war es, wovon sie sich bedroht fühlten. «Geh, Memsahib», sagten sie mir, «geh für uns zum Serkali und erwirke uns von ihm, daß wir all unser Vieh mitnehmen dürfen an den neuen Ort und daß wir alle beieinanderbleiben dürfen, da, wo wir hingehen werden.»

Damit begann für mich eine Pilgerfahrt oder Betteltour, die meine letzten Monate in Afrika ausfüllte.

Als Sachwalterin der Kikuju wandte ich mich zuerst an die Bezirkskommissare in Nairobi und

Kiambu, dann an das Eingeborenenamt und die Landvermessung und schließlich an den Gouverneur, Sir Henry Byrne, selbst, den ich noch nicht kannte, da er gerade erst von England eingetroffen war. Zuweilen mußte ich den ganzen Tag in Nairobi zubringen oder zwei- und dreimal am Tage hinfahren. Immer wenn ich heimkam, saßen einige Squatter bei meinem Hause auf Posten; sie fragten mich nicht, wie es stand, sie hielten nur Wache und übertrugen mir durch einen Zauber ihrer Natur die Kraft, auf dem Wege auszuharren.

Die Regierungsbeamten zeigten sich geduldig und gefällig. Die Schwierigkeiten der Sache waren nicht von ihnen geschaffen, es war wirklich ein Problem, im Kikujureservat einen unbewohnten Landstrich zu finden, der groß genug war, um all die Menschen und ihr Vieh aufzunehmen.

Die meisten der Beamten waren seit langem im Lande und kannten die Eingeborenen genau. Sie versuchten nicht im Ernst, den Ausweg vorzuschlagen, die Kikuju sollten einen Teil ihres Viehbestandes verkaufen. Sie wußten zu gut, daß das unter keinen Umständen zu erreichen war; und sie in ein Gebiet verpflanzen, das für ihre Herden zu klein war, hieß nur auf Jahre hinaus endlosen Zwist mit den Nachbarn im Reservat stiften, den andere Bezirkskommissare würden zu entwirren und zu schlichten haben.

Als aber die zweite Forderung der Squatter, sie beieinanderzulassen, zur Sprache kam, erklärten die Vertreter der Staatsgewalt, dafür liege kein praktischer Grund vor.

Oh, richtet nicht nach Nützlichkeit, dachte ich, des ärmsten Bettlers arme Habe ist schon Überfluß – und so fort. Mein Leben lang schien mir's ein Prüfstein für den Rang der Menschen, sich zu fragen, wie sie sich zum König Lear verhalten hätten. Mit König Lear war nicht zu rechten, ebensowenig wie mit einem alten Kikuju, und er forderte von vornherein von jedem zu viel, aber er war ein König. Gewiß hat der afrikanische Eingeborene sein Land den Weißen nicht mit einer großmütigen Gebärde übergeben, sein Fall liegt also etwas anders als zwischen dem alten König und seinen Töchtern; die Weißen haben das Land in ihr Protektorat übernommen. Aber ich konnte nicht vergessen, daß noch vor kurzem, zu einer Zeit, in die die Erinnerung reichte, die Eingeborenen des Landes ihren Grund und Boden unbestritten besaßen und noch nichts von den Weißen und ihren Gesetzen gehört hatten. In der schwankenden Ungewißheit ihres Daseins war die Erde ihnen ein unverrückbarer Halt. Manche von ihnen waren von den Sklavenhändlern fortgeschleppt und auf Sklavenmärkten verhandelt worden, aber andere waren daheim geblieben. Die Verschleppten in ihrer Verbannung und Knechtschaft lebten allenthalben im weiten Umkreis des Orients in der Sehnsucht nach dem heimischen Hochland, denn es war *ihr* Land. Der alte, dunkle, kläräugige Eingeborene von Afrika und der alte, dunkle, kläräugige Elefant sind gleichen Wesens; sie ruhen fest auf ihrer Erde, gewichtig, voll von den Eindrücken der Umwelt, die sich langsam in ihrem dämmrigen Geiste angesammelt und verdichtet haben, sie sind selbst Ausdrucksgebärden des Landes. Sie könnten wohl, der eine wie der andere, verstört dastehen, ob der großen Veränderungen, die sich ringsum begeben haben, und uns fragen, wo sie sich befänden, und wir müßten ihnen antworten mit den Worten Kents: «Sir, in Eurem Königreich.»

Schließlich, als ich schon zu fürchten begann, ich würde mein Lebtag nach Nairobi und zurück fahren und auf Staatsämtern verhandeln müssen, erfuhr ich unversehens, mein Antrag sei bewilligt worden. Die Regierung war bereit, ein Stück des Dagoretti-Waldreservats den Squattern meiner Farm einzuräumen. Hier konnten sie nicht weit von ihrem vorigen Wohnsitz sich nach Gefallen ansiedeln und nach der Auflösung der Farm ihr Gesicht und ihren Namen als Gemeinschaft bewahren.

Die Nachricht von dieser Entscheidung, wurde auf der Farm mit tiefer, stummer Erregung entgegengenommen. Es war unmöglich, den Mienen der Kikuju abzulesen, ob sie die ganze Zeit hindurch an den Ausgang der Sache geglaubt oder ob sie gezweifelt hatten. Kaum war sie geregelt, brandete ein wortreiches Wirrsal von verwickelten Fragen und Vorschlägen auf mich ein, das zu klären ich mich weigerte. Sie blieben auch weiterhin bei meinem Hause; sie sahen mich nun in einem neuen Licht. Schwarze haben so viel Instinkt für Glück, sie glauben dermaßen daran – vielleicht keimte nach ihrem eigenen Erfolg die Hoffnung in ihnen auf, daß nun alles wieder gut werden und ich weiter auf der Farm bleiben würde.

Für mich selbst bedeutete die Sicherung des Schicksals der Squatter eine große Erleichterung, ich habe selten eine so tiefe Befriedigung empfunden.

Und dann überkam mich, drei Tage danach, das Gefühl, daß meine Arbeit im Lande nun getan sei und daß ich gehen könne. Die Kaffee-Ernte auf der Pflanzung war eingebracht, die Aufbereitung stand still, das Haus war leer, die Squatter hatten ihr Land. Die Regenzeit war vorüber, und das junge Gras stand schon hoch auf der Steppe und in den Bergen.

Der Plan, den ich anfangs gefaßt hatte, in allen geringfügigen Dingen nachzugeben und mir das Lebenswichtige vorzubehalten, war fehlgegangen. Ich hatte mich bereit gefunden, mein Eigentum Stück für Stück fahrenzulassen, gleichsam als Lösegeld für mein eigenes Leben, aber als die Zeit kam, da ich nichts mehr besaß, erwies sich's, daß ich selbst für das Schicksal, das sich seiner Last entledigte, die leichteste Bürde war.

Der Mond war voll in jenen Tagen und schien ins leere Zimmer und zeichnete das Muster der Fenster auf den Boden. Ich dachte mir, er schaue wohl herein und wundere sich, wie lange ich noch an einem Orte zu bleiben gedächte, den alles sonst verlassen habe. O nein, sagte der Mond, ich frage nicht viel nach Zeit.

Ich wäre gern noch so lange geblieben, bis sich die Squatter in ihren neuen Wohnsitzen eingerichtet hatten. Aber die Landvermessung brauchte ihre Zeit, und es war ungewiß, wann sie würden übersiedeln können.

Zu dieser Zeit geschah es, daß die alten Männer der Gegend beschlossen, für mich eine Ngoma abzuhalten.

Diese Ngomas der Alten waren einst große Feste gewesen; jetzt wurden sie nur noch selten getanzt, und ich habe in meiner ganzen Zeit in Afrika keine gesehen. Ich hätte es gern noch erlebt, denn die Kikuju selbst hielten große Stücke davon. Es galt als eine Ehre für die Farm, daß der Tanz der Alten auf ihr vor sich gehen sollte, meine Leute sprachen schon lange vor der angesetzten Zeit davon. Selbst Farah, der sonst mit Geringschätzung auf die Ngomas der Schwarzen herabsah, war diesmal von dem Vorhaben der Alten beeindruckt. «Diese Männer sind sehr alt, Memsahib», sagte er. «sehr, sehr alt.» Es war seltsam, mit welcher Ehrerbietung und Scheu die jungen Kikujukrieger von dem bevorstehenden Auftreten der alten Tänzer sprachen.

Eine Besonderheit dieser Ngomas war mir unbekannt geblieben – daß sie nämlich von der Regierung verboten waren. Über die Ursache des Verbots weiß ich nichts. Die Kikuju müssen von der Verordnung Kenntnis gehabt haben, waren aber willens, sich taub zu stellen, sei es, daß sie meinten, in einer so wirren, wichtigen Zeit könne man etwas tun, was sonst nicht anginge, sei es, daß sie tatsächlich im Banne der großen Erregung, die der Tanz hervorrief, alles übrige vergaßen. Sie brachten es nicht einmal fertig, über die Ngoma Stillschweigen zu bewahren.

Die alten Tänzer, die antraten, boten einen seltenen, erhabenen Anblick. Es waren ihrer etwa hundert, und sie erschienen alle zugleich; sie hatten sich wohl irgendwo abseits des Hauses versammelt. Die alten Eingeborenen sind verfrorene Leute, sie packen sich gewöhnlich reichlich in Felle und Decken ein. Hier aber traten sie nackt auf, wie zum feierlichen Bekenntnis der furchtbaren Wahrheit. Schmuck und Kriegsbemalung waren sparsam verwendet, aber einige trugen auf ihren alten, kahlen Schädeln den mächtigen Kopfputz aus schwarzen Adlerfedern, wie man ihn auf den Köpfen der jungen Tänzer sieht. Sie bedurften keines Zierats, sie waren selbst imposant genug. Sie versuchten nicht wie die alten Gecken europäischer Ballsäle, sich krampfhaft ein jugendliches Aussehen zu geben, der ganze Sinn und die Gewichtigkeit des Tanzes lag für sie selbst und für die Zuschauer eben in dem hohen Alter der Tänzer. Sie hatten eine seltsame Zeichnung am Körper, dergleichen ich sonst nie gesehen habe, graue Streifen, die sich an ihren Gliedern entlangzogen, als wollten sie in unerbittlicher Wahrheitsliebe die steifen, mürben Knochen unter der Haut in Erscheinung bringen. Die Bewegungen, mit denen sie ihren langsamen, einleitenden Aufmarsch vollführten, waren so seltsam, daß ich gespannt war, welche Art Tanz ich wohl nun zu sehen bekommen würde.

Als ich dastand und sie betrachtete, überkam mich wieder die Vorstellung, die schon einmal in mir aufgetaucht war: nicht ich ging fort, in meiner Macht stand es nicht, Afrika zu verlassen, das Land selber wich ernst und langsam vor mir zurück wie das Meer bei der Ebbe. Die Prozession, die da vorüberzog – das waren in Wahrheit meine starken, kraftstrotzenden, jungen Tänzer von gestern und vorgestern, die vor meinen Augen schrumpften und davonzogen, um nie wiederzukehren. Sie schritten einher, in ihrem Wesen getreu, vornehm, tanzend – sie waren mit mir und ich mit ihnen im Einklang.

Die alten Männer sprachen nicht, nicht einmal miteinander, sie sparten ihre Kraft für die bevorstehende Anstrengung.

Als sich die Tänzer eben für den Tanz aufgestellt hatten, erschien auf der Farm ein Askari von Nairobi mit einem Schreiben an mich, die Ngoma dürfe nicht stattfinden.

Ich begriff die Nachricht nicht, sie war so außer allem Bereich des Erwarteten, daß ich das Schriftstück zwei- oder dreimal lesen mußte. Der Askari, der es überbrachte, war sich der Ehrwürdigkeit des Schauspiels, das er störte, so bewußt, daß er den Alten oder meinen Hausboys nicht ein Wort zu sagen wagte, auch nicht stelzte und sich brüstete, wie es sonst die Art der Askari ist, welche sich ein Vergnügen daraus machen, vor den anderen Schwarzen mit ihrer Machtfülle zu prunken.

Während all der Jahre in Afrika habe ich keinen Augenblick von solcher Bitterkeit erlebt. Die Ohnmacht, die Menschen nicht schützen und verteidigen zu können, die auf einen bauen, ist wohl das härteste Schicksal, das ein menschliches Wesen treffen kann. Noch nie hatte mein Herz sich mit solchem Ungestüm gegen etwas aufgebäumt, was mir widerfuhr. Es kam mir nicht einmal in den

Sinn, ein Wort zu sagen, die Nichtigkeit des Wortes stand zu handgreiflich vor mir.

Die greisen Kikuju standen da wie eine Herde alter Schafe, all die vielen Augen unter den runzeligen Lidern hefteten sich auf mich. Sie vermochten nicht, in einer Sekunde etwas aufzugeben, wonach ihr ganzes Sinnen stand; einige von ihnen vollführten mit den Beinen kleine, zuckende Bewegungen, sie waren zum Tanzen gekommen, und tanzen mußten sie. Schließlich sagte ich ihnen, unsere Ngoma sei beendet. Die Nachricht, das wußte ich, würde in ihrem Geiste eine andere Bedeutung annehmen, aber welche, das wußte ich nicht. Vielleicht begriffen sie augenblicks, wie ganz und gar zu Ende unsere Ngoma in Wahrheit war, daß niemand mehr da war, vor dem sie hätten tanzen können, da es mich ja nicht mehr gab – vielleicht dachten sie, es sei in Wirklichkeit schon zu Ende, sei schon getanzt worden, eine einzigartige Ngoma von solcher Wucht, daß alles andere in nichts versank, daß nun, da es vorüber war, nichts übrigblieb.

Ein kleiner Dorfköter auf der Wiese nutzte die allgemeine Stille und kläffte laut auf. Ein Echo tönte in mir nach: Sogar die dummen kleinen Hunde, sieh, Tray, Blanch und Sweethart, kläffen mich nun an.

Kamante hatte den Tabak zu verwalten, der nach dem Tanz an die Alten verteilt werden sollte. Mit seiner gewohnten, ruhigen Geistesgegenwart hielt er jetzt den Augenblick für gekommen und trat mit einer riesigen Kalebasse voll Schnupftabak vor. Farah winkte ihm ab, aber Kamante war ein

Kikuju, er wußte, wie den alten Tänzern zumute war, und ließ sich nicht irremachen. Der Schnupftabak war etwas Greifbares. Wir verteilten ihn gemeinsam an die alten Männer. Nach einer kleinen Weile zogen sie ab.

Am meisten von allen Bewohnern der Farm beklagten wohl meinen Weggang die alten Weiber. Die alten Kikujuweiber hatten ein hartes Leben und sind selbst unter ihrer Bürde kieselhart geworden wie alte bissige Maultiere. Sie waren nicht so leicht von einer Krankheit umzubringen wie ihre Männer – ich habe das oft in meiner ärztlichen Praxis erfahren –, sie waren unbändiger als die Männer und auch gründlicher als diese jeder Fähigkeit zur Ehrfurcht bar. Sie hatten eine Schar von Kindern geboren und hatten viele von ihnen sterben sehen, sie schreckte nichts mehr. Sie schleppten an einem Riemen, der über die Stirne lief, zentnerschwere Stapel von Brennholz auf dem Rücken, schwankend unter der Last, aber ungebrochen, sie hackten die harte Erde ihrer Schambas, den Kopf am Boden, vom frühen Morgen bis zum späten Abend. «Nach Beute wühlt sie da, das Auge schweift ins Weite. Ihr Herz ist hart wie Stein, ja, wie ein Stück vom untern Mahlstein – reckt sie sich einmal auf, so scheucht sie Roß und Reiter.» Und doch verfügten sie über einen unerschöpften Vorrat von Freudigkeit; Lebenskraft strahlte von ihnen aus. Die alten Weiber waren überall dabei, wo etwas auf der Farm passierte, sie konnten zehn Meilen laufen, um einem Ngoma der jungen Burschen zuzuschauen, über einen Witz oder einen Napf voll Tembo verzogen sich ihre runzeligen, zahnlosen Gesichter zu unbändigem Grinsen. Diese Kraft und Lebenslust machten sie in meinen Augen nicht nur höchst achtenswert, sondern liebenswert und bezaubernd.

Die alten Weiber der Farm waren immer meine Freunde gewesen. Sie waren es, die mich Jerrie nannten, die Männer und Kinder gebrauchten nie diesen Namen für mich. Jerrie ist ein Mädchenname der Kikuju, aber er hat noch einen besonderen Sinn: wenn in einer Kikujufamilie ein Mädchen lange Zeit nach anderen Brüdern und Schwestern geboren wird, dann nennt man es Jerrie; ich glaube, es ruht ein zärtlicher Ton auf dem Namen.

Nun trauerten die alten Weiber, weil ich sie verließ. Aus dieser letzten Zeit bewahre ich im Gedächtnis das Bild einer alten Kikujufrau, deren Namen ich nicht weiß; ich kannte sie kaum, sie gehörte, glaube ich, zu Kathegus Gehöft und war die Frau oder Witwe eines seiner vielen Söhne. Sie begegnete mir auf einem Pfad in der Steppe, auf den Rücken eine Ladung der langen, dünnen Stangen, aus denen die Kikuju das Dachgerüst ihrer Hütten bauen, was bei den Kikuju als Weiberarbeit gilt. Die Stangen sind annähernd fünf Meter lang; wenn die Weiber sie tragen, schnüren sie sie an den Enden zusammen, und die hochragende, kegelförmige Last gibt der Trägerin, wenn man sie von weitem über Land ziehen sieht, den Umriß eines vorsintflutlichen Tieres oder einer Giraffe. Die Stangen, die diese Frau trug, waren ganz schwarz und angekohlt, poliert vom jahrelangen Qualm in der Hütte; sie war offenbar dabei, ihr Haus abzureißen, und schleppte vermutlich ihr Baumaterial zum neuen Bauplatz. Als wir zusammentrafen, blieb sie regungslos stehen und sperrte mir den Weg; sie starrte mich grad so an wie eine Giraffe, die man bei ihrer Herde auf offener Steppe trifft, deren Leben, Fühlen und Denken man nicht ergründen kann. Mit einem Mal brach sie in Heulen aus, die Tränen strömten ihr übers Gesicht, es war, als schlüge eine Kuh auf der Weide vor einem ihr Wasser ab. Beide sprachen wir kein Wort; nach ein paar Minuten gab sie mir den Weg frei, und wir trennten uns und gingen jede ihres Weges weiter. Sie hat immerhin etwas, dachte ich mir, um sich ein Haus zu bauen, das ist eine Wohltat für sie.

Die kleinen Hirtenbuben auf der Farm, die es ihr Leben lang nicht anders gewußt hatten, als daß ich in dem Hause lebte, gerieten bei der Vorstellung, daß ich fortging, in große Aufregung und erwartungsvolle Spannung. Es muß eine ungeheure, verwegene Idee für sie gewesen sein, sich die Welt ohne mich zu denken, als hieße es plötzlich, die Vorsehung habe abgedankt. Sie reckten sich bis über das wogende Gras, wenn ich vorüberkam, und riefen mir zu: «Wann gehst du fort, Msabu? Msabu, in wieviel Tagen gehst du fort?»

Als schließlich der Tag kam, an dem ich fortging, machte ich die seltsame Erfahrung, daß etwas geschehen kann, was wir uns überhaupt nicht vorzustellen vermögen, weder im voraus, noch wenn es geschieht, noch hinterdrein, wenn wir darauf zurückblicken. Die Zeitumstände selbst können eine bewegende Kraft entfalten, die ohne Hilfe der menschlichen Vorstellung oder Wahrnehmung zu

Ereignissen führt. In solch einem Falle bleibt unsere einzige Brücke zum Geschehen, daß wir es aufmerksam von Augenblick zu Augenblick verfolgen, wie ein Blinder, der geführt wird und einen Fuß vor den anderen setzt, behutsam, aber unwissentlich. Dinge widerfahren einem, und man merkt, daß sie geschehen, aber außer dieser einen Feststellung hat man keine Beziehung zu ihnen und keine Schlüssel für ihre Ursache oder Bedeutung. Wilden Tieren, die im Zirkus auftreten, mag bei ihrer Arbeit so zumute sein. Wer solche Begebenheiten erlebt, kann in gewissem Sinne sagen, daß er den Tod erlebt hat: ein Ereignis jenseits der Vorstellung, aber diesseits der Erfahrung.

Gustav Mohr kam am frühen Morgen in seinem Wagen heraus, um mit mir an den Bahnhof zu fahren. Der Morgen war kühl, aber arm an Farben in Luft und Landschaft. Mohr sah blaß aus, und seine Augen zwinkerten; mir fiel ein, was mir einmal der norwegische Kapitän eines Walfischfängers in Durban erzählt hatte, die Norweger wären von keinem Sturm umzukriegen, aber eine Flaute könnten ihre Nerven nicht ertragen. Wir tranken am Mühlsteintisch unseren Tee, wie wir es früher schon oft getan hatten. Drüben im Westen, die Berge vor uns, die Schluchten von lichtem grauem Nebel verschleiert, ließen ernst, gemessen eine Sekunde ihres vieltausendjährigen Lebens verstreichen. Meine Hausboys waren noch im leeren Hause, aber sie hatten sozusagen ihr Dasein schon anderswohin verfrachtet, ihre Familien und ihre Habseligkeiten waren vorausgezogen. Farahs Frauen und Saufe waren tags zuvor mit einem

Lastauto ins Somaliviertel von Nairobi übergesiedelt. Farah selbst fuhr mit mir bis Mombasa und mit ihm Tumbo, Jumas kleiner Sohn, der keinen größeren Wunsch auf der Welt hatte und, als ihm beim Abschied die Wahl zwischen einer Kuh und einer Fahrt nach Mombasa gelassen wurde, die Reise wählte.

Ich nahm einen langen Abschied von jedem meiner Hausboys, und als ich hinausging, ließen die, die so sorgsam erzogen waren, die Türen zu schließen, hinter mir die Tür weit offen – eine Gebärde so recht aus der Seele der Schwarzen, als meinten sie, ich solle wiederkommen, oder als wollten sie bekunden, daß nun nichts mehr da sei, was des Schutzes einer Tür bedürfe, daß sie nun getrost allen Winden offenstehen möge. Farah fuhr mich langsam, im Schrittempo eines Reitkamels um die Kurve des Weges, bis wo das Haus dem Blick entschwand.

Als wir zu dem Teich kamen, fragte ich Mohr, ob wir nicht noch Zeit hätten, einen Augenblick zu halten, und wir stiegen aus und rauchten am Damm eine Zigarette. Wir sahen Fische im Wasser, die nun von Menschen würden gefangen und verspeist werden, die den alten Knudsen nicht kannten und nichts von dem Wert der Fische wußten. Hier gesellte sich Sirunga zu uns, meines Squatters Kaninu kleiner Enkel, der epileptisch war, und wollte mir zum letztenmal Lebewohl sagen. Er war seit Tagen ohne Unterlaß ums Haus herumgestrichen, um das nicht zu verpassen. Als wir wieder in die Autos stiegen und abfuhren, fing er an, so rasch er konnte, hinterdrein zu rennen, als würde er vom

Wind im Staube mitgewirbelt, das kleine Kerlchen – wie ein letzter Funke meines Feuers. Er rannte die ganze Strecke mit, bis wo der Farmweg auf die Straße stieß, und ich fürchtete, er möchte uns auch auf der Straße noch nachrennen; das wäre mir so gewesen, als stürze die ganze Farm zusammen und stiebe in lauter Funken auseinander. Aber er blieb an der Ecke stehen, er gehörte eben doch zur Farm. Er stand da und stierte uns nach, solang ich noch die Abzweigung des Farmwegs erkennen konnte.

Auf der Straße nach Nairobi sahen wir ein paar Heuschrecken im Gras und auf der Straße, einige wirbelten ins Auto herein, es sah aus, als sollten sie wieder das Land überziehen.

Viele meiner Freunde waren auf den Bahnhof gekommen, um mich zu begleiten. Hugh Martin war da, in all seiner Gewichtigkeit und Gelassenheit; als er zu mir trat und Lebewohl sagte, stand der Doktor Pangloß meiner Farm vor mir, als ein sehr einsamer, ja, als ein heroischer Mensch, der seine Einsamkeit mit allem erkauft hatte, was er besaß, als ein Symbol von Afrika gewissermaßen. Wir nahmen herzlich Abschied, wir hatten viel Spaß miteinander gehabt und viele weise Gespräche. Lord Delamere war etwas älter, etwas weißhaariger und etwas kürzer geschoren als beim Nachmittagstee im Massaireservat, in der Zeit, da ich es im Anfang des Krieges mit meinen Ochsentransporten durchzog; aber ausgesucht und aufrichtig höflich und liebenswürdig war er jetzt wie damals. Die Mehrzahl der Somali von Nairobi war auf dem Bahnsteig versammelt. Der alte Viehhändler Abdallah trat auf mich zu und schenkte mir einen silbernen Ring mit einem Türkis, der mir Glück bringen sollte. Bilea, Denys' Diener, bat mich mit ernster Miene, ihn dem Bruder seines Herrn in England zu empfehlen, in dessen Haus er einst gewohnt hatte. Die Somalifrauen waren, wie mir Farah unterwegs im Zuge erzählte, in Rikschas am Bahnhof erschienen; als sie aber so viele Somalimänner auf einmal erblickten, hatte sie der Mut verlassen, und sie waren rasch wieder heimgefahren.

Gustav Mohr und ich schüttelten uns die Hand, als ich schon im Zug war. Jetzt, da der Zug sich in Bewegung setzen sollte, schon anfuhr, fand er sein Gleichgewicht wieder. Er wünschte so von Herzen, mir Mut einzuflößen, daß er tief errötete; sein Gesicht glühte, und seine hellen Augen strahlten mich an.

Auf einem Bahnhof im Samburugebiet stieg ich aus, während die Lokomotive Wasser nahm, und ging mit Farah den Bahnsteig entlang.

Von da sah ich im Südwesten die Ngongberge liegen. In edlem Schwung erhob sich das Gebirge luftig-blau über das umliegende Flachland, doch war es so fern, daß die vier Gipfel ganz klein erschienen, kaum unterscheidbar und anders geformt, als man sie von der Farm aus sah. Der Umriß des Gebirges war von der sänftigenden Hand der Ferne geglättet, wie ich ihn von der Farm aus sich hatte glätten sehen unter den streichelnden Fingern der Nacht.

NACHWORT

Wenn Karen Blixen ihr 1937 erschienenes, mittlerweile bereits zu einem modernen Klassiker gewordenes Erinnerungsbuch über Afrika beginnen läßt, so setzt nicht der unvermittelte Erlebnisbericht einer gescheiterten Rückkehrerin aus den Kolonien ein, und man liest keine aktuelle Reportage oder Länder- und Völkerkunde. Das erzählende Ich hebt vielmehr zum abgeklärten Rückblick aus zeitlicher und räumlicher Entfernung auf eine vergangene und schon im Untergang befindliche Welt an: «Ich hatte eine Farm in Afrika am Fuße der Ngongberge. Hundert Meilen nördlicher lief der Äquator durchs Hochland, aber die Farm lag in einer Höhe von über zweitausend Metern. Da spürt man tagsüber die Höhe, die Nähe der Sonne, aber die Morgenfrühe und die Abende sind klar und friedvoll, und die Nächte sind kalt.» Was dann auf etwa vierhundertfünfzig Seiten folgt, ist ein Text, der künstlerisch sehr bewußt und raffiniert Autobiographie und Fiktion zu einem sinngebenden Ganzen verarbeitet.

Der Blick zurück, nicht im Zorn, sondern in ironisierender Wehmut, ist die Erzählhaltung, die das vorliegende Buch *Out of Africa* und die berühmten Novellen, Erzählungen, Geschichten, Anekdoten, Märchen der Isak Dinesen alias Karen oder Tania Blixen in gleichem Maß kennzeichnet. *Sieben phantastische Geschichten, Wintergeschichten,*

Letzte Erzählungen, Schicksalsanekdoten thematisieren wie *Out of Africa* (unsere Ausgabe: *Afrika – dunkel lockende Welt*) mit Vorliebe immer wieder Grenzsituationen, Übergänge, Verfallsstadien an entscheidenden Wendepunkten, oft in der Entwicklung von einer patriarchalischen Feudalaristokratie zur modernen Massengesellschaft, sei es nun das Europa des ausgehenden achtzehnten und frühen neunzehnten Jahrhunderts oder das Kenianische Hochland der Massai vor und nach dem Ersten Weltkrieg, die den äußeren Rahmen um die als zeitlos gültig dargestellten Ereignisse und Konflikte abgeben. Bereits anfangs der fünfziger Jahre mußte die Autorin selbst erkennen, «in welchem Grad mein eigenes Buch über Afrika nun Geschichte geworden war». Gemessen an den Veränderungen, die seit seinem Erscheinen auch in Kenia eingetreten waren, «wurde es so veraltet, oder ehrwürdig wie eine Papyrusrolle aus einer Pyramide», aber, ließe sich hinzufügen, gerade deshalb kommt ihm auch die dokumentarische Bedeutung eines erstrangigen historischen Zeugnisses zu.

Die Versicherung der Autorin, in *Out of Africa* so genau wie möglich niederzuschreiben, «was ich mit der Farm, mit dem Lande und mit den Bewohnern der Steppe und Wälder erlebt habe», ist mit Vorsicht zu genießen. Die Kenntnis des realen und biographischen Hintergrundes kann dazu beitragen, den künstlerischen Prozeß deutlicher zu umreißen.

Karen Christentze Dinesen kam 1885 als zweites Kind des Offiziers, Gutsbesitzers, Jägers, Schriftstellers, Politikers Wilhelm Dinesen und seiner aus großbürgerlich-wohlhabender Kaufmannsfamilie stammenden Frau Ingeborg, geb. Westenholz, zur Welt. Sechs Jahre vor der Geburt Karens hatte der Vater eine weitläufige Liegenschaft an der noblen Öresundküste nördlich von Kopenhagen erworben: Rungstedlund, das mehr war als das Zuhause der Kindheits- und Jugendjahre, und nicht nur der Sitz der alternden adligen Schriftstellerin nach dem Afrika-Aufenthalt. Rungstedlund erhielt in Karen Blixens eigener Symbolwelt nicht zuletzt in der afrikanischen Ferne immer mehr die Bedeutung des Bürgerlich-Mittelmäßigen, jener wohlwollenden, gutgemeinten, von starren sozialen Umgangsformen festgelegten bourgeoisen Langeweile, welche sie als bereits Neunundzwanzigjährige in die Ehe mit dem armen Baron Bror Blixen-Finecke, einem schwedischen Halbvetter aus Schonen, trieb und mit ihm in die «Flucht» nach Ostafrika.

Nach dem Selbstmord des vergötterten Vaters im Jahre 1895 hatte der mütterliche, beschützende und einengende Einfluß die Oberhand über die Erziehung der Kinder und die Lebensführung in Rungstedlund gewonnen. Das hieß unter anderem, daß die künstlerisch wohl hochbegabte Karen nur in den Genuß einer mangelhaften und völlig unsystematischen Bildung kam und daß ihr, gleich allen Geschlechtsgenossinnen aus dem gehobenen Bürgertum der Jahrhundertwende, nie ein ordentlicher Beruf beigebracht wurde. In mehreren ihrer höchst aufschlußreichen und menschlich bewegenden Briefe aus Afrika an die Familie macht sie rückblickend die Erziehung in diesem Milieu wesentlich mitverantwortlich für ihr späteres Scheitern als Ehefrau und Farmerin: «Es ist ja eine Schande, wie Mädchen erzogen werden. Ich bin fest davon überzeugt, daß wenn ich als Knabe geboren worden wäre, ich mit genau demselben Verstand und den übrigen Fähigkeiten, die ich nun habe, imstande gewesen wäre, mich selbst sehr gut durchzubringen.» (10. September 1923 an Thomas Dinesen). Zu Hause in Dänemark fühlt sie sich «wie in Watte gelegt», und in einem sehr wichtigen, ausführlichen Brief vom März 1926 an den vertrauten Bruder legt sie mit unerbittlicher Klarsicht den Finger auf den wunden Punkt: «Ich glaube, daß es für mich ein großes Unglück war, in der Familie, dem Milieu, der ‹Lebensanschauung›, in die ich geboren wurde, aufzuwachsen und dorthin zu gehören. [...] Ich kenne keine besseren, lieberen, netteren Menschen als die zu Hause, aber sie paßten einfach nicht für mich. Und ihre große, unbegrenzte Güte und Liebe mir gegenüber, die ganze Reihe ihrer Wohltaten gegen mich, waren nur ein um so größeres Unglück. Sie machten mir Opposition unmöglich. Du wirst Dich erinnern, daß wir über die seltsame Macht gesprochen haben, die Großmutter und Mutter über uns hatten, jede Kritik, jeden Widerspruch und sogar den geheimen Gedanken zu verunmöglichen, Mutter könne einen Fehler machen, und man müsse ihr infolgedessen zuwiderhandeln; diese eigenartige Kraft hat einen fatalen Einfluß auf mein Leben gehabt. [...] Ich will nicht sagen, daß ich dadurch unglücklich geworden bin, aber alle meine Fähigkeiten gingen darin zugrunde; alle Möglichkeiten, leben und arbeiten zu können, etwas als ich selbst auszurichten, wurden dadurch zunichte.»

Den anderen bestimmenden Pol ihres Denkens – das unerwartete Abenteuer, das Phantastische, das sie am Märchendichter Hans Christian Andersen liebte, sprudelndes Leben und die kühne Tat – verkörperte für Karen Blixen der Vater, der sie verstanden und in ihrer Eigenart akzeptiert und wohl auch unterstützt hatte. Seinen frühen Tod empfand sie oft als eine Art Verrat, als Bruch eines Paktes. Das, wofür er in ihrer ganz privaten Mythologie stand, wurde zur beherrschenden Sehnsucht, die sie später in Afrika erfüllt fand – in der Stimme der Natur, dem Geistesadel wirklicher Aristokraten, der großen Geste der Eingeborenen, der Freiheit auf den Safaris, der Schönheit der afrikanischen Mondnacht «in meinem freien Land, meinem weiten Land, im Land meines Herzens», wie es das 1915 verfaßte, aber erst zehn Jahre später veröffentlichte Gedicht «Ex Africa» bezeichnet.

Größtenteils mit Mitteln ihrer Familie hatte das Ehepaar Blixen-Finecke 1913 in Kenia die einige Kilometer außerhalb von Nairobi gelegene Farm Ngong gekauft. Doch der Besitz, rund zweitausend Meter über Meer, war nicht geeignet für die Kaffeesorte, die die Blixens anbauten. Die siebzehn Jahre, die Karen Blixen mit verschiedenen Unterbrüchen in Afrika verbrachte, standen denn auch bald einmal im Zeichen des Kampfes um das wirtschaftliche Überleben. Nachdem ihr Mann auf Druck ihrer geldgebenden Verwandten in Dänemark 1921 die Farm verlassen mußte und er etwa gleichzeitig die Scheidung eingeleitet hatte, führte sie das Unternehmen zehn Jahre lang bis zum Verkauf als «managing director» allein. Nicht zuletzt für die aussichtslosen Bestrebungen, die Farm halten und in Kenia bleiben zu können, sind die Briefe aus Afrika von 1914 bis 1931, die vierzig Jahre nach Erscheinen des Buches *Out of Africa* erstmals in einer repräsentativen Auswahl vorgelegt worden sind, eine Quelle, die geeignet sein sollte, manchen Mythos, der die Figur Karen Blixen umgibt, zu korrigieren (dänisch *Breve fra Afrika,* 1978; englisch *Letters from Africa,* 1981). Darf man beispielsweise ihren wiederholten, vehement und pathetisch vorgetragenen Äußerungen Glauben schenken, so fürchtete sie bis zum Schluß ihrer Afrikazeit nichts mehr als die Armut, die sie gezwungen hätte, in Dänemark ein Leben unter den Bedingungen der verabscheuten Mittelklasse zu fristen und damit ihre teuer erkaufte Selbständigkeit preiszugeben. Der Selbstverwirklichung, die sie als höchstes Gut einstufte, war nichts so hinderlich wie diese bedrohliche Einschränkung durch materielle Not. Nicht einmal die Syphilis, welche sie sich ein Jahr nach der Heirat zuzog – von den vielen Geheimnissen, welche Karen Blixen umgeben, das mysteriöseste, das von zahllosen Biographen und Interpreten immer wieder aufs neue ausgeschlachtet worden ist –, war nach ihrer Darstellung so schlimm. Blixens großartiges Auftreten, die Extravaganz in Kleidung und Gebaren gehörten eigener Einschätzung zufolge zu ihrem Wesen, das sie nur mit reichlichen finanziellen Mitteln zum Ausdruck bringen konnte. Ihr größter Fehler war, so meinte sie, daß sie die Abhängigkeit vom Elternhaus gegen die neue Abhängigkeit von einem unvermögenden Mann eingetauscht hatte, obwohl sie gehofft hatte, sich mit dem Adelstitel völlige Unabhängigkeit einzuhandeln. Nur isoliert betrachtet, klingt zynisch, was sie in einem wichtigen Brief vom 5. September 1926 an den Bruder schreibt: «Wenn es nicht so eklig tönte, könnte ich zum Beispiel sagen, daß es für mich, so wie die Welt nun einmal ist, wert war, Syphilis gehabt zu haben, um ‹Baronin› geworden zu sein; aber ich will in keiner Weise sagen, daß dies ein Tarif ist, der für alle gelten kann. Am höchsten von allem, was ich besitze, setze ich meine Freiheit; sie ist allerdings letztlich von äußeren Verhältnissen begrenzt [...].»

Die Freiheit, die sie mit der Heimkehr zur Mutter nach Rungstedlund 1932 in der Wirklichkeit aufgab, sollten im Rahmen der künstlerischen Fiktion die englische Sprache und die keineswegs zufällige Wahl des Pseudonyms Isak Dinesen ersetzen. Isak bedeutet der «Lachende», und er ist – wie die Erzählungen der Isak Dinesen – das spätgeborene Kind der Sara. 1934, zwei Jahre nachdem sie Ngong verlassen hatte, kam in New York und London die erste Sammlung von Geschichten heraus, *Seven Gothic Tales,* 1937 folgte *Out of Africa,* das in der dänischen Fassung aus dem gleichen Jahr den Titel *Den afrikanske Farm* trug.

Die *Seven Gothic Tales* erregten in der angelsächsischen Leserwelt sogleich beachtliche Aufmerksamkeit. War die zuweilen das Morbide streifende Atmosphäre dekadenten europäischen Adels und pervertierter Erotik auf der Folie trivialer Schauerromantik, die den meisten *Phantastischen Geschichten* eignete, wohl mit ein Grund für den Erfolg von Isak Dinesen in den Vereinigten Staaten, so ist Karen Blixen von dänischen Literaturhistorikern wiederholt als fremder, exotischer Vogel bezeichnet worden, der sich von den zeitgenössischen Autoren so weit wie nur möglich entfernt. Der Unterschied zwischen den phantastischen Texten der bereits fünfzigjährigen halbadligen Debütantin auf der einen Seite und der vorwiegend auf realistische Sozialkritik ausgerichteten dänischen Literatur zur Zeit der großen Wirtschaftskrise auf der anderen war so markant und provokativ, daß ihn sich die bewußt extravagante Baronin Blixen nicht wirkungsvoller hätte wünschen können.

Von den keineswegs seltenen Büchern, die europäische Siedler in der Zwischenkriegszeit über ihre Erlebnisse in den Kolonien herausbrachten, hebt sich Karen Blixens Werk im ästhetischen Gehalt ab. Wo die Briefe aus Afrika ein zwar für die Angehörigen zurechtgemachtes und gefiltertes Bild vermitteln, aber doch den authentischen Charakter des Zeitdokumentes besitzen, da ist *Out of Africa* ein abgerundetes und weitgehend auch stimmiges Kunstwerk.

Einige Beispiele können den spezifischen Literarisierungsvorgang verdeutlichen. Die afrikanische Hochlandnatur, «die in der ganzen Welt nicht ihresgleichen hat», ist zu Beginn des Textes nicht einfach in einer wertfreien, neutralen Beschreibung wiedergegeben, sondern sie wird mit geradezu moralischen Qualitäten versehen. In ihr erkennt Karen Blixen nämlich die grundlegenden Werte «greatness», «freedom», «nobility», die für ihr gesamtes belletristisches und essayistisches Schaffen zentral sind. Auch einzelne Elemente erhalten in dem das Buch eröffnenden Panoramablick über die afrikanische Natur eine Dimension von Adel – die Bäume «haben etwas Heroisches und Romantisches», die Gipfel der Ngongberge, die wogenden Massen der Wolken über ihnen sind «stolz». Wie bei den Romantikern tragen ausgewählte Menschen in den Blixenschen Erzählungen die Ahnung von etwas Jenseitigem, eine Sehnsucht nach dem Überirdischen in sich. Die stilisierte Darstellung dieser Einleitung macht das Kenianische Hochland zum Paradies, das die Menschheit seit ihrer Verstoßung – *Out of Africa!* – sonst nur in ihren Träumen erahnen kann. Aber «im Hochland erwacht man in der Frühe und weiß: hier bin ich, wo ich sein sollte».

Sogleich wird deutlich, daß für Karen Blixen Afrika vor allem auch ein geistiger Ort ist. Die Begegnung mit dem Schwarzen Kontinent und seinen Bewohnern erfährt sie im Gegensatz zur Mehrzahl der Weißen nicht als Konfrontation. Von allem Anfang an schätzt sie die Afrikaner. Die «Liebe des Nordländers zum Süden» stellt sich auch in ihrem Fall unmittelbar ein. Das erste der fünf Kapitel in *Out of Africa* beschreibt mit einfachen Bildern die Begegnung zwischen der afrikanischen Wildnis und der europäischen Zivilisation. Die Aufnahme des häßlichen Wilden Kamante und der wunderschönen Wilden Lulu auf der Farm hebt wenigstens vorübergehend die Grenzen zwischen den beiden Bereichen auf. Der kleine Negerjunge von der Steppe wird von den Weißen von seiner Krankheit befreit; auf Ngong entwickelt sich das Naturtalent zum genialen Meisterkoch. Die Gazelle bleibt eine Zeitlang im Haus und kommt auch nach der Rückkehr in den Urwald zu Besuch auf die Farm. Natur und Kultur schließen sich im Universum der Karen Blixen keineswegs aus, sondern sind als Möglichkeiten ineinander angelegt.

Die ausgewogene Komposition des Buches in fünf etwa gleich große Abschnitte – Akte eines klassischen Dramas – erlaubt eine thematische Gliederung des Erzählten. Auf die Darstellung der Welt von Ngong und den Schwarzen in den einleitenden Kapiteln folgen Erinnerungen an herausragende weiße Siedler und bemerkenswerte Erlebnisse, ehe im abschließenden Teil die Gründe umrissen werden, die sie zwangen, das «Paradies» zu verlassen. Diese Gliederung des Wirklichkeitsmaterials löst das chronologische Nacheinander auf. Die siebzehn Jahre in Afrika verschmelzen im Buch zu einem Damals. Vage heißt es an einer Stelle, die Autorin sei zuerst Safarijägerin, dann nur noch Farmerin gewesen. Ereignisse, die zu einem späteren Zeitpunkt stattfanden und langwierige Auseinandersetzungen mit der Bürokratie nach sich zogen, werden gelassen in einem einzigen Satz zu Beginn resümiert: «Einmal brannte die Fabrik gänzlich nieder und mußte neu aufgebaut werden.» Was mehr interessiert als solche Unglücksfälle, sind Stimmungen und vor allem die Bilder, die in ihrer Plastizität schlaglichtartig lange

Zeitabschnitte komprimieren und ganze Erzählpassagen zusammenfassen: «Die Fabrik hing in der großen Tropennacht wie ein heller Juwel im Ohr des Negermädchens», so der Wortlaut der dänischen Fassung.

Das Ineinanderfließen der Zeitebenen beginnt mit der Erinnerung. Mehrmals handeln Karen Blixens Briefe an ihre Mutter von diesem Phänomen. So wie die Erinnerung an einen bekannten Menschen in dessen Alter oder nach seinem Tod dazu führt, daß man stets sein ganzes Leben im Auge hat und nicht zwischen verschiedenen Altersstufen unterscheidet, so kann das erzählende Ich das gestorbene Afrika nur noch als zeitlich ungegliedertes Ganzes heraufbeschwören.

Die Tendenz zur Harmonisierung und Idealisierung ist unverkennbar. Eines der meistverwendeten Wörter in der Korrespondenz ist *shauries,* mit dem die Eingeborenen Dinge bezeichnen, welche Unannehmlichkeiten und Kummer verursachen. Im Erinnerungsbuch taucht es kaum auf. In einem Brief beklagt sich Karen Blixen beim Abtransport eines verstorbenen Dänen von der Farm bitter über die schlampige einheimische Polizei. Der verklärende und stilisierende Rückblick dagegen verwertet den Mißstand zu einer zusätzlichen wirkungsvollen Pointe im Porträt des skurrilen Alten: «Als wir Knudsen zum Wagen hinaustrugen, rollten Donner über unserem Kopf wie Kanonen, und ringsum zuckten die Blitze, dicht wie Ähren auf dem Kornfeld. Die Räder hatten keine Ketten und griffen kaum auf der schlüpfrigen Straße, der Wagen schlitterte von einer Seite zur anderen. Dem alten Knudsen hätte das wohlgetan, er wäre zufrieden gewesen mit seinem Abzug aus der Farm.»

Eine der wichtigsten Episoden im gesamten Buch handelt von Emmanuelson, dem gescheiterten schwedischen Schauspieler, der auf der Farm übernachtet, bevor er zu Fuß die Wüste nach Tanganjika durchquert. Am folgenden Morgen begleitet ihn die Baronin bis zum Fluß, nachdem sie ihm «ein Paket Butterbrote und hartgekochte Eier» gemacht und «eine Flasche von dem 1906er Chambertin», von dem sie am Abend zuvor getrunken hatten, mitgegeben hatte. «Ich dachte, daß es ja vielleicht sein letzter Schluck im Leben sein mochte.» Emmanuelsons Abgang ist grandios und tragisch. Fast enttäuscht liest man an der entsprechenden Stelle im Briefwechsel, am 12. Februar 1928 an die Mutter: «Ich fuhr ihn um halb sechs zu Farahs Duca und gab ihm ein Paket Brote und eine Flasche Bier mit, 10 Shgs. und meinen Segen, aber er sah erbärmlich aus, als er sich auf den Weg machte.»

Die literarische Darstellung stilisiert und arrangiert den Unfalltod von Denys Finch-Hatton in *Out of Africa* auf solche Weise, daß der Eindruck entstehen muß, der Verlust des Geliebten habe ein harmonisches Verhältnis beendet und wesentlich zu Karen Blixens Entschluß beigetragen, die Farm zu verlassen. In den persönlichen Briefen dagegen ist zu erkennen, daß die Beziehung zwischen Karen Blixen und dem englischen Aristokraten zum Zeitpunkt des Unglücks längst zerbrochen war. Finch-Hatton hatte die Freundin unter anderem im Stich gelassen, als es darum ging, Sicherheiten für den weiteren Betrieb der Farm zu stellen.

Die Erzählungen der Karen Blixen entstehen aus einer Katastrophenerfahrung. Sie hat sich selbst gern als Scheherazade des Nordens bezeichnet; ihr poetisches Ideal war phantastische, magische, grenzüberschreitende Literatur. Andere weltliterarische Vorbilder neben den Geschichten aus *Tausendundeine Nacht,* die sie im übrigen des öfteren explizit zitiert, sind Boccaccios *Decamerone* oder Goethes *Unterhaltungen deutscher Ausgewanderten.* In allen diesen Texten, auch in Karen Blixens *Out of Africa* und einer großen Zahl ihrer Novellen, ist der Anlaß des kunstvollen mündlichen Erzählens – seinerseits Quelle aller Literatur – eine äußere Bedrohung: die despotische Willkür des orientalischen Herrschers, die Pest, die politischen Wirren der Französischen Revolution oder, in Afrika, die Trockenheit und die verhängnisvolle Stille, wenn der notwendige Regen ausbleibt.

Schreiben, Erzählen, Phantasieren ist für das Ich in *Out of Africa* ein Mittel, diese Bedrohung abzuwenden. Im Geschichtenerfinden, das heißt im Gestalten der Wirklichkeit, sieht die Erzählerin eine Chance, dem nahenden Bankrott zu entkommen, der sie unweigerlich in ein stagnierendes, bürgerliches Dasein, in den erdrückenden Durchschnitt der biedermeierhaft bescheidenen Mittelklasse verweisen würde. Das Erzählen bannt die Gefahr.

Die Texte der Karen Blixen arbeiten nicht mit logischen Analysen oder Konzepten. Sie denkt und erzählt wie die Eingeborenen vorzugsweise in Mythen und verdichtenden Bildern, die aus der literarischen Tradition wohlvertraut sind, und sie liebt überwältigende, hochdramatische Effekte.

Nicht zufällig erscheint das so wohlgeformte Kapitel «Schwingen» an zentraler Stelle im Buch. Es bringt auf kleinstem Raum eine ganze Reihe aussagekräftiger Motive und gipfelt im Symbol der Löwenjagd, die Liebeserklärung und Naturmystik zugleich bezeichnet und für Afrika schlechthin steht. Das gleich darauf anschließende Motiv des Fliegens verknüpft Traditionen aus dem arabischen und dem antiken griechischen Kulturkreis: «Sitzt man vor dem Piloten, nichts vor sich als den leeren Raum, dann fühlt man sich wie getragen auf den vorgestreckten Flächen seiner Hände, so wie der Dschinn den Prinzen Ali durch die Luft trägt, und man meint, die Flügel, die einen tragen, seien die eigenen Flügel.» Der Sturz, mit dem die Fliegerei für den Freund endet, beschwört unmißverständlich den Ikaros-Mythos herauf. Ein weiteres, ebenfalls reichlich ausgeschöpftes Reservoir narrativer Grundmuster halten das Alte und das Neue Testament bereit. Die Erzählerin fährt zweimal am selben Tag an dem Gazellenkitzlein vorbei, «wie der Priester und der Levit in einer Person»; als sie einem Eingeborenen ein Schriftstück vorliest, in dem sein Name erwähnt wird, sieht er sie an mit einem Blick wie Adam den Herrn, «als er ihn geformt hatte und ihm den Atem des Lebens in die Nüstern blies und der Mensch eine lebendige Seele wurde. Ich hatte ihn erschaffen und ihm sein Wesen gezeigt»; die Heuschreckenplage, die nach einer Mißernte das Land heimsucht, erreicht in der literarischen Form wahrhaft biblische Ausmaße.

Die verwegene Tat verdient Bewunderung. Karen Blixen ist nur bereit, das Große und Schöne zu bewundern, Napoleon allenfalls, aber nicht irgendeinen Herrn Petersen. Das Opfer ist notwendig, wenn einer die Freiheit erlangen will: Mit ihrem zugleich aristokratischen und proletarischen Sinn für eindrucksvolle Tragik verstehen die Massai den heruntergekommenen Emmanuelson. Die Auflehnung gegen das Schicksal – wie es das Chamäleon zeigt, dem der Hahn die Zunge abhackt – birgt Hoffnung. Wenn der Teufel einen angrinst, heißt es zurückgrinsen.

Daß neben der nicht wegzuleugnenden romantischen Konzeption, die *Out of Africa* insgesamt prägt, auch eine wesentliche kritische Dimension auszumachen ist, darf nicht übersehen werden. Die heftige und zuweilen polemische Kritik am Kolonialismus kann immer noch als präzise Voraussage der späteren politischen Entwicklung in Ostafrika gelesen werden. Ob allerdings die vom Text gelieferte Analyse wirklich schlüssig und das in ihm aufgezeigte gegenläufige Ideal auch realisierbar gewesen wären, muß doch höchst fraglich bleiben. Karen Blixens Afrikabuch ist unter vielem anderen auch eine Sündenfallerzählung. In Afrika hat die Erzählerin mit dem wahren Wesen der Urzeit und der Menschheit Bekanntschaft gemacht. Doch ökonomische und politische Zwänge verunmöglichen das Glück. Die Menschen werden aus dem Paradies Ngong vertrieben, weil die Weltmarktpreise von Kaffee zerfallen und die Zivilisation weiter vordringt. Die Farm, in deren Park Frieden wie im Tausendjährigen Reich herrschte, fällt den modernen Krämern in die Hände und wird in kleine Parzellen aufgestückelt. Noch vor dem Ersten Weltkrieg war es weißen Siedlern in Afrika ohne weiteres möglich gewesen, im demokratischen Europa bereits längst überholte feudalistische Lebensweisen zu praktizieren. Wiederholt hat Karen Blixen das Leben in Kenia zu Beginn unseres Jahrhunderts mit dem in Dänemark um etwa 1700 verglichen. Den Untergang eben dieses Afrika, einer alten Welt voller starker Symbole, betrauert das Ich in seiner Erzählung. Ganz entsprechend halten die Novellen der Isak Dinesen an einem zeitlosen, synthetischen Menschenbild fest, klammern sich oft halsstarrig an die alte Ordnung. *Out of Africa* ist Trauerarbeit, verklärte Klage über den Verlust, zugleich aber auch Auflehnung dagegen.

Jürg Glauser

Inhalt